魔法少女兔英俊
illust.四三

魔王在上

PRINCE OF THE DEVILS

I

Gentle Devil & Viscount's Daughter

目錄
CONTENTS

PRINCE OF
THE DEVILS

PRINCE OF
THE DEVILS

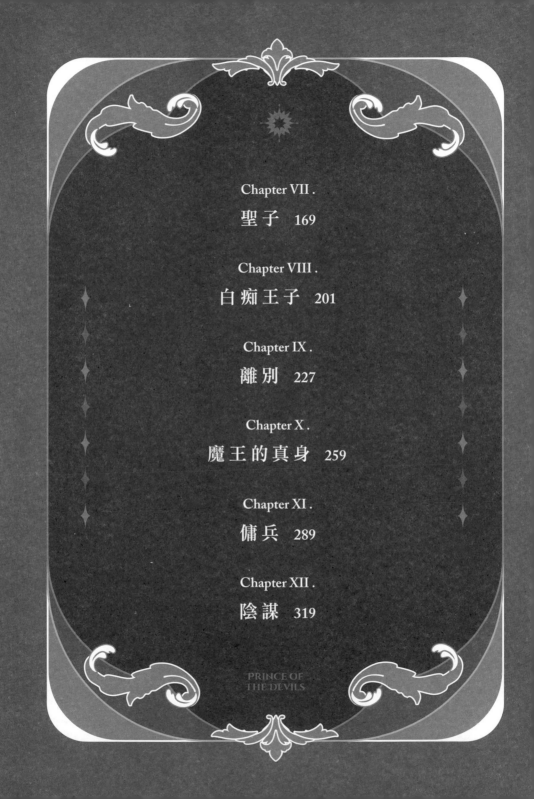

第一章

石堡

CHAPTER I

阿爾希亞王國，綠寶石領，新綠森林。

這座平靜的森林處在領主的宅邸範圍內，是綠寶石領貴族們的日常狩獵處。但實際上，許多平民也依託著這座森林生活，他們從森林裡獲取藥草、木材、食材以維持生活，而寬容的領主選擇對此睜一隻眼閉一隻眼。

但即便是生活所迫的平民，也不會在將近夜晚的時候進入森林。所有人都知道，夜裡的新綠森林會變成另一副模樣。

此時已經幾乎看不見太陽的影子了，整個天空都被餘暉染成橘紅色。光線逐漸暗淡的新綠森林內，騎著白馬的少女身影一閃而過。

如果有人看見她的身影，也許會以為她是早已消失的傳說種族——精靈。

擁有一頭燦金色長髮的少女，身著幹練的騎馬裝束，翠綠的眼睛如同最純粹的綠寶石，華麗的美貌因為紮起的長髮而增添幾分英氣。就連她騎著的白馬也十分獨特，除了姿態優美、身形格外矯健之外，額間還有一個小巧圓潤的角，據說這是牠擁有一部分魔獸血統的證明。

如果有領主府邸的人在這裡，一定能一眼認出這匹白馬，牠是領主馬廄裡最難以馴服的壞女孩珍珠，而馬背上的女孩就是領主的長女——芙蕾．霍華德小姐。

她抬起頭看了眼天色，俯身在白馬耳邊說，「珍珠，再快一點，否則我們會趕不上晚餐時間的。」

白馬似乎能聽懂她的話，牠打了一個響鼻，飛馳一般地在林間穿梭。

他們的目標是森林深處那座廢棄的古堡。從芙蕾小時候開始，這座古堡就經常出現在她的睡前故事裡，參與了不少類似雨夜驚魂、惡魔詛咒之類的故事演出。因此在即將深夜的時候前去拜訪那裡，芙蕾心裡多少也有些恐懼，但一想到妹妹紅紅的眼眶，芙蕾就握緊了拳頭——她得去那裡找回妮娜最喜歡的髮夾，這是身為姊姊的責任！

那群混小子欺負怕鬼的妮娜，故意把她的髮夾藏進古堡裡，她可不能讓妮娜哭著過夜！

他們很快來到了古堡前面，此時天空的橘黃也已經逐漸轉成冷色調，昭示著夜幕即將來臨。

這座大約四、五層高的古老石堡，從頂部開始裂成兩半，不知道當初究竟遭遇過什麼，它冷硬的軀殼就這麼躺在森林的草色裡，像是死去的巨石屍體，越是接近，越讓人覺得壓抑和心驚。

珍珠逐漸放慢腳步，芙蕾動作矯健地翻身下馬。她溫柔地摸了摸珍珠的耳後，低聲對牠說，「乖孩子，在這裡等我。」

珍珠踏了踏前蹄當作回應。芙蕾深吸一口氣，一路小跑著踏過石堡前散落的石塊——這座城堡的大門早已不復存在，不然她也許會象徵性地敲一敲門。

石堡內的光線有些暗淡，芙蕾從綁腿口袋裡取出一個小小的灰色石管，用手指彈了彈管體，石管頂端就亮起了細小的火光。這個不起眼的小東西其實是個要價不菲的魔法道具，雖然芙蕾覺得它只是個形狀更小的油燈，但偶爾也很好用。

她小心地搜尋著石堡大廳，按照妮娜的說法，那群壞小子也有些害怕，他們應該沒有上去第二層，但芙蕾在大廳仔仔細細地找了一圈，卻什麼也沒有發現。

她看了眼已經完全沒有光亮的天色，抿了抿唇。既然都來了，肯定要仔細找找，她把目光投向破敗的石梯。

難道他們真的去了第二層？

芙蕾猶豫地踩了踩石梯，儘管已經出現不少裂紋，但似乎還能承受得住她身體的重量。她沒再遲疑，輕巧著力躍上了二樓。

出乎意料的是，石堡二樓比大廳保存得更完好一些。這裡有不少房間，芙蕾面前半敞著門的，似乎曾經是一間藏書室，只是這裡的書籍已經腐爛得根本無從辨認文字，有些散落在地的甚至長滿了漂亮的菌類植物。

積滿灰塵的地板上有人的鞋印，芙蕾眼睛一亮，這很有可能就是那群傢伙留下的！

她還來不及順著鞋印的痕跡細看，身後就突然傳來了珍珠示警的嘶鳴。芙蕾一愣，立刻回過頭查看——珍珠很少發出這樣的聲音，外面是不是有什麼危險？

白馬珍珠已經十分失禮地闖入了石堡大廳，牠焦躁不安地打轉，呼喚著芙蕾。從石堡二樓探出身的芙蕾，此時已經看見了牠身後星星點點的紅光——那是老鼠的眼睛！

芙蕾瞳孔猛縮，這是綠寶石領最讓人聞風喪膽的鼠群！

據說在過去，新綠森林裡生活著不少凶猛的魔獸，例如蠍獅、食人鷹等等，但隨著魔法衰退，這類強大的魔獸也逐漸失去蹤影，只有這些低等魔獸鼠群越發壯大了起來。

「珍珠，快上來！」

芙蕾當機立斷地吹了聲口哨，珍珠立刻回應，動作矯捷地踏著石梯躍上二樓。這匹頗有靈性的白馬回頭看了一眼，忽然後腿用力、猛地踏在石梯上，赫然間的爆發力讓本就傷痕累累的石梯承受不住，轟然倒塌。

珍珠得意地吹了個響鼻，看著那群貪婪的紅眼睛掠食者擠到了斷裂的石梯下，卻找不到上來的路。

珍珠驕傲地甩著尾巴、踱步到芙蕾跟前，芙蕾還來不及誇讚牠，餘光就瞥見了鼠群，牠們居然沿著牆壁蔓延了上來！

眼前藏書室的牆體看起來還算完整，芙蕾當機立斷地帶著珍珠躲了進去，她費力地推動藏書室的大門，在珍珠的幫助下把書架推到門前當作阻礙。但這些年代久遠的物件還沒遭受攻擊就紛紛斷裂，看起來都是經不起一點打擊的老骨頭了，芙蕾嘆了口氣，覺得這實在沒什麼安全感。

她藉著手裡的火光迅速打量了這個房間，那裡有一扇正對著大門的窗戶，窗前的書桌上一本書正攤開著，彷彿剛剛還有人在這裡閱讀著這本書。芙蕾奔到窗前，兩層樓高，對她來說不算什麼問題，但……她回頭看了眼不安踱步的珍珠，牠從小就怕高！而且窗戶底下還有不少鋒利的碎石，如果珍珠在這裡受了傷，她可沒辦法拖動這個幾百公斤的大傢伙！

沒時間猶豫了。

「珍珠。」芙蕾朝著白馬走過去，她溫柔地撫摸著牠的腦袋，「好女孩，我們只有眼前這條路了，妳可以的，對嗎？」

她們已經能聽見門外逐漸逼近的吱吱聲，但芙蕾沒有急躁，她溫柔而耐心地鼓勵著牠。珍珠漂亮的大眼睛盯著對方，慢慢停下焦躁的踱步，牠低下頭往後退了兩步，猛地打了個響鼻，隨後毫不猶豫地助跑，如同一道白色閃電，迅捷又優美地從窗口一躍而下！

芙蕾緊跟在牠身後探出頭，看到珍珠平安落地，對著她發出呼喚的嘶鳴，這才鬆了口氣。

然而，身後響起了清晰的破壞聲，門框和書架在鼠群的攻勢下不堪一擊。芙蕾下意識回頭，她沒有注意到，自己的手不小心按在了那本攤開的書本上。

密集的鼠群挾帶著血腥氣湧到她面前，芙蕾以為這次真的要完蛋了。就在她打算咬牙跳下窗臺之時，卻突然發現，就在這一步之遙，鼠群十分突兀地停了下來。牠們形成包圍網，對芙蕾的血肉虎視眈眈，卻又畏懼著什麼，遲遲不敢靠近。

芙蕾低下頭，才發現書桌底下顯現著以某種密文畫成的圓形陣法。是這個在阻攔著鼠群？

她小心翼翼地變換動作，試圖就這樣攀著窗戶跳下去，但就在她鬆開手的一瞬間，書桌底下的密文迅速黯淡。在鼠群反應過來之前，芙蕾猛地再次按下手，她的手掌接觸到書本的剎那，密文再次浮現。

芙蕾吐出一口氣，擦了擦額頭的冷汗。她好像暫時不會有生命危險了，但同時也被困在了原地。

一般來說，鼠群只會在夜晚出現，也許只要撐到第二天的太陽升起，牠們就會放棄眼前的食物，回到地底的洞窟裡去。而且如果她一直都沒有返家，父親一定會帶人來尋找她的。芙蕾樂觀地想著，但又忍不住嘆了口氣。不知道她還有沒有機會吃到今晚的小羊排，但願他們會記得留一塊給她。

她身後忽然響起了聲音，「妳好，請問妳需要幫助嗎？」

芙蕾猛地回頭，然而她的眼睛卻被摀住了。冰冷的觸感讓她不由自主地哆嗦了一下，對方繼續說道：「請稍安勿躁，我並不想嚇到妳，只可惜我現在不太方便見客。」

芙蕾滿腦子都是自己曾經聽過的那些恐怖故事，她嚥了嚥口水，還是努力維持聲音的平穩，「您請說。」

對方低低地笑了一聲，只要忽略這詭異的場景，芙蕾居然會覺得他的聲音十分好聽。

「那麼，我再重複一遍，妳需要幫助嗎？」

芙蕾直覺不想尋求這種詭譎存在的幫助，但對方下一句話卻說，「如果不需要，那我就把陣法撤掉了。

「雖然這麼做妳的血就會弄髒我最喜歡的書，但也是沒有辦法的事情。妳覺得呢，這位美麗的小姐？」

對方的語氣幾乎說得上溫柔，但芙蕾明白，在這種情況下，這恐怕不是提議，而是威脅。

芙蕾正想要討價還價，對方卻彷彿看穿了她的企圖，他並沒有給她這個機會，「我數到二，一……」

「等一下！」這大概是芙蕾見過最簡短的倒數了，一眨眼她就被逼上了絕路。提高音量搶下一瞬間的喘息之後，她只能硬著頭皮開口，「……需要。」

即使被摀著眼睛，她也能聞到跟前鼠群的腥臭。這種情況下，一旦法陣消失，芙蕾恐怕瞬間就會被鼠群淹沒。

她別無選擇。

「舉起那個……小火把？」

對方的語氣帶著揶揄，大概是覺得石管的火焰太過弱小。雖然這東西並不是自己做的，但芙蕾沒來由地覺得自己也被看不起了。她小聲抗議，「這是個魔法道具，叫『石中火』……」

「好吧。」身後的人暫且妥協，「那就請舉起這個了不起的魔法道具『石中火』。」

芙蕾乖乖照做，她問，「然後呢？」

她倒也不是想和這個不知名的存在交談，她只是有點害怕，而發出點聲音能夠稍微緩解她的緊張。

「然後吹一口氣。」

「會發生什麼事？」芙蕾把「石中火」舉到嘴邊，但她遲遲沒有動作，試圖先問清楚這麼做的用意。

對方發出低低的笑聲。

「妳會點燃那把火，讓這群愚蠢的鼠輩滾回自己該待的地方。」

芙蕾直覺對方應該相當強大，他的語氣平和，但這種從容的平靜之下，有著絕對的自信和毫不掩飾的狂妄。

芙蕾深吸一口氣，輕輕「呼」了一聲，就像每天睡前吹熄床頭的油燈一樣。

眼前的障礙突然消失了，對方像是故意要讓她看見這一幕——她身後吹來一陣風，「石中火」裡細小的火苗迎風就長，猛然爆發出來。她眼前彷彿炸開一輪灼熱逼人的太陽，在難以直視的光芒中，鼠群發出驚恐的尖叫。

等到光線回復正常，眼前已經沒有鼠群的影子。圖書室的大門敞開，空氣中彌漫著肉類火烤後的焦香。

芙蕾呆站在原地。

這是個擁有魔法的世界，她一直都知道。她會使用魔法道具，也見過行商隊伍裡能驅使元素的傭傭法師，但她從沒見過這樣的魔法，這簡直就像是傳說中，諸神行走人間、大魔法師遍地的時代才有的東西！她該不會招惹上那個年代的法師亡靈了吧？

身後的聲音把她拉回現實，對方的語氣透出愉悅，「嚇壞了嗎？」

在芙蕾開口之前，她的肚子擅自給予了響亮的答覆。芙蕾瞬間漲紅了臉，羞愧難當地摀住肚子。

身後的聲音沉默得有些久，芙蕾更加羞愧，她小聲辯解，「就算害怕，該肚子餓還是會肚子餓的……」

而且烤鼠肉的香氣會讓她想起家裡的小羊排。

這次身後的笑聲更加真心實意了一些。「還是個不諳世事的小女孩啊。」

其實也不是了，她已經十六歲，今年豐收祭典就要跟著父親一起前往王都、接受爵位晉封了。但在這位神祕莫測的強者面前，芙蕾理智地閉上了嘴。

「好了。」對方的聲音輕快不少，「我救了妳，現在，該討論一下妳要付給我的報酬了。」

芙蕾緊張了起來，他會索求什麼？靈魂？血？還是要附身？

她滿腦子都是之前聽說過的恐怖故事，僵硬著脖子不敢回頭看。她鼓起勇氣開口，「您想要什麼呢？」

「妳只需要幫我一個小小的忙——拿上那本書，離開這裡，救妳的事情就算一筆勾消。」

芙蕾眨了眨眼。她還是不敢回頭，只是用餘光瞟了那本書一眼，她的手還按在那裡。芙蕾忽然覺得有些奇怪，不僅僅是因為她身後似乎空無一人，更重要的是——整個圖書室的書都腐爛了，卻只有這一本完好如初。

短暫的沉默之後，芙蕾硬著頭皮開口，「那個，非常感謝您救了我，我能冒昧請問一下您的名字嗎？」

眼前只能按照對方所說的去做，但如果知道了他的名字，之後也許就能找到應對他的方法。

對方饒有興趣地開口，「妳想要知道我的名字？」

芙蕾忽然醒悟，大多數的故事裡交換姓名都是有契約含義的！

她急忙否認，「不！我的意思是，我在想如何稱呼您比較合適，名、名諱就不必……」

對方又笑了一聲。

從他們相遇開始，對方似乎就一直在笑，只是這次格外意味深長，他說，「是嗎，真可惜。那麼，妳可以叫我……

「魔王。」

芙蕾麻木地撐著桌子，她好像招惹到什麼不得了的存在了，一個自稱「魔王」的神祕人物。雖然從鼠群嘴裡活了下來，但她也接受了魔王的饋贈，差別好像只是從當場死亡變成晚幾天死而已。

魔王體貼地開口，「天色暗了，我想妳該回家了。」

芙蕾下意識回答，「我得先找到妮娜的髮夾……」

「在抽屜裡。」

芙蕾沒想到他連這個都知道。

「今天下午有群煩人的小鬼打擾到我的休息，他們把這個髮夾留在我的抽屜裡了。」

芙蕾打開抽屜，裡面果然躺著妮娜最喜歡的髮夾——上頭裝飾著碎鑽拼成的小鳥，是芙蕾用自己的零用錢買來送她的生日禮物。

至少此行的目的達到了，芙蕾鬆了口氣。

魔王緊接著說，「我好像又幫了妳一個忙？」

其實不用您幫忙，我自己應該也找得到。芙蕾徒然地張了張嘴，沒把話說出口。她並不打算激怒魔王，但她突然有個大膽的想法。

「非常感謝您的幫助……」芙蕾一邊優雅地向桌上的書本行禮，一邊悄悄後退，以不同於一般貴族少女的矯健動作飛身從窗臺翻下。她在半空中調整身姿，吹了聲口哨，珍珠便迅速給予回應。

芙蕾翻身上馬，有些心虛地回頭、往二樓窗檯的方向望了一眼，幸好，她沒有看見什麼追上來的鬼魂。白馬順著來路飛馳而過，如同一陣白色的風，他們很快就接近了領主宅邸，看到自家莊園裡透出的燈光，芙蕾總算安心了下來。

緊接著她就聽見耳後傳來——

「妳忘了東西。」

芙蕾勒緊韁繩、猛地掉頭，但身後什麼都沒有，只有「石中火」從半空中落下。芙蕾伸手接住了。

「妳忘了這個小道具。還是說，妳是特意扔下來的，希望它把我燒了？」

魔王的聲音再次從她耳後響起。芙蕾屏住了呼吸，她原本以為對方要求她拿著書本離開，是因為他自己沒辦法移動，現在看來根本不是這麼一回事。也許是因為她摸了那本書，現在這位詭異又強大的魔王殿下好像纏上她了。

但不知道是不是錯覺，芙蕾總覺得他沒有生氣。

她小心翼翼地開口，「我很抱歉，但我實在無法分辨您是不是個壞魔王……」

按照她一貫的經驗，在找不到合適理由的時候，真誠比容易戳穿的謊話更容易得到諒解，但願對方是位寬宏大量的魔王。

「哈哈哈，壞魔王！」對方像是被這個詞逗笑了，他發出愉悅的笑聲，風圍著芙蕾轉了個圈，「真是有意思的說法。

「但我依然很傷心，畢竟我救了妳，而我索要的報酬也並不昂貴，妳卻把我當成……壞魔王。」

芙蕾抿了抿唇，她不太確定世界上是不是有好魔王，至少傳說和睡前故事裡好像沒有。

魔王再次強調，「我很傷心，所以現在我打算獅子大開口了。」

芙蕾提心吊膽起來，「什麼？」

「妳必須獻上妳的晚餐。」魔王用嚴厲且不容置喙的語氣說道。

芙蕾的表情呆了呆，在對方的笑聲中，她忽然反應過來——他或許對晚餐根本不感興趣，就只是壞心眼地想要看她露出這樣的表情。

芙蕾稍稍有些動搖，他看起來的確不像是個壞魔王。她大著膽子和這位和善的魔王提條件，「如果您不會傷害我的家人，那我將會為您獻上我的晚餐，保證十分豐盛和美味。」

「契約成立。」魔王笑了一聲，一陣微風再次把那本書送到芙蕾手上，他低聲說，「這次，可別再把我丟下了。」

他的聲音低得像一聲嘆息，以至於讓芙蕾懷疑是不是自己出現了錯覺，否則這位魔王的聲音，怎麼會那麼……落寞？

她低頭看著手中的書，它擁有漆黑的封皮，封面和書脊上都沒有文字，彷彿是整個浸入黑色墨水中染成的，就連外表都透著古怪。

把書藏進外套後，芙蕾就騎馬朝著家的方向奔去。她遠遠看見宅邸外似乎格外明亮——舉著火把和油燈的人們呼喊著她的名字，呼喚她歸家。

「芙蕾——」

「芙蕾小姐——」

少女策馬飛馳，金色的長髮畫出優美的弧線，她揮手回應，「我在這裡！我回來了！」火把和油燈架起光的橋梁，朝她湧來，夜空下的風忽然變了方向，好像在特地送他們一程。珍珠踏風而行，載著她歸家。

芙蕾在眾人的簇擁下回到自家莊園的大門前，當她看見等在門口、面帶和善微笑的母親時，笑容緩緩從臉上消失了。

「芙蕾，我剛剛好像聽見有人在大喊大叫，是哪位不成器的淑女居然發出這麼野蠻的叫喊聲？」霍華德夫人有著跟芙蕾一樣的髮色和眸色，很容易讓人聯想到、芙蕾的美貌或許就遺傳自她。

她身姿挺拔，笑容優雅溫和，儀容外貌上挑不出一絲差錯，就像是最標準的貴族淑女範本。儘管已經有些年紀，但不難想像出她年輕時一定也是個出色的美人，即使到了現在，歲月似乎也格外偏愛她，只在她身上留下成熟的韻味，沒有任何衰老的頹勢。

面對這樣一位優雅的美人，無論是芙蕾、還是門口舉著火把油燈的眾人，都噤若寒蟬，不敢發出一絲聲音，空氣中只有火把燃燒的劈啪聲。芙蕾挺直背脊，偷偷瞥了她一眼，低聲說，「是我，媽媽，對不起……」

「好了好了，回來就好。」霍華德子爵站在夫人身後笑呵呵地打圓場，他伸出手關切地問，「沒出什麼事吧，芙蕾？快進來。」

芙蕾的腳還沒邁出去，霍華德夫人就往後掃了一眼，霍華德子爵見狀，臉上的笑容緩緩收斂，伸出的手也慢慢收了回去。

霍華德夫人問，「那麼，告訴我，芙蕾妳今晚到底做什麼去了？」

芙蕾為難地皺了皺眉頭，說出實情的話媽媽應該會理解，但……

「哇啊——」她還沒想出一個合理的解釋，妮娜已經帶著熟悉的哭聲，由遠及近地衝了過來，「姊姊！」

臉上掛滿淚水的妮娜無視霍華德夫人身上的威壓，像一頭慌不擇路的小鹿、撞開眼前一切障礙，一頭撲進芙蕾的懷裡哇哇大哭。

霍華德夫人被撞了個踉蹌，子爵大驚失色，「哦！親愛的！」

他迅速往前一步，伸手攬住夫人纖細的腰肢，讓她免去撞上大門的悲劇。

「妮娜，妳的禮儀都到哪裡去了！」霍華德夫人深吸一口氣，在這種時候她也不忘維持臉上的笑容，雖然勾起的弧度看上去有幾分僵硬。

妮娜轉過頭來，用力吸了吸鼻子，「媽媽，不是姊姊的錯！是繁星商會的那群野小子！」

「哦，不！」霍華德夫人絕望地摀住額頭，「是誰教妳用這麼粗俗的字眼說話的！我親愛的女兒，妳是貴族小姐，別把那種詞掛在嘴邊！別忘了，妳馬上就要跟芙蕾一起去參加晉封……」

眼看霍華德夫人關於禮儀的長篇大論就要開始了，妮娜迅速提高音量，「但是！那群野……我是說那群雖然一點都不像、但血統還算尊貴的少爺們，是他們搶走我的髮夾，把它扔進那座石堡裡的！

「姊姊是為了幫我找髮夾才會這麼晚回來的，您不能怪她！」

紮著棕色麻花辮，臉上有著可愛雀斑的綠眼睛女孩張開雙手，像母雞保護小雞一般把芙蕾護在身後。

霍華德夫人站直身體，微微收斂笑意，「妳是說，那群昨天還在下午茶會上賣乖的小少爺們，轉頭就欺負了我們家女兒？」

霍華德子爵氣得直吹鬍子，「可惡！我就知道這群野小子不安好心……」

霍華德夫人幽幽地嘆了口氣，「我現在知道妮娜的措辭是和誰學的了。」

霍華德子爵心虛地摸摸自己的鬍子，霍華德夫人往後退了一步，「進來吧孩子，雖然這不是一個淑女應該做的，但至少……妳是個好姊姊，我不該責備妳。」

芙蕾露出不好意思的微笑，她小心地從腿包裡取出髮夾、遞給妮娜：「好啦，別哭了，我幫妳找回來了。」

「妳那麼晚都還沒回來，我還以為妳遇到危險了！」妮娜還帶著哭腔，一手拉著芙蕾，一手緊緊捏著那個髮夾。

「關於這個……」芙蕾看著身後的大門關上，過來幫忙的傭人們紛紛回到自己的崗位上，這才叫住父親。她神色嚴肅，「爸爸，我在石堡那裡看到鼠群，牠們恐怕又要捲土重來了。」

霍華德子爵的臉色一下子凝重起來，「又來了嗎，明明還不是鼠群出沒的季節，那群貪婪的掠食者……妳沒受傷吧孩子？」

芙蕾微微搖頭，她並不想讓他們擔心，於是隱瞞了自己曾被鼠群包圍的情報，只說，「珍珠跑得很快，我們沒有被追上。」

說完，她不由自主地想起燒焦鼠群的味道，肚子再次「咕嚕」了一聲。

霍華德夫人無奈地一笑，摸了摸芙蕾的腦袋，「先去吃飯吧，傻孩子。」

子爵思索著走向書房，夫人也跟著露出擔憂的神色。

芙蕾體貼地說，「我會照顧好自己的，媽媽，您去陪陪爸爸吧。」

「我也幫不上什麼忙。」霍華德夫人微微搖頭。

芙蕾露出微笑，「他會需要您的香草茶的。」

霍華德夫人笑了起來，一瞬間又變得神采飛揚，「妳說得對。」

她再次叮囑芙蕾要好好吃飯，接著便轉身朝著書房的方向走去。

霍華德夫人離開之後，妮娜抱著芙蕾的胳膊，驕傲地挺起胸膛，「我幫妳留了小羊排，聽到妳回來之後，就立刻叫廚房的人拿去烤箱加熱了！有兩塊！還有艾曼達的小甜餅！」

芙蕾想起和魔王的約定，覺得自己的心在淌血。她強顏歡笑，「好的，謝謝妳，妮娜。能幫我把食物送進房間嗎，我想先去洗漱……」

「明白！」妮娜非常高興從她那裡得到了任務，她一路小跑著奔向了廚房。

洗漱完後，芙蕾回到自己的房間，她換上白色的寬鬆睡袍，蓬鬆的長髮垂在身後，看起來比在馬背上的時候更加人畜無害。

桌上擺著食物，看樣子妮娜很好地完成了她的任務，甚至還在餐盤上擺了一隻用手帕疊成的小兔子，芙蕾忍不住笑了笑。

儘管食物的香氣如此誘人，但芙蕾還記得自己的承諾。她打開梳妝臺的抽屜，那本黑色的書正靜靜地躺在那裡，她小心翼翼地把它從抽屜裡取出來擺到食物旁邊，以虔誠的口吻開口，「尊敬的魔王大人，按照約定，我為您奉上今日的晚餐。」

「很好。」魔王慵懶的聲音響起。

芙蕾等待了半晌，也沒有見到魔王有進食的意思。或許是因為美食的香氣不斷誘惑著她，讓她的膽子變大了幾分，她試探地問道，「魔王大人，您不吃嗎？」

如果不合胃口的話，她可以幫忙解決掉的！

「妳見過書吃東西嗎？」魔王的聲音透著幾分古怪。

「沒有……」芙蕾茫然地張了張嘴，但她也沒見過會說話的書。

「所以，我要得到妳的晚餐，不是需要進食，只是想要看妳餓肚子而已，就像現在這樣。」魔王壞心眼地笑了起來。

芙蕾的肚子委屈地叫了一聲，肩膀也洩氣般地垮了下來。她小聲詢問，「那麼，我可以吃掉那塊甜餅嗎？就一小塊。」

她翠綠色的眼睛帶著希冀，看起來實在很難讓人拒絕。

但魔王相當無情，「不行。」

芙蕾失落地低下頭，就聽見魔王接著說，「除非妳先讓我嘗嘗。」

「可是您不是說書不用吃東西嗎？」芙蕾一邊提出疑問，一邊按照魔王說的，掰下一小塊甜餅放到黑色的書上。

接著她驚訝地看見書面浮現了一個小巧的魔法陣，那塊甜餅瞬間消失不見。

芙蕾強忍著把書拎起來抖一抖的衝動，試探地詢問，「好吃嗎，魔王大人？」

那頭沉默的時間有點久，芙蕾看著手裡大半塊甜餅蠢蠢欲動。但她才剛剛咬了一小口，魔王大人的聲音就再次響起，「……妳在對我的祭品做什麼？」

「咳！」芙蕾險些嗆到，她迅速伸手掰下一小塊甜餅，虔誠地再次放到黑書上，「我在為您把甜餅掰成小塊！」

「……妳以為妳在餵貓嗎？」魔王慵懶地抱怨一句，卻沒有阻止芙蕾繼續這麼做。

在芙蕾供上了一整塊缺一小口的甜餅給魔王大人後，對方總算是大發慈悲地開口，「好了，妳可以吃掉那份小羊排了。」

芙蕾臉上浮現真誠的喜悅，她露出笑容。「感謝您的仁慈，魔王大人！」

讚美甜餅，讚美廚娘艾曼達！

她撩起裙襬，迅速在桌旁坐下，以迅捷但又不失優雅的速度拿起刀叉，飛快地分解食物並送進自己嘴裡。完成進食之後，芙蕾滿足地長舒一口氣，並將刀叉放到一邊，高雅地擦了擦嘴角。

「我以為，以貴族淑女自稱的少女沒辦法飛快地吃掉兩塊小羊排。」

芙蕾擦嘴的動作僵了僵，她以為魔王已經沒有再看向這裡了，沒想到他居然沒有離開。

芙蕾小聲抗議，「今天、今天發生了太多事情……」

「哦——」魔王拖長音調，「也就是說平常妳不會吃這麼多？」

芙蕾沉默了下來，或許……也沒有少多少。

與此同時，門外也響起了敲門聲，她眼疾手快地把黑書甩進床底下，不知道是不是錯覺，她似乎聽見了魔王大人抗議的輕哼。

來訪者是霍華德夫人，她也換上了睡袍，這會兒看起來更像是個溫柔的母親。只是她瞇起了眼睛，笑容帶著幾分危險，「芙蕾，妳為什麼會在房間裡吃東西？可以解釋一下嗎？」

她身後的妮娜帶著歉意探出頭來，「抱歉，姊姊，我被媽媽抓住了……」

芙蕾嚥了嚥口水，「我……」

霍華德夫人心煩地搖了搖頭，徑直走到窗前打開窗。「妳難道聞不到飄滿房間的醬汁味嗎？還是這樣方便妳晚上睡覺時，接著做一個吃肉的美夢？」

她餘光瞥見芙蕾吃完的餐盤，深吸了一口氣，「兩塊小羊排，加上一塊小甜餅。芙蕾，妳一個人全部吃完了嗎？」

芙蕾心虛地低下頭。

「現在我只能慶幸妳是個喜歡騎馬亂跑的瘋女孩，不然妳可能已經穿不上訂做的禮服了。」霍華德夫人頭痛地揉了揉太陽穴。她把盤子端給門口的女僕，然後回過身對她們眨眨眼，「只有今天一次。」

她將一盤蘋果派端過來。

「哇！」妮娜發出一聲歡呼，隨後擔憂地看向芙蕾，「姊姊，妳還吃得下嗎？」

芙蕾露出笑容，「沒問題！」

霍華德夫人把食物端到床上，「話說在前頭，雖然允許妳們在床上吃，但如果把床鋪弄髒……」

「就自動交出下週的零用錢。」芙蕾順著她的話，動作熟練地接過裝有蘋果派的盤子，嚴肅而莊重地做出承諾，「請放心吧，尊貴的霍華德夫人，我們一定會小心的。」

霍華德夫人笑著點了下她的額頭，「小機靈鬼。」

「機會難得，我們就拋開妳的父親，來一場久違的女子會吧？」

「這樣父親好像有點可憐。」妮娜一邊說著，一邊拿起一塊蘋果派，「我剛剛看到喬治叔叔來了，是來商討鼠群的事情嗎？」

霍華德夫人微微蹙起眉頭，點了點頭。綠寶石領雖然位於阿爾希亞王國的邊境地區，但土地肥沃、地產豐富，倚靠著新綠森林，每年還能產出不少野獸皮毛。照理說，這麼好的一塊領土是輪不到一個小小子爵的。

據霍華德夫人了解，大多數伯爵的封地都遠遠沒有這麼富饒，但即便如此，也沒有人想要和霍華德子爵爭奪這塊領土，原因就是那些鼠群，被牠們糟蹋的可不只是莊稼作物，還有牲畜、甚至是人，這群永遠不知滿足的鼠群什麼都吃。

阿爾希亞並不尚武，而霍華德子爵是王國內罕見的、依靠戰功被授予爵位的騎士，除了他以外，國王內或許再也找不到其他合適的人來守護這片豐饒又危險的土地了。

「沒關係的。」芙蕾摸了摸妮娜的頭，「父親會阻止那些鼠群的，只不過這陣子護衛隊的戰士們又得要夜晚輪班了。如果擔心的話，我們可以跟艾曼達一起做些點心送過去。」

「對！這次也一定不會有事的！」妮娜笑彎了眼。

「好了，那種事就交給老爺去操心吧，我們來聊點別的。」霍華德夫人也坐到床上，她一手攬住兩個女孩，低聲問道，「妮娜，告訴我，繁星商會的小少爺們為什麼會和妳起衝突？」

妮娜低下頭，她抿了抿唇，「是湯姆和傑瑞，他們說……芙蕾會嫁給他們的大哥斯派克，我說才不會呢，他們就……」

霍華德夫人挑了挑眉毛，芙蕾看見她眼中一閃而過怒火，然而她的語氣依然溫和，「這樣啊，那麼芙蕾，妳覺得斯坦家的斯派克少爺怎麼樣？」

斯派克、湯姆、傑瑞是繁星商會的三位少爺，這次他們前來拜訪，是希望能在今年豐收祭典時，跟隨霍華德家的車隊一起前往王都見見世面。

他們家近幾年據說混得還不錯，繁星商會會長斯坦先生野心勃勃，說總有一天要讓他們的商會像繁星一樣點綴於整個阿爾希亞。坊間傳言，他們家擁有跟小山一樣多的金子，比很多貴族人家還要富裕。

但……

芙蕾眨了眨眼睛，「您想要聽客套話，還是真心話？」

「真心話。」霍華德夫人笑了笑，「說出真心話不用講究分寸，這是祕密女子會的特權，不是嗎？」

芙蕾笑了起來，她認真地說，「我認為，他的外表還算英俊，但企圖心實在太過明顯了，而且，他明明也是平民，卻看不起大多數貧窮的百姓。從行為來說，他並不是位真正的紳士。」

霍華德夫人微微點頭，她鬆了口氣，「看來我一手教出來的女兒是不會輕易被壞小子的花言巧語給騙走的，我總算可以稍微放心些了。」

「還有……」芙蕾看向妮娜，「我大概能猜到他們對妮娜的態度為什麼會那麼微妙。

「我想，斯坦家應該是看中我們家只有兩個女孩，他們渴望躋身貴族之列，而斯派克少爺似乎把我當成了他的囊中之物。在他們眼裡，我即將擁有『男爵』的頭銜，而且做為霍華德家的長女，父親將來也必定會把『子爵』頭銜和綠寶石領的繼承權交給我。

「因此在他們的認知裡，妮娜、就是將來會從他們手裡分走一大筆錢和土地的……敵人。」

妮娜抿了抿唇，賭氣似地一把抱住芙蕾，「我才不會跟姊姊爭搶這些！但這種壞傢伙也根本配不上姊姊！他的頭髮簡直像枯萎的茄子蒂一樣皺巴巴的！

「以後我要永遠賴在綠寶石領，賴在姊姊的身邊！」

「噗！」芙蕾被她的比喻逗笑了，她抱著妹妹在床上滾了兩圈，「幸好妮娜吃得不多，就算我將來窮困潦倒，用黑麵包也能把妳餵飽。」

妮娜小聲地抱怨一句，「至少也得加碗濃湯吧。」

姐妹倆嘻嘻哈哈地笑了起來，霍華德夫人溫柔地注視著她們，眼中閃過一絲欣慰。

霍華德夫人撐著下巴說，「繁星商會的少爺們邀請妳們明天一起狩獵，我答應了這個邀約。雖然我一直教導妳們，要維持淑女的形象溫和待人，但是……面對不識趣的傢伙，也得讓他們知道，我的女兒是他們高攀不起的。」

她捧起芙蕾和妮娜的臉頰，笑容溫和卻讓人不由自主地感到害怕。「明天允許妳騎著珍珠出去，芙蕾。帶上妳的弓箭和長槍，讓他們見識一下，整個阿爾希亞最驍勇善戰的霍華德子爵的女兒，是怎樣的女孩。」

妮娜倒抽了一口涼氣，「連鼠群都得不到這樣的待遇……」

霍華德夫人笑了起來，她站起身、朝妮娜伸出手，「好了，該讓妳姊姊睡覺了，回房間去吧，妮娜。」

此時盤子裡還剩下兩塊蘋果派，芙蕾和她們揮手告別，「我幫父親送過去，我想他應該不會介意吃我們剩下的，而且，也想和他聊聊關於鼠群的事情……」

直到霍華德夫人和妮娜關上房門，芙蕾聽到她們的腳步聲逐漸遠去，這才低下頭、以不怎麼優雅的姿勢鑽進床底、把那本黑書撈出來，小心地吹掉上面的灰塵。

等做完一切動作，她才後知後覺地想到——它明明能自己出來的。

她眨了眨眼，把黑書放在書桌上，虔誠地擺上一塊蘋果派，「魔王在上，希望您不會計較我剛剛小小的失禮。」

看著那塊蘋果派消失在傳送陣裡，芙蕾鬆了一口氣。既然收了禮物，那應該就是沒在生氣了吧？

她端著僅剩一塊的蘋果派，朝著霍華德子爵還亮著燈光的書房走去。

芙蕾敲了敲門，門內傳來父親略帶疲憊的「進來」。

霍華德子爵正靠在自己的座椅上，有些苦惱地摸著自己朝兩邊翹起的小鬍子。他在看到芙蕾的瞬間，周身愁苦的氛圍一掃而空，他站起來張開雙手，「好孩子，怎麼還沒睡？哦，這是給我的嗎？媽媽去找妳們聊天了？」

蘋果派是霍華德夫人難得會做的食物，也是每次和女兒們聊天時必備的點心。當然，她們也都會記得給無法參與的霍華德子爵留下一些，只是今天可能留得格外得少。

芙蕾把蘋果派遞過去，有些擔心地問，「又要開始防備鼠患了嗎？」

霍華德子爵一邊對蘋果派讚不絕口，一邊擰起眉頭，「是的，幸虧妳發現得早，這次我們有很長一段時間可以準備。」

「這次和往常有什麼不一樣的嗎？」芙蕾敏銳地察覺到父親的擔憂。

霍華德子爵苦笑一聲，「真是的，什麼都瞞不過妳。這次鼠群的規模似乎比往常還要驚人，就連新綠森林裡的動物們都開始遷徙了。」

「今年我們不只得阻止牠們進入村莊，還要盡可能地多撲滅一些，否則到了明年，我們只會迎來比這次更壯大的隊伍。鼠群的繁殖能力永遠讓人心驚，明明去年放走的也沒有特別多，今年怎麼會……」

芙蕾對此也沒有什麼好辦法，她只能陪在他身邊，稍微寬慰幾句。

帶著沉重的心情回到房間，她聽見魔王的聲音響起，「需要幫忙嗎？」

「……」

這句話似乎有些耳熟。

第二章

狩獵

CHAPTER

II

芙蕾有些遲疑，「魔王大人，您……聽見我和父親的談話了嗎？」

她本來想用「偷聽」這個詞，但又擔心會惹怒他。

「不需要偷聽。」魔王笑了一聲，「妳的表情可是相當好懂的，芙蕾小姐。」

芙蕾下意識摸了摸自己的臉，自己此刻的表情可能真的不太好看。她嘆了口氣，當作是傾訴一般地開口，「今年的鼠群似乎比往年更壯大了，明明去年也沒有留下特別多的種子，怎麼突然就……」

「大概是因為牠們拚命繁衍後代吧。」魔王的話聽起來有些漫不經心。

芙蕾覺得有點好笑，「什麼？」

「妳不知道嗎？鼠群的繁衍能力遠遠超過你們的想像。但如果牠們不顧一切地生下後代，卻找不到足夠的食物，也就無法將孩子們養大。」魔王拉長了音調，「所以——」

芙蕾聽得專心致志，忍不住追問，「所以？」

「接下來的部分得收費。」魔王一本正經地說道。

芙蕾茫然地張了張嘴，感覺一口氣不上不下地哽在喉嚨。

魔王卻接著說，「但看在蘋果派的分上，姑且就告訴妳吧。

「所以每年鼠群都會依據囤積的食物繁衍一定數量的後代，而今年的鼠群……或許遠不只你們看到的這些，牠們可是拚了命地繁殖呢。」

「鼠群居然有這麼高的智慧嗎?」芙蕾下意識地開口,但她很快就想到,魔獸確實比一般的動物來得更有智慧,就連稍微混有魔獸血統的珍珠都彷彿聽得懂人話,鼠群擁有超乎人們想像的智慧,似乎也不是不可能。

於是她又有了新的疑問,「為什麼今年要瘋狂繁衍?」

她原本擔心魔王還會說什麼收費,但對方卻很配合地接著往下說,「這類低等魔獸在遇到天災時都會瘋狂繁衍,然後讓所有群體四散逃跑。只要還有活下來的個體,就能保證族群不遭滅絕。

「別小看這群小傢伙,牠們的感知可比人類敏銳得多了。」

芙蕾深吸了一口氣,她好像聽見什麼了不起的情報,「天災?」

魔王意味深長地說道,「法師塔的那些大人物們應該都有所準備了,不知道這次前往王都,會不會稍微透露一點給你們……但要我說,還是自己變得強大更保險吧?

「成為我的眷者吧,我會給予妳足夠保護家人的魔法天賦。」

芙蕾短暫的沉默之後,她問,「那我需要付出什麼樣的報酬?」

魔王看起來相當坦誠,「我需要妳幫我解開封印,在天災來臨之前,我也得積蓄力量。」

芙蕾沒有立刻回答。不可否認,她剛剛有一瞬間心動了,阿爾希亞的每個人大概都幻想過自己成為法師的樣子,畢竟在魔法消退的今天,法師塔的大法師們身分儼然比貴族還尊貴。

但她依然保持著警惕——不能這麼輕易就跟魔王做交易，而且未來的天災什麼的，說不定也是騙人的！

魔王並沒有催促她現在就要給出答案，「妳還有時間慢慢考慮，不過我建議妳這幾天出門最好把我一起帶上，否則我就算要示警都來不及。」

芙蕾答應了。她爬上床鑽進被窩，才剛剛閉上眼睛卻又猛地睜開。她一個翻身爬起來，把黑書放進抽屜裡。

這位魔王大人神出鬼沒的，把他留在桌子上豈不是讓他看著自己睡覺……

黑暗中，芙蕾微微紅了耳朵，她雙手合十地道歉，「今晚就請您睡在這裡吧，之後……」之後也許可以跟艾曼達討一個貓窩。

芙蕾理智地沒有把這句話的後半段說出來。她再次鑽進被窩，閉上眼沒多久，就陷入了甜夢裡，因此，她沒聽見桌前傳來了一聲無奈的輕笑，「人類怎麼會覺得區區一個木盒就能攔得住我？」

第二天清早，斯坦家的三位少爺準時來到霍華德家的宅邸外，霍華德夫人接待了他們，臉上的笑容一絲不苟，看起來和平常沒什麼區別——本來霍華德子爵也要出面的，但霍華德夫人以他不會演戲為由把他關進了書房裡。

霍華德夫人站在門前，露出微笑寒暄，「不太會有人邀請芙蕾去狩獵呢。」

年紀稍小的傑瑞困惑地和湯姆低聲交談，「真的嗎？可是我聽說貴族都喜歡狩獵耶？」

「呵呵，真是個天真的孩子。」霍華德夫人掩唇一笑，「貴族們當然喜歡狩獵活動，不過這種活動，一般是不會邀請淑女的。」

斯派克臉上閃過一絲尷尬，但他顯然比兩位弟弟更沉穩一些。他微微低頭行禮，「我明白，但我想在她面前多表現一下。在狩獵方面，我還是有點自信的……」

霍華德夫人不動聲色地打量著他。呵，年紀輕輕的小鬼也敢在她面前演戲，她可不會被這副裝出來的深情模樣給迷惑。

霍華德夫人意味深長地說，「是嗎？那就好，畢竟我的芙蕾也不是一般的女孩，她對於狩獵……也是相當有自信的。」

語畢，莊園側面就傳來一陣馬嘶，眾人聞聲側頭——一身幹練馬術裝扮的芙蕾坐在白馬的背上，直接策馬越過了柵欄，如風一般地朝這裡飛奔而來。

妮娜騎著一匹棗紅色的小馬跟在她身後，「姊姊，等等我！」

芙蕾拉了拉韁繩，珍珠便放慢速度，牠有些不滿地打了個響鼻，妮娜這才跟了上來。她的騎術顯然沒有芙蕾精湛，但在斯坦家的三兄弟面前，還是挺直了腰背。

她一看見傑瑞和湯姆、就冷哼一聲扭過頭，故意讓他們看見自己腦袋上的髮夾，兩人的臉色隨之一變。

芙蕾身後除了弓箭以外，還背了一根泛著銀光的長槍。開刃的槍尖閃爍著寒光，看起來就不是在開玩笑的。她今天看上去格外銳利，像是一柄出鞘的劍，整個人透著鋒芒畢露的殺氣，讓人有些招架不住。

斯派克突然有些猶豫，但他還是按照計畫露出欣喜的笑容。「芙蕾……」

「斯派克少爺。」芙蕾在馬背上簡單地行了個禮。她一抬頭，看見斯派克少爺有些軟塌塌的頭髮，瞬間想起妮娜昨天說的枯掉的茄子蒂，不小心露出了一點笑意。

斯派克霎時覺得自己被鼓舞了，他露出極盡紳士的笑容，「那麼，我們出發吧。」

「新綠森林周邊沒有什麼危險的獵物，但以防萬一，芙蕾小姐，還請跟緊我。」

妮娜忍不住從鼻子吐氣，她湊到芙蕾身邊低聲說道，「說得對，他最好要挨緊姊姊，這樣才能保證他的安全。」

芙蕾低笑了一聲，打量起幾位少爺的裝扮。

他們上半身穿著華麗的禮服外套，只有下半身象徵性地套了條方便騎馬的褲子，每個人身後都背著弓箭和箭筒，但裡面只插了十來支箭。

芙蕾忍不住發問，「只帶這麼幾支箭，能抓得到獵物嗎？」

斯派克少爺哈哈笑了起來，他從身後抽出一支箭、遞給芙蕾，「這也沒有辦法，畢竟是用金子打造的箭矢，就連尾羽都是鏤空雕刻的銀葉子……」

「金子很軟，尾羽看起來也很容易壞，而且箭身很重，這應該很難用。」芙蕾客觀地評論。

斯派克臉上的笑容一僵，隨後他說，「是的，所以只有好獵手才能配得上這樣的箭矢，您要不要……」

他一邊說著話，一邊驅使著胯下的馬靠近芙蕾，似乎是想把那根箭矢遞給對方。但他沒想到，一貫喜歡自由奔跑的珍珠被迫慢慢溜達，已經憋了一肚子火，這時又見陌生馬匹貿然接近，立刻毫不客氣地嘶鳴恐嚇，直接掉頭咬了上去。

「珍珠！」芙蕾眼疾手快地制止牠，但斯派克胯下那匹馬已經受到驚嚇，居然高抬前腿、直立而起，想要把自己的主人掀翻在地，自己狂奔逃走！

「啊——！」斯派克發出慘叫。這個養尊處優的富家少爺大概從來沒有自己降服過馬，更不知道該如何處理這個情況，只能下意識地死死拽住韁繩。

馬兒發狂一般地跑了起來，帶著驚恐的斯派克飛奔而出。

芙蕾瞪大眼睛。雖然她原先就計畫要嚇唬他一下，但她什麼都還沒做，這個效果是不是太好了點？

「大哥！」傑瑞的臉色霎時刷白。

「去、去叫人！」湯姆試圖調轉馬頭、回去莊園，但此刻他的手也顫抖著。他的馬匹受到了同伴的影響，蠢蠢欲動地想要奔逃。

芙蕾嘆了口氣，「珍珠。」

珍珠打了個響鼻，縱身一躍跳到眾人身前、做出威懾的姿態。身後的幾匹馬見狀立刻夾緊屁股、後退兩步，不敢造次。

隨後芙蕾拉起韁繩，珍珠一邊嘶鳴，一邊暢快地奔跑了起來。牠不斷縮小與斯派克之間的距離，一面發出威脅的嗚叫聲。

從斯派克身邊越過時，芙蕾大喊一聲，「拉緊韁繩，別鬆手！」

斯派克下意識按照她所說的做了，她金色的髮絲從眼前拂過，翠綠的眼瞳無畏而專注，莫名讓人心生怯意。

「停下！」

隨著芙蕾的命令，珍珠猛地橫身躍出，修長的脖子一甩，就像是狠狠賞了那匹瘋馬一巴掌。受驚的馬匹委屈地發出低鳴，踉蹌著後退兩步。

斯派克還陷在脫困的呆滯中，芙蕾居高臨下地把那支金銀鑄造的箭矢交還給他，「您沒事吧？」

有那麼一瞬間，斯派克甚至不敢伸手去接。

眼前的少女似乎格外被造物主寵愛，她出身尊貴、容貌昳麗，甚至還十分強大。那根箭矢就像一條涇渭分明的分界線，即使他用金銀搭橋，也無法跨越那條鴻溝。

不久，他們身後傳來噠噠的馬蹄聲。妮娜帶著他的兩個兄弟來到面前，她掀了掀眼皮，用十分誇張的語調驚嘆，「哦，親愛的斯派克少爺，你看起來就像是被野豬糟蹋過的茄子……」

芙蕾無奈地彎了彎唇角，她瞥了妮娜一眼，妮娜便乖乖閉上了嘴。

當她再次往前遞出那根箭矢時，斯派克難掩臉上的窘迫，他伸手接過箭矢，低頭說了聲「謝謝」。芙蕾的臉上未見嘲諷，但這樣反而讓他更加難受。

芙蕾的目光沒有在他身上繼續停留，她調轉了方向，隨意開口，「剛剛那麼大的動靜，這附近應該不會有獵物了，我們也許得走遠一點。

「對了，順便提醒一句，在新綠森林裡打獵，最好帶上近身武器。如果遇見熊之類的獵物，就算箭矢射中了，牠也不會立刻倒下……」

傑瑞臉上瞬間褪去血色，「熊、熊？」

妮娜的棗紅小馬不緊不慢地跟在珍珠身後，她笑了笑，「你們該不會以為這座森林裡就只有小兔子之類的獵物吧？」

傑瑞緊張地拉了拉韁繩，有些結結巴巴地開口，「要、要不然我們回去吧……」

妮娜拍拍胸脯保證，「放心吧，跟著姊姊就不會有事！」

她話音未落，樹林上空就傳來「嘩啦啦」的翅膀破空聲。所有人下意識抬起頭，只見成群的鳥雀鳴叫著飛過。

珍珠機警地躍出籠罩在頭頂的鳥群陰影，妮娜身下的紅棕色小馬也如影隨形地跟上，而呆立在原地的斯坦三兄弟卻吃到了苦頭。

傑瑞第一個叫嚷了起來，「什麼東西！下雨了嗎？」

湯姆毫不紳士地怒罵一聲，「該死！是鳥糞！」

斯派克也變了臉色，三位少爺翻身下馬、抱頭鼠竄，朝著妮娜和芙蕾這裡逃來，珍珠則是十分嫌棄地拉開距離。

妮娜還在看著他們偷笑，芙蕾卻抬頭看向鳥群，眼神中透出幾分凝重。她想起魔王說的──小動物對災害的感知是很敏銳的。

「看來這群小傢伙先察覺到了。」魔王的聲音在她耳邊響起，「牠們來了。」

那本黑書此刻就在珍珠背上的布袋裡，芙蕾今早雖然猶豫，但最終還是把它帶上了。她警覺地看了其他人一眼，他們似乎都沒有聽見魔王的悄悄話。芙蕾不再猶豫，大聲說道，「妮娜，帶他們回去。通知父親，鼠群就要來了。」

妮娜瞬間變了臉色，她不安地瞪大眼睛，「那妳……」

珍珠已經載著她跑起來了，只有遠遠的聲音飄來，「我去通知護衛隊！」

斯派克嗅到空中不安的氣味，他來不及顧忌自己滿身的鳥糞，看向妮娜一問，「什麼鼠群？」

「不知道這個你們也敢來綠寶石領嗎！」妮娜的臉色不是很好看，她拉了拉韁繩，「別廢話了，快跟著我回去！」

她一馬當先地朝著莊園的方向飛馳而去，幾個少爺也不敢落後，惴惴不安地跟了上去。

另一邊，芙蕾策馬朝村莊邊境衝去。

綠寶石領和鼠群的爭鬥歷史悠久，霍華德子爵也有對付牠們的一套方法。每到鼠群成災的時節，人們就會在森林和村莊周邊搭起草垛的圍牆，安排護衛隊輪流值班。鼠群畏光畏火，一旦牠們靠近，就迅速點燃草垛，燃起火牆阻止牠們靠近。等到鼠群退去，再用提前準備好的泥土滅火，防止火焰蔓延進森林。

這一招一向很有效，但不知道為什麼，芙蕾心裡七上八下的，她有些不安。

防護線近在眼前，身著鎧甲的護衛隊們盡責地守在自己的崗位上。芙蕾抽出身後的弓箭──這種時候，有比大聲呼喊更有效的方法。她用「石中火」點燃木箭，隨後彎弓搭箭，瞄準草垛射了出去。燃著火焰的木箭破風而去，精準地落在草垛上。草垛很快冒出了灰煙，沒多久就燃燒了起來。

護衛隊的士兵們錯愕地看向木箭射來的方向，為首的強壯中年男子瞇起了眼，驚訝地認出來人，「芙蕾小姐？」

芙蕾這才開口，「喬治叔叔，點火！鼠群來了！」

士兵們有一絲猶豫。天色還沒完全暗下來，按照以往的經驗，鼠群從來不會在白天出動，而且他們在這裡也沒看見鼠群的影子……

護衛隊長喬治面色凝重，但他只猶豫一瞬就下了命令，「點火！動作快！」

他相信霍華德子爵，他無數次從鼠群手下保護住了這片領土，所以他也同樣相信他優秀的女兒。

命令很快就傳遞下去，護衛隊士兵們飛快地點燃火把。芙蕾總算鬆了一口氣，遠遠停下腳步看向遠方。

一眨眼的功夫，遠方的地平線似乎迅速逼近了一寸。芙蕾瞇眼細看，才發現那是密密麻麻的鼠群！魔王說的沒錯，這次鼠群的規模遠超越過去，目光所及的一切已經全被鼠群淹沒。牠們以一種使所到之處變得寸草不生的氣勢衝過來，把一切都啃食殆盡。

護衛隊長喬治當機立斷，「再多搬些草垛過來！快！」

護衛隊士兵們迅速補充草垛，讓這堵火牆變得更加可靠。遠處的鼠群比平常更加悍不畏死，牠們吱呀叫著撲進火牆，燒焦的屍體滾落到牆邊。儘管鼠群源源不斷，但牠們似乎也無法輕易克服自身的弱點，那堵火牆把牠們攔在安全線之外。

護衛隊員們鬆了口氣，像是提前預見勝利般開始歡呼。喬治叔叔爽朗地大笑，「這次可多虧了妳！芙蕾小姐！

「喂，別偷懶，等鼠群退去，領主大人肯定會請大家喝酒的，現在都給我打起精神來！」

可是芙蕾還沒有放下心。他們搶占了先機，但面對這樣數量的鼠群，只靠那道火牆真的沒問題嗎？

鼠群似乎要和這些頑強抵抗的人類打一場持久戰，一次又一次地衝向火堆裡。芙蕾握緊韁繩，按照以前的慣例，這個時候鼠群應該就要撤退了……

「差不多要開始了。」魔王的聲音在她身後響起。

芙蕾猛地一顫，她看見鼠群們開始集體組隊撲火！幾十隻老鼠組成的鼠球衝進火焰之中，周邊的鼠妖燒焦墜落，但被護在裡面的老鼠活了下來，一落地就飛速朝著村莊、人類，朝著所有可以啃食的東西撲來！

「該死！有老鼠進來了！」

「火把，用火把燒死牠們！」

「啊！牠們爬上來了！」

芙蕾呼吸一滯，她反射般地想要前去幫助他們，但魔王的疑問卻將她釘在原地，「妳打算怎麼做？」

芙蕾下意識回答，「用長槍掃開鼠群、掩護他們撤回。」

魔王接著問，「然後呢？」

然後？然後緊閉門窗等待鼠群退去。

然而牠們真的會退去嗎？以往的鼠群等到天亮就會撤退，但現在還是白天，牠們就已經肆無忌憚地開始進攻了！

芙蕾茫然地握著身後的長槍，她問，「我該怎麼做？」

「妳什麼也做不了。」魔王遺憾地說，「就算在貴族小姐中妳算是難得一見的狩獵好手，但實際上，妳也不過是個普通人。

「妳沒有力挽狂瀾、救下他們的能力。」

芙蕾不甘地抿緊了唇。他是故意的，但他也沒有說錯。

她已經幾乎相信魔王所說的天災，她不知道天災具體的情況，但是此刻，這些源源不斷的鼠群就已經能給綠寶石領帶來滅頂之災。

「現在，有機遇擺在妳的眼前。」魔王的聲音循循善誘，終於有點傳說中魔王的樣子了。

他低笑著，「成為我的眷屬，妳就能……擁有拯救他們的力量。

「如果現在轉身就逃，那麼憑現在的力量就足夠了。畢竟鼠群追不上妳親愛的小白馬，妳能逃過一劫。但如果還想保護妳的家人，那麼至少也得擁有大魔法師、首席劍士那樣的力量。

「如果還想要守護領土上這些無辜的民眾，甚至整個阿爾希亞裡的人，就得擁有……神靈一般的力量，或者祂的反面——魔鬼一般的力量。」

魔王淡淡地笑著，「現在，該做選擇了。妳要逃跑，還是……成為我的眷屬？」

芙蕾看不見他的樣子，但她有種錯覺，對方現在似乎正親切地覆在她耳邊說話。她記得故事裡的魔鬼能看透人心，他們總會給出最難以拒絕的誘惑。就好比此刻，他從提出問題的一開始就知道她的答案——她不會眼睜睜看著他們死在這裡。

芙蕾深吸一口氣，「我選擇，成為您的眷屬。」

「吾應允。」

呼嘯的風從她身後奔來，剛剛突破防線的老鼠被狂風席捲著拋回原處。風帶著火牆朝鼠群逼去，像是整齊地在鼠群身上刷了一層火，然後毫不留情地將活著的、死去的老鼠一同包裹起來，聲勢浩大地扔向了遠方。

只是幾秒鐘的時間，滅頂之災消失不見了。

在所有人目瞪口呆的詫異之中，芙蕾聽見魔王滿意的低笑。

不知是誰喃喃開了口，「這、這是……神蹟嗎？」

芙蕾呆呆地站在原地。「這就是魔王的力量嗎？」

「不。」魔王笑了起來，「從現在起，這分力量已屬於妳，風會聽從妳的號令。」

另一邊，莊園門口，剛剛全副武裝正要翻身上馬的子爵滿臉震驚，扭頭看向狂風吹動的方向。

霍華德夫人緊張地往前兩步。「怎麼了？」

遠處升起了綠色的煙霧，那是約定好的安全信號，然而霍華德子爵臉上的表情並沒有放鬆下來。他看著遠方緩緩消散的風，眉頭擰得像一塊疙瘩。

夜幕降臨，今晚的夜空顯得格外乾淨，銀月繁星熠熠生輝，不用火把也能看清腳下的路。綠寶石領的中央廣場點起了篝火，同時響起了樂聲和人們熱情高漲的歌聲。他們舉起酒杯歡慶，臉上洋溢著歡快的笑容。

這是擊退鼠群之後的盛大晚宴。按照慣例，由霍華德子爵做東，所有人都可以參與，而且會一直鬧到天明。

「……我們又一次從貪婪的小野獸嘴裡捍衛了領土，享受你們的勝利吧，也預祝明年的豐收！」霍華德子爵高舉手中的酒杯，十分豪邁地一口喝乾，隨後將杯子倒扣向大家展示。

如果在王都，這絕對是會被貴族們恥笑的粗魯行為，但在綠寶石領，這就是子爵和大家親近的證明。

「哦！」民眾們歡呼起來，紛紛舉起了酒杯。

「哦，您的致辭真是讓我感動至極！」大腹便便的繁星商會當家——斯坦先生笑得看不見眼睛，他端著酒杯靠近霍華德子爵，「我以前只知道綠寶石領繁華且美麗的一面，卻不知道這裡還會遭受這樣的災難……」

「真是多虧您照顧我的傻兒子們，否則也不知道他們能不能保住小命！」三位少爺跟在斯坦先生的身後，臉上都帶著幾分尷尬，但他們還是隨著父親、朝子爵舉起了酒杯。

他不過是讓三位嚇傻的男孩躲進莊園內，順便讓他們換了身乾淨衣服而已。他們根本連鼠群的影子都沒見到，哪裡有什麼危險。

但這種事就不必說破了。霍華德子爵哈哈大笑，「您太客氣了！好好享受宴會吧！」

他說完就要離開，斯坦先生趕緊往前一步。「對了，怎麼沒看見芙蕾小姐呢？」

聽到他們還惦記著自己的寶貝女兒，霍華德子爵臉上虛假的笑容差點掛不住，但他想起了夫人的囑咐，深吸一口氣、勉強撐住了笑意，「芙蕾被鼠群嚇壞了，所以先回去休息了。」

「這樣啊……」斯坦先生露出遺憾的神色，他身後幾位少爺的表情卻顯得有些詭異。

之前那位貴族小姐策馬狂奔前去示警，哪裡有半點害怕的樣子？

斯坦先生不知道自己的兒子們已經遭受了一輪精神打擊，他熱情洋溢地看向斯派克，「我記得我們之前購買了一批安神的香料？斯派克，送一點去給芙蕾小姐吧，這可是王都裡的大貴族們都在用的高檔貨。」

斯派克張了張嘴，最後還是點頭說道，「好。」

此時，芙蕾的房間裡，她正把那本黑書恭恭敬敬地擺放在餐桌上。左邊是一盤冒著熱氣的小甜餅，右邊是一籃沾著水珠的時令水果，正中間擺著一盤油光盈潤的烤肉，而她本人虔誠地半跪在黑書面前，嚥了嚥口水，「這是您的貢品，魔王大人。」

魔王笑了一聲，「吾允許妳一同進餐。」

芙蕾真誠地讚美，「感謝您的仁慈！」

她在餐桌邊坐下，在黑書上率先放上一塊魔王最喜歡的小甜餅，之後才替自己叉了一塊烤肉。她閉上眼，發出一聲滿足的喟嘆。

「好吃嗎？」

芙蕾睜開眼睛，「您要來一塊嗎？」

「不。」魔王毫不猶豫地拒絕了。

「您難道是素食主義者？」芙蕾有些疑惑，「我記得您上次也沒有吃小羊排，只吃了小甜餅……」

她不知道該不該說，小甜餅其實也會用到動物性油脂……

「不是。」魔王輕快地回答，「只是肉類的醬汁會把書弄髒。」

芙蕾：「……」

這確實是她沒想到的理由。

魔王再次發號施令，「我要那個果子，綠色的。」

芙蕾聽話地把果實奉上，然後好奇地問，「對了，魔王大人，我現在算是有魔法天賦了嗎？我是不是該找位魔法師學習……」

魔王哈哈笑了起來，「誰有資格指導我的眷者？看樣子妳對魔法一點都不了解。唉，沒辦法，畢竟我也沒什麼選擇，就讓我來給妳上點魔法基礎課吧。

「聽著，人類體內是沒有元素的，他們的本質就不能使用魔法。所以只能跟元素精靈溝通，從它們那裡獲取幫助。而所謂的魔法天賦，就是元素精靈看你們順眼的程度。」

芙蕾眨了眨眼，她是第一次聽到這些概念。她嘗試理解，「也就是說，現在這個魔法消退的年代，就是人類逐漸被元素精靈厭惡了嗎？」

「不。」魔王的聲音聽起來有些落寞，「是元素精靈越來越少了。」

芙蕾眨了眨眼，不明白精靈的消失意味著什麼，但她似乎從對方的聲音裡聽到某種兔死狐悲的悲涼。

「您還好嗎？魔王……」她試著安慰魔王，但他卻生硬地打斷了這個話題。

他的聲音輕快得有些做作，「啊，我們剛剛說到哪了？」

芙蕾體貼地回答，「說到一般人的魔法原理。」

「總結得很好。」魔王讚許了一聲，「簡單來說，人類的魔法是對元素精靈提出請求，而眷者的魔法，是命令。」

「我記得元素精靈聽從神的號令……」芙蕾深吸了一口氣。這也意味著，魔王擁有和神靈同等的力量。儘管從他的名號就可見一斑，但由此再次得到佐證，還是讓芙蕾覺得有些不真實。

她小聲詢問，「您擁有過眷者嗎？」

「沒有。」魔王的聲音透出懷念，「但我尋求過人類的幫助，也遇到過幾個有趣的人。」

「他們……怎麼樣了？」芙蕾好奇地問，這些人或許也算是她的前輩，參考他們的下場也許能讓她稍微安心一些。

魔王輕描淡寫地開口，「死了。」

芙蕾呼吸一滯。

「人類的壽命太短暫了，他們能做到的都很有限。」魔王嘆了口氣，「大多數的人都死了，也有……忘了我們曾經約定的。」

芙蕾猶豫了一下，她問，「忘了您的約定……會有什麼後果？」

「會有什麼後果？」魔王似乎覺得她的問題很有意思，他幽幽地嘆了口氣，「會讓我很傷心。」

芙蕾眨了眨眼，等待一會兒才遲疑著問，「沒了？」

「沒了。再來一塊小甜餅。」魔王指使著芙蕾上供，「不然還能怎麼辦呢？我現在只是一本沒有腳的書，總不能追上去用書頁嘩啦啦地賞他巴掌吧？」

芙蕾：「……」

還挺有畫面感的。

「啊，妳問這個……不會是打算忘了約定吧？」魔王像是忽然反應過來。

芙蕾叉烤肉的動作僵硬了一瞬，她立刻回答，「不！我只是隨便問問！我一定會努力……努力……呃，魔王大人，我該努力做些什麼呢？」

「我需要破開封印，但我的力量還不夠，妳需要幫我尋找一些充滿神性的物品。」

芙蕾困惑地皺起眉頭，「什麼是……充滿神性的物品？」

「唉。」魔王再次發出嘆息，「就是魔法道具。一部分的魔法道具如果和神明有些淵源，上面就會沾染神的氣息。」

芙蕾點了點頭。「啊，我有『石中火』……」

魔王從鼻子裡發出一聲嗤笑，芙蕾尷尬地垂下了眼。好吧，這好像是低級了一點。

魔王提醒她，「也不是什麼魔法道具都具有神性。一般來說，年代越久遠，越有可能被神觸碰過。」

這倒是很好理解，遠古時代神靈還在世間行走，魔法道具被他們觸摸到的可能性更大。但這種東西一般都很昂貴。芙蕾正盤算著自己的零用錢夠不夠用時，門口忽然響起了敲門聲。

芙蕾一把拿起黑書，往後甩進床底下。僅僅才第二次做這樣的事，她居然已經十分熟練了——希望魔王也已經習慣了。

來人居然是霍華德子爵。芙蕾眨了眨眼。「怎麼了，爸爸？」

子爵摸了摸自己的小鬍子，看了看桌上擺放方式有些奇怪的食物，笑了聲，「來看看我們的大功臣。怎麼樣，吃得還滿意嗎？」

芙蕾笑起來，「非常滿意，感謝您的款待，子爵閣下。」

霍華德子爵也哈哈大笑，他在芙蕾對面坐下，探究著詢問，「對了，芙蕾，我聽護衛隊的人說，當時吹起了一陣怪風，那時妳有發現什麼異狀嗎？」

芙蕾眨了眨眼，心頭倏然一震。她其實不怎麼擅長說謊，尤其是在家人面前。「沒、沒有，我什麼都沒看見。」

霍華德子爵的目光有些複雜，有一瞬間她以為對方已經發現了什麼，但他什麼都沒有說。

霍華德子爵伸手摸摸口袋，接著有些懊惱地拍了拍自己的腦袋，「哦，斯坦商會送了些安眠的香料給妳，我本來想幫妳帶來的，結果忘記了。我難道已經上了年紀了嗎……

「抱歉，芙蕾，妳能自己去拿一下嗎？」

芙蕾笑起來，「好的。」

等她走出房間，霍華德子爵收斂起臉上的笑意，他問，「您在這裡嗎，魔王大人？」

第三章

約定

CHAPTER

III

房間內靜悄悄的、沒有回應。霍華德子爵耐心地等待著，就在他以為魔王並不願意見他的時候，房間內終於響起了聲音。

「很久不見了，卡彭・霍華德。」

從他成為子爵以來，已經很久沒有被人這樣直呼全名了。他深吸了一口氣，虔誠地單膝跪下，「魔王大人，您的從者卡彭・霍華德聽從您的命令。」

霍華德子爵低下了頭。明明眼前空無一人，但他總覺得對方似乎正在打量著他。

魔王幽幽地開口，「我以為你已經離開了。」

霍華德子爵額上滑下一滴冷汗，他深吸了一口氣，「我願意付出任何代價，但我的家人，她們對此事一無所知，還請您……」

魔王低笑了一聲，「放輕鬆點，卡彭。你以為我是來尋仇的？不，這只是個巧合而已，你的女兒長得跟你一點都不像。」

霍華德子爵深以為然，「是的，幸好她繼承了夫人的美貌！」

話說出口，霍華德子爵才反應過來——在這個時候強調夫人的美貌好像有些不合時宜。他尷尬地清了清喉嚨，試探著詢問，「芙蕾還是個孩子，她應該幫不上什麼忙，如果有什麼需要做的，就由我……」

「你已經背棄了約定。」

魔王的聲音懶洋洋的，似乎沒有把這件事放在心上，但霍華德子爵的心還是沉了下去。他咬牙，繼續開口，「拜託了，魔王大人，請再給我一次機會，我這次一定會……」

「好了。」魔王打斷了他，「你好不容易才得到現在的一切吧？就這麼放棄不可惜嗎？你的爵位、領地，還有你美麗的妻子、乖巧的女兒，你得放棄這一切，為我獻上生命，不會覺得不甘心嗎？」

霍華德子爵的表情動搖了一下，但他很快低下頭顱，「我願意，魔王大人。這本是我應該做的事，我已經從您手中偷到了這麼久的幸福，如果能讓我的家人安然無恙，那麼就算讓我即刻赴死，我也不會有任何不甘心。」

魔王沉默了一會兒，他微微搖頭，「是嗎，可惜，你的命對我來說毫無用處。

「離開吧，卡彭．霍華德。你帶來了『神靈之書』，這就已經足夠了。去享受屬於凡人的幸福吧，反正你也沒有多久可活了。」

霍華德子爵的心臟猛地跳了兩下，他下意識地反駁，「但是之前醫生說我身體強壯，還能活上好幾十年……」

魔王嗤之以鼻，「人類的一生如此短暫，幾十年也就是彈指之間而已，真是沒見過世面。」

霍華德子爵抓了抓腦袋，他接著問，「那芙蕾……」

魔王有些不耐煩了，「她已經是我的眷者了。」

霍華德子爵神色一變。在魔法方面他比芙蕾知道得多，他知道神靈的眷者只能有一個人，至少在前一個死去之前只能有一個。眷者能夠分享神靈的力量，據說如果眷者死去，對神靈本身也會有所損傷。如果芙蕾成了魔王的眷者，或許反而比較安全。

但可以的話，他還是希望她能離魔王——這種危險的生物遠一點。

霍華德子爵愁眉苦臉，他緩緩站了起來。芙蕾去拿香料，應該也差不多要回來了。他最後問了一句，「我斗膽詢問，魔王大人，您還打算復仇嗎？」

短暫的沉默之後，魔王開口，「我復仇的矛尖指向高高在上的神靈，而不是人類。」

他平靜的語氣下飽含不加掩飾的殺意，有那麼一瞬間，霍華德子爵像是承受不住壓迫般差點跪下。

「她回來了。」魔王開口提醒。

霍華德子爵趕緊擦了擦額頭的冷汗。這時，芙蕾推開門，手裡拿著安神的香料。她疑惑地看向有些反常的父親，「怎麼了，爸爸？你看起來像是剛被媽媽訓了一頓。」

「……咳，別胡說八道。」霍華德子爵險些被自己的口水嗆到。他瞪了這個說話口無遮攔的傻女孩一眼，嘆了口氣，「好了，既然香料拿到了，那我就回去了，早點睡吧。」

「好的。」芙蕾從門口讓出了一條路。

就在他們擦肩而過的時候，霍華德子爵忽然再次開口，「芙蕾……」

「嗯？」芙蕾乖巧地偏過頭，似乎不明白父親今天為什麼會如此奇怪。

霍華德子爵拍了拍她的腦袋，「如果遇到困難，隨時可以和爸爸商量，以及……做個好夢，我的孩子。」

芙蕾笑彎了眼，「您也是。」

霍華德子爵離開芙蕾的房間後，徑直地朝地窖走去。這裡除了保存著名貴的葡萄酒，還有一間專屬於他的武器收藏室。他推開門走了進去，一眼看見擺在正中間的顯眼護具——一套漆黑的、宛如深淵一般的盔甲。

儘管屋內有鑲嵌著名貴寶石的華麗佩劍、削鐵如泥的名劍，以及來頭不小的黃金長弓，但這身盔甲仍然可以輕易奪走所有視線。它彷彿能夠吞噬所有光芒——這是魔王贈與的盔甲。

他當時不過是個差點死在路邊的窮小子，瀕死之時和魔王做了交易，魔王將之贈與了他，而他需要幫他找到充滿力量的神性物品。

托這身盔甲的福，他成為戰場上戰無不勝的黑騎士，甚至獲得了爵位晉封。但從戰場回來之後，他就很少再穿上它了。

力量的代價是某種副作用，穿著盔甲的時候，他會變得不知疲倦、毫無痛覺，且冷酷無情。有時他會覺得自己彷彿變成了某種非人的怪物，就像被那時候的魔王同化了一樣。

霍華德子爵還記得自己第一次見到魔王的場景。他眼前是一片比黑夜更濃稠的黑霧，飽含著無數冰冷的恨意與暴虐的殺意，激發著他心中所有的不甘和憤恨。

——他給人力量，也誘人墮落。

當年的魔王更像是深淵裡的怪物，與他剛剛在芙蕾房間見到的魔王大相徑庭，他能夠控制住自己的情緒了嗎？還是說……他學會了偽裝？

他無論如何都沒辦法放心，但眼下還不能激怒他。如果去到王都，那裡有法師塔，還會聚集各個教會的大人物們，說不定有對付魔王的方法。

他得想辦法讓芙蕾脫身。

魔王之前還被困在失落遺跡，現在居然已經能出現在綠寶石領了，是因為他偶然得到並送給魔王的「神靈之書」的緣故嗎？

霍華德子爵思緒雜亂，沒有聽到逐漸靠近的腳步聲，直到對方敲了敲門，他才如夢初醒般猛地站起身來，「什麼？哦，是妳啊，夫人。抱歉，我在想事情……」

霍華德夫人身姿曼妙地倚在門框上，目光有些複雜，「看得出來。你已經心煩意亂到連疼痛都感覺不到了，不然也不會坐在尖刺頭盔上。」

霍華德子爵後知後覺地摸了摸屁股，「嗷」地一聲慘叫起來。

霍華德夫人忍不住掩唇笑了起來。她走到霍華德子爵身邊，陪他一起看著那身盔甲。她露出了懷念的神色，「我還記得你穿著它的樣子。你握著帶血的長槍，穿著漆黑的盔甲，高高越過莊園的柵欄來到我的面前。你告訴我，你完成了約定，現在是貴族了，可以迎娶我了。」

她緩緩將頭靠在霍華德子爵的肩上，一雙漂亮的綠眼睛裡柔情似水，「你的盔甲那麼冰冷，手卻那麼炙熱。」

「哦，溫蒂……」霍華德子爵的目光也變得柔軟，溫柔地呼喚著霍華德夫人的名字。

「可現在你已經穿不上這身盔甲了。」霍華德夫人神色一轉，伸手戳了戳他微微突出的腹部，「親愛的，你現在已經是個中年發福的老男人了。今天我幫你穿盔甲的時候，你還差點穿不上呢！」

霍華德子爵漲紅著臉抗議，「如果再努力一點，我還是能穿上的！」

「哦。」霍華德夫人無情的視線掃過他的頭頂，「你的肚子已經突起了，這麼晚還不睡覺，是想接著禿頭嗎？」

霍華德子爵捣住腦袋，「知道了、知道了！我這就睡！」

霍華德夫人滿意地笑了笑。

這時身在房間裡的芙蕾，剛剛隨手把香料放進抽屜裡，就遭到魔王的抗議，「不能放在那個格子裡，那是我睡覺的地方，妳想要熏死我嗎？」

迫不得已，芙蕾只能換個地方。她還順便跟魔王大人分享了她打聽來的最新情報，「魔王大人，我剛剛從女僕那裡打聽到，最近會有一場拍賣會，裡面也有販售魔法道具！」

在魔法消退的年代，除了底蘊深厚的貴族人家，已經很難能見到流通於市面上的魔法道具了。霍華德家雖然也是貴族，但不巧沒什麼底蘊、也沒什麼積累，因此也只有「石中火」這種等級的小玩意兒。

魔王興致缺缺地應了一聲，「很好。」

察覺到自己可能比魔王還興奮，芙蕾奇怪地眨了眨眼，她問，「您怎麼了，不開心嗎？魔王大人。」

魔王輕笑了一聲，「某種意義上來說，妳也是個敏銳的傢伙。

「我問妳，小鬼，妳覺得這個世界怎麼樣？」

芙蕾為難地皺起眉頭，「我從出生起都沒離開過綠寶石領，就算您問我世界……」

「好吧，那就換個問題。妳覺得綠寶石領怎麼樣？」

芙蕾毫不猶豫地回答，「很好，魔王閣下。這裡是我引以為傲的故土。」

魔王聽了，沉默了許久。

芙蕾站在觀景窗前望出去，從莊園的視角還能看見中央廣場未曾散去的人群。他們點起了火把，不顧夜色濃重、歡慶著一場勝利。

她忍不住露出笑容，感慨著說，「魔王大人，您知道嗎？一般信教的人家，新生兒出生時，都要由教會人員帶領著受洗。

「智慧神教的人將橄欖葉視作智慧的象徵，所以他們會將孩子放進滿是橄欖葉的浴桶中。我還聽某個吟遊詩人說過，在遙遠的海的那頭，戰神的信眾會讓新生兒沐浴鮮血……

「霍華德家並不是歷史悠久的貴族，我們也沒有什麼虔誠的信仰。父親說，沒有信仰、臨時求神靈賜福只會適得其反，還不如讓領民為我賜福。」

魔王無奈地笑了笑，「他可真是個想到哪就說到哪的傢伙。」

「媽媽也是這麼說的。」芙蕾跟著笑了起來，「但爸爸說，這是一個約定。我接受了領民的祝福，從此以後，我就享有他們的愛和尊敬，但同時也要肩負起保護他們的責任。

「我覺得還挺浪漫的。」

少女的笑容透著幾分天真的傻氣，魔王默不作聲了好一會兒，才開口，「不浪漫。」

「啊？」芙蕾的笑容僵在臉上。

「契約是沉重的。從今以後他們為妳馬首是瞻，妳要背負他們的性命和期望，就算有一天，整個綠寶石領被深埋到永不見天日的深淵，妳也得負起責任，帶他們回家。」魔王的聲音冷淡，他像是在假設芙蕾的未來，又像是在……訴說誰的過去。

芙蕾忍不住小小地猜測，但她不敢輕易說出口。

「今晚很熱鬧。」芙蕾猜測魔王大概也和她一樣、正看著不遠處歡慶的人群，他低聲說道，「好了，妳該睡了。不是說明天還有拍賣會嗎？萬一妳在拍賣途中打瞌睡，錯過了我想要的東西……」

芙蕾嘀咕，「再怎麼樣也不會睏成那樣的。」

「不許頂嘴。」魔王懶洋洋地說，「叫妳去就去。」

「好吧。」芙蕾十分遺憾地把魔王安置進抽屜，然後自己鑽進了被窩。

她今天經歷了許多事情——嚇唬斯坦家的三兄弟、擊退鼠群、成為魔王的眷屬……芙蕾以為自己會興奮得睡不著，但實際上，沒一會兒她就安穩地閉上了眼睛。她的呼吸逐漸平穩，沒多久，她翻了個身，半截身體就滾到了被子之外。

魔王低笑了一聲，有些無奈地開口，「如果不是時間來不及，確實不該將這樣的小鬼牽扯進來啊……」

他溫柔的嗓音落下，未關的窗口就吹進一陣微風，風之精靈歡快地轉圈，就像在祝賀魔王的歸來。隨後，輕柔的風牽起芙蕾的被角，替她拉了拉被子，將她的軀體掩蓋在溫暖的絨被之下。

第二天清早，芙蕾神清氣爽地伸了伸懶腰。她看向緊閉的觀景窗，想不起來自己昨晚是否有關上窗，但她還來不及思考，妮娜就已經來到她的房門口了。她親暱地抱著她、滾到床上，

「我聽女僕說了，姊姊妳今天要去拍賣會嗎？我也想去！」

芙蕾微微露出苦惱的神色，「這個嘛……」

平常她肯定會二話不說地答應對方，但這次她是帶著魔王大人的任務去的，有妮娜跟著肯定不太方便。

妮娜一把將她從床鋪上拉起來，熱切地把她壓在梳妝臺前，「親愛的姊姊，讓我來幫妳梳頭吧，我又學了新的手法！拜託啦～我聽說斯坦家的人也會參加這次的拍賣會，帶上我還能當作掩護呢！」

芙蕾若有所思，如果斯坦家的三位少爺也在的話，那多一個妮娜倒也沒什麼關係。

「那……就一起去？」

她說著，目光卻瞥向擺放黑書的抽屜。魔王看起來沒有異議。

這次出門不必騎馬，芙蕾身為貴族小姐也不能總是穿著一身騎裝，出席這種正式場合也得稍稍打扮一下。她穿上一身淡藍色的裙裝，顏色柔和淡雅，寬大的裙襬優雅得體，肩上和腰間點綴半掌寬的鑲鑽金邊，讓這件禮服顯得更加雍容華貴。妮娜幫她把臉頰兩側的頭髮編成髮辮、收到耳後，恰巧能露出海藍石的耳墜。她沒有替芙蕾搭配禮帽，而是在髮辮上綴上珍珠。

完成這一切後，妮娜看著鏡中的芙蕾，忍不住倒吸了一口氣。她情不自禁地感嘆，「姊姊，妳就像傳說中的深海人魚……不，也不是普通的人魚，至少得是人魚公主！」

芙蕾笑著回頭、捏住她的臉頰，「是嗎，妳是不是偷偷在誇自己？如果我是人魚公主，這樣妳不也是嗎？傻瓜。」

妮娜捧著臉傻笑，她率先一步下樓，「我先去叫蘭達準備馬車！快點喔，姊姊！」

待她離開後，芙蕾才從抽屜裡拿出黑書。她聽到魔王讚嘆了一聲，「很不錯。」

「什麼？」芙蕾沒反應過來，但魔王沒有再多作回應。

芙蕾把魔王放進一個小箱子裡，並在上面鋪了一層金幣以掩人耳目。

魔王感嘆：「這應該是巨龍會滿意的住所。」

傳說中巨龍會在洞穴裡收藏金幣。芙蕾翹了翹嘴角，她拿出自己的私房錢，走到房間外面，把它交到男僕蘭達的手裡。他的算術不錯，這在平民裡已經算是一項了不起的技能了。

蘭達手裡早已捧著妮娜的小箱子了，但再加上芙蕾的也並不吃力。他帶著得體的微笑、扶著芙蕾上了馬車，隨後自己坐到馬夫的身邊。

馬車噠噠啟程，馬車簷角掛著的鈴鐺輕巧地響起，這是在提醒行人小心來車——貴族們可不能粗魯地嚷著要別人讓路。

芙蕾透過車窗往外看，靠近領主府邸的廣場是綠寶石領最繁華的地段，除了本地固定的商戶之外，還經常會有行腳商人販賣一些珍稀玩意兒。而拍賣會則是阿爾希亞三大貴族之一——

邦尼家族的商會主辦的。據說會在各個領地舉辦拍賣會的最初原因，是那位大名鼎鼎的邦尼女公爵放了話，要讓王都之外的偏遠貴族們也見見真正的好東西。

這話相當刺耳且狂妄，但邦尼家族的商會的確遍布了阿爾希亞全國。他們將各地特產轉賣，從中賺取可觀的利潤，也讓不少人有了收入，就連綠寶石領出產的皮毛、糧食、礦石等等，也經常會交由邦尼商會收購。毫無疑問的，這個家族掌管著整個阿爾希亞的商業命脈。

換句話說，這大概就是繁星商會努力的終極目標吧。

馬車停在綠寶石劇院門前，邦尼商會臨時租用了這裡當作拍賣會場，拍賣會其實不算常有，不得不說魔王的運氣相當不錯。

芙蕾剛剛在門前站定，就看到斯坦家的三位少爺也在這裡。他們看見對方時似乎有些驚愕，但眼中仍然閃過一絲驚豔。

斯派克少爺好似不太敢直視芙蕾，他抓了抓後腦勺，還是往前一步、十分紳士地行禮，「真巧，芙蕾小姐，您今天……」

他的寒暄被一道爽朗的笑聲打斷，「哦，瞧瞧是誰來了！這可真是讓我受寵若驚，沒想到芙蕾小姐會來拍賣會。真是的，您何必跑這一趟、和平民們擠在一起！如果有看中的，直接和我說一聲，我可以直接為您留下這件商品！」

斯派克少爺有些尷尬，但看清說話者為何人後，他便低下頭往後退了一步——那是邦尼家的人。雖然只是旁支貴族、不過是個男爵，但他有「邦尼」這個姓氏，天生就比一般貴族更為尊貴。

一位身材高大的中年男人走了出來，他蓄著一臉茂密的鬍子，打理得容光煥發，看樣子是為此下足了功夫。

芙蕾優雅地行禮，「您好，邦尼男爵。」

妮娜也跟著行禮。

賴爾・邦尼臉上露出了更加真誠的笑意，他自傲於自己的貴族身分，更自得出身於三大家族。比起叫他的名字，他當然更喜歡別人稱呼他為「邦尼男爵」。

「芙蕾小姐，妮娜小姐。」邦尼男爵也紳士回禮。

接著，芙蕾轉向斯坦家的三位少爺，也同樣不怠慢地行了一禮，「真巧啊，三位少爺。」

斯坦家少爺們的臉色這才稍稍好看了些。

邦尼男爵只掃了他們一眼，沒有主動打招呼。對他們而言，他們這樣的貴族是不會輕易和平民打招呼的，而小小的繁星商會，也不值得邦尼家族放在眼裡。反觀芙蕾，邦尼男爵不動聲色地打量著她，這個鄉下長大的小貴族女兒倒是有些像樣，就算跟王都裡那些明珠們相比也不遑多讓。

可惜，出身還是太次等了，尤其是這種靠戰功獲得爵位的新貴族。說到底，他們也沒有真正貴族的血液。即便心裡這麼想，邦尼男爵臉上依然掛著微笑，「對了，芙蕾小姐，您這次有什麼看中的東西嗎？」

芙蕾露出帶有歉意的笑容，「我只是和妹妹一起來見見世面而已，您不必特意費心。」

邦尼男爵哈哈笑了起來，「我聽說芙蕾小姐就要去王都晉封了吧？那麼可以多注意些珠寶服飾，這些可都是王都最流行的。」

簡單的寒暄之後，邦尼男爵便離開了。妮娜在他身後吐吐舌頭，「奇怪，這人明明一副熱情的模樣，但我總覺得他眼睛長在頭頂上，像隻誇耀的棕毛孔雀。」

芙蕾笑起來，看起來並沒有把這件事放在心上。她拉過妮娜的手，低聲說，「畢竟是貴族老爺嘛。」

她朝妮娜擠了擠眼睛，對方忍不住差點笑出來。

這是她們之間的「暗號」，她們小時候、霍華德子爵才剛成為貴族不久，總是忍不住嘮嘮叨叨地罵王都那些「貴族老爺」。她們有樣學樣，把「貴族老爺」當成刻薄的罵人詞彙。霍華德子爵非但沒有制止，每次聽見兩姐妹用誇張的語調說「貴族老爺」時，還會笑得直拍肚皮。

一旁斯坦家的三兄弟面面相覷，不明白她們之間的默契。但今天芙蕾的和善又讓斯派克少爺有些躊躇地往前邁了一步，他大著膽子問，「那個，芙蕾小姐……您要和我們一起嗎？我們訂了包廂，視野會好一點……」

妮娜如臨大敵，拉響了十二萬分的警報。她還來不及出言嗆聲，就見斯派克身後跟著的兩個混小子急急忙忙地開口，「我們、我們沒有其他的意思！我們只是覺得芙蕾大人您懂得很多！」

傑瑞小聲說，「我也想學獵熊……」

妮娜的臉色忽然有些複雜。眼前這三個半大不小的毛頭小子正雙眼發光地看著她的姊姊，這種眼神她並不陌生，每年護衛隊招收的新兵們也會用這種目光望著她爸爸。該說不愧是她姊姊嗎？

芙蕾暫且同意讓他們同行。

繁星商會與邦尼家族自然不能比，但在王都之外也能算得上是數一數二的富豪人家，花起錢來當然是一點都不心疼。他們什麼都要上好的，包括位置也是。

距離拍賣會開始還有段時間，斯派克少爺卻已經用餘光瞥了她好幾次，芙蕾裝作沒發覺也難。她微微露出笑意，問道，「有什麼事嗎？斯派克少爺。」

斯派克少爺被人拆穿了也不懊惱，他抓了抓腦袋，小聲地問，「芙蕾小姐，我想跟您打聽一些關於貴族的事情。」

其實他父親一開始就是這麼交待的——和霍華德子爵的長女交好，如果能和她結成姻緣最好，就算不行，也能打聽到一些貴族的事情。他們即將要跟著進入王都、見到那些真正上流的大貴族們，難免擔心自己會顯露出身為平民的膽怯。

這確實也沒什麼不好說的，只是他問得太過籠統，芙蕾問：「具體是想知道些什麼呢？」

斯派克少爺想起在門口見到的邦尼男爵，心中不由得有些鬱悶，於是就從這裡問起，「芙蕾小姐似乎對那個拍賣會的主事特別客氣，但您晉封以後明明也會擁有『男爵』爵位，從等級上來看和他分明是一樣的！」

妮娜翻了個白眼，「如果要這麼比，哪裡還會有什麼三大貴族啊。」

斯派克抓抓頭，也沒有生氣。他像是真的不太理解，「我就是想知道，他們尊貴，又到底尊貴在什麼地方呢？」

芙蕾沒有笑他，不久前她也根本不知道什麼三大貴族，這些資料還是晉封在即、霍華德夫人拉著兩個女兒硬補的。

芙蕾道：「因為他們是歷史悠久的舊貴族，而我們只是曇花一現的新貴族。

「雖然國王每年在晉封儀式上都會給予一些商賈、騎士們貴族身分，但這些新貴族和舊貴族的地位是不能比的。不知道您有沒有聽說過一句話——新貴不過三代。」

湯姆插嘴，「聽過！這不是用來嘲諷新貴族才剛成為貴族不久的嗎？」

芙蕾微微點頭，「除此以外，它還暗示新貴族無法持久。霍華德家族還算好，我們有領土，有領土就能有產出及收入。但還有不少無地貴族，他們只能自己想辦法開源、以維持貴族的體面。其中最常見的方法，就是和富有的商賈通婚。」

斯派克少爺下意識挺起了胸膛。妮娜見狀沒好氣地白了他一眼，「但是！無論新貴族還是舊貴族，和平民通婚都是要削爵的！」

斯派克少爺反射性地看了芙蕾一眼，芙蕾點頭示意她沒有說謊，接著補充，「倒也不會剝奪爵位，就是會被降級而已。如果本身就是最低一等的男爵，再和平民成婚就會變成無爵貴族。無爵貴族依然保留著貴族身分，但如果他們繼續和平民成婚，誕下的子嗣就只能是平民。」

斯派克少爺抓了抓頭，「怪不得，貴族們都只找貴族……」

「舊貴族從來不屑與平民通婚，甚至很少與新貴族通婚。他們自傲於血統，不會輕易讓人玷汙，更何況他們世代累積下來的頭銜何止一個，簡直不知有多少。比如邦尼公爵，她除了世人熟知的『公爵』稱號外，還有一個『侯爵』稱號，兩個『伯爵』稱號，足夠分給子嗣。」芙蕾語氣平和，「在這些底蘊豐富的大家族眼中，新貴族只不過是一時得勢的平民而已。」

妮娜以自身舉例，「就比如我們家，姊姊將來會繼承父親的子爵爵位，而我只能變成無爵貴族。但我的母親還有個男爵爵位，所以我也還能繼承。」

斯派克的臉色一下子變得不太好看。他突然明白為什麼霍華德家明明有兩個適齡的女兒，老爸卻只交待他盯準芙蕾。妮娜只有男爵爵位，即使和平民成婚，生下的子嗣也只會變回無爵貴族，根本沒有意義！

但他又覺得懊惱，霍華德家又不是那種窮困潦倒的落魄貴族，只要腦子沒問題，誰會想找平民成婚啊！老斯坦先生簡直就是異想天開！他多半是抱著成功了就賺到、失敗也不虧的想法，但斯派克還是覺得丟臉極了。

但他不知道，霍華德家還真不太在意貴族和平民的身分差距。

當年就是因為霍華德夫人——溫蒂・路易士繼承了路易士家最後的男爵爵位，路易士家淪落為平民的未來近在眼前，才不允許當時身為平民的霍華德子爵和她成婚。為此，霍華德子爵冒險上了戰場，立下戰功成為貴族才娶到霍華德夫人。也因此，他們對芙蕾和妮娜將來的婚事相當開明，也從未灌輸過他們一定要選擇貴族的思維。

說到底，妮娜討厭這群傢伙，根本和什麼貴族什麼爵位沒關係。她就是討厭這群膽大包天的人覬覦她姊姊！

芙蕾是故意把這些說給三位小少爺聽的。當初這兩個小少爺欺負妮娜、讓她十分生氣，但他們不是本地人，恐怕也不知道那座石堡是多麼危險的地方。

幾次的短暫接觸下來，她覺得這三位少爺雖然一身的少爺毛病，但城府倒是不深，甚至還能說得上有幾分傻氣，那些背後的籌謀多半是老斯坦先生的主意。

霍華德家確實是商賈往上爬的最佳選擇，他們家只有女兒，長女能繼承的是子爵爵位。以繁星商會的財力，只要和王都搭上關係，未必不能花錢混成個小貴族，哪怕不行，子爵也還有得降。更重要的是，霍華德子爵和夫人的愛情故事並不算機密，霍華德家也是少見的、和平民比較親近的貴族，他們願意和平民通婚的可能性相當高。

她這次費了這麼大的口舌，是看準了斯派克少爺的自尊心。

老斯坦先生望子成龍，自然是一心一意為自家孩子鋪路。芙蕾可不想總是被糾纏不休，到時候前往王都的路上還得朝夕相處呢，太麻煩了。不如把利弊都擺到斯派克少爺面前，讓他明白斯坦先生的算計。這種心高氣傲的少年人，恐怕不僅無法理解斯坦先生的用心良苦，還會覺得自家老爹讓自己丟臉了。

斯派克少爺的表現果然如她所想，他張了張嘴，看樣子似乎想要解釋幾句，但又不知道從何開口。他並沒有這個打算，也沒有他父親那麼謀慮深遠。當時他父親只說霍華德家有意和他們結親，芙蕾小姐有多麼多麼得好！

三個少爺都聽出點什麼來了，一時間沒有人開口，包廂內氣氛也逐漸凝重。

芙蕾笑了一聲，「啊，拍賣會好像快要開始了。」

斯派克少爺這才回過神來，勉強笑了笑，「哦、哦……那就來看看邦尼家的好東西吧。」

邦尼商會當然不會把真正價值連城的東西拿出來，就算拿來了，在這樣的邊陲領地也多半沒人買得起。即便如此，他們拿出的珠寶布料也和這裡的大不相同，妮娜看了都驚呼連連。

但這些都不是芙蕾此行的目的。魔法道具大概還在後頭，她一邊佯裝微笑地看著拍賣品，一邊獨自出神。她把自己剛剛說的話在腦海裡再順了一遍，確認應該沒什麼失言。

霍華德夫人的臨時輔導可不僅僅有貴族基礎知識，還包括各種言行舉止。她說王都之內日日都有晚會，而紙醉金迷的宴會可不只是吃吃喝喝這麼簡單，這是每位淑女的戰場。

言語之間的刀光劍影，可不亞於戰場上的廝殺。

像她們這種從邊陲領地前去的貴族少女必然會被看不起，但他們既要不卑不亢、還要能站得住腳，更不能顯得過分刻薄。

芙蕾簡單回憶了一下，對自己的初次嘗試十分滿意。

魔王懶洋洋的聲音在她耳邊響起，「妳倒是比我想像中更機靈。」

芙蕾被嚇得挺直了脊背，旁邊的妮娜看過來，「怎麼了，姊姊？妳想要這條裙子嗎？」

芙蕾這才看向臺上的商品，那是一件頗為華麗的禮服。她微微搖了搖頭，「挺好看的，但在王都應該用不上。」

妮娜疑惑地眨了眨眼，「為什麼？」

「妳沒聽他介紹嗎？這是王都的落魄貴族拋售的裙子，萬一有人見過，我們還穿著它去參加宴會，就會淪為別人的笑柄。」芙蕾無奈地笑了笑，「畢竟媽媽說過，王都的淑女一條裙子都不能穿兩次，更別說是穿別人的……」

妮娜認真點了點頭，但還是忍不住抱怨一句：「真浪費啊。」

芙蕾深以為然地點了點頭。她用餘光瞥了一眼男僕蘭達捧著的金幣盒子，她已經習慣別人聽不見魔王的聲音這件事了，但苦惱的是，她不知道該怎麼回應。

希望魔王大人不會因為她的無視而生氣。

「好了，這件禮服就由這位尊貴的小姐帶走，讓我們來看看下一個拍賣品。」彬彬有禮的拍賣師敲了敲錘子，身後立刻有兩名女孩端上新的東西。芙蕾掃了一眼，隨即有些失望地垂下眼。那是一個胸針，雖然很漂亮，但依然不是她需要的魔法物品。

「……底價，一百個金幣。」

妮娜直接驚呼出聲，「他們瘋了吧！一個胸針賣一百個金幣！這幾乎都是一座莊園的價錢了！」

這麼想的人顯然不止她一個，不少人都不滿地竊竊私語起來。拍賣師站在臺上、一副遊刃有餘的表情，靜靜聽著臺下的討論發酵。

看到他這副模樣，芙蕾也能猜到這裡面可能大有玄機。

她耐心地等待下去，果然，等到現場氣氛炒熱到他所需的程度後，拍賣師伸出手，示意諸位稍安勿躁，「邦尼商會自然不會隨意定價，我們為它定價一百個金幣，自然是因為……它有超出一百個金幣的價值。

「這不僅僅是一枚鑲嵌著鑽石的胸針，它還是一件魔法道具。」

芙蕾眼睛一亮，終於來了！

拍賣師口若懸河，「它的名字叫做『女神之淚』，除了本身就是一件藝術品以外，它還能夠讓佩戴者……如同女神一般優雅。」

芙蕾臉色顯得有些古怪，她忍不住小聲嘀咕，「這算是魔法嗎？」

房間裡的幾個年輕人瞪著眼睛面面相覷，不知道是誰先沒有忍住，他們一個接一個地笑了起來。

然而和這裡的氣氛相反，短短一瞬間，這個胸針已經被抬價到一百二十枚金幣了。

魔王懶洋洋的聲音響起，「它的能量應該快要耗盡了，否則就不是這麼點價錢能拿下的東西了。」

芙蕾愣了一下。他知道芙蕾不能接話，自顧自地說下去，「力量充沛的時候，它應該能造成某種精神影響，讓人對這枚徽章的佩戴者產生好感，消除敵意。」

芙蕾驚愕地睜大眼睛。

魔王嘆了口氣，「我已經去看過後面的拍賣品了，很遺憾，這裡沒什麼有神性的物品。我倒是覺得妳可以把這個買下來，等我恢復點力量，可以幫妳修復這個魔法道具。去王都的話，這種東西或許派得上用場。」

是能派得上用場，但是……

妮娜和斯坦家的少爺們嘖嘖搖頭，嘲笑樓下那群狂熱的拍賣者們，「花這麼多金幣買這種魔法道具，簡直就是冤大頭！」

斯派克似乎和她找到了共同話題，他聳了聳肩，「我父親說過，有很多人根本不在乎東西值不值得，他們只想要最貴的。就是因為這所謂的尊嚴，才會有那麼多落魄貴族……」

「哈，我們家才不會做這種事情呢！」妮娜驕傲地挺起胸膛。

芙蕾只覺得魔王和妮娜一人一句話，一點一點地把她推到懸崖邊。她有些尷尬地清了清喉嚨，「我覺得……還挺好看的。稍微，有點想買下來。」

妮娜的嘴巴張了張，把已經到嘴邊的嘲諷嚥了下去，十分生硬地轉變態度，「咳，的確是挺好看的。」

三位斯坦少爺面面相覷，還是老大斯派克最先反應過來，他也跟著說，「仔、仔細看看確實如此，設計也很獨特，而且剛剛那人好像有介紹說，這枚胸針來自歷史悠久的家族……歷史悠久，總是更值錢的，對吧？」

兩個弟弟趕緊點頭，結結巴巴地開口，「對、對！也很符合芙蕾小姐的氣質！」

芙蕾努力讓自己的表情不顯得過於異樣，但魔王才不管，他哈哈大笑了起來。在只有芙蕾一個人能聽見的情況下，他的笑聲顯得格外放肆。

然而這時候底下已經喊到了一百五十金幣，現場的熱情陷入了短暫的冷卻。男僕蘭達接收到芙蕾的信號，立刻往前一步，告訴貴賓席的侍者，「一百六十。」

底下很快就跟上了，但到這個地步也沒剩下幾個競爭者了，對方試探地加了一枚金幣，「一百六十一。」

旁邊立刻有人跟上，「一百六十二。」

芙蕾微微蹙眉，她開口，「蘭達，直接喊兩百。如果還有人加，我們就不要了。」

男僕蘭達的眼皮跳了跳，但他還是微微鞠躬、示意收到了命令，直接叫出兩百金幣的價格。

樓下的競拍者們面面相覷。出價的人在包廂裡，剛才也有人看見繁星商會的少爺和霍華德家的貴族小姐一同進去了，不少人心裡有了猜測——這多半是斯坦家的少爺想討芙蕾小姐歡心的結果。

一出手就是兩百金幣，看樣子對這個道具勢在必得。

為了一個胸針，沒必要得罪繁星商會，更沒必要得罪這裡的領主。

場中居然就這麼詭異地安靜了下來，芙蕾驚訝地瞪大眼睛。她剛剛那些話其實是想說給魔王大人聽的。兩百個金幣的價格她尚且負擔得起，超過就不打算買了，沒想到才一出價，居然就沒有人跟了？

妮娜悄悄靠過來，壓低聲音說，「姊姊，這個東西，有祕密嗎？」

芙蕾和她咬起耳朵，「是好東西。」

妮娜眼中閃過一絲精光，「我就知道妳不會為了一枚普通的胸針花這麼多錢！別擔心，如果零用錢不夠，我可以借妳！」

芙蕾微笑著感謝仗義的妹妹。

斯派克耳尖地聽見了什麼，他略一思索，試探著說，「芙蕾小姐，如果您沒帶夠金幣，我可以暫且借給您，無論什麼時候還都可以。」

其實不還也可以，但斯派克覺得自己應該給對方留點面子。

芙蕾愣了一下。她對斯派克少爺的慷慨表示感謝，但她笑起來，「雖然身上的金幣不夠，不過只需要下一點訂金，剩下的錢，邦尼商會自然會去我們家討的。」

不然要隨身攜帶那麼多金幣，也太不方便了。

斯派克稍微思考一下就明白了，這就是貴族的隱形財富——信譽。就算他們繁星商會擁有驚人的資產，也不會有這種待遇。

斯派克眼中一絲欽羨一閃而過。

芙蕾察覺到他的情緒變化，她看了他一眼，狀似不經意地開口，「不過我也聽說有不少貴族在外面欠了龐大的債務，以至於現在有的商會都不太敢輕易讓貴族賒帳了。」

「繁星商會越做越大，以後也要小心和貴族的交易啊。」

斯派克一愣，高興地笑了起來，「當然，我們也會挑選對象的。畢竟世界上的貴族也不全是像霍華德家這樣信守承諾的。」

互相的讚賞讓氣氛變得融洽不少，傑瑞試探著詢問，「芙蕾小姐，我聽說貴族家中都有不少魔法道具？」

「那都是以前了。」妮娜撇了撇嘴，「魔法衰退，擁有魔法天分的人越來越少，魔法道具也沒辦法煉製，自然是奇貨可居。以前的小貴族也會擁有好幾件魔法道具，但現在大部分的好東西都在舊貴族手裡了。」

「他們可真是什麼好東西都有。」斯派克努力讓自己的表情不顯得那麼羨慕，但還是掩蓋不住酸溜溜的語氣。

湯姆抓了抓腦袋，「畢竟他們是阿爾希亞最尊貴的一群人了，我們的出身就⋯⋯」

芙蕾眨了眨眼，「如果說尊貴，或許有一群人和舊貴族不相上下。」

「啊。」妮娜反應過來，「姊姊，妳說的是法師塔的人？」

芙蕾點了點頭。魔法消退之後，原本繁榮的法師塔越來越蕭條，但他們並沒有勢微，相反，因為人數稀少，這一代法師更被國王當成天之驕子對待。在王都內，風光程度的確和舊貴族不相上下。

只要身在阿爾希亞，恐怕沒有人沒聽過法師塔的大名。斯派克困惑地眨了眨眼，「我記得三大貴族都出過特別厲害的大法師對吧？他們好像會特別親近某些元素，而且，法師塔不是只有貴族才能進入嗎？」

以前確實是這樣的，但芙蕾從父親那裡聽到了一些新的消息。

阿爾希亞是信仰自由的國度，王都內有大大小小幾十個不同信仰的教會，他們會從平民中挑選孩子，培育成自己的法師。

為了牽制這些勢力，國王必須要擁有自己的法師，也就是法師塔。如果是以前，貴族們確實足夠組成尊貴的法師塔，但現在……據說最新一屆法師塔的人數，居然用兩隻手就能數得出來。

芙蕾壓低聲音，拋下一個重磅炸彈，「我聽說，國王這次似乎打算對平民開放法師塔。」

第四章

神靈之書

CHAPTER

IV

三位少爺屏住呼吸，面面相覷。他們在彼此眼中看見了亮起的光。

斯派克少爺第一個反應過來，他清了清喉嚨，想要裝作若無其事，「連那些貴族老爺都沒能養出幾個法師，我們這種平民……」

「機率很小，畢竟是萬中選一的奇才啊，但是……」芙蕾微微笑了起來，「如果真的能成為法師，就連舊貴族也得以禮相待吧。我想豐收祭典結束之後，諸位可以在王都多待幾日，試試也好啊。」

斯派克用力點了點頭，眼中帶著感激，「我明白，非常感謝您告訴我們這些！」

芙蕾只是微笑。這對他們來說當然是個重要情報，但芙蕾猜想，國王在豐收祭典上應該就會公布這個消息，他們也只是早點知道而已。

雖然沒有尋獲魔王需要的物品，但找到了一件修復後很有用的魔法道具、處理好了和斯坦家的關係，應該還算是頗有收穫。

告別了斯坦家的少爺，剛剛回到莊園的芙蕾還沒有站定，妮娜就已經抱住她的手臂，眼睛發亮地問，「姊姊，現在可以說了吧，那個胸針到底有什麼了不起？」

芙蕾一愣。正當她苦惱該怎麼跟妮娜說明之時，霍華德子爵剛好從正廳的臺階上緩緩走來。兩人暫且中斷話題，乖巧地和父親打招呼。

霍華德子爵寵溺地看著兩個女兒，清了清喉嚨，「親愛的，我聽說妳從邦尼商會那裡買了一個價值不菲的胸針？」

這下可好，她不止要應付妮娜，還得跟她的父親說明了。

芙蕾念頭一動，點了點頭，「是的，父親。我覺得它很漂亮，而且很像我在書中見過的某樣古物……」

霍華德子爵更加滿意地稱讚道，「哦！這就說明它可能有個了不起的出身，背後說不定還有某些可歌可泣的故事！」

芙蕾只能硬著頭皮點頭。霍華德子爵露出不好意思的笑容，「那個，芙蕾……能不能把那個胸針讓給我？我剛剛才聽見妳媽媽在猶豫去王都該帶什麼樣的首飾，她一定會喜歡這個的！」

妮娜插了句嘴，「爸爸，這個胸針還是個魔法道具呢！」

芙蕾補充，「可以讓佩戴者變得……呃，更加優雅。」

霍華德子爵困惑地摸了摸自己的小鬍子，「這也算魔法？只要飾品上的寶石夠大，都有這種功效不是嗎？」

這倒是不能反駁。

妮娜撲哧地笑了出來，「姊姊當時也說了差不多的話！」

「與其要這種不中用的魔法道具，我給妳一個更厲害的！」霍華德子爵嘿嘿一笑，「能夠百分之百吸引攻擊的魔法道具，相當實用，我用那個跟妳換胸針，怎麼樣？那可不是幾百個金幣就能弄到的！」

芙蕾略略猶豫，但還是點了頭。

霍華德子爵臉上露出欣喜的笑容，幾乎是急不可耐地開口，「那麼，我就讓他們把胸針送去我那裡了。那個魔法道具，等一下我就叫他們幫妳從地下室抬上來！」

「地下室？」

那裡放著的都是老爸珍藏的兵器，芙蕾忽然有種不祥的預感。

但霍華德子爵根本沒打算停留，他一邊往樓下走去，一邊提醒她，「芙蕾，五天後我們就要出發去王都了，妳得考慮一下要帶哪些東西。」

芙蕾目光沉重地往地下室的方向看了一眼，總覺得父親剛剛有點落荒而逃的跡象。

果不其然，沒過多久，芙蕾便在房間內見到三個男僕漲紅了臉、才合力抬上來的巨大鐵盾。芙蕾的表情有些呆滯，連留在她房間準備開開眼界的妮娜都露出了複雜的神色。她拍拍姊姊的肩膀，嘆了口氣後就離開了。

整個房間只剩下芙蕾和這面巨盾大眼瞪小眼。

「咳。」魔王的聲音適時響起，「我覺得你至少可以先把我從盒子裡取出來。」

芙蕾這才反應過來。她打開自己的金幣盒子，把蓋在黑書上的金幣都掃開，不怎麼抱希望地開口，「魔王大人，這面盾裡有神力嗎？」

「有。」魔王篤定地回答。

芙蕾驚愕地瞪大眼睛，她沒想到會得到這樣的答案。

魔王接著說，「關好門，然後把我放到那塊盾牌上。」

芙蕾依言照做。巨盾之下浮現法陣，芙蕾驚訝地發現，她居然能看懂晦澀難辨的符文了。這是和元素溝通的文字，大致的意思是——

「古老漂浮的風精靈，將戰神遺落的神之力，獻給你的神靈。」

芙蕾還來不及思考這是什麼意思，墨色的書就被風掀開扉頁，展開的書頁嘩啦啦作響，飛速地一頁頁翻動過去。書頁上的黑色消退、纏繞在半空，似乎就要顯露成形。

芙蕾的目光落在那本書上。原來它原本不是黑色的，褪去濃重的顏色之後，上面似乎寫著什麼。

半空中的濃霧凝成漆黑的鴉，展翅直撲芙蕾的眼睛。芙蕾下意識閉上眼，但想像中的痛啄並沒有到來，她偷偷掀開眼皮看了一眼，恰好看到烏鴉毫不客氣地用腳爪闔上書本。

牠微微張嘴，居然響起了魔王的聲音，「妳真是什麼都敢看啊，傻瓜，小心眼睛瞎掉。」

芙蕾抬頭看著天花板，老實地問，「那我現在能低頭嗎？書的封面好像也變了，我能看嗎？」

「封面可以。」魔王找了個合適的地方落腳，心情大好地開口，「這是神靈之書，上面記載著神的名字，凡人如果看到裡面的內容，有可能會受到神的啟示。也有可能……因為冒犯神而獲得神罰。」

芙蕾縮了縮脖子，她訕訕開口，「之前在石堡的時候，它就是攤開的……」

魔王笑了一聲，「那時候它被我附身，沒有顯示文字，之後妳可要當心點。我不在書裡的時候，別隨便打開。」

芙蕾乖巧點頭，隨後有些驚喜地開口，「啊，您現在可以隨意走動了嗎？」

魔王懶洋洋地回答，「也不能離開這東西太久。妳只要記住，書變黑的時候就是我在裡面，如果書頁顯露本貌，就是我暫且不在。

「萬一，我是說萬一，遇到了什麼危險而我不在的話，妳可以翻開第六頁、在上面寫字，我就能接收到。」

芙蕾用力點頭，隨後問道，「您要離開了嗎？」

魔王笑了一聲，「我要做的事可多著呢，小鬼。不過妳出發去王都前我會回來的。」

他用腦袋頂開窗戶，張開雙翅直直墜落。芙蕾見狀緊張地探出窗戶張望——黑色的鴉像是不會飛行一般僵硬著翅膀筆直墜落，就在要撞上地面的瞬間，他如同墨水在水中暈開般，化身為纏繞著黑氣的小貓。等到黑貓輕巧落地，他身上的黑霧也收進了身體裡。只是一個閃身，他就不知道跳進哪片樹叢裡了。

直到魔王消失在芙蕾的視線裡，她才收回目光。還以為黑鴉就是魔王的本體，但那位大人似乎能變成任何他想要的樣子。

接下來的幾天，芙蕾再次對魔王的變形能力有了新的認識。

前往王都的出行在即，女僕們正在清點芙蕾需要帶去的衣物。這可不是一件簡單的事，她們要安排好每一天日常出行的搭配，還有出席舞會要換的禮服。

芙蕾像個木偶一樣站在房間內，木然地看著女僕在她身前舉起一件禮服，另一位女僕立刻將色系相配的禮帽舉到她頭頂，還有一位從首飾盒中挑選出合適的耳環虛掛在她耳邊。

霍華德夫人瞇著眼打量了一下，微微點頭，這一身搭配才算是過關。女僕們立刻把東西收起來，馬上又換上下一組。

芙蕾苦著臉看向隔壁和她一起舉著雙手當試衣架的妹妹。妮娜咧了咧嘴，露出一個欲哭無淚的表情，但很快就被霍華德夫人捏著下巴、把臉轉了回去。

芙蕾呼出一口氣。此時，寬大的帽簷上忽然落下一隻黑色的蜘蛛，在她反應過來之前，魔王的聲音響起，「今晚準備一點甜餅。」

芙蕾微微點頭，耳邊卻忽然傳來女僕的驚叫。那頂寬簷禮帽旋轉著飛上天，女僕們也跟著滾成一團，驚慌地尋找工具、要滅殺這個誤入人類社會的小小生物。

芙蕾抬頭看著空中的禮帽，略略舉手、精準地接住它。她看了看帽簷，旋即一笑，「好了，沒事了，牠已經離開了。」

霍華德夫人不贊同地搖搖頭，「芙蕾，適當的示弱也是淑女的必修課。」

下午，芙蕾在花房中挑選今天餐桌上要擺的花朵，卻忽然看見嬌豔的玫瑰上、趴著一條渾身布滿鎧甲般尖刺的黑色毛蟲。

芙蕾的手頓了頓，接著就聽到魔王有些遺憾地開口，「我還以為妳會尖叫。」

芙蕾遲疑著開口，「啊……難道您是在嚇唬我嗎？」

魔王低笑一聲，「想看個魔法嗎？」

芙蕾回頭看了一眼，園丁還在遠處，應該沒人能看得見這裡。她點了點頭，「想看。」

黑霧把毛蟲包裹成繭，然後扭動了一下。

芙蕾屏住呼吸。黑色的繭被撕出一個缺口，一隻黑蝶拖著華麗的雙翅，掙脫了繭的束縛、振翅而飛。華麗的黑色蝶翅反射著鱗光，無視花房中所有嬌豔的花朵，圍繞著芙蕾翩翩起舞。

芙蕾的目光緊跟著黑蝶。她嘗試伸出手指，但在蝴蝶落到指尖之前，遠處便傳來了妮娜的呼喊，「姊姊——」

黑色的蝶化作黑霧悄然消失。

芙蕾總覺得魔王大人能自由自在地出現在任何地方，以至於當她離開花房、看見新送去廚房的煤炭時，都忍不住停下腳步。

她看著那些黑呼呼的東西，低聲問了一句，「魔王大人，是您嗎？」然而煤炭堆沒有任何回應，這讓芙蕾忍不住紅了臉。她不動聲色地離開廚房，沒注意到身後的煤礦裡，有一塊煤稍稍動了一下。

他低聲嘟囔：「這都能被發現……」

轉眼就到了五天後。

霍華德子爵非常高興。他原本還擔心綠寶石領會在離開期間被鼠群騷擾，但自從上次在新綠森林邊緣大獲全勝以後，那群掠食者似乎知道他們不是好惹的，就再也沒有來過。看來綠寶石領今年也能期待豐收。

「芙蕾，快點，我們要出發了！」霍華德子爵早早就收拾妥當，他站在莊園門口，樂呵呵地朝著芙蕾的窗戶揮手。

霍華德夫人微笑著用手肘撞了他一下，「別大吼大叫的，讓她慢慢來。要是離開了才發現忘了東西，那才麻煩呢。」

霍華德子爵嘿嘿笑著，他抓了抓頭，「好，那就不急，慢慢來，芙蕾！」

芙蕾無奈地看了他們一眼。她倒不是故意磨磨蹭蹭的，需要的東西昨天早就準備好了，出行的裝束也已經整理完畢，只是……

魔王還沒有回來。

芙蕾看著手裡那本顯露封面的神靈之書，為難地擰了擰眉頭。她還在糾結要不要打開這本書。

她伸手一頁一頁地摩挲過去，仔細捻了捻書頁、確定自己翻到的是第六頁，但她還是沒辦法下定決心翻開它。

芙蕾突然想起來，她之前並沒有問魔王為什麼只有第六頁可以翻開。魔王大人說，神靈之書上記載著神的名字，難道第六頁的這位脾氣特別好？或者和魔王是熟人？

芙蕾滿腦子胡思亂想，但她最後還是深吸一口氣，翻開了神靈之書的第六頁。她緊閉著雙眼，小心地撫摸了一下翻開的書頁，確認房間裡沒有發生任何異變之後，才慢慢掀開眼皮。

潔白的書頁上只有一個名字——**澤維爾**。

既沒有神諭也沒有神罰，它就像一本普通的書一樣平鋪在書桌上。芙蕾困惑地歪了歪頭，難道她被魔王大人騙了？他只是隨口編了個謊話嚇唬她？

考慮到魔王大人的性格，這似乎也不是不可能。

但芙蕾還是沒有翻開其他書頁。她默念「澤維爾」這個名字，身側便有微風拂過。她似乎聽見了風精靈的歡笑聲。

芙蕾好奇地環視一圈，自從成為魔王的眷者以後，她常常能感知到周圍元素精靈的存在，尤其是風精靈，可是這還是她第一次見到它們這麼高興。

被愉悅的元素精靈環繞著，芙蕾提筆寫下，「魔王在上，很抱歉打擾您，但我們即將要出發了，您打算回來了嗎？」

她才剛把筆放下，就發現書頁上的文字逐漸淡化，一下子就消失不見了。

這時，一隻毛色油亮的烏鴉落在她窗前、叫了一聲。芙蕾回過頭，看見魔王抖了抖黑色的羽毛，「妳居然真的打開了那本書啊。」

芙蕾鬆了口氣，讓魔王落回神靈之書裡。等到書頁完全被黑色浸染，芙蕾才把書放進隨侍的箱子裡。她一邊往樓下走去，一邊低聲回答，「是的，只翻開了第六頁。」

「嗯。」魔王意興闌珊地應了一聲，聽起來沒有要主動開口的意思。

芙蕾按捺不住內心的好奇，她忍不住問，「魔王大人，第六頁是哪位神靈？祂是您的朋友嗎？還是脾氣很好？」

魔王哈哈大笑，「就算是脾氣再好的神靈，被人看見名字也會有反應的。姓名擁有特殊的含義，知道神的名字能做到很多事情。」

這下芙蕾覺得更加奇怪了，在走出府邸的大門前，她最後問了一句，「那麼，那位神靈……」

眼前就是等待著她的家人，芙蕾沒辦法繼續追問。等了好一會兒，才聽到魔王一貫懶洋洋的聲音，「既然什麼反應都沒有，當然就是死了。」

芙蕾的表情有些震驚，慶幸她正好上了馬車，很快就掩飾掉了自己古怪的神色。

三位女眷待在同一輛馬車內，霍華德子爵則和後頭的繁星商會打了個招呼，自己騎著馬走在隊伍前列。

珍珠歡快地來到芙蕾的馬車邊，用腦袋輕輕頂著車窗，撒著嬌想請她一起出來玩。芙蕾笑著敲敲窗回應，珍珠才戀戀不捨地離開，乖乖跟在車隊旁邊。

浩蕩的車隊向著王都出發，從高處看過去，也許就像是排著隊出發的蟻群。

此時，恐怕誰也沒有想到滅世的風暴正在逐漸靠近。更沒有人能知道，這個從偏遠領土出發的貴族少女，會在這卷瑰麗史詩中留下難以磨滅的名字。

半個月後，阿爾希亞王都。

這座被世人稱為「黃金之城」的城市有一扇高聳入雲的壯麗大門，身著鎧甲的士兵手握長兵器，一絲不苟地堅守在門前。

城門不遠處出現了一名騎士，身後跟著浩浩蕩蕩的車隊。

有機靈的士兵立刻跑向城內傳信——一般有這種排場的，不是貴族就是大商會的商隊，把長官叫來總沒錯！

芙蕾在車內撩開了車簾，好奇地打量著外面的場景。妮娜挨過來將下巴靠在她的肩膀上，驚呼一聲，「好高的大門！」

與此相比，綠寶石領確實寒酸了不少。

芙蕾小聲嘀咕，「但是，那麼高的大門也沒有用處吧？又沒有長得那麼高的人……」

霍華德夫人年輕時來過王都，因此知道得比兩個女兒多一些。她微笑著看向那扇大門，「現在或許沒什麼用了，但在過去，這扇大門象徵著阿爾希亞自由包容的精神。」

看到兩個女孩亮晶晶的眼神，霍華德夫人掩唇一笑。她沒有賣關子，接著說，「這座黃金之城，會為所有遠道而來的客人敞開大門，哪怕是巨人也一樣。」

妮娜讚嘆地向上望去，「巨人……有這麼高啊！」

芙蕾神色一動，她看向自己的箱子。

魔王好像總能捕捉到她的視線，他似乎是覺得這半個月的路程十分無聊，一直都是一副沒睡醒的模樣，「這麼點大的門，大概只能讓未成年的巨人通過吧。

「即使是當年自由包容的阿爾希亞，也只會接受溫和的非人物種而已。腦袋愚笨但破壞力驚人的巨人，在這裡大概也不受歡迎。」

芙蕾忍不住探出頭打量，她心想——成年的巨人會比這個還高啊。那個年代，到底是什麼樣子的呢……

突然，他們身後傳來漸近的馬蹄聲。芙蕾沒有回頭，立刻機警地縮回馬車裡，同時，一個身影幾乎擦過她的頭頂向前衝了過去。

妮娜一把將她抱住，憤怒地大喊，「誰啊！」

車隊前列的霍華德子爵立刻調轉馬頭，攔下那個身影。那是個騎著一匹黑馬、一臉傲慢的年輕人，對方似乎被一身盔甲的人震懾住了，但他很快就揚起頭，「讓開！我急著向老師回報任務！」

霍華德子爵沉下臉，「你剛剛差點傷到了我的女兒，還沒有為此道歉，這位……法師閣下。」

年輕人愣了幾秒，似乎是被對方的氣勢所威懾，又困惑於對方怎麼看出自己是個法師。但他應該是頤氣指使慣了，即使如此也沒有一點要道歉的意思，「既然知道我的身分，你就應該從我面前讓開，蠢貨！是你女兒自己一臉土包子樣地伸出了腦袋！」

霍華德夫人聽見外面的爭執，擔心護女心切的子爵會不會跟對方產生衝突，但在下車之前聽到對方的話，又令她忽然變了臉色。

芙蕾看見母親臉上的微笑，忍不住打了個冷顫，她匆匆開口，「媽媽，我沒事……」

「芙蕾、妮娜，跟我一起下車。」霍華德夫人整理一下儀容，微笑著扭頭，「妳們也該學習，在這種情況下要怎麼維護尊嚴。」

霍華德夫人率先下了車，她笑盈盈地開口，「哎呀，這可真是令人吃驚。原來是了不起的法師閣下，我還以為是哪裡來的野蠻馬賊呢。」

年輕人正要發怒，一個有些特別的聲音響起，「摩奇，發生什麼事了？」

被叫做「摩奇」的年輕人臉上出現一瞬間的惶恐，但他還是硬著頭皮回答，「沒什麼，聖子閣下。不過是一群不長眼的土包子想要騙錢而已。」

接著他從口袋裡掏出一袋金幣，一臉不屑地扔到霍華德子爵面前，「拿走吧，一群糾纏不清的傢伙。這麼多錢，就算要買下你的女兒也足夠了吧？」

這個舉動瞬間點燃了霍華德子爵的怒火，他伸出手怒喝一聲，「蘭達！」

蘭達立刻將一個箱子遞過去。霍華德子爵打開箱子，將滿滿一箱的金幣嘩啦啦倒下，目光死死盯住對方，「這麼多錢，夠買下你的命了嗎？閣下，你想要跟我決鬥嗎？」

摩奇胯下的馬倒退了兩步。他驚疑不定地看著眼前的騎士，對方那股真正出入沙場的殺意讓他張不開口——他當然不敢應戰，騎士的決鬥生死自負，即使是在不崇尚武力的阿爾希亞，這也是被官方認可的戰鬥。

芙蕾看了母親一眼。霍華德夫人站在原地，沒有回頭看向那群逐漸接近的年輕貴族們，她的目光溫柔且堅定，「聽著，芙蕾。在這座王城裡，遇見的任何一個人都有可能比我們更尊貴。「但尊嚴、要靠自己爭取。」

年輕的少女挺直了脊背。

即使過了很多年，芙蕾依然記著這句話。在面對舊貴族時、面對王族時，甚至是……面對神靈時。

霍華德子爵已經取出身後的長槍，他沉著臉，和平時溫和寬厚的模樣大相逕庭。任何人都能看出他和王都裡那些花拳繡腿的傢伙不同，是真正在生死之間搏鬥過的騎士。

摩奇心中有些後悔，王都裡的貴族們可沒有這麼直來直往的，這個偏遠地區的野蠻騎士簡直就是個不講理的土匪！

他沒說應戰，也沒說不應。一時間，兩人就這樣僵持不下。

直到那個聲音特別的主人騎著馬靠近，「摩奇，不要生事。是你不該在窄道上跑那麼快。」

他的聲音讓人如沐春風，芙蕾聽見他低聲念了一句咒語，一股小小的旋風就將地上的金幣托起，遞到兩人面前。

風系魔法！

芙蕾愣了一下，這是她第一次見到其他人使用風系魔法。她忍不住微微側過頭打量那位聖子——他擁有一張相當俊美的臉，很淺的金色短髮，還有一雙漂亮的冰藍色眼睛。

從一開始的震驚中反應過來，芙蕾才發現他周圍並沒有聚集多少風精靈。儘管使用了風系法術，但他和風系的親和度似乎並不高。

芙蕾瞇起眼感受了一下，他好像和某種她還不熟悉的元素更親近。

成為魔王的眷屬之後，芙蕾發現自己居然能夠看出一般人的魔法天賦了。這在偏遠的綠寶石領應該也是相當獨特的能力，以後說不定可以收費幫有所希冀的人家看看孩子的天分。

芙蕾不由自主地幻想起替綠寶石領創造收入的方法。有能力支付法師塔昂貴學費的家庭，應該不會在乎一點小小的鑑定費吧？

她自顧自地走神，根本沒注意到在其他人眼裡，她只是一動不動地盯著俊美的聖子看。

「咳。」霍華德夫人清了清喉嚨，把芙蕾的思緒拉回來。

「哧。」聖子身邊有著一頭火紅色長髮，長相明豔奪目的少女越過他笑了起來，「果然是鄉下來的。」

「伊莉莎白小姐說得沒錯，他們就是群土包子！」摩奇似乎找到了站在他這邊的人，他挺起胸膛替自己辯解，「紐因聖子大人，您可不能被這群傢伙矇騙，他們根本……」

「閉嘴。」名為伊莉莎白的少女揚起頭。她掃了摩奇一眼，「你也不過是個尖腦袋的土包子而已，別把我們和你混為一談。」

芙蕾注意到母親的神色有一瞬間的緊繃。她面對這位俏麗動人的小姐，遠沒有面對摩奇那麼從容。

霍華德夫人低聲說，「這是三大貴族之一——卡文迪許家的小姐，我和妳們說過的。」

在進入王都之前，霍華德夫人替芙蕾和妮娜惡補了王都內的勢力分布。其中站在舊貴族頂端的三大家族，就是坐擁名貴礦山的卡文迪許家族、大小商會遍布全國的邦尼家族，以及掌管農業、擁有「阿爾希亞糧倉」美譽的格雷斯家族。

這位伊莉莎白．卡文迪許小姐，不僅是卡文迪許家最尊貴的嫡系長女，同時還是一位出色的法師。她幾乎代表著阿爾希亞榮耀的頂端，據說不久前還和國王的獨子訂下了婚約。

這可真是令人意想不到的大人物——芙蕾努力讓自己不顯得愁眉苦臉。

伊莉莎白小姐往摩奇的方向一瞥，「快點把事情解決，打得過就接受他的挑戰，打不過就乖乖道歉。你想留在這裡像猴子一樣被平民圍觀，但我可不想。」

俊美的聖子無奈地嘆了口氣，「伊莉莎白小姐……」

即使是聖子，伊莉莎白也不怎麼賞臉，「怎麼，智慧神沒有教您如何快速解決紛爭嗎？」

聖子垂下眼、微微搖頭，「我只知道，盲目挑起爭端並不可取。摩奇閣下，後面似乎還有商隊接近，還請您盡快道歉吧。」

芙蕾以為那位摩奇會生氣，畢竟他是個法師，看起來也是個出身高貴的貴族，但聖子開口以後，儘管他憤怒到面容扭曲，還是從喉嚨裡擠出斷斷續續的道歉，「真是、非常抱歉！」

霍華德子爵沒被他充滿殺意的道歉嚇到，只是看了芙蕾一眼。

芙蕾往前一步，「到此為止吧，父親，至少我沒有受傷。」

霍華德子爵這才冷哼一聲，調轉馬頭讓出道路。

摩奇臭著臉，一刻都不想在這個讓他丟臉的地方多待。他狠狠夾了一下馬肚，那匹黑馬便嘶鳴著飛奔出去，一溜煙就不見了蹤影。

伊莉莎白嗤笑一聲，「不長記性的傢伙，等他哪天撞到了惹不起的人才會知道教訓。」

聖子嘆了口氣，他略帶歉意地看向芙蕾他們，「諸位抱歉，讓你們受驚了。你們是遠道而來參加豐收祭典的客人嗎？」

霍華德子爵收斂了殺意，恢復一貫溫和的模樣，「我們是綠寶石領的霍華德一家。」

伊莉莎白一副興致缺缺的模樣，聖子倒是禮貌地打了招呼，「我是智慧神教的聖子紐因。很抱歉，我們正在執行任務，還得回去向老師覆命，沒有辦法和幾位深聊。遠道而來的客人，歡迎你們來到黃金之城。」

在他們擦肩而過之前，伊莉莎白回過頭看了芙蕾一眼。她騎在馬上，居高臨下地看著她，「喂。」

芙蕾困惑地抬起頭，「您是在叫我嗎？」

伊莉莎白抬了抬下巴表示正確，「鄉下來的，妳看起來好像很會惹麻煩。我得提醒妳一句，這裡可不是一個子爵就能當領主的偏遠鄉下，妳最好別招惹自己對付不了的人。」

芙蕾有些不明白她的意思，她微微點頭，「感謝您的忠告，伊莉莎白小姐。」

「哼！」伊莉莎白沒有再回答，她策馬越過他們，朝著城門飛奔而去。門口看熱鬧的守衛們這才回過神，慌慌張張地低頭行禮。

聖子露出歉意的笑容，也跟上他們。

霍華德一家站在原地。直到他們離開視線範圍，妮娜才鬆了一口氣。她嘀咕一句，「什麼跟什麼啊……」

霍華德子爵皺起眉頭，但在女兒們面前還是沒心沒肺地笑了起來，他哈哈大笑，「沒事的，女孩們，我們頂多在這裡待半個月，等我們回到綠寶石領，這些『貴族老爺』們就拿我們沒辦法了！」

他揮了揮手，示意大家都回到車上，自己則再次返回車隊前方，緩緩朝著城門前進。門口的衛兵隊長看向他的眼神有點複雜，在阿爾希亞，騎士並不多見，他稍稍崇敬擁有力量的霍華德子爵，但又對他招惹了王都內的風雲人物而感到惋惜。

霍華德子爵沒注意到他的眼神，他正忙著安排車隊落腳。他在王都內的奎爾街租下一個莊園，足夠安置這些人員，但那裡的主人已經很久沒有回來了，他們恐怕得花點時間整理房間。

到達居住的莊園之後，女僕們分秒必爭地奔向臥室，打算先替主人們把休息的地方打掃乾淨。艾曼達也帶著伙夫們匆匆趕往廚房，她得清點一下廚房的器具，然後交待蘭達前去市場採買物資。

看著眼前所有人都忙碌起來，芙蕾稍稍舒了口氣。她扭頭看向妮娜，「雖然是第一次來到這裡，但看見大家的模樣，總覺得和在家裡也沒什麼差別。」

妮娜認同地點點頭，她笑著擠擠眼，「這就叫做有家人的地方、就有家的味道。」

兩姐妹站在門口嬉笑，門前乘著馬車路過的紳士淑女們好奇地看過去，眼中閃過一絲驚豔。

霍華德家並不知道，今天王都內有兩個大新聞。第一個就是法師塔的摩奇，在城門口和一個小貴族發生了衝突，還向人家道了歉。

第二個則是，搬進了奎爾街六號莊園的那家人，有個相當出色的女兒。

入夜，芙蕾在自己新房間的床上滾了一圈。床鋪上還是她熟悉的味道，這令她十分安心。

魔王從神靈之書中幻化成黑色的貓落在她床頭，但他還沒開口說話，芙蕾就一臉緊張地坐了起來，「等一下！魔王大人！」

魔王不明所以地看著她。芙蕾話一出口就後悔了，她張了張嘴，硬著頭皮小聲地問，「您、您會掉毛嗎？」

「……芙蕾．霍華德。」

「是。」芙蕾老實地跪坐在床鋪上，對著魔王低下頭，「您請說。」

魔王弓起身體，以一種矯健的姿態高高跳起。他收起爪子、對著芙蕾的額頭狠狠一拍，在她額頭留下一個緋紅的貓掌印，隨後輕巧地落在床鋪上。

「我是不是太縱容妳了？聽著，小鬼，妳是我的眷屬，妳的床也是我的領土！」

「是的，魔王大人。」芙蕾乖巧地應答。

魔王趾高氣揚地在床鋪上走了兩圈，挑選了個舒適的方式坐下來，柔軟的尾巴在他身後搖晃。「今天那幾個法師，妳看出點什麼了嗎？」

芙蕾老實回答，「他們好像沒有特別親近風元素的。那位聖子身上的元素很混雜，但其中最強大的，似乎是……光？」

魔王挑了挑眉毛，「居然還認出了風之外的元素，還算是個有悟性的小鬼嘛。」

「那個聖子是全屬性法師，壞脾氣大小姐的火系天賦不錯，不長眼的那個勉強能感知到土系元素的存在。」魔王懶洋洋地開口，「風元素是我給妳的天分，既然還能看出光元素，就代表妳本身有那麼一丁點光元素的天分。」

芙蕾驚訝地瞪大眼睛。魔王提醒她，「也就這麼一丁點。如果沒有我，妳能不能檢測出其他人類是不是法師，也還說不定呢。」

芙蕾完全沒想過自己擁有成為法師的資質。她的驚訝只維持了短短幾秒，接著她開玩笑似的說，「那如果沒遇見魔王大人，也許我還有機會被法師塔選中呢。」

黑貓金黃色的瞳孔盯著她，詭異地沉默了下來。

芙蕾的笑容隨著安靜的空氣緩緩消失，她有些僵硬地開口詢問，「那、那個，魔王大人，一般人應該看不出我是您的眷者吧？」

「當然。」芙蕾還來不及鬆一口氣，就聽見他接著說，「在一般人眼裡，妳只是擁有極其出色的風系和一點點的光系魔法天賦而已。也沒什麼，頂多會轟動整個法師塔而已。」

芙蕾的笑容僵在臉上。

魔王甩了甩尾巴，「妳看起來不太開心。」

芙蕾面色沉痛，「我看起來只是不太開心嗎？」

魔王糾正了自己的措辭，「好吧，妳看起來非常不高興。

「高興點，到時候無論是了不起的貴族，還是天資聰穎的法師，在妳面前都會黯然失色。妳是我的眷屬，絕不會被他們小看。」

芙蕾努力翹了翹嘴角，讓自己顯得不那麼愁眉苦臉，「就沒有什麼不出風頭的方法嗎，魔王大人？」

魔王奇怪地看向她，「妳不想引人注目？」

芙蕾抓了抓自己的頭髮，小心翼翼地點點頭。

魔王沉默了一陣子。他盯著芙蕾，渾圓的金黃色瞳孔忽然變成一條分隔線，芙蕾驀地有種自己被看穿的錯覺。

「我差點忘了，妳是個不喜歡惹麻煩的小鬼。」魔王收斂了目光，用溫柔的嗓音說，「我倒是有辦法讓教會發現不了，但是……這樣真的好嗎？

「在王都，妳父親那個小小的子爵頭銜沒什麼作用，手裡握著的長槍也不再戰無不勝。這裡有舊貴族、有排山倒海的法師，妳要保護妳的家人，榮耀的尊名和強大的力量都必不可少。」

芙蕾愣了一下，一時間，她彷彿回到鼠群衝過火線的那天。魔王誘惑她成為他的眷者時，也是這樣看穿了她內心的想法。

然而芙蕾這次不想那麼簡單就被說服，她小聲頂嘴，「但是，王都也沒有那麼危險吧……」

「對一般人來說也許是吧。」魔王懶懶散散地笑起來，他盯著芙蕾，「但妳是個伸出腦袋看看大門，或者多看別人一眼都會引起問題的麻煩傢伙。」

芙蕾垂下眼沒有吭聲。

「那個不長眼的蠢貨已經撂下狠話，要在新人宴上給妳好看了。」魔王再次拋出一點誘餌，「在王都，那種性格的傢伙如果不是法師，恐怕早就被人收拾掉了。但妳知道現在法師有多稀缺，據說老國王很袒護他，連一些舊貴族也拿他沒轍。

「妳的天賦比他好得多，一旦妳展露能力，不用出手，自然會有人爭先恐後幫忙讓他閉嘴的。」

芙蕾小聲嘀咕了一句，「其實只要他不來找我的麻煩，就算不閉嘴也沒關係。」

「但我不想給家人添麻煩，我得擁有……自己處理這些麻煩的能力。」

魔王愉悅地搖了搖尾巴。

「但是。」芙蕾抬起頭盯著他，「魔王大人，您慫恿我進入法師塔，是因為裡面有您想要的東西嗎？」

魔王的尾巴停止擺動，他笑起來，「啊，被妳發現了。」

他似乎有些意外她沒有完全被自己牽著鼻子走，甚至還猜到了自己的目的。

「沒錯，法師塔應該是整個阿爾希亞擁有最多魔法道具的地方。我得在天災降臨之前累積更多力量，所以我需要更多神性物品。」

「果然。」芙蕾點了點頭。她深吸一口氣，提出自己的要求，「我會盡力幫助您，但天災降臨之時，您會保護我的家人嗎？」

「當然。」魔王黑色的貓眼中帶著笑意，「不僅如此，我也會給妳足夠保護家人的力量。」

「這是約定，小鬼。」

芙蕾抬頭看了看窗外。深夜的王都依然亮著燈火，就連月亮也因此稍顯遜色。它看起來和她曾度過的無數個夜晚一樣靜謐安詳，一點也不像是即將發生什麼難以預測的災難。

芙蕾下定決心，「魔王大人，無論您要謀劃什麼，我都早已是您的同謀了。我無法置身事外，也沒辦法全身而退了。我希望……您能把一切都告訴我。」

魔王沒有回答，一人一貓陷入僵持。最終魔王嘆了口氣，他輕巧地邁開步伐，縱身一躍落在窗臺上，「……如果一股腦地把事情都告訴妳，可是會把妳嚇壞的。也不用那麼著急，一切都還來得及。」

「至少先告訴我一點吧。」芙蕾仰起頭看著他。這位魔王身上藏著許多祕密，他口中的天災、他的來歷、他和神靈的淵源、他的力量……魔王身上有無數的謎團，哪怕芙蕾知道他並無惡意，也沒辦法完全放心。

芙蕾有一種奇怪的感覺，她總覺得魔王一邊利用她，一邊又對她心懷愧疚，魔法天賦和各種的小幫助，似乎是他給予的某種補償。

魔王有些無奈，「好吧，那就告訴妳……天災到底是什麼吧。

「——神界的墜落。」

芙蕾呆了呆，她腦海中先是響起了祭典上吟遊詩人歌頌神界的曲調，然後才遲鈍地眨了眨眼，「您是說……天空之上的……」

「人類應該也察覺到了，就是魔法的消退。」魔王又恢復了懶洋洋的語調，「當然，他們不知道是因為元素精靈消失，只當成是人類逐漸失去使用魔法的能力。

「其實不只是人類，巨龍一族幾乎不再有新生兒誕生，精靈的自然天賦也慢慢衰退。倒是矮人的工匠手藝代代相傳，沒那麼容易消失……而天空之上，人類觸及不到的諸神世界裡，神的力量也在逐漸衰弱。

「妳知道創世時代，人類可以從天梯通往神界，覲見神明嗎？」

「我知道。」芙蕾微微點頭，「傳說中，那是一座由矮人族的工匠之神建造的、頂天立地的高塔。只有秉性高潔的英雄可以登上那座塔，而眾神會在神界款待他。

「但後來有一位小偷悄悄爬上了高塔，他欺騙眾神，謊稱自己是地上賢明的王者，得到了神界的款待。小偷在凡間大肆宣揚自己在神界的經歷，諸神震怒，憤怒的雷神用巨斧劈斷了天梯，再也不允許人類前往神界。您說的是這個傳說嗎？」

魔王嗤笑了一聲，「只有那座塔的存在是真的，其他都不對。

「人類從一開始就不被允許踏足那座塔，那裡是神前往人界的通道。神界原本什麼都沒有，是神模仿人類在神界建造起宮殿，帶走了地上的種子在神界種下，並謊稱一開始都是神靈賜予人類的。」

芙蕾驚愕地瞪大了眼睛，這可真是驚世駭俗的言論！

她的反應讓魔王很滿意，他微微一笑，「這也沒什麼，就是那群高高在上慣了的傢伙好面子而已。而且後來因為某些原因，天梯確實被祂們自己斬斷了……只不過不是雷神，是泰坦之王，那傢伙最喜歡使用巨斧了。」

芙蕾眨了眨眼。魔王果然對神界非常了解，他說話的方式就好像和那些神靈曾是舊識一樣。

魔王接著說，「但宮殿是用人界的土木建造的，因為有神力支撐才能坐落在神界。等到眾神的神力再也無法負擔神界的重量……」

芙蕾倒吸了一口涼氣，「宮殿會從天空墜落，地上的人們會……」

不用細說，她都能夠想像那種末日般的景象。巨大的宮殿從天穹墜落，對地上的人們來說，不亞於天外流星！

她抱著希望問，「如果在神界墜落之前，神靈用僅剩的神力讓它們平穩降落……」

魔王微微搖頭，「這不是一個神能做到的。有一些神或許會願意這麼做，但這樣勢必會消耗極大的力量。一旦有一位神不願意，那所有神都不會輕易出手。

「畢竟祂們得積蓄力量，因為後面還有場硬仗要打。」

「硬仗？」芙蕾沒明白他的意思。

「哎，聽完妳今晚恐怕會睡不著。」魔王仰望著天上的圓月，「神界墜落之後，失去居所的神靈只能落入人間，祂們會取代現有的王族和貴族，重新劃分勢力，在地面上建立自己的神國。

「那可不是一群和平的傢伙。為了在變為凡人以後還能享受神的尊榮，祂們會利用僅剩的神力，在這片大陸上發動一場史無前例的神戰。」

芙蕾腦袋裡轟轟直響。諸神之戰時，弱小的人類又該如何活下去？

魔王放緩了語氣，「現在妳大概能知道，為了能在天災存活下去，自己該變得多強大了。」

芙蕾的雙眸沒有聚焦，她喃喃說道，「像神靈那麼強大……」

「不。」魔王笑起來，「是比神靈更強大。我會參與這場神戰，這裡是我預想的神國，天上的傢伙想要染指這片土地，也得小心流乾最後的神血。」

他垂首看著芙蕾，毫不掩飾自己的野心和狂妄，「妳要成為我的刀，成為能夠直指神靈的利刃、捍衛阿爾希亞的堅盾。

「就讓我們給目中無人的神明大人一個驚喜——阿爾希亞沒有喪家犬的容身之所。」

第五章

神眷者

CHAPTER

V

自從那晚的密談之後，芙蕾總覺得天空搖搖欲墜，好像一眨眼天就會塌下來一樣。

但即使這樣，她現在什麼都做不了。她白天得和母親一起接待上門拜訪的客人，偶爾也得出門回禮——偏遠領地的貴族不是每個豐收祭典都會參加的，只有在家裡有年滿十六歲的年輕子嗣要接受爵位晉封時，他們才會趕來王都。

除此以外，或許還能順便解決家裡孩子的終身大事，就算找不到王城裡的大貴族們，找找其他有適齡子女的小貴族也不錯。小貴族們平日身在領地裡，要聯繫感情都不容易。可想而知，這些日子裡，擁有兩個適齡女兒的霍華德家要接待多少有意向的貴族夫人。

在送走一位十分健談的夫人後，妮娜和芙蕾不顧形象地癱倒在沙發上，妮娜發出一聲哀嘆，「殺了我吧——」

霍華德夫人伸手在她腦袋上輕輕打了一下，「胡說八道。」

妮娜裝模作樣地抱住芙蕾的手臂，芙蕾也跟著嘆了口氣，「沒想到這麼快就有人來了，我以為至少會等到新人宴會之後。」

新人宴會舉辦在豐收祭典的五天前，是王都內的貴族為了遠道而來的客人們設置的接風宴。沒有意外的話，要參加豐收祭典的人都會盡力在這個時間之前趕到王都——這也是所有從偏遠領地前來的貴族少年少女的處女秀。

「就是嘛！」妮娜跟著附和，「他們之前連我們長什麼樣子都不知道，就這樣上門來提親……」

來提親的人分成兩種，一種是衝著妮娜來的。他們大概已經提前打聽到霍華德家的情況，知道長女必定要繼承家業、留在綠寶石領，反倒是那個將來會繼承男爵爵位的小女兒比較適合聯姻遠嫁。儘管妮娜還沒有滿十六歲，也有不少心急的傢伙希望能早早把婚事訂下來。而衝著芙蕾來的那部分人，多半是給她介紹自家的次子，並表示願意跟著芙蕾前往綠寶石領。

這樣的盤算倒是挺合理的，只是……

芙蕾扭頭看向霍華德夫人。她們的父母是真心相愛的，比起這種為了延續貴族身分的聯姻，她們對愛情多少還是有點嚮往的。

白天面對貴族們積極的社交，晚上芙蕾就窩在房間、奉上甜品，聽魔王大人收集到的情報。

她這才知道，當初在城門口遇見的那三位是什麼樣的大人物。

去年法師塔一共只找到三位擁有魔法天賦的學員，摩奇和伊莉莎白都是其中之一。數量稀少成這樣，怪不得他如此傲慢。而另一位「聖子」，則是智慧神教年輕一代裡最出色的一個，在整個王都內都很有名望。

魔王懶洋洋地開口，「那個小子可不簡單，從他在王都嶄露頭角開始，智慧神教就迅速擴張地盤。智慧神那傢伙，已經提前在人間布局了嗎。」

芙蕾摸著下巴，「智慧神教的根基果然是智慧神嗎？」

「對。」魔王提醒她，「在他面前妳得當心點，他也是神靈的眷者。他看不出妳的身分，但他身後的智慧神應該能看得出來，而且智慧神教的傢伙心機很重。」

「眷者？怪不得他的光元素天賦這麼高……」芙蕾有些驚訝，這是她第一次知道自己以外的眷者存在，她忍不住多了幾分好奇。

「不，那應該是他自己的力量。」魔王習慣性地蹲在窗臺，「智慧神號稱『全知』，那個小子能夠使用全系魔法才是智慧的饋贈。」

芙蕾感嘆一聲，「原本就有這麼強大的力量啊……」

「據說他原本是個平民，四、五歲開始被智慧神教收養。主教大人把他當成親生兒子培養，直到後來他展露了驚人的天賦才獲得智慧神的青睞。」

魔王了解得很透澈，芙蕾忍不住納悶他是怎麼打聽到這些情報的。

魔王語氣酸溜溜地說，「看看人家的眷者，再看看妳自己。」

芙蕾羞愧地低下了腦袋，「對不起。」

「但這也沒辦法，畢竟他是從小就在教會裡培養的傢伙。」魔王也只是隨口抱怨一句，看到芙蕾老老實實道歉，他反而彆扭了起來，「妳只要能進入法師塔，就能幫得上很多忙。」

芙蕾誠懇地應了一聲，她有些期待地看向魔王，「除了王都的情報，今天會告訴我新的祕密嗎？」

魔王盯著她，「別用這種好像在期待睡前故事一般的語氣說話。」

芙蕾不好意思地笑了笑，「因為那些古老的傳說的確很有意思……」

魔王笑了一聲，「明天就是新人宴了，妳肯定會引起什麼騷動的，不如早點睡覺保存精力。」

芙蕾眼巴巴地看著他。

魔王的尾巴晃了晃，「幹什麼？」

芙蕾笑起來，「我只是覺得如果我再懇求您一下，您也許就會答應。」

畢竟到目前為止，魔王似乎對她有求必應，簡直就和她那寵女兒出了名的老爸一樣。

魔王有些惱怒，「今天我可不會縱容妳，快點給我去睡覺！」

芙蕾笑了一聲，「是的，魔王大人。」

她乖乖鑽進被子裡，又探出頭看向窗臺上的黑貓，「魔王大人，明天真的不會有問題嗎？」

「當然。」魔王慵懶地回答，「他顯然是個沒腦子的傢伙，如果在這種場合鬧起來，丟臉的也只會是他。」

「我和妳說過吧？因為智慧神教那個平民出身的小子，現在連國王也有些心動了，他想要法師塔開始招收平民。但無論平民能不能順利擁有這分榮耀，他都得給貴族一個面子，至少他們要比平民更優先。

「所以新人宴會的時候，應該會有代表國王的法師塔使者。只要妳展露天賦，他再怎麼不甘心也只能在旁邊吹鬍子瞪眼。為了看他精采的表情，我當然要跟妳一起去。」

芙蕾勉強應了一聲。她的睡眠品質一向很好，從腦袋沾到枕頭開始，她就已經隱隱泛起了睏意。

雖然他這麼說，但其實應該是為了幫她壯膽吧。她迷迷糊糊地想。

真是個溫柔的魔王。

芙蕾覺得自己雖然沒有別的天賦，但在看人方面還算精準。她緩緩閉上眼睛。

魔王講了很多天上的故事，但似乎還沒有說過關於自己的，不知道要到什麼時候才會透露他的過去。

魔王看著她安然入睡，轉頭看向王都的街道。

遠古時代，即使是神靈還在地上行走的年代，也很少會有神眷者出現。只要出現一個神眷者，他就必定會成為那個時代裡赫赫有名的英雄人物，古往今來傳說裡的勇者、大魔法師、賢者，都疑似是某些神靈的眷者。

金黃色的貓瞳無聲地打量著這座逐漸歸於靜謐的城。現在，這座城的檯面上已經有一位聖子，但暗地裡……神眷者或許遠不止一個。他已經聞到某些老朋友的味道了。天之驕子的頻繁出現，彷彿諸神時代的迴光返照一般，但這也代表天災真正降臨的那天已經逐漸接近。天上的那些傢伙應該也開始籌畫了吧？

魔王無意識地亮出了利爪，他很期待看到那群傢伙見到他的樣子。

這時，芙蕾無意識地嘟囔了一聲，「魔王大人，不可以抓窗簾……」

魔王的身體一僵，最後訕訕地把爪子放下。他回頭看了芙蕾一眼，有些惱怒地說，「放肆的傢伙！」

然而他壓低了聲音，似乎是擔心打擾到她安穩的夢境。

夜晚，裝飾著偏綠彩色玻璃的教堂關上了大門。主教貝利摘下兜帽，隨手端起燭臺，虔誠地走向屬於他一個人的禱告室。

——沒有人知道，這位頭髮花白、不苟言笑的老人也是一位眷者。

每年的豐收祭典，阿爾希亞各地都會為大地之母和她的女兒們——四季女神獻上祭品，祈禱明年能夠繼續豐收。

春風女神是四季女神中的長姐，大地之母的長女。

春風女神的教會一直坐落在王都最繁華的地段，就在重視農業的格雷斯家族對面。這個歷史悠久的教會一向行事低調，也從來無意權力，算是與王室關係最好的教會之一。

豐收祭典近在眼前，主教貝利揉了揉自己發酸的眼睛，虔誠地在女神像面前禱告，「敬愛的、仁慈的女神，今日，我也期待著第一縷春風。」

然而說完這句話之後，貝利主教的碎念就和禱告沒什麼關係了。他嘮嘮叨叨地說著，「真是的，也不看看現在都什麼時候了。那群讓人操心的傢伙，居然還要我去參加什麼新人宴……

「今年的收成似乎也不如往年，按照女神的旨意，我們得囤積更多糧食才能躲過將來的災難。如果實在種不出來，或許可以搶占先機，提前從其他國家買一點過來，只是要想個好理由……

「家族裡有兩個有天賦的孩子，國王似乎想替法師塔要走一個，剩下一個該讓他加入教會還是留在家族裡呢……」

這是他一直以來的習慣。只要把所有困擾的事情通通在女神面前展露，這樣離開這間禱告室的時候，他就能恢復回那張嚴肅又不苟言笑的臉。

然而今夜，女神似乎有空傾聽他的煩惱，祂開口：「貝利．格雷斯。」

貝利驚訝地瞪大眼睛，立刻虔誠地跪下，「您的信徒永遠都在。」

「我感覺到熟悉的氣息。王都內來新人了嗎？」

貝利飛快回答，「豐收祭典將近，城裡來了不少偏遠領地的貴族，新人們應該在裡面。」

「去找祂。」

貝利疑惑，「找誰？」

「風的主人。」

結束和女神的交談，貝利主教匆匆趕往對面的格雷斯家。他隨手揪住一個男僕，「告訴管家，明天的新人宴我會參加。」

王都新人宴當日。

芙蕾優雅地從馬車上跨下來。她穿著一身珍珠白的長裙，深黑色腰帶繫在後腰、點綴著稍大的蝴蝶結，長髮搭配著白銀的髮飾、在腦後挽起，頸間的黑曜石也在燈光下熠熠生輝。儘管配色低調，但在花枝招展的貴族小姐們中間也毫不遜色，反而彰顯了人畜無害的出眾氣質。

芙蕾一下子接收到大量的目光，她下意識摸了摸自己頸間的黑曜石。她倒不是在炫耀這顆名貴的寶石，只是因為這是魔王變的。

只要摸一摸魔王大人，她就會覺得安心不少。

魔王慵懶的聲音響起，「喂，小鬼，別隨便動手動腳的。」

芙蕾臉上一紅，乖乖放下手。

而在其他人眼裡看來，這個孤身一人前來新人宴的貴族少女，是因為眾人熱情的目光而害羞，這讓不少紳士都含笑移開了視線。

芙蕾今天確實是一個人來的。妮娜原本對王都很是嚮往，但經歷了諸位夫人的熱情之後，她現在對於新人宴只剩下被夫人們團團包圍的恐懼。

反正她明年才要受封，霍華德夫人也就允許她缺席這次的宴會。

霍華德子爵原本是準備跟著去的，他甚至還打算穿著鎧甲，畢竟之前和摩奇結了怨，對方說不定會出現前來找碴。霍華德子爵從鼻子哼氣，他一手握著自己的長槍，放出了狠話，「如果他還敢來，我就跟他決鬥！」

霍華德夫人不得不把他壓回沙發上，芙蕾也趁機提出要自己一個人前往的要求。她的理由很簡單——她將來要繼承綠寶石領，總是要獨當一面的，這不過是個小小的試煉。而且在王都諸多貴族都參加的宴會上，最大的後果也只是丟臉而已，不會有什麼危險。

芙蕾挺直了身體，朝著宴會大廳走去。其實她還有一點小小的私心，就是不希望家人被風暴波及，而且家人對她太了解了，說不定會從她的表現上看出什麼端倪。

——比如她擁有的魔法天賦。

但不管怎麼說，芙蕾還是從容地邁進會場。她和魔王大人的處女秀就要在這裡開始了。

從她出現在大門口開始，芙蕾就明顯察覺到好幾道帶有目的性的視線。她假裝沒有發現，微笑著從男僕手中取過一杯甜酒，打算找個沒什麼人的清淨角落坐下。那幾道視線如影隨形，芙蕾不動聲色地回看了一眼。

她猜測看她的人應該是摩奇，但沒想到順著視線看過去，居然見到那位有著一頭火紅長髮的伊莉莎白小姐。

芙蕾愣了一下。兩人的視線短暫交錯，伊莉莎白率先移開了視線——她被一群人圍在中央，看起來沒空理會這個從偏遠地方來的小貴族。

芙蕾眨了眨眼，難道是她感覺錯了？

「不是錯覺。」魔王總能輕鬆讀取她的想法，他饒有興趣地笑了一聲，「她的確一直在看妳。摩奇也在，不過是在那邊的角落，他旁邊也圍了不少人，法師在王都確實很吃香啊。」

芙蕾藉著拿甜點的機會，不動聲色地朝魔王指的方向看了一眼，果然見到了摩奇。

接著她瞄準的那塊草莓蛋糕就被人拿走了。

芙蕾緩緩抬起頭對上眼前的男子，她的目光不由自主地落在他繞了好幾圈、像彈簧一樣的鬍子上，這實在是太引人注目了！

彈簧鬍子端走了芙蕾看中的草莓蛋糕，居高臨下地打量著她。他相當不客氣地嗤笑了一聲，和身邊的同伴說，「就是她吧？那個不自量力敢頂撞摩奇的傢伙？」

這人身上沒有任何魔力波動，看來應該不是法師塔的成員，只是摩奇那邊的普通貴族。

得到確定的回答之後，彈簧鬍子冷笑一聲，「居然還敢來新人宴？鄉下來的野孩子，還不知道自己惹了多大的麻煩吧？

「我勸妳趁現在、還沒多少人注意到妳，趕緊從這裡滾出去。以後聽到任何會有摩奇大人出席的宴會，妳就老老實實在家裡待著，說不定還有機會安安穩穩地回到妳的鄉下領地。否則……」

他故意沒有把話說完，讓芙蕾自行用想像力補完剩下的空白。然而芙蕾眨了眨眼，想不到會有什麼太嚴重的後果。其實她稍微轉動腦袋就能明白摩奇的意思了。從魔王大人提前打聽到的情報來看，國王確實在新人宴上派出了法師塔的使者，這位使者會為所有有意進入法師塔的貴族們進行測試。

摩奇當然不覺得芙蕾有什麼天賦，但他就是要把她趕走，不想給她這個機會、要讓她為之前的事後悔莫及。

這個人其實還挺惡毒的，芙蕾默默在心中評論。如果她真的是個沒見過世面、也沒有情報來源的小女孩，這時說不定已經嚇破了膽。但問題是……

芙蕾在魔王給予的壓力下，做了這麼多天的心理準備，結果……就這樣？只是派了幾個人出來恐嚇她？

芙蕾的目光再次落到對方的彈簧鬍子上，難道他打算用鬍子嚇退她嗎？

見芙蕾久久沒有動作，彈簧鬍子以為她被嚇傻了，他冷哼一聲，「果然是鄉下來的，我就聽說綠寶石領是個偏僻得不能再偏僻的破舊領地，呵！」

芙蕾這才回過神來。她目光複雜地看了他一眼，居然微微點了點頭，「確實，綠寶石領幾乎已經接近了阿爾希亞的國境。」

彈簧鬍子噎了一下，再次出聲諷刺，「那種貧窮的地方甚至還有鼠患！哈！多麼骯髒的地方才會有老鼠！」

他的同伴幫忙附和，「沒錯！據說只要有鼠群經過，牛羊就只會剩下骨架了！」

「不。」這次芙蕾搖了搖頭，她認真地說，「如果鼠群過境，那是連骨頭都不會留下。牠們尖牙的硬度讓人震驚，就算是石頭鑄造的圍牆也能輕易啃壞……」

彈簧鬍子：「……」

誰想聽妳介紹鼠群啊！

他有些氣急敗壞，然而還來不及開口，他就驚恐地看見了芙蕾身後逐漸靠近的身影。

芙蕾似有所感地回頭，還沒看清眼前的人，她就猛地被撞了一下。她只覺得腰間一緊，對方就已經錯身而過，在她身側站定。

火紅頭髮的女孩一臉高傲，「注意妳的言行。」

芙蕾愣了一下，身後的彈簧鬍子卻大喜過望。那位尊貴的伊莉莎白小姐也是這麼想的！她和摩奇是法師塔的同僚，這個偏遠領地來的小貴族不給摩奇面子，自然也是不給伊莉莎白小姐面子！

彈簧鬍子的表情逐漸興奮了起來，他連連附和，「對對！沒錯！伊莉莎白大人……」

芙蕾好心提醒他，「她已經走了。」

彈簧鬍子這才發現，在他胡思亂想的時候，伊莉莎白已經興致缺缺地越過他們，再次回到眾人的環繞下。芙蕾也正望著她，剛剛伊莉莎白的舉動並不友好，但是……芙蕾依舊沒有從她的舉動裡察覺到任何一點惡意。

她舉手摸了摸脖子上的黑曜石，藉著掩唇喝甜酒的動作低聲問魔王，「魔王大人，她剛剛做了什麼？」

魔王的語氣居然也帶著幾分複雜，他說，「她剛剛撞妳的時候，趁機把妳背後被腰帶勾住的蝴蝶結下襬拉出來了。」

芙蕾這次呆愣的時間更長了。她腦袋裡響起之前伊莉莎白對她說過的話——

「鄉下來的，妳看起來好像很會惹麻煩。我得提醒妳一句，這裡可不是一個子爵就能當領主的偏遠鄉下，妳最好別招惹自己對付不了的人。」

當時她只覺得對方是在恐嚇她，但現在看起來……也許，她真的是好意提醒？難道說，這位尊貴的伊莉莎白小姐，其實是個特別愛操心的好人？

芙蕾的表情變得有些古怪。

「喂！喂！」彈簧鬍子一連叫了好幾聲，試圖喚回芙蕾的注意力。他有些不耐煩地開口，「妳沒聽見我說的話嗎！摩奇大人要妳滾出這個宴會！」

芙蕾這才抬起頭。她的目光澄澈、沒有一絲雜質，看起來漂亮又脆弱，但她說的話卻相當直接，「我確實新來乍到，不懂這裡的規矩，原來只要成為法師塔的學員，就能隨意趕走宴會上的客人啊。」

「妳！」彈簧鬍子漲紅了臉，而不遠處一直關注著這裡的摩奇在聽到這句話後，也沉下了臉。

「既然這樣，如果我有幸加入法師塔，是不是也可以要求以後有我出席的任何一場宴會，都不允許摩奇到場？」

看她若有所思地說出這番話，另一邊的摩奇終於忍不住，他「唰」地站起來，筆直朝芙蕾走來。

他幾乎是咬牙切齒地吐出，「妳這個該死的鄉下人！」

伊莉莎白微微蹙起眉心。她似乎想要往前一步制止這場鬧劇，但又隱晦地看了一眼宴會廳二樓的位置。最終，她還是沒有動作。

沒有人注意到二樓一直站著一名灰袍老人。他手裡端著一個銀盒，一直觀察著樓下。看見摩奇此刻的表現，他忍不住皺了皺眉頭。

真是不像話。

可惜現在也沒有用品行挑選人才的餘裕，有魔法天賦的人實在太少了。

灰袍老人嘆了口氣。他沒注意到貝利突然出現在自己身後，直到他幽幽地開口，「哥哥你也是來挑選人才的吧？開眼液借我用用。」

灰袍老人嚇得差點把盒子扔了下去。貝利伸手接住銀盒，豪不客氣地打開它，盒子裡還有一個像是用來裝香粉的小圓盒。

貝利皺了皺眉，嘀咕一句，「用不著裝得這麼嚴實吧？」

眼看對方大喇喇地打開盒子，下一秒就要用手去沾盒子中的透明液體，灰袍人痛心疾首地大喝一聲，「給我等一下！」

他一把奪過對方手中的銀盒，小心翼翼地取出一支比掏耳棒大不了多少的小湯匙。他輕輕舀了一勺，還不甘心地抖了抖，這才倒在貝利的手指上。

貝利的嘴角抽了抽，「哥哥，咱們家還沒有要破產吧，這也太……」

邦奇翻了個巨大的白眼，「這可是精靈神樹樹根的汁水！你以為還有哪裡能搞到精靈神樹的樹根！現在連精靈的影子都見不到了！」

如果有人看見，他們就會發現這次法師塔的使者不是別人，正是三大家族之一、格雷斯家的家主。他不僅出身尊貴，還擁有極其出色的木系魔法天賦。而他的弟弟貝利則進入了春風女神教會，成為了女神的眷屬。

這也是格雷斯家族一貫的做法——擁有魔法天賦的成員，一個進入法師塔，一個留在教會。

邦奇氣呼呼地在自己的眼皮塗上開眼液，隨口問，「你來這裡做什麼？你不是一向不喜歡這種場合的嗎？」

貝利也學著他的樣子，把幾乎快要乾涸的開眼液塗在自己的眼皮上，老實回答，「幫女神尋找一個人物。」

「什麼！」邦奇一下子就明白對方是要搶人，他瞬間暴跳如雷，尤其是看見自己弟弟身上盈潤的土元素，就更加生氣。他戳著對方的腦袋，「我是在替陛下選人！沒發現這次新人宴上都沒有其他教會的人在嗎！大家都在避免和陛下搶人！你這個蠢貨，你是打算……」

「這也沒辦法，我也不想。」貝利慢吞吞地開口，「萬一我來晚了，女神想要的人被你帶走了怎麼辦？這麼多年來，女神從來沒有開口跟我們要過什麼，只有這麼一個小小的要求。如果好好跟國王大人請求的話，他也會應允的。」

「你把人帶走以後才說，這和提前請求是兩回事！」邦奇忍不住提高音量，「你總是待在教會裡，根本不知道現在的形勢……」

貝利興致缺缺地往樓下掃去。不得不說他的哥哥找了個好位置，從這裡看下去，樓下的小傢伙們一覽無遺。

普通人身上是毫無顏色的，有魔法天賦的人身旁則會環繞著各色的元素精靈。他的哥哥身邊就聚集著深綠色的木元素，而卡文迪許家的小姐周身也圍繞著火焰般跳躍的火元素。還有那位在王都內「惡名昭彰」的摩奇。他身側零零散散地圍著一點棕色的土元素，如果是以前，這種天賦法師塔才看不上眼。

貝利搖了搖頭，真是一代不如一代。至於他面前那個……

「天哪，女神在上！」貝利被嚇得發出了一聲驚呼。

邦奇一看就知道自己的弟弟根本沒在聽他說話，他氣得吹鬍子，「我說你……」

貝利直接伸手把他的頭扭過去，直對著芙蕾的方向。邦奇接著就發出了和貝利如出一轍的驚呼，「天哪，國王在上！」

他們看見了一顆青色的光團！這是什麼樣的魔法天賦！

貝利第一時間想到自己。他是女神的眷者，在接受了春風女神的饋贈之後，他便擁有了極高的土系天賦。但即使是他，身上也不曾被這麼濃郁的元素環繞過！

做為女神的眷屬，貝利還是知道更多祕辛的，比如說，眷者的天賦與神明的強大程度相關。春風女神是大地之母的女兒，如果他身為大地之母的眷者，那麼就會得到更強大的土系天賦！

貝利忍不住再看了那個青色的光球一眼，多麼令人讚嘆的天賦啊。怪不得連女神都被驚動，並且稱她為「風的主人」！

貝利還在感嘆，就忽然看見那個相較之下、光芒黯淡許多的土系元素接近了青色光團。他立刻怒喝一聲，「住手！」

他不自覺地用上了魔力，整個會場都震動了一下，連天花板上的水晶吊燈也叮噹作響。而摩奇第一次直面來自土系上位者的壓制，他被嚇得直接跌坐在地，痛苦地抱住嗡嗡作響的腦袋。

芙蕾第一時間轉頭看向二樓。她剛剛察覺到了，那裡有人使用了魔力！

二樓的貝利望著她的目光變得更加熱切了，因為他剛剛看見地面震動的時候，那些青色的風元素主動保護了自己的主人！

趁著邦奇還在呆滯，貝利立刻朝著樓下奔去。邦奇這才反應過來，怒罵一聲，「臭小子，你敢偷跑！」

滿座的賓客還沒從剛剛的震動裡回過神來，就看見三大貴族格雷斯家的掌權人、和他擔任春風女神教會主教的親弟弟，爭相從二樓奔了下來。

摩奇愣愣地看著眼前這兩位真正的大人物，呆滯地開口叫了一聲，「老、老師……」

邦奇一愣。他在法師塔任教，雖然很少真正上課，但名義上還真算是這小子的老師。可一想到他之前做過的事情，邦奇忍不住面露不快。他冷哼一聲，沒有回應。

邦奇還在擺架子，貝利就趁機先開了口。眾人驚恐地看著那位總是臭著臉、不苟言笑的主教大人，他笑得臉上的紋路都被擠了出來，「哦，這位……」

話剛說出口，他才意識到自己只看見眼前青色的光團，根本不知道這人是男是女。他趕緊伸手擦掉一隻眼睛上的開眼液，這才見到了青色光團真正的模樣——那是個年輕的女孩，而且生得相當漂亮。

她正驚疑不定地瞪大眼睛，似乎有些不安。

貝利心中猛地生出了某種對幼兒的憐愛，他放緩語氣，「哦，這位小姐，不要害怕，我是春風女神教的主教貝利。願第一縷春風眷顧妳。」

「春風女神……」不知道為什麼，魔王大人的語氣有些古怪。

儘管不明白對方此行的目的，芙蕾還是乖巧地行禮，「您好，主教大人。」

貝利臉上的笑容越發燦爛，只是他還來不及開口，就被匆匆擦掉開眼液的邦奇擠到了一邊。他露出溫和的笑臉，上下打量了芙蕾一遍，然後讚許地點了點頭，「很好。

「我是法師塔的導師邦奇。小女孩，妳有很不錯的天賦。我正式代表法師塔，邀請妳加……」

貝利不甘示弱地把邦奇再次擠到一邊，「等一下！」

「小女孩，妳要考慮清楚。別看他們法師塔表面風光，勾心鬥角之類的事可不少，裡面也有不少狗眼看人低的舊貴族，萬一他們嫉妒妳的天賦、欺負妳怎麼辦！」

在場的貴族們面面相覷，表情稍稍有些不自然，而說出這番話的貝利，絲毫不覺得把同樣身為舊貴族的自己罵進去有什麼不對。

邦奇氣得吹鬍子瞪眼，沒想到他這個弟弟這麼不要臉，當面抹黑這種陰招也用得出來。他立即反對，「你以為導師在法師塔是個擺設嗎！我既然把她招進來，當然會負起責任保護她！」

「法師塔又不是你一個人說了算！」貝利笑著扭頭看向芙蕾，循循善誘，「但是春風女神教會就幾乎是我一個人說了算了！」

「我要讓法師塔宣布她是今年的黃金學員！」

「那我就宣布她是春風女神教的聖女！」

兩位身分尊貴的大人物你來我往、不肯退讓，差點就要在宴會場內動起手來。在場的諸位貴族哪裡見過這樣的場面，一時間所有人呆若木雞，沒人敢上前勸架。倒是倒在地上的摩奇突然領悟到什麼，他不可置信地看向芙蕾，「她有魔法天賦？」

而且能夠引起格雷斯家這樣的高度重視，就代表她的天賦絕對不低！

他還記得自己當初被發現擁有魔法天賦的時候，是怎樣欣喜若狂，也記得幾位老師惋惜的神色——他的天賦並不高，但在這個魔法消退的年代也聊勝於無。

他心底一直有些不平衡，更有股說不上來的惡氣。但跟他一起進入法師塔的兩人，一個是卡文迪許家的女兒，還有一個絕大部分的時間都躲在房間擺弄煉金機械，連個人影都看不見，他想找人發洩都沒辦法。

也因此，他總是試圖向世人證明——他，摩奇，是一位真正的天才法師！

然而現在，他目光渙散地看向芙蕾。難道說，就連這個、就連這個鄉下來的小貴族，也擁有遠遠超過他的天賦？

摩奇突然眼前一黑，歪著頭倒了下去。

「啊！」芙蕾驚訝地瞪大眼睛。她指了指倒在地上的摩奇，同時看向兩位大人物。

貝利撇了撇嘴，「現在的年輕人連這點打擊都受不了！」

邦奇也搖搖頭，「帶他去休息室，灌一點安神湯！」

兩旁的女僕迅速過來將人扶了下去。貝利看著她們的動作，突然靈光一閃，「啊，他是不是欺負妳？這傢伙是法師塔的人，來我們教會，我幫妳出氣！」

邦奇氣得差點跳起來，「你又……」

芙蕾正在苦惱應該如何回答，身後就響起了一個聲音。

「這件事，還需要從長計議。」伊莉莎白不知何時走到了旁邊，她仰起頭，「不過是個沒見過世面的小女生而已，別嚇壞她。」

芙蕾愣愣地看著伊莉莎白。這傢伙講話雖然真的很不好聽，但實際上卻是個愛操心的好人吧？

察覺到芙蕾帶著「慈祥」的視線看向自己，伊莉莎白的表情一瞬間有些古怪。她轉過頭清了清喉嚨，即使面對兩位大人物也絲毫不落下風，「總之，兩位格雷斯先生，情況看起來有些複雜，我們換個地方聊聊吧。」

貝利擰起了眉頭。有伊莉莎白插手，這件事就有點麻煩了。這女孩身分異常尊貴，而且本身就是站在法師塔那邊的人，從現場來看，明顯是法師塔占了便宜。

但貝利眼珠一轉，突然有了靈感。他笑起來，「可以，那就去我們教會談談吧。」

邦奇怎麼可能不知道他在想什麼，他翻了個白眼，「去你的地盤？你想得美！」

貝利不甘示弱，「我把人帶到我們教會，難道還會強搶嗎？不過就是提供個地方而已。」

他心裡盤算，反正女神說的是要見見「風的主人」，先帶過去見見不就得了！一般人要是見到神蹟，說什麼都會留下的吧？

他不動聲色地看了眼芙蕾，笑容更加和善，「我們教會可沒有你們法師塔那麼霸道，一切都看這個小女孩怎麼選。」

邦奇狐疑地看著貝利，不知道這傢伙怎麼突然轉性了。他立刻開口，「我跟你一起去。」

「不行。」貝利斷然拒絕，「你是陛下選擇的法師塔使者，你還得在這裡挑選其他有天賦的人。」

有這樣的絕世天才在，他眼裡哪還裝得下其他人身上那些零零落落的天賦。邦奇在心底想著。但他畢竟有責任在身，他看向站在一邊的伊莉莎白，略一思索，「我確實抽不開身，但也不能讓你一個人帶著她離開。不如就請伊莉莎白小姐代表法師塔，陪著她去一趟吧！」

伊莉莎白沒有推托，她點了點頭，率先朝著宴會廳外走去。臨走前，她只扔下一句「跟上」。

貝利笑了一句，「嘿，你們法師塔的傢伙，一個比一個目中無人。」

邦奇也無法反駁，他有些緊張地掃了芙蕾一眼，故作隨意地解釋，「咳，畢竟是天分出眾的……」

貝利沒理他，三步併作兩步跟了上去。他還來不及邀請，就看見芙蕾鑽進了卡文迪許家的馬車裡。伊莉莎白扭過頭，對著他挑了挑眉毛。貝利清了清喉嚨，「我一個老人家和妳們擠在一起也不合適。」

「我想也是。」伊莉莎白點了點頭，不客氣地鑽進了馬車裡。

貝利踢到了鐵板，忍不住摸著下巴嘀咕，「真是個不討人喜歡的小女孩。」

相比之下，剛剛那個小女生脾氣就好多了。貝利越想越滿意，他大度地揮揮手，也上了自己的馬車。

芙蕾坐在伊莉莎白面前，乖乖低垂著頭，看起來一副怕生的模樣。實際上，她正在認真研究對方深紅色裙襬上的金線花紋，那似乎是一隻不死鳥的紋樣，金色的羽翅從烈焰中騰空而起，正好襯托了少女的尊貴。

如果把大概的樣子記下來畫給妮娜看，她一定會很高興的，畢竟她最喜歡擺弄衣飾和髮型了。芙蕾認真地想。

此時，伊莉莎白率先打破沉默，她開口，「等一下妳無論見到什麼，都不要說多餘的話。」

芙蕾抬起頭，適當地擺出了一副懵懂的模樣。

伊莉莎白下意識地揚起下巴，「在這件事情上，妳沒有選擇的餘地。無論是教會還是法師塔都是妳得罪不起的，搞清楚自己的身分，乖乖接受安排就好。反正無論去哪，對妳來說都是飛黃騰達了。」

又來了。

芙蕾自動翻譯了這段話——不論是代表教會或皇室，格雷斯家那兩位大人物都是她招惹不起的。不要在這種時候強出頭結怨，老老實實讓他們自己商量出結果，然後聽話就可以了。

芙蕾乖巧地點點頭，「我明白，感謝您的幫助，伊莉莎白小姐。」

伊莉莎白盯著她看了一下，淺褐色的瞳孔裡閃過一絲驚訝。她扭頭看向車窗外，有些生硬地回覆，「妳也只有識時務這點勉強讓人滿意。」

啊，這副樣子和當初叛逆期的妮娜有點像呢，真讓人懷念啊。芙蕾一臉慈愛地看著她。

「哼。」不知道為什麼，魔王大人不怎麼滿意地哼了一聲。

芙蕾第一次見到春風女神教會的教堂。

她讚嘆了一句，「真是一座漂亮的教堂。」

貝利立刻挺起胸膛，他露出笑臉，帶著她們往裡面走。他十分驕傲地開口，「在春風女神的庇護之下，教堂內四季如春，不懼酷暑、不畏嚴寒，即使已是秋天，這裡也綻放著無數春季才有的鮮花。」

貝利一路帶著他們來到大廳，這裡有一座巨大的女神雕像。

芙蕾仰起頭打量著這座雕像。神色溫柔的女神頭戴花環，上身纏繞著無數枝葉的新芽，她的裙襬綴滿含苞待放的花苞，還未睜開眼睛的動物寶寶蜷縮在她腳邊，露出了依戀而安心的神色。

貝利收斂臉上的神色，虔誠地在女神面前行禮，「這就是春風女神。

「祂是大地復甦的信使，是萬物新生的希望，是生生不息、永遠回歸的春色。願女神庇佑。」

即使不是信徒，伊莉莎白也莊重地對著女神像行了禮。芙蕾偷偷用餘光打量對方，打算和她一樣行禮。然而她剛要彎腰，地面就突然飛快地冒出枝芽，柔軟的嫩枝托著她的身體站直後，將枝芽上的第一朵花苞留在她的髮間。

在眾人驚愕的目光中，芙蕾已經身處在花草掩映的春色裡，而那座高大神像上的所有花朵和枝葉，彷彿都在一瞬間活了過來。

女神像微微露出笑意，「妳來了。」

就連貝利也呆愣在原地。他抬頭看了看高高在上的女神像，又瞧了瞧被花草環繞的芙蕾，心裡有點酸溜溜的。當了這麼多年的眷者，他從來沒有過這種待遇……雖然花叢裡的老頭子肯定沒有花叢裡的少女好看，但是……

女神也太偏心了。

「貝利．格雷斯。」

貝利還以為女神聽見自己心裡在想什麼，他回過神，立刻站直身體，「是！女神，我……」

「退下吧。」

「火的從者，退下吧。」

「走吧。」貝利抓了抓腦袋，看向伊莉莎白，「說妳呢，火系法師。」

伊莉莎白神色微動，她低頭行禮，然後跟在貝利身後。她表面上鎮定自若，實際上內心的震撼一點也不少，這可是女神親臨呢！

她不由自主地回頭看了一眼。那個身穿白裙的少女站在教堂中間，雙手捧在胸前，微微仰頭看著高處的女神像，看上去虔誠又聖潔。

伊莉莎白心中一陣動搖，如果是這樣的話，也許這裡的確是最適合她的地方……

然而此刻的芙蕾滿腦子都是——之前才跟魔王大人說好要先隱藏身分、默默累積實力，結果才沒多久就被神靈發現了！

現在拔腿就跑跑得掉嗎？用風一路飛回綠寶石領還來得及嗎？

等到大廳的大門緩緩關上，芙蕾的心裡也跟著一震。好像來不及了。

只是一眨眼的功夫，女神便從神像裡走了出來。祂站在芙蕾面前，露出親切的笑意，「好久不見……」

芙蕾忽然意識到祂似乎是打算說出一個名字，她立刻機警地豎起耳朵。沒意外的話，那應該就是魔王的名諱。

然而魔王生硬地打斷了祂的寒暄，「這種話就免了。我還來不及問祢，這個稱號是怎麼回事，春風女神？」

魔王一字一句地念出祂的名號，聲音中透著幾分古怪。

拜託了，魔王大人，這種情況下說話稍微禮貌一點吧。芙蕾面無表情地握住脖子上的黑曜石。

但出乎意料地，女神一點都沒有生氣，祂甚至露出幾分歉意，「冒昧頂替了您的名號，我很抱歉，但我還是不希望世人就此遺忘了您。現在您歸來了，那麼這個名號也該還給您。」

芙蕾眨了眨眼睛，她好像聽出點什麼來了。

聽從魔王號令的風精靈、神靈之書上第六頁的名字、春風女神頂替的名號……一切都串在一起了。

大地之母的四位女兒，春風女神、夏季女神、秋季女神、冬季女神，只有春風女神的名號與眾不同，而祂的眷者貝利也沒有得到風元素的眷顧！

春風女神原本是春季女神，而魔王才是真正的風神！

不知道什麼原因，風神變成了魔王。而神靈之書第六頁記載的就是風神的名字，所以寫在上面的字句才會通往魔王……即使魔王說「澤維爾」已經死了，但實際上，他就是風神澤維爾，依然能收到信徒傳遞給風神的訊息。

芙蕾腦袋中轟轟作響，她垂下眼，試圖掩飾自己驚訝的神色。魔王大人是真正的神明，至少曾經是……

但她在腦海中搜索了一圈，大陸通識裡從沒有關於風神的記載，哪怕是吟遊詩人之間口耳相傳的詩歌，也從來沒有提過這位神明。在遠古時代，到底發生了什麼事？

「不需要。」她聽見魔王冷淡的聲音，「祢以為，我是為了那種東西才從地底爬出來的？

「還是說，祢覺得給我這麼點東西，我就會乖乖再次回到地下？格雷蒂婭。」

——他毫無忌憚地念出了女神的名字。

第六章

同　盟

CHAPTER

VI

教堂內的氣氛一瞬間凝固。察覺到女神的目光似乎落到自己身上，芙蕾的後背瞬間冒出一身冷汗，但表面上她仍然不動聲色。

至少魔王也在這裡，這個事實讓她稍稍安心了一點。只不過，魔王的狀態似乎有些奇怪……

芙蕾垂下眼，伸手觸碰脖頸上的黑曜石——從剛剛開始它就燙得驚人，就像是魔王難以抑制的怒火。

她似乎在某個瞬間和魔王有了共感，她不小心窺見了在如同深淵的黑暗包裹下，從孤獨與絕望中孕育而來、無從宣洩的憤怒。所以即使黑曜石滾燙得像是要灼傷她的喉嚨，她也想要忍耐，希望這樣能給他一點安撫。

她控制臉上的表情，用手撫摸著黑曜石，溫柔地開口，「魔王大人。」

黑曜石的溫度急速降了下來。短暫的沉默之後，黑曜石散成薄霧，在芙蕾身後緩緩化形。她餘光看見張開的黑羽，而且似乎不止一對……但春風女神，不，春季女神就在眼前，儘管好奇，芙蕾仍然沒有回頭。

春季女神看向魔王，露出懷念卻又悲傷的神色，「真的是許久未見了，您的模樣看起來和從前大不相同……」

「如果祢也墜入深淵，祢也會大不相同。」魔王似乎冷靜下來了，他不再像剛剛那麼憤怒，而是恢復他一貫隨意的語調，「祢想要見我，應該不只是敘敘舊這麼簡單吧？

「祢一向都是溫和派，連祢都開始在人間尋找眷者了，看樣子天上那群傢伙比我想像得更性急啊。」

春季女神微微搖頭，「我並不是為了即將來臨的大戰做準備。格雷斯家族自古以來就是我的眷屬，他們的信仰代代相傳，就如同當初追隨您前往深淵的……那些戰士們一樣。」

芙蕾神色微動，她再次聽到了一個關鍵字——深淵。

這個詞在整個大陸的歷史裡倒也不陌生。至高神創世以來、第一紀元，諸神行走於地上，人類追隨神的身影建造王國和城鎮，其中的巔峰之作就是傳聞中能夠登天的階梯。

第二紀元開始的標誌，就是眾神回歸神界。然而沒多久，地面就裂開巨大的裂縫，無數魔物從中誕生。他們毫無神志、只知殺戮，受到魔氣汙染的生物也會被魔化，變得更加強大、易怒好鬥。

所有王國都深受其害，凡人祈求神靈再次降臨。那個時代因此出現了許多流傳後世的英雄人物，他們將魔族趕回深淵，結束了混亂的戰爭。

而第三紀元，登天之賊觸怒諸神，天神斬斷天梯、不再降臨世間。似乎正是在這時期，凡間的魔法開始不斷消退。不少人都認為，這是人類失去諸神眷顧的開端，至少芙蕾之前也是這麼以為的。

但魔王大人否認了「登天之賊」的故事，芙蕾對於自己現在了解到的歷史也不敢百分之百相信了。

至少在她所知道的歷史裡，從來沒有記載過有神明前往了深淵。

「格雷斯家族……」魔王低喃了一句。

芙蕾很快就反應過來，她為他提供情報，「格雷斯家族確實是個相當古老的家族，至少在阿爾希亞建國以來，他們就一直做為貴族存在。他們家族代代都擁有土系和木系的天賦，即使在這個魔法消退的第三紀元，也依然擁有了不起的魔法實力。

「還有傳言，格雷斯家有能夠讓人得到魔法天賦的魔藥。」

春季女神沒有否認，祂目光溫柔，一點都沒有因為魔王和芙蕾的態度生氣，「第一紀元，您是最受凡人愛戴的神靈，擁有那麼多眷屬的您應該能明白……他們就像我的孩子一樣。無論這座黃金之城最終屬於誰，我都會為了他們留在這裡。我在向您尋求一個承諾，如果您最終從諸神手中奪下了這座富饒的城池，我希望您能給我們一個容身之所。」

「哈哈！」魔王低聲笑了起來，「真是意想不到，祢想把賭注壓在我身上？格雷蒂婭，這是祢的意思，還是大地之母的意思？」

「只是我的意思，母親她更加謹慎。」春季女神如實相告，「但如果您展露的實力足夠強大，我想母親和妹妹們也會很樂意站到您這邊。我們並不渴望戰鬥，我們只要一塊土地，一個安穩的容身之所。我們可以成為盟友。」

「給我一個理由，祢選擇我的理由。」魔王似乎還在考慮，他瞇起了眼睛，「我剛剛從深淵脫身，力量還沒有恢復。在這種時候選擇成為我的盟友，這可不是個理智的決定。」

「您變得多疑了。」春季女神露出悲傷的神色，「曾經的您更為赤誠。您自由而無畏，所以才會有那麼多人願意追隨您。

「我們曾經是朋友，而且我對您心懷愧疚。」

魔王沒有回答。

芙蕾悄悄捏緊了袖子。春季女神想要和他們合作，在即將到來的諸神之戰裡共同奪取阿爾希亞的王都，甚至還主動放棄了主導權，這怎麼看都像是女神的仁慈。

只是祂的態度稍稍有些奇怪。從祂試圖保存「風神」的名號來看，祂或許真的曾經是魔王的朋友，但又說自己心懷愧疚……

從他們交談的隻字片語裡，芙蕾試圖描繪風神過往的模樣——祂是風的主人、是勇敢且自由的戰士、是深受凡人喜愛的神靈，在這片大陸上擁有無數的追隨者。但如今祂被困深淵，所有流傳的歷史裡再也沒有祂的姓名，祂偶爾會流露極端的憤怒和對神靈的恨意……

——是神害祂淪落至此的。

除了神靈，還有誰有辦法在漫長歷史裡完全抹去另一位神的姓名？

芙蕾突然感同身受地憤怒了起來。她很清楚魔王的力量還沒有完全恢復，他們現在暴露了身分，最好的選擇就是和眼前的這位女神合作。

但祂或許也是害魔王被困深淵的罪魁禍首！即使理智告訴她要隱忍，但還是忍不住替魔王感到不甘……

「朋友啊。」魔王嘆息了一聲，「好吧，那就給我曾經的朋友一個機會。

「但祢曾經犯了錯，格雷蒂婭。罪孽要用鮮血償還，祢準備好付出神血了嗎？」

氣氛一下子變得凝滯。春季女神臉上的笑容緩緩消失，祂抬起翠綠的雙眸，整座教堂便開始微微震動。草木瞬間瘋長，一下子就籠罩了整座教堂，把它變成一座植物的囚籠。

春季女神緩緩從地面升起，「看來您並不相信我，嘖……」

回應祂的是從臉側呼嘯而過的氣旋，堅硬的樹幹在它面前不堪一擊。魔王的手搭在芙蕾的肩膀上，狂風和瘋長的草木都避開了她腳下的土地，她就像身處在風暴中心的安全區。

魔王語氣輕鬆地說，「還記得我說過什麼嗎？妳已經擁有號令風元素的能力，只是缺乏實戰經驗。這是個好機會，妳可以用祂練習看看。」

「……魔王大人，祂好歹是個神。」

魔王笑起來，「別擔心，祂很弱，只是個不擅長戰鬥的二代神而已。」

「而我只是一個不擅長戰鬥的、不知道多少代的人類！」芙蕾抗議著，但她還是乖乖按照魔王所說的仰起頭。

她打量著自己的對手。芙蕾能夠感覺到風精靈環繞在她的身側，它們已經做好了戰鬥的準備，即使面對神靈也毫無畏懼。

——只要她一聲令下。

「人類，妳知道對神靈出手的代價嗎？」春季女神居高臨下。

「實不相瞞，我對神靈不太了解。」芙蕾露出了有些抱歉的笑容，「但按照我們人類的規矩……道歉的時候，最好再誠懇一些，女神閣下。」

女神震怒。

同一時間，芙蕾的風刃呼嘯而過。

芙蕾沒有移開目光，她看著風刃毫無障礙地切開枝幹，斬開阻擋在身側所有意圖靠近的草木，直奔女神而去——

風抓住了祂。

直至此刻，芙蕾才真正意識到——她確實從魔王那裡得到了與神靈比肩的力量。

深吸一口氣，芙蕾撩開裙襬，從腿側抽出一把銀製的匕首，朝女神走去。

「等等。」魔王的聲音有些古怪，「我怎麼不知道妳還帶了刀？」

芙蕾正要轉過頭，卻被一隻黑色的羽翼遮住了眼睛——魔王不想被她看見現在的樣子。

芙蕾乖乖地沒有再動，魔王順勢從她手裡接過那把匕首，他嗤笑一聲，「動手前不是還一副怕得要死的樣子嗎？現在連放神血也想自己來了？」

芙蕾小聲抗議，「因為我沒想到祂真的那麼弱……」

春季女神：「……」

魔王彈了個響指，神靈之書就憑空出現在他手中。春季女神變了臉色，「這是……」

「我曾經信任過祢們，但祢們背叛了我。」魔王拋了拋手裡的匕首，笑起來，「我不會再上當了。乖乖交出祢的血，這樣才算是站在我們這邊。」

他把匕首遞到女神眼前。

女神沉默地接過。祂深深看了魔王一眼，刀尖對準自己的手指。

祂反覆深呼吸——

「祢行不行啊？」

春季女神無語地一瞥魔王。一咬牙，用力將匕首落下，總算在手上劃開一個小口子。祂臉頰抽動著伸出了手。

殷紅的血液從祂的指間滲出，神靈之書就像受到吸引一般自動翻開，嘩啦啦的書頁聲頓時響起，最後停止在記錄著「格雷蒂婭」的那一頁。

血液融進書頁，然後迅速消失不見。

「啪」地一聲，魔王闔上了書。他轉頭看向芙蕾，「別以為我沒發現妳在偷看。」

芙蕾立刻閉上眼睛裝死。

魔王笑了一聲，「看見什麼了？一臉吃驚的樣子。」

芙蕾閉著眼睛轉了轉眼珠，老實回答，「原來神也流著紅色的血啊……」

魔王把神靈之書塞到她手裡，「好了，以後第二十一頁也可以打開了，畢竟得到春季女神的首肯了嘛。」

芙蕾低下頭看著手中的神靈之書，肩膀驀地一重——魔王又變成烏鴉的模樣降落在她的肩頭。

春季女神的臉色不太好看，但祂還是點了點頭，「透過神靈之書結下血契，妳也能夠暫時使用我的力量，如同我的眷者一樣。」

魔王懶洋洋地開口，「祢還是暫且頂著『春風女神』的稱號吧，我們這陣子都會待在王都，好好照顧我的眷者。這麼多年的經營，祢在王都還是有點勢力的吧？」

春季女神的情緒相當低落，她低下頭，「我知道了，還有什麼事嗎？」

不知道為什麼，芙蕾居然覺得她有點委屈，還有點可憐。

告別春季女神的時候，芙蕾回頭看了一眼。祂站在地面，默默低頭吮著受傷的手指——和祂剛剛現身的時候相比，祂現在更像是個受了委屈的小女孩。

芙蕾眨了眨眼，低聲對魔王說，「總覺得，現在的春季女神更像個人類了。」

「等神靈失去神力，祂們就會變成凡人。」魔王意興闌珊地開口，「祂還是老樣子。」

芙蕾豎起了耳朵，對神靈之間的八卦很好奇，「什麼樣子？」

「做事不考慮後果的笨蛋。」魔王毫不留情地開口，「祂有強大的母親，也一直被三個能幹的妹妹寵愛著，所以一向是個天真又弱小的笨蛋女神。

「祂這一次來找我更像是意氣用事，所以我想，祂那曾經的愧疚應該是真的。」

被魔王這麼一說，芙蕾突然後悔了起來，她停下腳步，「啊……那我剛剛還拚盡全力打祂……」

「嗯？後悔了？那妳打算怎麼辦，回去給她一個擁抱嗎？」魔王發出揶揄的笑聲。

芙蕾認真板起臉來，「至、至少幫祂包紮一下手指……」

「那妳可得跑快一點，不然她的傷口就要好了。」魔王嗤笑一聲，「另外，就算她本身沒有惡意，有沒有被別人利用又是另一回事了。盯上這座王都、發現我出現的肯定不止祂一個，但祂卻是第一個找上門來的，妳猜是為什麼？

「因為她是個笨蛋。」

沒等芙蕾回答，魔王就毫不留情地自己接下去了。

芙蕾摸摸鼻子，沒有反駁。從春季女神剛才的表現來看……祂確實不太聰明。不如說，祂把神靈都想抹去的「風神」名號繼承下來，就已經是個相當不聰明的決定了……確實不能排除祂被利用的可能性。

芙蕾站在教堂門口，緩緩推開了大門。與此同時，她聽見耳邊魔王冷漠的聲音，「愧疚不能保證她的忠誠，更何況她很有可能是被慫恿來試探我的實力的。

「我們注定要站在諸神的敵對面，我們只能向祂們展現實力。」

「我明白。」芙蕾邁出了教堂。

黑色的鴉再次變回黑曜石，一身白裙的少女露出歉意的微笑，「抱歉，讓兩位久等了。」

看到她走出來，伊莉莎白和貝利主教總算鬆了一口氣。他們剛剛都看見整座教堂的震動，同時幾乎化作了花草環繞的囚籠。他們還以為是這個女孩觸怒了神靈，要死在裡面了！

貝利主教忍不住往前一步，細細追問，「剛剛發生了什麼事？」

芙蕾眨了眨眼，「這個……主教大人，女神想要和您見面，我想您還是先進去吧。」

還沒想好故事要怎麼編，還是把這個難題丟給春季女神好了。

做為一個合格的信徒，女神當然是最重要的。貝利主教立刻趕往教堂，還不忘回頭交待，「請稍等一下，我馬上出來！」

伊莉莎白不動聲色地打量著身旁的芙蕾。從當時在王都城門外開始，這個女孩的表現就一直很出人意料。

貝利主教果然如他所說，很快就從教堂裡走了出來。他的表情明顯有些呆滯，目光渙散地落到芙蕾身上。

他剛剛接收到女神的旨意。

女神的命令一向都很簡短，也不會特地解釋用意，但剛剛的旨意……調用王都內的勢力，全力輔助芙蕾……怎麼想都太讓人吃驚了！

他勉強牽動嘴角，擠出一個笑容，「春風女神教會永遠都會是您的朋友，如果遇到任何困難，您都可以前來，我們會永遠為您敞開大門。」

伊莉莎白詫異地挑了挑眉毛。女神都親臨了，可想而知春風女神教對這個少女有多麼重視，但是聽貝利主教的意思……他們是不打算拉攏她進入教會了？

而且剛剛貝利主教甚至用了敬語，這代表即使這個少女沒有加入春風女神教，也在這個教會擁有了超然的地位。

一時間，兩個人看向芙蕾的眼神都十分微妙。

芙蕾忽視了兩人不尋常的眼神，裝作一無所知的模樣，乖巧地應下了囑託——這也是母親教導過的。在必要的時候裝傻，也是淑女的必備技能之一。

貝利看著她從容的模樣，突然靈光一閃想到了另外一種可能。

莫非、莫非……

女神大張旗鼓地要尋找她，那祂必然是和芙蕾有什麼關係，但又沒有要她加入教會，還稱呼她為「風的主人」……

貝利深吸一口氣，難道說——她和女神是一樣的？

大陸傳說中，曾有一位驍勇異常的戰士，人們一直認為他是戰神的眷屬。但實際上，在教會的祕密記載中，他一直被認為是戰神的轉世！這位名為芙蕾．霍華德的貴族少女，或許也是神靈的轉世！風的主人！是風神吧！雖然大陸上從沒有過這位神靈的記載，但人類對神靈的認知也不全然是準確的……

芙蕾不知道他在想些什麼，但她覺得自己今天的任務已經圓滿完成了。她迫不及待地想要回家，在自己的床上滾一圈了。

她露出歉意的笑容，「貝利主教，今天發生太多事情了，如果沒有什麼事的話，我想……」

貝利主教這才從自己的胡思亂想裡回過神來，他露出十二萬分的善意微笑，「請稍等，我為您準備馬車……」

「不用了。」芙蕾微微一笑。她指了指門外，霍華德家的馬車已經跟了過來，正在門口等著了。

伊莉莎白瞇了瞇眼。貝利主教的態度與其說是看重，不如說是恭敬中還透著幾分忌憚……雖然不知道貝利主教為何變得如此奇怪，但不管怎麼說，在這個魔法消退的年代，這都是個值得交好的對象。

——雖然她在和人交好這一方面，一向做得不怎麼樣。

伊莉莎白清了清喉嚨，有些生硬地開口，「那麼，我就和她一起離開了。」

在貝利主教詭異目光的注視下，芙蕾和伊莉莎白一起走向馬車。

伊莉莎白面無表情地考慮著，她這時候應該說點什麼來拉近關係？

「覲見女神的時候沒被嚇到掉眼淚吧？」

不太好，她看起來也不像在害怕的樣子。

「就算有春風女神教會撐腰，在王都也不要得意忘形了。」

對，這個倒是不錯。畢竟是剛來王都的小貴族，她可能不知道，即使是教會也未必能完全保護她。

伊莉莎白打定主意，咳了兩聲、準備開口，自家女僕卻忽然滿臉慌張地衝到她面前，「伊莉莎白小姐！出、出事了，殿下他……」

伊莉莎白眉頭微皺，「怎麼了，是醉酒鬧事還是和人起了衝突？」

女僕張了張嘴，扭頭看向芙蕾。

芙蕾識趣地行禮，「那麼，我先離開了。感謝您今日的陪伴，請替我轉告邦奇先生，我很期待加入法師塔。」

伊莉莎白微微點頭，看著她上了馬車離開。她這才回過頭看向女僕，「發生什麼事了？」沒人注意到，一隻黑色的烏鴉停在教堂門口，好奇地盯著她們。

女僕露出憤憤不平的神色，委屈地抿了抿唇，「小姐，阿爾弗雷德殿下，他、他在您走後出現在新人宴，對一位小貴族出身的小姐大獻殷勤，還、還……」

「還說了很多對我不禮貌的話，對嗎？」伊莉莎白幾乎能猜到那位喜歡胡鬧的殿下做了什麼，她臉上看不出憤怒，「走吧，回新人宴。」

女僕精神一振。

「我還有消息要告訴邦奇先生，順便，也給那個胡鬧的傢伙一點警告。」

「大概就是這麼回事。」

回到馬車內的魔王眉飛色舞地講起伊莉莎白的八卦，芙蕾一邊聽得津津有味，一邊忍不住露出了有點複雜的表情。

——原來魔王大人對這種事情也有興趣啊。

「那個說話很不中聽的小女孩表面上是王都最尊貴的少女，但實際上，她和王族的這門婚事恐怕還很難說。」黑貓臉上露出了饒有興致的笑容，「我稍微打聽了一下，那位阿爾弗雷德．馮是當今國王的獨子。除了絲毫沒有魔法天賦之外，政見、武術更是一竅不通，是個毫不誇張的廢物王子。

「有傳言說，即使只有這麼一位王子，國王也遲遲沒有把他定為繼承人，就是因為自己也對這個兒子不太滿意。讓他跟天賦出眾、身分尊貴的伊莉莎白小姐訂婚，也是希望能借助卡文迪許家的勢力。

「但目前看來，卡文迪許家也對這門婚事並不是特別滿意。似乎連他們家的女僕都會在背地嘲諷這位無能的王子。」

「嗯……」芙蕾摸著下巴、考慮了一會兒。那位伊莉莎白小姐看起來就是個很好勝的人，未婚夫這麼不爭氣的話，應該也會很痛苦吧。

她忍不住感嘆了一句，「王都真是個勢力錯綜複雜的地方啊。」

「也不用特別在意。」魔王懶懶散散地開口，「只有弱者才需要小心謹慎，只要妳足夠強大，就根本不用在意那些陰謀詭計。」

芙蕾老實地點點頭，「不過我還不夠強大……」

魔王毫不客氣地挖苦她，「妳還真敢說啊，是誰一招就逼女神低頭了？」

芙蕾小聲嘀咕：「那是女神一開始小看我了，而且您在旁邊也讓祂分神忌憚。況且，我覺得祂也沒打算拚命……」

她只是一時占上風而已，如果換成其他驕傲的神靈，恐怕沒有這麼簡單。即使對自己現在擁有的力量感到驚喜，芙蕾也沒有完全被勝利沖昏了頭。

魔王低聲笑了笑，「我覺得妳可以更高興點，老實給自己一點獎勵不好嗎？」

芙蕾沒有吭聲，比起高興，她倒是被勾起了好奇心。

她對魔王的往事很感興趣，就是不知道對方打不打算告訴她……

芙蕾把目光投往車窗外，卻忽然收到了風精靈的示警——有人在跟著他們。

被精靈一提醒，芙蕾也察覺到隱隱約約、充滿惡意的視線。她若有所思地摸了摸下巴，出聲提議，「魔王大人，您想不想下車走走？說起來，我還沒有仔細看過王都的街道呢。」

魔王歪頭看著她，漂亮的貓眼瞇成一條線。他十分寬容地開口，「我懶得走路，不過如果是妳帶著我走，那倒無所謂。」

說著，他又化作芙蕾纖細脖頸上的黑曜石。

芙蕾無奈地笑了笑。如果她的馬車上突然鑽出一隻貓，多少會有些古怪。雖然能理解魔王大人的作法，但他的想法每次都讓人猜不透。

她敲了敲馬車的車廂，馬車很快就停了下來。坐在馬車夫身邊的男僕蘭達立刻下車拉開車門，關切地詢問，「怎麼了，小姐？」

芙蕾微微露出笑臉，「我想要下去走走，你們先回去吧。」

蘭達露出了苦惱的表情，「您一個人嗎？至少讓我……」

「別擔心，你知道的，如果真的遇上麻煩，不帶著你我可能跑得更快。」芙蕾笑起來。蘭達雖然年輕，但他從十幾歲開始就在霍華德家工作了，可以說是和芙蕾一塊長大的。比起傭人，更像是個可靠的大哥哥。

蘭達知道，自家這位看上去弱不禁風的小姐，其實是能一個人獵熊的狠角色，但他還是嘮叨了一句，「至少讓我幫您提提東西……」

「拜託啦蘭達，我偶爾也想不被人當成貴族小姐一樣到處逛逛。」芙蕾動作輕快地下了車，她回頭笑著揮揮手，「幫我跟媽媽說一聲，如果看到什麼有意思的東西我會順便買回去的！」

「那至少再多帶點金幣！」蘭達在後面呼喊，但芙蕾早就一溜煙不見了人影。

蘭達苦惱地和馬車夫對視一眼，無奈地搖搖頭。

在芙蕾奔向的街道不遠處，藏在暗中的視線終於露出了真面目——貝利和芙蕾離開新人宴以後，摩奇被邦奇狠狠訓斥了一頓。

但他並沒有如邦奇期待的那樣改過自新，反而還激起了他的報復心。進入法師塔之後再動手就來不及了，還不如趁她沒正式加入前解決她！雖然在王都動手，事跡遲早會敗露，他多半也會吃點苦頭，但現在法師數量稀少，他們肯定捨不得殺了他。就連今天新人宴上剩下的貴族裡面，也沒有任何人有天賦！

想到這裡，摩奇忽然又有了底氣。他追了上去。

那個臭傢伙是第一次來王都，顯然還不太熟悉王都的路，居然朝著小巷裡的死胡同走了過去……

機會來了！

他拉了拉衣領，勉強遮住半張臉，然後毫不猶豫地快步跟上。為了方便行動，他沒有帶上自己的法杖，但即便是徒手，他也能放出強大的土系魔法！

土黃色的魔力在他手掌之上凝聚，摩奇口中念念有詞，「**慈悲的大地之母，給予您虔誠的信徒能夠崩裂一切的大地之力吧！**」

咒語話音剛落，他也恰好站到了巷口，正對上芙蕾的側臉。他沒有一絲猶豫，狠狠一拳砸在地上，一排尖銳的土刺衝開平整的磚石路、拔地而起，直衝芙蕾而去！

眼前塵土飛揚，摩奇呼吸著充滿土腥味的空氣，反而覺得悶在胸口的惡氣終於消散，渾身輕快了不少。

他最好在被居民看到之前快點離開，但還是忍不住想要看看那個女孩悽慘的模樣。他往前走了兩步，卻驚愕地在一片朦朧的沙塵裡，看見了依然站立的身影。

——她毫髮無損！

不僅如此，那條白色的裙子根本連一點灰塵也沒有沾到！

「這不可能！」摩奇不可置信地往後退了一步。就算是擁有強大火系天賦的伊莉莎白，在真正進入法師塔之前也沒辦法使用魔法！

她已經會使用魔法了？她曾經有過魔法導師？這不可能！她出身在那個偏僻的綠寶石領，怎麼可能會有法師待在那種地方！

摩奇還沒想出個所以然來，內心深處就陡然升起一種危機感。

「我還擔心主動走進小巷裡會不會太像是陷阱，但看來您的魔力似乎是用智慧換來的。」芙蕾手中托著神靈之書，面帶笑容，「摩奇少爺，我恭候多時了。」

摩奇緩緩往後退了一步，面容扭曲，似乎還不想承認自己的失敗，「不可能，妳這種鄉下來的，怎麼可能……怎麼可能！」

「我確實出身鄉下，不過鄉下也能學到很多知識呢。」芙蕾笑容不減，「您知道嗎，摩奇少爺，綠寶石領除了鼠患之外，莊稼地還深受尖牙野豬的騷擾。這種野豬很狡猾，無論你怎麼防範，牠都會想盡辦法闖進來。

「但只要抓住牠打一頓，牠就再也不敢來了。我覺得您和野豬有些相似，比起努力防範，還是讓您吃一點苦頭更能解決麻煩。」

神靈之書嘩啦啦翻開，芙蕾指尖劃過春季女神的名字，對著摩奇舉起了書。

摩奇覺得她的舉動有蹊蹺，他一咬牙，也不管會不會引起騷動了。他再次對著地面猛砸，拚盡全力發出極限一擊，「土岩牙！」

如同獸口的土塊像是被血腥味吸引的野獸般撲向芙蕾，尖銳的岩牙轟然咬合。摩奇沒有再停留，他轉身奪路而逃，但他仍然聽到身後高跟鞋落地後輕巧的聲響。他下意識地回頭看了一眼。

——形狀猙獰的土塊如同被最鋒利的刀刃斬斷般、碎裂一地，那個讓他打從心底恐懼的少女也追了上來，她露出笑臉，舉起手裡的書直撲到他眼前。

摩奇的直覺告訴他不該看，但他根本來不及閉上眼睛。

他看見了一個名字。

——**格雷蒂婭**。

他不由自主地在腦袋裡重複這個名字。忽然，他感覺到一道遙遠的目光落在了自己身上，那是某種不同於凡人存在的注視。他抑制不住渾身的顫抖，腦海一遍又一遍地響起那個名字，如同轟然的雷鳴。

格雷蒂婭、格雷蒂婭。

「寬恕我，格雷蒂婭……啊啊啊！」

他驚恐地發現，原本能被他驅使的土元素突然憤怒了起來，他的身體也逐漸變得沉重而僵硬——他正在石化！

芙蕾眨了眨眼，她問魔王，「女神是不是在生氣？」

「看樣子是正在氣頭上。」

遠處忽然閃過一道光芒，芙蕾瞥了一眼，快速把神靈之書藏了起來。

她是有想過如果在王都內鬧出動靜，應該很快就會有人過來查看，但也沒想到會這麼快。

一個稍稍耳熟的聲音響起——

「慈悲的木之精靈，賜予傷者生生不息的生命力。」

摩奇身上忽然長出一片嫩芽，嫩芽又在瞬間長成枝葉，很快就覆蓋住他的全身。他身體石化的進程，也就這樣詭異地停了下來。

第七章

聖　子

CHAPTER

VII

來人居然是智慧神殿的聖子紐因。

那個擁有一頭淡金色短髮的俊美聖子同樣驚愕，他看著一地的狼藉和身處風暴中心的芙蕾，和對方沉默地對視了幾秒後，終於開口，「您、您沒事吧？」

「是的。」芙蕾露出鬆了口氣的笑臉，「多虧您及時趕到。」

儘管在王都才待了幾日，但她現在說起謊來已經連眼睛都不眨了。距離母親要求的完美淑女又前進了一步，真是可喜可賀。

紐因看了眼倒在地上不再動彈的摩奇，一時間表情有些古怪。

就在這時，幾個身穿和紐因同款長袍的老者也匆匆趕過來，「聖子大人，發生什麼事了？」

他們低頭看見倒在地上的摩奇，紛紛倒吸一口涼氣，不由得驚呼出聲，「這、這是……」

紐因微微點頭，「我已經用法術維持住他的生命力，但他身上暴走的土元素還沒有停止，還是趕緊送去法師塔比較好。」

「沒錯。」為首的老者點點頭，他皺起眉頭，「這看起來像是被法術反噬的後果，這傢伙，怎麼會在城鎮中央搞出這麼大的事……」

他的目光跟著落到芙蕾身上。今天新人宴上出了一個讓格雷斯家兩位老先生你爭我搶的天才人物，智慧神教自然也聽說了。以摩奇的個性，他會做點什麼倒也不奇怪，只是居然把自己弄成這樣……

「救人要緊。威爾遜長老，麻煩您跑一趟了。」紐因往前一步，不動聲色地攔在芙蕾身前，「我想這位小姐也一定嚇壞了，之後的事，就交由我慢慢詢問吧。」

魔王不怎麼痛快地哼了一聲，「裝出一副體貼人的樣子。別被他騙了，他只是在和那個老頭一唱一和而已。」

芙蕾眨了眨眼。

威爾遜長老沒有多問，他點了點頭，抬手用魔法將狀態詭異的摩奇托起，沉著臉朝法師塔的方向離開了。

這裡的騷動吸引了不少目光，聖子紐因看向周圍的民眾，露出了得體的微笑，「請不用擔心，已經沒有危險了。至於被破壞的地面……請稍等，智慧神教等等會派人過來幫忙修葺的。」

他的話明顯受到人們的肯定，不少人熱切地和他打招呼表示感謝。

芙蕾也跟著露出感激的微笑，但心裡卻不動聲色地想——明明和智慧神教沒什麼關係，他們居然也願意收拾這個爛攤子啊。

她本來是想把這事交給春風女神教的，畢竟人也是他們女神打的。沒想到半路殺出來一個智慧神教，難道這個教會一向都這麼無私奉獻的嗎？

「呵。」似乎是猜到她在想什麼，魔王毫不猶豫地發出了嘲諷的笑聲，「智慧神從來不會做虧本生意。這裡是王都中心的廣場，能住在這附近的都是大貴族、大商人……能得到他們的讚揚，修這點路根本不算什麼吧？如果讓土系法師來的話就更方便了。」

原來如此，芙蕾若有所思，王都果然沒有簡單的傢伙啊。

紐因看向智慧神殿的教眾，「麻煩諸位了。」

沒有人有一句異議，他們顯然都對聖子十分尊敬。

等到周圍的人散開，紐因才笑咪咪地轉過來看向芙蕾，「那麼，芙蕾小姐，我送您回去吧？」

芙蕾下意識地挺直了胸膛，她露出為難的笑容，「但我還要去買點東西……」

紐因疑惑地看了看她身後。「您一個人出來買東西嗎？」

芙蕾不好意思地抓抓腦袋，「啊……這在王都似乎是件很不可思議的事情吧？但我在綠寶石領的時候，其實也很少會帶著那麼多人到處跑，所以……」

紐因忍不住跟著笑了起來。「那麼，就由我來代勞吧。如果您一個人拎著東西回去，恐怕第二天就會傳遍王都的大街小巷了。」

不太好拒絕啊……芙蕾看著對方溫柔得恰到好處的笑容、有些為難。難怪智慧神教近年來發展得如此迅速，有這麼討人喜歡的聖子，他就算只是笑一笑都能招到不少信徒吧。

紐因和她保持著適當的距離，體貼地詢問，「要買些什麼呢？我對王都大部分的店鋪還是滿熟悉的，我想，我應該能夠勝任芙蕾小姐的嚮導一職。」

芙蕾只好硬著頭皮跟上去，「那麼……買些吃的吧。」

「我恰巧知道一些店鋪。」紐因走在芙蕾前面，邊走邊回頭為她介紹這條街道是如何命名的。

芙蕾一開始還保持警覺，但漸漸也被他的講解吸引了。這位年輕的聖子擁有很強的親和力，知識也相當淵博。

魔王冷不妨地開口，「保持警惕，笨蛋。妳現在展露了能力，在所有人眼裡就是一頭肥羊，他們對妳這麼友善也不過是想拉攏妳，或者打探一下妳究竟打算加入哪方勢力。」

芙蕾一個回神，紐因也正好轉過頭來問她，「您覺得這個怎麼樣？」

芙蕾看著他手指指著造型別致的蛋糕，乖乖點頭，「非常漂亮，沒想到蛋糕還能做出這樣的造型。」

「您過獎了！」店主顯然相當高興，她從櫥櫃裡取出蛋糕，「這種小玩意兒，和您的美貌比起來根本不值一提！」

雖然芙蕾不知道為什麼自己要和蛋糕比美貌，但她還是禮貌性地感謝了對方的誇讚。然而她一抬頭就對上聖子紐因若有所思的笑臉。

「嗯？」芙蕾沒來由地覺得，自己好像被某隻狡猾的狐狸盯住了。

紐因笑著開口，「芙蕾小姐，您果然和一般的貴族不太一樣呢。」

芙蕾不明所以地盯著他。這一路上她一直在等對方開口詢問摩奇的事情，也早就準備好一套合理的說辭，但對方似乎根本忘了這件事，只是認真地帶她在王都街道閒逛。

她哪裡表現得和其他貴族不一樣了？

紐因替她拎過袋子，笑咪咪地帶著她走出店鋪。「這裡可是平民的店喔。一般的貴族或許偶爾也會嘗嘗平民的食物，但他們不會自己踏足平民的店鋪。您看起來一點都不在意呢。」

芙蕾這才注意到這一條街和王都中心大不相同，走在街上的人和周遭的店家，衣飾明顯沒有貴族那麼華麗。

芙蕾張了張嘴，「……畢竟是您帶我來這裡的。」

「啊，抱歉。」他雖然這麼說，臉上卻沒有多少歉意，「因為這裡的蛋糕真的很好吃。這裡已經接近外城區了，附近住的大部分都是平民。在這座遍地都是大貴族的王都裡，平民的生活相當不容易，我總是忍不住想要幫助他們。

「啊，不過您一個人的時候最好還是不要來這裡。畢竟是平民區，不符合貴族的身分。」

芙蕾摸了摸鼻子，「對於王都來說，我這種小貴族和平民也沒什麼區別吧？」

還有，這位聖子雖然讓人覺得有點聰明過頭，但實際上是個善良的人吧？

魔王冷哼一聲，「笨蛋，不要被別人的話牽著鼻子走，他明顯在試探妳！」

「怎麼會呢，您毫無疑問是天之驕女。」紐因微微側頭，注視著她，「摩奇真是招惹了不該招惹的人啊。」

芙蕾的腳步停頓了一秒，精神一凜。繞了這麼多圈，終於回到正題了！

「是的。」芙蕾認真地點點頭，「仗著自己是法師塔的成員就隨意欺壓他人，這是不對的，無論對方是平民還是小貴族。」

她像是沒有聽出聖子的言下之意，正經八百地講起了大道理。

紐因也不著急，他贊同地點了點頭，「您說得對，對誰都不該這樣，尤其……您還是一位擁有出色天賦的法師。

「無論是春風女神教會還是法師塔，都不可能在明知有人暗中窺視的情況下，還讓這麼一位擁有天賦的未來法師一個人遭遇危險吧？」

看著聖子一副了然的笑容，芙蕾茫然地張了張嘴，「啊，這個……」

聖子紐因微笑著摸了摸下巴，「能讓一位土系法師遭受反噬，很有可能是更高位的同系法師。您身邊有位了不起的大人物在保護著您呢……啊，接下去可不能多說了，說不定我們現在也正被對方觀察著呢。」

芙蕾：「……」

紐因指了指門牌，「奎爾街六號，就是這裡了吧。」

芙蕾木然地點點頭。

紐因和她告別，「再見了，芙蕾小姐，我很期待未來再次相會。」

芙蕾看著他逐漸遠去的背影，忍不住長長地嘆了口氣。「這位聖子大人，怎麼說呢……雖然中途的推理全部都錯了，但意外得到了正確的答案呢。」

魔王懶懶地哼了一聲，「這也沒辦法，正常人怎麼也不可能想到是春季女神保護了妳。」

芙蕾推門的動作微頓，她微微睜大眼，「您在說什麼呢？是魔王大人保護了我。」

魔王久久沒有回應，芙蕾忍不住再次呼喚了一聲，「魔王大人？」

「……幫我留一個蛋糕。」

「沒問題！」芙蕾笑了起來。魔王大人還是老樣子，格外喜歡甜食。

她自己那份也等到晚上再吃好了，和魔王一起。

平民店鋪買來的蛋糕得到了家人一致好評。

至於她擁有魔法天賦，大家雖然很驚喜，但也沒有什麼特別的表示。他們對蛋糕的熱情似乎更大一些。霍華德夫人奪過霍華德子爵手裡的第二個蛋糕，「親愛的，你還記得答應過我什麼嗎？你不能再吃了！」

「就一個！再一個！」霍華德子爵苦苦哀求。

他們的模樣讓芙蕾覺得好笑。她悄悄藏起兩個蛋糕，朝妹妹擠了擠眼，在她的掩護下迅速跑回自己的房間。

霍華德夫人還在身後呼喚，「芙蕾！不許在床上吃！要在桌子上！」

「知道了！」芙蕾應了一聲，快速關上房門。

她取出神靈之書，恭恭敬敬地在魔王面前擺上蛋糕，乖巧地問，「尊敬的魔王大人，您想要這個草莓蛋糕，還是甜豆蛋糕呢？」

「既然擺到魔王面前，就全都是我的貢品。」魔王懶洋洋地開口。他從神靈之書裡現身，壞心眼地把兩份蛋糕都劃進自己的勢力範圍內。

金黃色的貓眼盯著芙蕾，似乎很期待她接下來的表現。

「哼哼，我猜到了！」芙蕾得意地挑了挑眉毛，從背後拿出了什麼，「給貪心的魔王再獻上甜餅！」

說完，她就把一碟甜餅推了過來。魔王默默抬起貓爪，看著擺在自己眼前的、三份散發著甜膩香氣的甜品，沉默了半晌。

……他剛剛差點脫口說出：「妳是不是對我太好了」。

他可是魔王！人類的尊敬和供奉都是應該的！

魔王揚了揚下巴，「草莓的給妳。」

當然，面對懂事的眷者，偶爾也要給點獎賞。

「感謝您的慷慨。」

看著芙蕾笑彎的眼，魔王心情不錯地晃了晃尾巴。

芙蕾隨口說，「魔王大人真的很喜歡甜食呢。」

「因為深淵裡沒有甜味。」魔王意興闌珊地回答。

芙蕾拿蛋糕的動作頓了頓。她抬起眼，試探著問，「那個，魔王大人，深淵……是什麼樣子的呢？」

「是妳這種小女孩不該好奇的地方。」魔王掃了她一眼。

芙蕾抓了抓腦袋，說起另一件事，「我一直以為您還沒辦法變回原樣，所以才變成小貓、小鳥……」

「既然能變形，我當然也能變成人形，只是沒有必要。」魔王似乎覺得這個猜測有點好笑，他掃了芙蕾一眼，「而且被深淵汙染之後，我確實已經沒辦法變成原來的樣子了。

「妳不是好奇深淵是什麼地方嗎？那裡什麼都沒有，只有混沌的黑霧，一旦沾染就會被魔化。深淵本來就沒有生物，所有的魔物，都是地面上的生物被汙染後異變的。」

芙蕾愣了一下，「那您……」

「我已經被深淵汙染。」他居高臨下地看著芙蕾，一瞬間，他的瞳孔似乎變成了猩紅色，就像傳說中記載的、從深淵傾巢而出的怪物。

芙蕾屏住了呼吸，「但您看起來很理智……」

「因為我在克制，而且深淵的魔氣也在散逸。不只神界即將消失，與之相對的深淵也會消失，所以在神界墜落、深淵消失之前，我得帶著我的子民離開那裡。」魔王看向芙蕾，「妳想看我的樣子？」

芙蕾猶豫了一下，還是依照自己的想法，老老實實地點點頭。

「妳猜到我的身分了，但我現在的樣子或許會和妳想像中的很不一樣。」

黑貓身上黑霧散逸，六隻羽翼展開，黑色的神降臨於房內。

「我是被汙染的風神，是墮落的魔物之王，擁有世人畏懼的姿態。」

芙蕾睜大了眼睛。眼前的青年擁有黑色的頭髮和羽翼，俊美不似凡人的面孔上有一雙猩紅的眼睛。毫無疑問的，這是屬於惡魔的姿態。

但這樣一雙戾氣濃重的眼睛卻只讓人感到悲傷。

魔王的羽翼動了動，他扭過頭，「所以我才不用這副模樣出現，會嚇壞小孩子的。」

芙蕾從他的語氣中聽出了不安和委屈，她立刻挺直胸膛表示，「不，一點都不可怕！不如說，我是吃驚於魔物也會擁有這樣的美貌，您簡直就像傳說裡的魅魔一樣……」

然後她就被黑著臉的魔王一把按住了下半張臉。芙蕾困惑地眨了眨眼，怎麼突然不委屈，還生起氣來了？他是為了什麼生氣的？

芙蕾試探著開口，「美貌？」

魔王冷哼了一聲。

芙蕾再試著開口，「魅魔？」

魔王臉色一黑，「閉嘴！」

哦，是不喜歡這個詞。芙蕾露出笑臉，「那我換一個……」

「夠了。」魔王伸手彈了一下她的額頭，「說點正事。

「這次得到春季女神的神血也算是意外之喜，妳進入法師塔就不用急著幫我找神性道具了。藉著這次能力提升，我會打開深淵的大門帶兩個部下回來。」

芙蕾一愣，「打開大門會不會……」

「放心，深淵現在在我的掌控之下。」魔王相當從容，「只是以防萬一，還是找個沒什麼人的地方比較好。等妳晉封之後，妳家裡應該會考慮幫妳在王都準備住處。選個偏僻點的地方，以後那裡就是我們魔族的起始之地。」

芙蕾深吸一口氣。以霍華德家的財力，就算魔王大人要她想辦法在王都中心買套房子，她也根本拿不出這麼多錢吧……

芙蕾稍稍有些好奇，「魔王大人，您的部下……是什麼樣的人呢？」

魔王看著她，「嗯，怎麼說呢，雖然被深淵影響多少變得有些喜歡胡鬧，但實際上也都不是什麼壞人。說起來，有幾個和妳還有點關係。」

「嗯？」芙蕾疑惑地指了指自己。

「不過見面了妳應該也認不出來。」魔王聳了聳肩。

與此同時，卡文迪許家。

伊莉莎白剛剛回到自己的書房。她有些頭痛地揉了揉自己的腦袋，這一次阿爾弗雷德殿下的事件相當令人困擾。最麻煩的就是該如何不讓別人看笑話。可第一王子不顧自己身分尊貴的未婚妻，公然追求一位出身低微的小貴族之女，這真的太荒唐了，無論怎麼做，都很容易留下笑柄。

還是說，暫時不管會比較好嗎？

伊莉莎白閉著眼休息了一陣子，再次睜開時又是一貫強勢的模樣，「幫我把芙蕾・霍華德的資料找來，還有霍華德家的。」

「是！」

貼身女僕很快在眼前的書架上翻找起來，另一位則為她沏上一杯冒著熱氣的滾燙紅茶。她有些心疼地開口，「小姐，所有在新人宴上出場過的貴族資料您都已經查看過了，芙蕾．霍華德的應該也看過了吧？」

「還不夠。」伊莉莎白喝了一口紅茶，一般人覺得有些燙口的溫度反而能讓她安心，她長吁了一口氣，「那個只是粗淺的認識，現在她是能夠進入法師塔的天才人物了。我得仔細了解一下，做好萬全的準備。」

「小姐，只有這些。」女僕把幾本書籍搬到她的書桌上，「霍華德家的『子爵』名號還是第一代，太新了。這裡只有當年的冊封記錄，沒有更多資料了。」

「是嗎……」伊莉莎白看了一眼，「她母親家呢？我記得是叫……溫蒂．路易士。」

「天吶，您連這都記得！」女僕忍不住讚嘆。

「有吹捧我的功夫，不如快點動起來。」伊莉莎白頭也不抬。

女僕縮了縮脖子，乖乖去尋找路易士家的資料。

伊莉莎白垂下眼。無論那位王子如何胡鬧，她都得把自己能做的事做到最好。她是卡文迪許家的驕傲，做為王室的婚約者也代表著王室的臉面，她不能出任何差錯。

女僕默默把資料放到她手邊。伊莉莎白從後往前看，這個小貴族家似乎沒出過什麼了不起的大人物，到了這一代還差點失去貴族身分。

但是他們的歷史倒是悠久得讓人意外，伊莉莎白想。她一路翻到了第三紀元初，發現這個沒什麼名氣的家族在當時就已經存在了，真要說的話，說不定還比卡文迪許家歷史悠久。

不過這麼長的時間裡，居然一個了不起的人物也沒出過，也算是……挺窩囊的吧？

伊莉莎白目光有些複雜。其實看到這裡也就夠了，但她突然興起了無關緊要的好奇心——這個家族最遠能追溯到什麼時候？

她往前翻了一頁，第二紀元末。諸神賜福人類對抗深淵的年代，路易士家族的記錄在……格雷斯家族旁邊。

伊莉莎白的瞳孔猛地一縮，在第二紀元末，路易士家族居然也是能比肩格雷斯家的大家族！

她不可置信地翻回了剛剛的頁面。從第三紀元開始，它就已經是落魄的三流貴族了，這中間發生了什麼事，為什麼一點記載都沒有？

是在對抗魔物的戰爭中損失過大嗎？青壯戰力全部戰死？天災人禍？

究竟是什麼能讓一個鼎盛輝煌的家族，一夕之間沒落成為了維持貴族身分苦苦掙扎的三流世家？

伊莉莎白闔上了書，她閉上眼睛，強迫自己放下好奇心。她還有很多事要做，沒辦法在一個小貴族的歷史上花費太多時間。

「芙蕾．霍華德，但願妳不會辜負先祖的榮光。」伊莉莎白低喃。

萬眾期待的晉封儀式當天，霍華德一家準時來到王宮門口，並且受到遠遠超過一般小貴族的禮遇。

雖然之前的新人宴上他們並未出場，但這也不妨礙其他人去多方打聽他們的資料。此刻他們一個個都露出看見老熟人般的親切表情，熱情洋溢地迎了上來。

「哦！這不是霍華德子爵嗎！芙蕾小姐今天也是美豔動人啊！」

「霍華德夫人，您的美貌還是如同年輕時一樣光彩耀眼，這下我總算知道霍華德家怎麼能有芙蕾這樣的孩子了……」

他們表面上是在恭維霍華德家，實際上三句話不離芙蕾。

霍華德子爵顯然還不太擅長應對這樣的場面，只能露出帶著幾分迷茫的笑容站在原地，「啊，您是那個、那個……」

「唉。」霍華德夫人有些頭痛地揉了揉腦袋。她上前一步，提醒般地叫出了眼前人的名字。霍華德子爵這才鬆了口氣、和人寒暄了起來。

芙蕾和妮娜站在兩位大人身後，理所當然地偷閒、當起了縮頭烏龜。

妮娜朝芙蕾擠了擠眼，「姊姊，這些人都是衝著妳來的吧？」

「是衝著國王陛下對法師塔的重視來的。」芙蕾糾正了她的措辭。說到底，法師的地位如此超然，也是因為國王看重這分勢力。

其實芙蕾也能稍微猜到，在魔物已經大致消失的第三紀元，國王卻仍然如此重視法師的力量，會不會也是知道一些關於「天災」的傳言？畢竟他是一國君主，應該也有自己的消息來源。

不過這也只是猜測而已。

芙蕾跟隨大家走進王宮大廳，走在她父親身邊的那個貴族顯得很驕傲，似乎還在得意自己搶占了先機。但芙蕾只覺得好笑，沒想到有一天，她也會成為這座繁華王都裡一個值得被巴結的對象。

王宮大廳內雖然裝飾成華麗的宴會模樣，但大家多少還是有些拘謹，連寒暄的聲音都放低了不少，生怕影響王室的莊嚴肅穆。

等大廳內的賓客來得差不多了，國王一家才姍姍來遲。

身著華貴金紅色調披風的老國王手握權杖，身旁跟著一身金銀色長裙的王后。芙蕾還來不及看清他們的樣貌，就被拉著彎腰行禮了。

她只透過餘光瞥見了六條腿，嗯，應該是那位王子也來了。

國王簡單的寒暄之後，就開始了今天的晉封儀式，芙蕾這才有機會偷瞄他們幾眼。年邁的國王已經看不出年輕時的痕跡，現在更像是一個笑容和煦的好脾氣老人。王后看起來倒是比他年輕許多，也依然能看出年輕時必定是個明豔的大美人。

至於那位王子……芙蕾現在不敢看過去。

她剛剛偷看的時候短暫地跟他對上了眼，對方還意味深長地笑了一下。

芙蕾悄悄把視線移到三大貴族那邊。晉封場合，沒有意外的話，大部分的大貴族都會出場。這也是他們這些小貴族難得能見到這些大人物的機會。

格雷斯家的兩位老先生也都在，他們一刻也沒閒著地朝她這邊傳遞慈愛的視線，愛意沉重到讓人背負不起。不，不只他們兩個，不知道他們對自家家人說了些什麼，格雷斯家所有人看她的眼神都很不對勁！

芙蕾忍不住搓了搓身上的雞皮疙瘩。

卡文迪許家站得更靠近王室一些，氣勢似乎隱隱壓過了另外兩大貴族。伊莉莎白和她的父親一同站在家族隊伍前列，而那位卡文迪許公爵是個身材高大、板著臉的嚴肅中年人，看起來不是那麼好說話。

芙蕾想起了母親的補課內容——卡文迪許夫人很早就病逝了，卡文迪許公爵一直沒有再娶。

而另一邊就是她沒怎麼打過交道的邦尼家族了。

這個家族在各個貴族間也算是獨樹一幟，他們的隊伍前列站著一位女性，她身上的裙裝也比起一般貴族夫人更俐落了些。這是邦尼家族頗為傳奇的領導人——邦尼公爵。她不但繼承了父親的公爵名號，也拒絕和自己的丈夫共享這分榮耀，僅靠一個人就支撐起整個邦尼商會。

據說她年輕時也是在王都叱吒風雲的厲害角色，她的故事寫出來就像是一本商業傳奇，所以人們也更傾向於稱她為「邦尼夫人」。

這些平時難以接近的大人物們就在眼前，不少人的呼吸都灼熱了起來。

國王簡單致辭歡迎各位賓客的到來，隨後就宣布晉封儀式開始。

按照慣例，一開始就會宣布今年被削爵的家族。這些家族有些會一臉羞愧地上前來露個臉，也有些索性就不來了。

這部分之後，就是男爵的晉封儀式。

芙蕾已經做好了準備，她猜她說不定會是萬眾矚目的第一個。

據說這次所有貴族裡只有她一個法師預備役，整個法師塔都對她有十二萬分的期待，國王應該也會為了表現對她的重視，而給些特別待遇。雖然魔王笑說她的要求也太低了，但芙蕾覺得當男爵晉封裡的第一個就是很不錯的安排了。

——這個消息來自紐因閣下。那傢伙偶爾會來霍華德家串門，甚至迅速獲得霍華德夫人和妮娜的喜愛。只有霍華德子爵出於某種難以言喻的老父親心態，覺得他是個想要勾引自家女兒的混帳小子。

芙蕾做好了準備，然而第一位接受冊封的卻不是她，是個不認識的貴族青年。

芙蕾眨了眨眼睛。之後的一長串名字裡，芙蕾也沒有聽見自己的名字。

每年要獲得晉封的人也不算多，多半都是剛剛成年、繼承爵位的貴族子女。因此，一把年紀的老斯坦先生擠在一群剛剛成年的年輕人裡，顯得格外突兀。

看來繁星商會也如願以償地得到一個男爵爵位了。

老斯坦先生接受完冊封，回頭對著霍華德家露出和善的笑容。這倒是比平時的更真誠了幾分。

國王笑咪咪地做了總結，然後他拿過另一份名單，開始主持子爵的晉升儀式。

芙蕾有些茫然。她下意識想要張嘴詢問，但霍華德夫人不動聲色地輕輕打了她一下。她只能乖乖閉上嘴，裝出一副寵辱不驚的淡然模樣。

反、反正削爵裡沒有他們的名字，應該是件好事吧。

「我都睡了一覺了，怎麼還沒有結束。」魔王懶洋洋地打了個哈欠，隨口抱怨了一句。

聽到魔王的聲音，芙蕾不知為何突然覺得安心了不少。她用幾不可聞的氣聲說，「恐怕還要再一陣子呢。」

魔王開始胡說八道，「妳就不能裝肚子痛什麼的嗎？反正我猜王室也只是想讓妳出個風頭，妳現在往後一躺，只要喊得夠大聲，肯定比按部就班地封個貴族要來得引人注目多了。」

芙蕾差點沒忍住笑聲。她捏著自己的裙邊，一絲笑意從眼裡一閃而過。有魔王在旁邊開玩笑，等待冊封的時間好像也沒那麼難熬了。即使在晉封子爵的名單裡也沒聽到自己的名字，芙蕾還是能頂著帶有些微笑意的淡漠表情，安然站在原地。

王位上的國王忍不住多看了她幾眼。他和王后交換一個眼神，兩人都從對方眼裡看見了幾分欣賞。

「咳。」國王清了清喉嚨，「接下來，就是今年晉升伯爵的名單了。」

到了伯爵，就是摸到大貴族的門檻了。尤其是年輕的伯爵們，這代表他們家族多半還有個「侯爵」以上的爵位，未來前途無量。即使是在王都，每年的晉封儀式上也沒幾個人會得到侯爵的稱號。

「艾德蒙・邦尼。」國王念出一個名字，一名棕色鬈髮的少年便從邦尼家族的隊伍裡走了出來。少年臉上還帶著幾分稚氣，看起來有些雀躍，他似乎是邦尼家旁支的貴族。邦尼夫人對他點頭以示鼓勵，少年立刻挺直胸膛走到大廳中央。

然而國王的話還沒說完。他朝下掃視了一圈，露出微笑，「以及，芙蕾・霍華德。」

嗯？

芙蕾的笑容僵在臉上。

即使稍微有點心理準備，她還是被這個突如其來的消息驚得倒抽了一口涼氣。周圍的貴族們反應可比她大多了，一時間，他們似乎忘了自己身處於王宮內，他們彷彿抑制不住內心的震驚，紛紛尋找相識的貴族交頭接耳了起來。

為首的三大貴族倒是從容自在，好像早就提前得知了這個消息，一副為王室馬首是瞻的溫順模樣。

國王看起來並不打算和眾人解釋什麼，他用慈愛的眼神看向芙蕾，「我聽說了，孩子。妳擁有極為罕見的強大天賦，我很期待妳將來會展現什麼樣的力量。

「希望妳不會忘記阿爾希亞給予妳的這分榮光。」

「喔——」魔王拉長了語調，饒有興致地開口，「這個語氣聽起來像是什麼暗示，他似乎真的知道點什麼。」

芙蕾站到了大廳中央，所有人的視線也跟著集中在她身上。國王顯得如此真誠，這時候再講客套話就太不識趣了。

她優雅地行了一禮，半低垂著眼，誠懇地回應，「感謝您的慷慨，國王陛下。我也希望我能擁有守護阿爾希亞的力量。」

國王陛下露出了滿意的微笑，而法師塔的諸位導師們站在各自家族的隊伍裡，也忍不住再次投來慈愛的目光。

芙蕾表面上謙遜地低下了頭，實際上滿腦子想著的都是——王室和大貴族的孩子們也真不容易，從小就要被這麼多人用這種眼神盯著看嗎……

芙蕾一心一意地想要快點結束回去，但國王卻沒有這個打算。他笑咪咪地看向霍華德子爵，「芙蕾小姐之後就會在法師塔學習了。因此，王都也十分歡迎霍華德家定居。」

霍華德子爵抓了抓頭，顯得有些受寵若驚，「啊，這個……感謝您的歡迎，陛下。但是我們之前商量過了，綠寶石領的鼠患暫時沒人能夠解決，我想，我還是回去好了。」

而且他也不習慣王都這種社交方式。霍華德子爵暗自在內心吐槽。

國王略一沉思，他點了點頭，「確實如此……那好吧，但你培養了這麼優秀的女兒，我總得給你一些獎賞。

「阿爾弗雷德，把我年輕時用過的長槍贈送給這位真正的騎士吧。武器總是要在擅長使用的人手裡，才能發揮出更強大的力量。」

霍華德子爵誠惶誠恐地單膝跪下、以示感謝。其實即使國王陛下不給什麼獎賞，能夠在晉封儀式上單獨和國王說這麼多話，也已經是一種難得的殊榮了。

霍華德子爵自然是覺得十分驕傲，只是……

他看了芙蕾一眼。

雖然知道她擁有這樣的天賦，法師塔必定不會放人了，但一想到芙蕾要一個人留在王都，總還是有些不放心。

芙蕾，不，現在應該被稱為芙蕾．霍華德伯爵，她正站在自家父母身邊，乖巧地應付來自周圍貴族們的攀談。但是如果有認識她的人在場，就會發現她的笑容中透著幾分茫然和僵硬。

魔王對她失神的樣子嗤之以鼻，「不過就是個小小的伯爵而已。回憶一下大陸傳說裡的那些神眷者，那些被稱為『大賢者』『勇士』之類的人，等到那時候妳又要怎麼辦？」

芙蕾眨了眨眼，她小聲問，「我的話……會被人們稱為什麼呢？」

魔王壞心眼地開口，「魔王的眷屬的話……應該會被稱為了不起的魔女吧？」

芙蕾：「……」

這樣一想她似乎也沒有什麼光輝的未來。

短暫的寒暄之後，國王率領王族舉杯，預示著晉封儀式的結束，以及稍後舞會的開始。

——畢竟晉封儀式通常也被當成貴族青年最盛大的相親活動。

芙蕾深吸一口氣，她有預感，等一下一定會很麻煩。她還記得母親說過：「晉封儀式之後的第一支舞是表達情意最含蓄、最浪漫的方式」。

現在假裝肚子痛還來得及嗎？芙蕾臉上帶著標準的微笑，認真考慮了起來。

身邊的貴族青年們蠢蠢欲動，就連那些大人物們也都把視線投了過來，似乎對誰能邀請到芙蕾跳第一支舞感到十分好奇。

艾德蒙躊躇地看了她一眼，回頭徵詢邦尼夫人的意見，「姑姑，您覺得我要不要……」

邦尼夫人露出玩味的笑容，「你不會自己去邀請女孩跳舞，還要我出面幫忙？」

「當然不是！」艾德蒙漲紅了臉，「我、我只是覺得，我們是剛剛唯二冊封為伯爵的兩人，一起跳舞或許會很合適……」

「呵呵。」邦尼夫人似乎覺得年輕人的心思十分有趣，她掩唇笑了起來，「不用考慮那麼多，艾德蒙。她的確很受陛下賞識，但也僅此而已，還不值得邦尼家族特地討好。你如果對她感興趣，那就上去請她跳支舞。如果不感興趣，那就找個你喜歡的女孩，讓她沾沾邦尼家族的光。」

艾德蒙抓了抓腦袋，他悄悄瞥了芙蕾幾眼，似乎還在認真思考。

「啊——」邦尼夫人拖長語調，挑了挑眉毛，「其實你是感興趣的吧？偏偏還要為自己的行為找理由，哎呀，現在的年輕人可真不坦率……」

「姑姑！」艾德蒙惱羞成怒，他拉了拉自己的衣領，像是在證明自己一般、朝著芙蕾走了過去。然而他才邁出兩步，就被人一把拉住衣襬。

他無奈地轉頭，正要抗議，卻看見邦尼夫人臉上毫無笑意。他下意識噤聲，腳步也停了下來——王子正好與他擦肩而過。

王子？

艾德蒙錯愕地看著阿爾弗雷德王子，他前進的方向……是芙蕾？艾德蒙扭頭看向伊莉莎白。

卡文迪許家最尊貴的小姐面無表情，只是微微握緊了垂在身旁的拳頭。

邦尼夫人抓著他的腦袋轉回來，「白痴，別在淑女丟臉的時候隨便看過去，你想吃一發火球術嗎？」

艾德蒙抓抓腦袋，低下了頭。

隨著王子朝芙蕾走近，所有人的目光都集中到他身上，整個大廳詭異地安靜了起來。芙蕾表面鎮定，實際上面無表情地後退了一小步。

妮娜手裡握著果汁，面容肅穆地低聲說，「不要怕，姊姊。如果他真的過來，我就撞過去、把果汁灑到他身上！」

芙蕾對妮娜霎時肅然起敬，她的妹妹也許比她想像的更為大膽。

但這麼危險的事絕不能讓妮娜去做，她自己也可以潑！

芙蕾的目光落在桌上的紅酒上，但她還沒伸出手，就聽見邦奇先生清了清喉嚨，「咳咳！陛下，芙蕾小姐明天就要進入法師塔學習了，不如今天就讓我們和她聊聊吧，我想我的同僚們也迫不及待想要和這位天才認識一下了。」

卡文迪許家的一位法師立刻站出來附和，「沒錯沒錯，聽到邦奇先生的描述，我都後悔自己沒去新人宴了！」

國王也鬆了口氣，他毫不猶豫地答應，「好，當然沒問題。就去宴會廳隔壁的休息室好好聊聊吧，我就把阿爾希亞未來的希望之星交給你們了！」

法師們紛紛點頭稱是，芙蕾這才收回了手。貝利主教接著就笑咪咪地對芙蕾招手，「快過來，孩子。」

芙蕾乖巧地點頭，步伐優雅但十分迅速地朝著大廳門口走去，和阿爾弗雷德王子擦肩而過的時候，她聽見對方毫不掩飾地「嘖」了一聲，「這群老狐狸。」

芙蕾面無表情，裝作什麼都沒聽見的樣子。

魔王大人倒是饒富興致，「看樣子這份婚約岌岌可危啊……小心點，小鬼，別被人利用了。」

芙蕾也是這麼想的。她可不覺得自己能讓王子殿下一見傾心，這位任性的王子多半是要利用她來讓伊莉莎白丟臉，但……

芙蕾回頭看了眼那位一頭紅髮的少女。她還滿喜歡這個不會說話、但又十分愛操心的大小姐的。

貝利接到芙蕾，便滿臉和善地帶著她往休息廳走，可是還沒走出兩步，就被邦奇毫不客氣地攔下，「等一下，貝利，你根本不是我們法師塔的人，你過來幹什麼？」

貝利吹了吹鬍子，「哼，我對你們法師塔可不感興趣，我不過是擔心你們欺負小孩子……」

卡文迪許家的那位法師不贊同地出聲，「開什麼玩笑！這樣難得一見的天才，我們寵著還來不及呢，誰會欺負她！」

貝利轉頭看向芙蕾，迅速變出笑臉，「這位是卡文迪許家的法師麥倫，他也擅長土系魔法。」

「我的魔法和一般的土系魔法可不一樣。」那位裝束精緻、渾身綴滿寶石的中年男子驕傲地抬起頭，「是閃耀的寶石魔法！它能夠激發寶石裡的能量，而且消耗的魔力非常少喔！」

「但是很費寶石。也只有你們這種大貴族才用得起，算起來可一點都不划算。」跟在他們身後走出來的長髮成熟女性露出了笑臉，「妳好，小傢伙。我是邦尼家的艾拉，擅長水系魔法。如果有不方便和這群男人說的事情，隨時都可以來找我聊聊哦。」

「唉。」他們身後站著一個年輕的男人，他戴著單片眼鏡，一副文質彬彬的學者模樣，「這次的會面根本不在計畫內，你們只是為了阻止那個胡鬧的王子吧？既然這樣，為什麼要用這麼麻煩的方式，直接讓他不要再胡鬧了不是更好嗎？」

場中的氣氛一下子冷了下來。

貝利見縫插針地對芙蕾說，「看到了吧，我就跟妳說他們法師塔沒有向心力。」

「關於這一點，我無從反駁。」青年推了推眼鏡，「我是巴爾克．杜克，和他們相比只是出身不值一提的小貴族。我是個煉金術師，和妳不太一樣，我沒有太強的魔法天賦。我想之後即使我們同在法師塔內，恐怕也不會有太多交集。」

「又來了，你這傢伙。」艾拉頭痛地揉了揉腦袋，「啊，芙蕾還不知道什麼是煉金術師吧？就是能做出魔法道具的傢伙啦。這傢伙雖然各系魔法天賦都不怎麼樣，卻是少見的全系全能哦。」

芙蕾以一副好學生的模樣乖乖點頭，看樣子也沒有很在意巴爾克的態度。

「哼。」麥倫顯然也對王子十分不滿，他沒理會試圖轉移話題的艾拉，雙手抱胸著抱怨，「真不知道王子在想什麼，你們沒看到剛才國王陛下的臉色都變了嗎？

「他這可不是一時的任性妄為，他是要讓卡文迪許家和芙蕾對立！」

「哪有這麼嚴重。」艾拉苦笑著打圓場，「好啦，我們知道你心疼伊莉莎白，別生氣了。」

「如果不滿這段姻緣大可以解除婚約，但這種行為簡直就是……！」麥倫逕自找了個位子坐下，不滿地拍了拍桌子。

邦奇無奈地搖了搖頭，他微笑著看向芙蕾，「妳也看到了，我們法師塔可能如某人所說不算是一條心，畢竟大家出身不同，各有立場。但是，至少大家都是直來直往的性格，和外面那些喜歡指桑罵槐的傢伙可不一樣。」

芙蕾現在有點理解伊莉莎白的性格是怎樣養成的了。

「還有一點。」邦奇示意她坐下，「只是以防萬一，芙蕾，王子和伊莉莎白的婚事妳最好不要攪和進去。」

「我明白。」芙蕾老實地點頭。

麥倫露出了滿意的神色，「看，我就知道她是個懂事的好孩子。有些人可就沒那麼懂事了。」

「啊，你說那位啊……」艾拉露出了然的神色。

芙蕾有些好奇地看過去。

「剛剛還說你們不喜歡拐彎抹角，現在又開始用『這個』『那個』說話了。」巴爾克喝了口茶，替芙蕾解釋，「他們在說的，是那個在新人宴上和王子有些瓜葛的小姐——露西．約拿德。」

艾拉露出相當八卦的神色，「聽說她前幾天還到王宮送了點心給王子。你們卡文迪許家居然沒有攔下來？」

「我們才不屑做這種事情！」麥倫憤憤地拍著桌子，「她今天還有臉來接受晉封，要我說就應該剝奪她的爵位！」

「比起這個，你們是不是應該聊點更符合法師塔身分的事情？」貝利毫不客氣地批評，

「老是說這些，小心讓芙蕾覺得你們都是些只知道講八卦的無聊貴族。」

「你明明也聽得津津有味，你這個教會的間諜！」邦奇翻了個白眼，毫不猶豫地拆穿他。

「我也覺得應該說點魔法的話題了。」巴爾克再次看向芙蕾，眼神帶著毫不掩飾的探究，「比如說摩奇的事情。雖然智慧神教的傢伙聲稱他是被自己的魔法反噬，但我總覺得妳應該知道點什麼，芙蕾小姐。」

第八章

白痴王子

CHAPTER VIII

芙蕾倒也沒慌。

「巴爾克．杜克。」艾拉冷冷地掃了他一眼，一臉嚴肅地說，「你如果一直用這副態度和女孩子說話，小心這輩子都娶不到老婆哦！」

巴爾克同樣沉下臉，「艾拉．邦尼女士，如果您把嘲諷我的精力花在精進魔法上，現在早就是個了不起的大法師了。」

艾拉笑起來，「我已經是了不起的大法師了哦。」

「那個……」芙蕾出聲詢問，「我想問問，摩奇現在怎麼樣了？」

艾拉遺憾地聳了聳肩，「雖然送來的時候跟剛出土的新鮮古屍一樣，不過現在是沒什麼生命危險啦，但他恐怕很難繼續使用魔法了。」

「咦？」芙蕾有些意外，春季女神還能做到這一點嗎？

「因為他曾經失控過，而且被失控的土元素攻擊、石化後，讓他開始畏懼土元素。無法驅使元素的法師……」麥倫遺憾地搖了搖頭。

「妳知道他為什麼會失控嗎？」巴爾克毫不避諱地審視著芙蕾。

芙蕾抬起頭，沒有避開他的視線，「我知道。不過在解釋之前，我得先說一句。

「我認為摩奇現在的下場完全是自作自受，因為他曾經想要殺了我。」

巴爾克沉默了一下。芙蕾一直表現得很乖巧，像那種最聽話的貴族女孩，但對上她的眼睛後，他才發現這個表面溫和的女孩是有鋒芒的。即使坐在一群代表了阿爾希亞頂尖戰力的法師中間，她也毫不畏懼。

「噗哧。」艾拉哈哈大笑，「我覺得邦尼夫人一定會很喜歡妳的，孩子！放心，我們知道摩奇是個什麼樣的傢伙，如果不是因為他稍微有點天賦，法師塔也不會放任他到現在。」

芙蕾微微點頭，開始講述她早就和魔王討論好的說辭，「當天，我離開春風女神教會之後，想要去街道上繞繞。」

「即使知道有人記恨妳，妳還是一個人上了街？」巴爾克的態度沒有多少轉變，他似乎不打算放過任何一個疑點。

「這裡是王都，先生，我認為這裡比哪裡都安全。」芙蕾看向他，「而且我以為摩奇還在新人宴上，根本沒想到他會偷偷跟來。

「他對我發動了攻擊，但沒有奏效。」

「嗯？」聽到這裡，麥倫也十分感興趣地湊了過來，「沒有奏效？那傢伙雖然笨了點，但魔法成功率還是滿高的……」

「他沒帶法杖。」艾拉摸著下巴補充，「也許是太過緊張？」

「他成功釋放了魔法。雖然智慧神教的人很快就清理了現場，但居民都看見了拔地而起的土塊。」巴爾克以質疑的眼光看向芙蕾，「妳還沒有系統性地學過魔法，不可能是他的對手。

妳是怎麼贏的？」

「是風保護了我。

「他確實使用了魔法，但風切開了土塊、把他的攻擊隔絕在外，他的魔法沒有奏效。」

「妳已經能自動使用風系魔法了嗎？」這下連邦奇都驚訝了起來。

芙蕾微微搖頭，「不，我只是……在遇到危險的時候，會得到風的幫助。」

不管別人怎麼想，貝利一下子就想到女神說的「風的主人」，他微微點頭，「和元素的親和度夠高的話，是會有被元素庇護的情況的。」

雖然他從沒見過，但女神都交待他照顧芙蕾了，沒見過也要當成有見過。

邦奇一眼就看出貝利在扯謊，但他也沒有揭穿。邦奇略一沉吟後詢問，「之前出現過這樣的情況嗎？」

芙蕾點了點頭，「在綠寶石領時曾有過。今年的鼠患格外嚴重，當大家快要抵擋不住的時候，風也幫助了我。」

咳，嚴格來說，是曾經的風神、如今的魔王大人幫了她。但風神不就是風的化身嗎，所以她也沒有說謊嘛。

幾位法師面面相覷，麥倫第一個抓了抓腦袋，「怎麼說呢，聽到她這麼被元素偏愛，真令人嫉妒啊……」

「沒錯。」艾拉煞有其事地點了點頭，「如果你也有這樣的天賦，就不用浪費那麼多寶石了吧，真可惜啊。」

「住嘴，妳這個刻薄的女人！」麥倫氣得拍桌。

巴爾克思考了一會兒，他點點頭，「考慮到妳那高得不正常的元素親和度，這種事也是有可能發生的。這也能印證妳為什麼會有恃無恐地一個人在街上亂晃……」

「咳。」芙蕾清了清喉嚨，有些不好意思地開口，「那個，其實我有恃無恐的另一個理由，是因為我有學習槍術和格鬥技巧……

「幾乎每年冬天，我都能在新綠森林裡獵到熊呢。」

似乎是對自誇感到不好意思，少女微微紅了臉。但她說出口的話卻讓在場所有法師都沉默下來了。

最先打破沉默的還是艾拉，「麥倫，我記得去年的圍獵你只抓到了兩隻兔子，還是在偷偷使用土系魔法作弊的情況下……」

麥倫氣得跳腳，「妳別拿我開刀啊！我好歹參加了，巴爾克騎個馬臉都能變綠！」

「在正常情況下，人類的臉是不可能出現綠色的，我只是臉色很不好看而已。」巴爾克推了推眼鏡糾正他的措辭。

芙蕾看著他們熱烈地討論著元素的親和力，微微鬆了口氣。魔王大人又說對了，他們完全接受了這樣的說法。

「哼。」她似乎聽見耳邊隱隱響起魔王得意的笑聲。

「說起來。」貝利忽然開口，「你們打算讓誰教導芙蕾？」

邦奇一臉「你這個教會的間諜怎麼還在這」的表情，但他還是回答，「法師塔目前一共十八名成員，大部分都不在塔內，現在身在塔內的導師也就我們四個。很遺憾，我們沒有一個是風系的……」

艾拉插了句，「整個法師塔也找不出幾個風系法師吧？在我的印象中，似乎沒有專精風系的……沒關係，芙蕾，我們會一起教導妳，畢竟魔法原理有很多地方都是相通的。」

巴爾克推了推眼鏡，「硬要說的話，擁有全系天賦的我應該勉強能算。」

「你那點聊勝於無的天賦還是算了吧。」艾拉十分嫌棄地擺了擺手，「不過這麼說來，智慧神殿那個小子也擁有一點風系資質吧？」

「哎，被那小子刺激過後，國王陛下看樣子是真的打算招收平民法師了。」麥倫顯得有些憂愁，他顯然是不贊同招收平民的那派。

「說是平民，最起碼也得是富商吧？否則怎麼可能負擔得起王都的生活。」巴爾克就顯得相當理性，「今年就只有一個新進學員，再這樣下去，我都要擔心法師塔後繼無人了。」

法師塔的前輩們聊得很盡興，直到宴會散場，霍華德子爵夫婦托人來傳話說他們在馬車上等芙蕾一同回家，他們才戀戀不捨地放人離開。

依芙蕾來看，如果不是擔心在王宮搞出太大的動靜，他們可能還想要芙蕾當場表演一個魔法呢。

芙蕾提著裙襬匆匆朝著王宮外跑去。她的腳步有些輕快，像是即將掙脫牢籠的飛鳥。

但她沒想到會有人在路上埋伏她。

那位尊貴又任性的王子殿下站在走出王宮的必經之路上，漫不經心地等待著。

芙蕾放緩了腳步。她看到王子抬起頭，嘆了口氣，稚氣未脫的臉上滿是無聊，「妳也太慢了，那群老傢伙就那麼多話要說嗎？」

芙蕾思考了一下。在場的幾位法師，除了格雷斯家的兩位老先生，似乎都還不是能被稱為「老傢伙」的年紀。但她沒有出聲反駁。

「妳要小心哦。」王子沒有計較她的沉默，他笑咪咪地打量著她，「妳這樣大出風頭，很容易被某些小心眼的人盯上的，比如……我那位野心勃勃的未婚妻。」

芙蕾詫異地挑了挑眉毛，這種時候她該接什麼話？

幸好用不著她回話，王子就自顧自地說下去，「她是不會容忍王都內有比她更尊貴的女人存在的，妳的鋒頭遠遠壓過了她，她一定會想方設法把妳拉下去，說不定還會有生命危險。

「天賦卓絕的法師芙蕾小姐，妳考不考慮和這個國家未來的國王成為同盟？」

芙蕾眨了眨眼。平心而論，他這兩句話說得很有氣勢，也很有煽動性，如果魔王沒有在她耳邊笑出聲就更好了。

魔王懶洋洋地開口，「這種根本搞不清楚狀況的小屁孩隨便打發一下就好了。」

芙蕾露出恰到好處的困惑，「她不是您的未婚妻嗎？您為什麼會這麼討厭她呢……」

不會是因為她說話不中聽吧？

王子的眼中閃過一絲顯而易見的殺意，他揚起下巴，「妳確定要知道？知道這個祕密之後，妳就得徹底站在我這邊了。」

芙蕾立刻拒絕，「啊，那就不必了。」

王子露出微笑，「我也不急著要妳做出決定，如果妳下定決心，隨時可以來王宮找我。啊，動靜越大越好。」

芙蕾明白他的意思，一旦她這麼做，也等於向卡文迪許家放出她站在王子這邊的消息。

但是至少目前為止，她還沒有這個打算。芙蕾行禮告辭，王子在她身後無所謂地說，「我剛剛說的都是真的。妳最好保持警惕，別給那個女人可趁之機。」

芙蕾皺起了眉頭。王子對伊莉莎白的提防是真的，他不是任性，而是真真切切地把伊莉莎白當成對手。

她轉過彎，腳步一頓。王宮走廊裡，還站著一個如同嬌嫩鮮花一般的女孩，她看起來柔弱又惹人憐愛，彷彿一陣風就會把她吹跑。

芙蕾愣了一下，放緩語調問她，「您迷路了嗎？這位小姐。」

她倏地紅了臉，匆匆搖頭之後慌慌張張地從她身邊經過。芙蕾似乎隱隱約約聽見了一聲「殿下」。

魔王的興致突然來了，「就是她！傳聞中的那個露西！」

「哦──」芙蕾拉長了語調，露出了八卦且意味深長的眼神。

王宮的每一個角落都點上了燈，明亮的燈火之下，黑暗無所遁形。

直到芙蕾走出王宮大門，她才從這惑人的明亮裡察覺到──原來天色都已經暗下來了。

「姊姊！」

妮娜從自家的馬車裡探出頭，熱切地朝她揮手。芙蕾鬆了口氣，露出真心的笑容、提起裙襬匆匆趕去。

妮娜拉著她上車，半開玩笑似地抱怨：「真是的，這麼久都不出來，我還以為國王陛下不打算把姊姊還給我了呢。」

馬車內的霍華德夫人也掩唇笑了笑，「別胡說，妮娜。」

妮娜吐了吐舌頭，瞥了一眼不遠處的王宮。霍華德子爵眼巴巴地湊過來站在馬車門口，似乎也想和她們擠在一塊，他看起來有很多問題想問。

霍華德夫人淡淡掃了他一眼，提醒他，「是你自己非要騎馬過來的，現在想上車可沒門。」

霍華德子爵扁了扁嘴，他嘆了口氣，「好吧，那妳們在車上不准說什麼重要的事！等回家了我們再一起聊！」

霍華德夫人和妮娜都乖乖點頭答應。

等他關上門，妮娜立刻變了臉，她一臉神祕地靠過去問，「姊姊，今天的晚宴有沒有看中哪位英俊的少爺呢？我注意到了，除了那個胡鬧的王子以外，邦尼家和妳一起晉封的那位伯爵也一直在偷偷看妳哦。」

芙蕾無奈地搖搖頭，「我想他大概是沒想到我居然也會得到伯爵爵位……」

霍華德夫人意味深長地笑起來，「芙蕾還是個孩子呢，對這種事情可沒那麼敏銳。」

「哼哼。」妮娜得意地插起腰，「但我是絕對不會看錯的！今天來向我們打聽妳的人多得不得了哦，簡直就像國王在選妃呢！」

「妮娜。」霍華德夫人無奈，「別總是把國王掛在嘴邊。」

「對不起。」妮娜乖乖道歉。她吐了吐舌頭，挨到芙蕾身邊伸手摟著她，忽然有些低落，「等姊姊留在了王都以後，就會有好一陣子都沒辦法這樣說話了吧……」

芙蕾愣了一下，然後握住妮娜的手。之前經歷了那麼多事讓她一直繃緊著神經，她都還沒意識到，今後她就要遠離家人，一個人在王都生活了。

她轉頭看了繁華的王都一眼。這裡擁有綠寶石領遠不可比的富庶，還有人人嚮往的花花世界，但她不是為了這些來的。

她是為了對抗那場即將到來的災難，為了把那柄懸在頭頂的達摩克利斯之劍擋在她的家鄉之外。等到一切結束，她就能回到綠寶石領。

芙蕾露出笑臉，「別擔心，不久後我就會回家的。」

入夜，奎爾街六號的燈火還沒熄滅。霍華德一家聚在餐廳裡，聽芙蕾講述王宮裡發生的事情。當然，芙蕾沒提到遇見王子那一段。

霍華德子爵笑了起來，「我還以為那些大貴族出身的法師會有多傲慢呢，沒想到都很好說話嘛，那就好、那就好！」

「笨蛋，就算要找碴也不會在王宮裡，誰知道國王陛下會不會暗中窺視。」霍華德夫人卻沒那麼簡單地掉以輕心，「芙蕾，之後在法師塔還是要多加小心。」

芙蕾乖巧點頭，「我明白。」

妮娜原本聽得興致勃勃，但現在反而逐漸安靜了下來。霍華德子爵奇怪地看了眼自己一向聒噪的小女兒，「妮娜，妳睏了嗎？可以先去睡……」

「你啊。」霍華德夫人嘆了口氣，「真是一點都不懂女孩子的心思，妮娜是捨不得芙蕾。」

「嗚……」妮娜扁了扁嘴，一副快要哭出來的模樣，「我、我……」

「那就一起留下吧！」霍華德子爵一拍桌子。他覺得自己想到了一個絕妙的主意，勉強能挽回自己一點也不善解人意的形象，「芙蕾要是在王都住下來的話，我們怎樣也得幫她在王都買棟房子。我還擔心她一個人住會太冷清呢！」

妮娜愣了一下，不可置信地睜大眼睛。

霍華德夫人微微點頭，也十分贊同這個做法，「反正一年後妮娜也要接受晉封，總得要到王都來的。從綠寶石領到王都怎麼也要小半個月，這樣可以省去不少麻煩。」

妮娜聽著，眼神逐漸發亮。她一臉期待地看向芙蕾，「姊姊！」

芙蕾抿了抿唇。魔王大人曾經說過，這座富饒的黃金之城會不斷吸引神靈降臨，這裡不久後就會變成整個大陸上最危險的地方之一。

但說不定，待在她和魔王大人身邊反而比較安全？芙蕾一時間也拿不定主意。

「怎麼了？」霍華德夫人注意到她的猶豫。

芙蕾如實相告，「我擔心妮娜會遇到危險。」

霍華德子爵哈哈大笑，「這我倒是不擔心。妮娜雖然槍術、馬術都不如妳好，但小時候她可是用硬泥巴塊把小偷砸出去過呢！光論膽量，她一點都不比妳差啊！」

妮娜「唰」地紅了臉，她惱怒地拍了拍桌子，「爸爸！那是我小時候的事了！不許再提！我現在已經是個溫柔的淑女了！」

芙蕾毫不客氣地拆穿她，「今天王子朝我走過來的時候，妮娜說要假裝跌倒、潑他一身果汁。」

妮娜訕訕地坐回去，「這、這也是沒有辦法的嘛……」

芙蕾托著下巴，盯著異常高興的霍華德子爵。

子爵有些心虛地摸了摸自己的鼻子，「怎麼了，芙蕾？為什麼要這樣看我？」

「爸爸，你看起來高興過頭了。」芙蕾瞇起眼睛，「你該不會早就想把我們打發走，和媽媽過兩人世界了吧？」

「哎呀，我怎麼會這麼想呢！」霍華德子爵露出討好的微笑，「我也很捨不得妳們啊，如果可以的話，我多希望妳們永遠留在爸爸身邊！」

「哼！」兩個女兒異口同聲地表達了懷疑。

「好了，妳們該去睡覺了。」霍華德夫人下了命令，她眼中帶著溫柔的笑意和不捨，「明天芙蕾就要去法師塔了。別擔心，我和爸爸會為妳挑好住處的。」

「啊。」芙蕾想起魔王交代的事情。她嘗試著開口，「爸爸，能買偏僻一點的地方嗎？最好靠近森林什麼的，這樣我還能和珍珠出去跑一跑。」

霍華德子爵哭笑不得，「妳都要留在王都學習魔法了，還打算帶著珍珠一起嗎？」

芙蕾一副耍賴的模樣，「不把珍珠留給我也沒關係，反正如果我沒跟你們回去，珍珠也會自己來找我的。」

霍華德子爵抓了抓頭。仔細一想，那匹任性的小馬還真有可能會這麼做。

霍華德夫人摸著下巴，「以我們家的財力，就算想要買王都中心的房子可能也不是那麼簡單。」

霍華德子爵吹了吹鬍子，「真是的，別在孩子們面前說這些，這兩個愛操心的傢伙也會跟著煩惱的。」

霍華德夫人笑起來，「就因為她們是愛胡思亂想的傢伙，所以還是把什麼都告訴她們比較好。這樣吧，我們去找繁星商會暫且借一點錢，等回到綠寶石領再還。

「別擔心，我們只是沒帶這麼多錢。給妳們買棟房子的金幣，霍華德家還是出得起的。」

芙蕾鬆了口氣。

霍華德夫人已經在盤算了，「把艾曼達也留下吧，廚房可是一個家中最重要的地方。萬一以後妳要在自己的府邸開宴會，艾曼達的手藝也不會讓妳丟臉。」

霍華德子爵補充，「還帶著綠寶石領特有的風味！」

「蘭達也留下吧。妳身邊得留下一些可靠的人，還有……」

「媽媽，妳總得帶一些人回去。」芙蕾無奈地提醒她，「否則他們會擔心綠寶石領的領主大人是個人口販子。」

霍華德夫人無奈地笑著，「妳說得也對，有些人應該也不願意遠離家鄉。那麼其他的僕人就在王都找吧，明天替妳尋找房子的時候我也會順便留意的。

「我們身上的金幣就暫且都留給妳，之後我們還會寄錢過來。我聽說法師塔的學費不少，而且妳身在王都，到處參加舞會可不能穿重複的裙子……」

芙蕾抓了抓頭，有點擔心自家的財力。

霍華德子爵彷彿看出她的擔憂，伸出大手揉了揉她的腦袋，「別擔心，這麼多年來我們在綠寶石領也沒有什麼大開銷，供應妳生活五年、十年沒問題的！」

「我也會看看有沒有賺錢的辦法。」芙蕾眨了眨眼，「王都多數貴族也都擁有自己的產業吧？我會找找門路，總不能只出不進。對了，法師塔還有煉金術師能夠製作魔法道具，如果我也有這個天分……」

「真是的，你們總是喜歡互相操心。」妮娜撐著下巴笑起來，「這是投資、投資妳懂嗎，姊姊？霍華德家會越來越好的。」

入夜，芙蕾難得有些睡不著。她從床上翻身坐起，趴在窗臺上看向外頭。

無論怎麼看，都是和綠寶石領不一樣的景色。之前滿腦子都是「天災」「神靈」的時候，她完全沒想到離家的不安也會這麼難熬。

「就算風元素親近妳、不會讓妳吹冷風，但在這樣的低溫下待太久，妳還是會感冒的。」魔王在她身後現形。

芙蕾有些沒精神，「魔王大人，您不用睡覺嗎？我總覺得您無論何時都是醒著的。」

「我不能失去意識。」魔王抬起眼，「我的身體還沒有脫離深淵的掌控，一旦我失去意識，就會被它的負面情緒主宰。」

「聽起來很辛苦。」芙蕾感嘆了一聲。

魔王開口說，「捨不得的話，妳可以讓他們留下來。就算這裡會吸引神明，但待在我們身邊總會比較安全。」

芙蕾微微搖頭，「在冬天之前，綠寶石領還會有被鼠群攻擊的可能，爸爸不可能多待的。」

「妳偶爾也可以任性一點。」魔王無奈地嘆了口氣。

芙蕾回過頭看他，難得說了點喪氣話，「魔王大人，您覺得我們能贏嗎？

「能贏得了深淵，能贏得了神嗎？」

她仰起頭，翠綠的眼睛如同純粹的寶石。

魔王低頭看著她。他已經很久沒見到這種帶著希望的眼神了。他遲疑著伸出手，輕輕揉了揉她的腦袋。

「可以。

「贏了之後妳就能回家，快馬加鞭，我讓所有的風精靈載妳一程。只要一個瞬間，妳就能到家了。」

芙蕾露出微微的笑意。她終於閉上眼睛，安穩地睡去。

魔王看了她一會兒，最後無奈地舉起手，動作輕巧地把她抱到床上。儘管嫌麻煩般地撇了撇嘴，但仍然幫她蓋好了被子。

他好像已經很久沒有說這種哄人的話了。不，也許是從來都沒說過。

魔王撐著下巴看了她一段時間，抱怨道，「真是個麻煩的小鬼。」

經過一晚的沉澱，芙蕾調整好情緒，乘坐馬車前往法師塔。而霍華德夫婦會帶著妮娜，在王都替她們找一個合適的住所，順便物色一些可靠的僕人。

芙蕾坐在馬車裡，開始盤算要把魔王大人的身分搬上檯面，「等爸爸媽媽離開後，我就把您從外面抱回去，說我要收養這隻可愛的小黑貓……」

「抱？」端坐在馬車對面的黑貓抬起頭。

芙蕾摸了摸鼻子。「那、那拎？」

魔王接著追問，「收養？」

芙蕾小聲說，「只是這麼說而已……」

魔王冷哼一聲，「可愛？」

芙蕾張了張嘴。魔王沒等她回答，輕輕搖了一下尾巴，「我可沒打算做為貓在那裡生活。還有，等我帶幾個得力手下回來，我會開啟以前的神殿。應該能找出一點值錢的東西。」

啊，芙蕾不好意思地摸了摸鼻子，魔王也聽見他們昨天關於金幣的討論了嗎？總感覺在各方面都受魔王照顧了啊。

魔王沒等她把感謝說出口，冷哼一聲，「這也得怪我自己，找了妳這個沒錢沒勢的小女孩，妳得先站到頂端才能派得上用處。」

芙蕾羞愧地低下頭。

魔王得寸進尺地開始數落她，「昨天還因為要一個人離家搞出一副生離死別的樣子，嘖，麻煩的愛哭鬼……」

芙蕾低聲抗議，「我又沒有哭。」

「嗯？」魔王看向她。

芙蕾只好承認，「好吧，其實差點就哭了……」

魔王這才滿意地點頭。

馬車停了下來，蘭達下來叫她，「芙蕾小姐，到法師塔了。」

芙蕾從車窗外看過去，那座法師塔就在王宮旁邊不遠處。塔身很高，尖銳的塔頂筆直地指向天空，看上去有幾分挑釁的味道。

芙蕾正仰著頭打量自己之後要生活的地方，塔內就響起了熟悉的呼喚，「芙蕾小姐！」

芙蕾擺出笑臉，「老師……嗯？」

來人不是任何一位老師，而是貝利主教。會在法師塔裡光明正大地穿著一身教士服行走的人，大概也只有他了。

貝利主教連連擺手，「『老師』這個稱呼我可不敢當。咦？妳的家人沒有一起過來嗎？」

芙蕾不知道春季女神是怎麼交代自己的教眾的，但從貝利的表現來看，似乎是把她當成了什麼厲害的大人物。魔王的眷者應該也還算了不起吧？

芙蕾一邊胡思亂想，一邊禮貌地回答，「是的，他們正在王都內幫我尋找適合的住所。」

「如果妳願意的話，妳完全可以住進格雷斯家。」貝利主教提議，他其實還想說格雷斯家也有幾個適齡的年輕人，但這種事總不好和本人說。

芙蕾微微搖頭，「這就太麻煩您了。」

貝利主教遺憾地聳聳肩，「既然妳都這麼說，那就算了。不過如果找不到合適的地方，隨時可以來找我商量，我很樂意幫忙。」

「感謝您的幫助，貝利先生。」芙蕾禮貌地道謝，她帶著適當的好奇詢問，「您到法師塔來是……？」

貝利笑彎了眼，「嘿嘿，我擔心他們會看輕妳，特地來給妳撐撐場面。

「不過我也沒想到你們家一個人都沒來啊，以往被法師塔選中的傢伙都恨不得全家出動來出風頭呢。」

說實話，他們全家沒有一個有這種想法。芙蕾有些尷尬地清了清喉嚨。

不過這麼想來，之前在王宮，貝利主教非要擠進法師塔導師之間的談話，多半也是出於這個目的。雖然舉動直接又幼稚，但這個長者是認認真真地在完成春季女神的囑託，努力照看著她。

芙蕾忍不住笑了笑，她認真地道謝，「很感謝您能前來，貝利先生。有機會的話，請一定要讓我招待您，讓您嘗嘗綠寶石領風味的下午茶。」

貝利主教笑彎了眼，十分滿意地點頭，「沒問題，到時候我可要好好和邦奇那個老傢伙炫耀炫耀。」

「你打算跟我炫耀什麼？」

邦奇今天一大早就來到法師塔，明明知道時間還早，他還是忍不住在塔內晃了好幾圈。好不容易聽到守衛報告說芙蕾來了，他才興沖沖地走到門口，沒想到居然看見他那討人厭的弟弟！他居然搶占先機，和他未來的得意弟子相談正歡！

邦奇氣得直吹鬍子。貝利主教還在火上澆油，「嘿嘿，芙蕾說要請我喝下午茶哦。老傢伙，怎麼樣，沒有你的分吧？」

邦奇的面容短暫地扭曲了一瞬，但他很快地冷哼一聲，「我才不會讓小輩請我，格雷斯家隨時歡迎她來嘗嘗點心。」

芙蕾臉上掛著尷尬又不失禮貌的笑容。此時，她身後突然有人抱了上來，只見艾拉摟著她笑咪咪地開口，「你們看起來還要吵好一會兒，我就帶著我們的小天才先走囉？」

芙蕾渾身一僵，這就是成熟女性的觸感嗎？

邦奇先生點了點頭，「先帶她去圖書室，從基礎魔法入門開始……」

「知道了，我又不是第一次帶學生，您也太操心了。」艾拉好笑地搖搖頭，然後意味深長地打量著芙蕾，朝她擠了擠眼，「雖說妳是個絕世天才，但我還是第一次見到格雷斯家的兩位老先生這麼重視一個人。他們會不會是希望妳嫁進格雷斯家？」

芙蕾無奈地笑了笑，「我似乎從未見過格雷斯家的少爺……」

「晉封儀式上見過，他們都來了。只不過，看來沒有哪個能引起妳的注意力呢。」艾拉露出八卦的神情，她神祕地湊過來，「妳覺得我們邦尼家族的少爺怎麼樣？那位和妳一起晉封的艾德蒙少爺是個溫柔的人哦，考慮他的話我們還有機會能成為一家人呢。」

芙蕾無奈地笑了，「我那時候太緊張了，沒有注意看。」

「妳在說謊。」魔王仗著其他人聽不見他的聲音，毫不客氣地戳穿了芙蕾的謊言，「妳當時明明就看了，還一副很感興趣的樣子。」

芙蕾假裝沒有聽見魔王的指責。

不過艾拉似乎也不是非要推薦他們家族的少爺，她興致勃勃地拉著芙蕾介紹，「順帶一提，法師塔的男人除了麥倫都是單身哦。啊，我沒把邦奇先生算進去，畢竟在我眼裡上了年紀就不是異性了。

「如果妳對年長的男性有興趣的話，也可以考慮一下。不然，姊姊我也是單身哦……」艾拉對芙蕾拋了個媚眼，然後頭頂就被巴爾克扔下的書砸了個正著。

「嘎啊——巴爾克！」艾拉發出一聲慘叫。

巴爾克站在螺旋階梯的二樓，居高臨下地看著她們，「妳的年紀足夠讓她叫妳阿姨了。況且，發出這種可笑的叫聲，我覺得妳還會再單身至少三十年。」

「你這是詛咒！是對妙齡少女最惡毒的詛咒！」

艾拉單手揮舞著那本書，狠狠朝著二樓扔了上去。巴爾克躲都沒躲，一臉淡然地看著那本書被丟起了頂多一公尺的高度，又虛弱地墜落。

在艾拉遭到這本書第二次傷害之前，芙蕾輕鬆地伸手接住了它。

艾拉鬆了口氣，眼帶敬畏，「我現在相信妳能獵得到熊了。」

芙蕾笑咪咪地開口，「需要我幫您扔回去嗎？」

艾拉眼睛一亮，「扔！」

芙蕾微微拉開步伐，在巴爾克察覺到危險、試圖躲避之前，那本書已經擦著他的臉頰、狠狠撞在了他身後的石壁上。

巴爾克瞪大了眼睛。

樓下的艾拉還在可惜，「怎麼沒中？」

芙蕾解釋，「嚇嚇他就好了。巴爾克先生戴著單片眼鏡，萬一砸碎了會傷到眼睛的。」

「這倒也是。」艾拉惋惜地點了點頭，然後她拍拍芙蕾的肩膀，「我現在越來越覺得邦尼夫人會喜歡妳了。有脾氣又知道輕重，嗯，真不錯！」

巴爾克看著身後的書，沉默了半晌，他提醒，「妳們打算在下面聊那些無關緊要的事到什麼時候？」

「知道了！」艾拉應了一聲，帶著芙蕾往樓上走去，「我來給妳介紹一下法師塔的布局。大廳是會客用的，二樓是巴爾克的煉金房，他和他的學生常年蹲在裡面，三樓是……」

在和巴爾克擦身而過的時候，芙蕾禮貌地打招呼，「早安，巴爾克先生。」

巴爾克掃了她一眼，默默拉開距離。

哼哼，芙蕾在內心得意地笑了兩聲。這是他那天在皇宮裡為難她的小小回禮！運動完之後可真是神清氣爽啊。

然而這分好心情，僅僅持續到艾拉把需要學習的書籍發給她之時。芙蕾坐在空蕩蕩的書房裡，目光沉重地看著眼前堆成小山的書本。

「魔王大人，您之前是不是說過，有您在，學魔法根本不用擔心……」

「咳。」魔王顯得有些尷尬，但他沒有否認，「說是……這麼說過。」

芙蕾翻開艾拉留給她的魔法基礎理論作業，開口詢問，「風刃術的咒語是哪位大法師創造的？」

「不知道，我又不用念咒語。」

芙蕾嘆了口氣，翻到下一頁，「發動大型風系魔法時為了提高成功率，會點燃哪種風精靈喜歡的熏香？」

「不知道，我的魔法從沒失敗過，也沒點過什麼香。」

芙蕾的目光已經逐漸平靜，「在法杖上添加以下哪種裝飾，可以提高風系魔法的效率？」

魔王忍無可忍，「煩死了，能不能來點實戰的知識！學這種東西就能用好風魔法嗎？」

眼看魔王就要掀起颶風、把眼前的書籍撕個粉碎，芙蕾清了清喉嚨，「魔王大人。」

風靜止了下來。

芙蕾笑起來，「這也沒辦法嘛，我得站到頂端才能幫上您的忙。就交給我吧！」

她簡單整理了一下眼前的書籍，打開其中一本，開始認真閱讀了起來。

魔王看了她一會兒，有些彆扭地開口，「隨便妳。我去塔裡逛逛，看看他們有沒有收藏什麼好東西。」

芙蕾沒有回答。

魔王不甘寂寞地再叫了一次，「喂？」

沒人回應。

「傻瓜？」

沒人回應。

「小鬼？」

還是沒人回應。

「芙蕾！」

「嗯？」芙蕾這才從書本上抬起頭。

魔王氣鼓鼓的，但又覺得自己不能因為這點小事就跟她一般見識。他壓抑著怒氣再次重複了一遍，「我說，我要去塔裡逛逛，看看有沒有什麼好東西！」

芙蕾這才乖乖點頭，「我知道了。那麼請您一路小心，我會在這裡等您回來的。」

「嗯。」魔王應了一聲。

這才差不多。魔王滿意地轉身離開。

接著芙蕾垂下眼，看著手裡這本《各系魔法咒語大全》，她剛剛大致翻看了一下，總覺得有些奇怪……

第九章

離　別

CHAPTER

IX

芙蕾一邊翻著書，一邊完成艾拉留下的作業。期間幾位老師也都分別來過幾次，他們輕手輕腳地用一副慈愛的目光看了她一會兒，又默默離開。

暫且完成了今天需要做完的部分，芙蕾終於有空活動一下脖子。

法師塔並不強制要求學員每天出勤，就算一天也不來，只要下禮拜能交出合格的作業也沒問題。不過到法師塔來，有不懂的問題就能隨時請教老師，也能查閱很多資料，畢竟法師塔的書籍是不允許帶出的。

才在這裡待了一天，芙蕾就已經把筆記本填滿了大半。看樣子艾拉女士並沒有給她太過繁重的任務。

確認身後沒有老師以後，芙蕾低聲呼喚，「魔王大人？」

「嗯？」魔王淡淡地應了一聲，語氣中帶著一貫的懶散。

芙蕾驕傲地挺直了背脊，「我已經做完一半了！」

魔王笑了一聲，「真虧妳能把這些沒用的東西都記住。」

芙蕾覺得這大概是另一種誇獎，只不過……

「或許也不是全然沒用。」芙蕾翻開手中的那本《各系魔法咒語大全》，「您不是說過我還有一丁點光系天賦嗎？以防萬一，我想順便學習一點光系魔法，就把其他系的咒語也看了一遍。」

「我發現低階的魔法比較隨意，有創造意境的、也有讚美元素精靈的，但大部分的高階魔法都會向掌管某一系的神明祈求。」

「比如土系魔法會向大地之母禱告，木系魔法我粗略掃了掃，提到了森林女神、春季女神。包含治療效用的魔法還提到過醫藥之神……」

魔王若有所思，「雖然比直接念誦神的名字的效果要差得多，但向神的名號祈求也能得到一點增益，有什麼問題嗎？」

芙蕾點點頭，「但所有的風系魔法都沒有提到風神的名號，這有點不可思議吧？即使是不了解神靈體系的一般人，說到風系魔法也會下意識想到風神的名號吧？可是高階的風系魔法，祈求的對象只有天空之神、風之龍……」

「天空之神能使用一點風系魔法，至於風之龍，妳可以把牠當成和高階元素精靈同類的東西，但歸根究柢，風還是在我的掌控之下。」魔王現在也不再掩飾自己曾是風神這回事了，他瞇了瞇眼睛，「的確很奇怪。人類可不知道我在深淵底下。讓我的名號從世間消失……果然還是哪個神靈做的。怪不得格雷蒂婭說要替我保留『風神』的名號，原來是這樣。

「幸虧祂是大地之母的女兒，否則一不小心也會消失吧。」

芙蕾深吸了一口氣，她覺得自己一隻手已經觸摸到了神靈的祕辛，「您……對這麼做的神明有什麼頭緒嗎？」

「也許是黑夜女神的兒子們。」魔王不負責任地隨意猜測，「他們和我很不對盤，尤其是『欺詐』『疾病』那幾個傢伙，我為了人類，和他們打過不少架。」

「嗯。」芙蕾認真參考了他的意見，然後有些躊躇地開口，「其實，我倒是有一點別的想法……」

「嗯？」魔王聽起來有點興趣。

「無論是哪位神明想要抹去您的痕跡，至少這個咒語是人類編寫的。他既然知道避開您的名號……很有可能就是聽命於那位神靈，也就是一位神眷者！」芙蕾的眼睛閃閃發光，「還記得我剛剛寫的題目嗎？創造風系魔法咒語的大魔法師——

「『無盡之風』派翠克・馮。」

魔王意味深長道，「馮……」

芙蕾微微點頭，「雖然法師塔的記載裡也沒有透露太多資料，只知道他似乎是風、光雙系的大魔法師，但我們還是有下手的方向，對吧？

「畢竟，『馮』可是阿爾希亞王室的姓氏。」

「原來如此。」魔王的聲音裡帶著幾分笑意，「怪不得國王那麼看中妳，風系天賦很少見，又和他的先祖是相同的天賦……」

芙蕾想到了更多，「如果他真的是神眷者，魔王大人，阿爾希亞的王室也許就不如他們所說的那樣沒有對神的信仰了。但為什麼要藏起來……」

「也許是不太能上得了檯面的神。如果信仰欺詐、疾病的話，怎麼想都怪怪的吧？」魔王並沒有太在意，「看來我們得想辦法接近王室了。」

芙蕾第一時間想到了阿爾弗雷德殿下，隨後露出了苦惱的神色。可以的話，真不想和那位王子扯上關係啊。

與此同時，書房的門被輕輕敲響了。芙蕾直覺這次來的並不是老師，她一邊說著「請進」、一邊回頭，就看到伊莉莎白小姐推著門走了進來。即使不在舞會上，她的衣著也遠比一般貴族女性華麗。

她朝著芙蕾微微點頭，坐到她的身邊。

芙蕾有些驚訝，「伊莉莎白小姐，您今天也來學習嗎？」

「嗯。」伊莉莎白點點頭，目光毫不避諱地看向芙蕾，「我也想順便來看看妳。第一天怎麼樣？」

芙蕾笑了笑，「很有趣，很多咒語寫得都像詩歌呢。我想，也許那些創造咒語的大魔法師都是了不起的詩人吧？比如風系的派翠克・馮先生。」

魔王輕笑了一聲，「狡猾的小鬼。」

芙蕾覺得這應該算是某種稱讚。

伊莉莎白露出讚賞的表情，「確實，很多咒語本身也具有相當高的文學價值。至於那位大人……也是阿爾希亞王室的某位王子，雖然最後沒有繼承王位，但在國民之間也一直很有人望。」

芙蕾露出感興趣的模樣，「法師塔沒有多少關於那位大人的記載，他會不會也像其他大魔法師一樣，是哪位神明的眷者？風系的話……或許是風神？」

伊莉莎白愣了一下，她搖搖頭，「妳該多讀讀神譜，雖然並不完整，但人類目前所知的神明裡並沒有風神。

「既然是風系的天賦……或許是天空之神。」

她說「或許」，芙蕾若有所思，看來伊莉莎白小姐也對這位「無盡之風」先生不是很了解。

伊莉莎白察覺到她的視線，她抬起眼，「我並不是王室的人，只是頂著王子未婚妻的名號而已，我還沒有資格了解王室的祕辛。

「如果想知道的話，妳可以去問阿爾弗雷德殿下，他現在很想拉攏妳，也許很樂意告訴妳。如果他也不願意說，那麼這大概就是妳一輩子都接觸不到的祕密了。」

如果說出這話的人不是伊莉莎白，芙蕾可能會以為這是一種警告。但這是從伊莉莎白嘴裡說出來的，就讓人不得不覺得她說不定真的是這麼想的……

芙蕾眨了眨眼，無奈地笑了一聲，「但我不太想和那位殿下扯上關係……」

伊莉莎白一愣，接著她居然笑了出來，「別在意，那個任性的傢伙總是這樣，我不會記恨妳的。」

「只要能讓我生氣，他會招惹王都裡每一個女孩，我可沒功夫陪他玩這種遊戲。妳也是，芙蕾・霍華德，只要妳問心無愧，就不必避諱他這種無聊的把戲。」

芙蕾不由自主地露出慈祥的神色，「伊莉莎白小姐，妳也很不容易啊。」

伊莉莎白顯露出古怪的臉色。

「咳。」芙蕾不好意思地咳了兩聲，她笑了笑，「如果有機會的話，我會問問的。」

簡單地和芙蕾聊了幾句後，伊莉莎白就離開了。

芙蕾撐著下巴看著她離開的方向，慈祥的眼神久久收不回來。

「喂。」魔王有些不耐煩地提醒她，「妳還要維持這副樣子多久？」

「嘿嘿。」芙蕾不好意思地搔搔頭，「抱歉，我只是突然想到，伊莉莎白也是家裡的長女吧。而且她的母親很早就不在了，所以才會那麼愛操心……總覺得她不小心就會拿出長女的氣勢，把其他人當成自己的弟弟妹妹。」

「但就是因為這樣，才會覺得她很讓人放心不下，明明肩上已經有那麼重的擔子了……」

魔王嗤笑一聲，「肩負著對抗神明使命的魔王眷者，還有時間為其他人操心嗎？」

芙蕾收斂表情，默默嘆了口氣，「對啊，不只是她，我自己也很不容易啊。」

和各位老師告別後，芙蕾走出了法師塔。蘭達早就帶著馬車夫等在門前，一看見她出來，他便露出微笑，「芙蕾小姐，夫人和老爺已經替您找好了屋子，東西也都搬得差不多了。他們要我們現在就去新房子那裡。」

芙蕾一邊上車一邊有些吃驚，「這麼快？」

蘭達回應，「夫人說，這次多虧了春風女神教的貝利主教幫忙，一切都很順利，她說您之後有空一定要好好謝謝他。」

新房子的位置有些偏僻，但這正符合芙蕾的需要。據說因為主人急著脫手，還附贈了一片不大、但可以圍獵的樹林。

等芙蕾坐著馬車回家，她發現門口停著不少輛馬車，僕人們還不停地往上堆疊著貨物。

芙蕾大概有了預感，她問，「蘭達，這是？」

蘭達回過頭，無奈地笑了笑，「夫人和老爺說，既然要搬家，就順便把東西整理好，這樣明天就能出發回綠寶石領了。」

這麼快啊。芙蕾抿了抿唇。

蘭達抓了抓腦袋，試圖安慰她，「老爺和夫人一定也捨不得您，只不過綠寶石領同樣也讓人放心不下，而且東西都收拾好了，直接離開可以省下很多麻煩……」

「我知道。」芙蕾深吸一口氣。她伸手拍了拍自己的臉，露出一個溫柔的笑容，「爸爸是領主，他得對領民負責，我很為他驕傲，所以我也不能讓他們操心。我看起來沒什麼問題吧，蘭達？」

蘭達認真地評價，「沒問題，您現在看起來是整個王都最溫柔的貴族小姐。」

芙蕾鬆了口氣。

「胡說，妳現在明明頂著一張逞強的傻臉。放鬆點，傻瓜。」魔王卻非要拆她臺，「如果準備好甜餅的話，今晚我可以勉為其難地聽妳哭訴。」

第二天，芙蕾趴在窗戶上，看著他們天還沒亮就開始收拾行李的忙碌模樣。直到太陽悄悄升起，她聽見門口傳來踢踢踏踏的腳步聲，芙蕾才立刻鑽進了被窩裝睡。

「芙蕾，再不起床我們就要走了哦。」霍華德夫人倚在門口，笑咪咪地威脅她。她慢慢走到床邊，看著一臉還沒睡醒的芙蕾。

芙蕾裝模作樣地伸了個懶腰，甜膩膩地蹭過去抱住她，「我還很睏呢。」

霍華德夫人掩唇笑了起來，她捏了捏她的臉頰，「別撒嬌了，傻孩子，之後妳就要一個人過了。」

芙蕾舒展了一下身體、站起身，簡單地梳洗完畢後，她便走下樓。

妮娜接在她後面走出房門，她胡亂擦了擦臉，眼眶看起來還是紅的。

芙蕾拉著她，悄悄握了握她的手。

霍華德夫人鉅細靡遺地交代一遍注意事項，直到沒什麼可說的了才終於停下來。

芙蕾揚起臉，露出笑容，「別擔心，媽媽，我會照顧好妮娜的。」

「嗚！」妮娜已經眼淚汪汪的了。

「真是的，不是妳自己說要留下來的嗎？」霍華德夫人無奈地替她擦了擦眼淚，自己也用力眨眨眼睛。

「明年豐收祭典還會再見的。」芙蕾拍了拍妮娜的後背，「到時候大家會一起參加妮娜的晉封儀式。說起來還有一年，但日子過起來也只是一眨眼的時間。」

雖然不知道天災會不會在明年的豐收祭典之前來臨，不過至少是個美好的願望。

「真可靠啊，芙蕾伯爵。」霍華德子爵朝她擠眉弄眼，「我走以後這裡就是妳的府邸了，要好好擔起家主的責任啊。」

「沒問題！」芙蕾驕傲地抬起頭，「下次來的時候就準備坐擁我賺來的金山銀山吧，子爵冕下！」

「哈哈哈！」霍華德子爵捧著肚子哈哈大笑，現場的氣氛總算稍微活躍了一點。

「對了。」霍華德夫人像是突然想起什麼，「據說繁星商會也打算在王都停留一段時間，妳們可以和他們互相照應。雖然之前有些摩擦，但我看他們現在和妳們的關係也還不錯……」

「比起關係好，更像是他們單方面崇拜姊姊。」妮娜吸了吸鼻子，終於止住眼淚。

霍華德夫人微笑，「這樣啊。之前去借金幣周轉的時候，我還聽說斯派克少爺似乎墜入了愛河，之後大概也不會惦記著芙蕾了，這樣妳們相處起來應該會更輕鬆吧。」

「咦？」妮娜豎起了耳朵，「和誰呀？」

霍華德夫人搖搖頭，「我怎麼知道，我當時急著幫芙蕾找房子呢。」

芙蕾有些驚訝，緊接著露出笑臉，「那就希望他能夠得償所願了。」

霍華德夫人鑽進馬車，她回頭看了看兩個女兒，再次露出溫柔的笑容，「一切順利，我的孩子們。」

「一路順風，媽媽。」

長長的車隊再度啟程，霍華德子爵騎在馬上，回頭對他們擺了擺手，然後朝著城門外慢慢地移動過去。

妮娜情緒有些低落地抽噎著，「好歹讓我們送到城門口嘛。」

芙蕾拍了拍妮娜的肩膀。「好啦好啦，不要哭了——」

妮娜抬起頭，胡亂擦了擦眼淚。她氣勢洶洶地扠起腰，「知道了！哭完我就會振作起來了！」

「媽媽只來得及僱來數量合適的傭人，還沒有給他們安排工作呢。我答應媽媽要學著打理府邸，這件事就交給我吧，伯爵大人！」

芙蕾無奈地笑起來，「妳怎麼也跟著爸爸這麼叫啊？」

「嘿嘿，總覺得很有氣勢。」妮娜不好意思地抓了抓腦袋，「姊姊妳今天不去法師塔嗎？」

芙蕾微微點頭，「嗯，但還是要出門。就麻煩妳看家啦，妮娜。」

妮娜舉起手臂，「交給我吧！等妳回來的時候會發現這座府邸已經煥然一新，每一處都會被我刻上霍華德的痕跡！」

芙蕾笑了一下，「蘭達，幫我把珍珠帶來吧。」

來到王都之後，珍珠也很久沒有盡情奔跑過了。牠一見到芙蕾就撒著嬌到處磨蹭，不遺餘力地傳遞著自己想要出去玩的訊號。

芙蕾摸了摸牠柔順的鬃毛，翻身上馬，「我不一定會回來吃午飯，所以不用等我了。」

「收到！」妮娜在她身後揮了揮手。

這一小片附贈的樹林和新綠森林不太一樣，看起來似乎沒有什麼大型動物棲息，恐怕沒有做為圍獵場地的作用。但這裡倒是挺適合用來做一些見不得人的事情的，例如……和魔王的密謀。

芙蕾騎著馬飛奔進入樹林，她深吸一口氣，「魔王大人，現在，我們可以打開深淵的大門了。」

魔王嘆了口氣，「其實也不用那麼著急，妳今天可以休息的。」

芙蕾搖搖頭，「做點事反而會好一點。您覺得什麼地方比較合適？」

既然她都這麼說了，魔王也就沒什麼意見，「沒什麼人會看見的地方就可以，就這裡吧。」

芙蕾勒緊韁繩，還沒跑過癮的珍珠因此發出不滿的哼聲。

芙蕾笑著安撫，「好了，我們得先做正事，等一下就帶著妳好好跑跑。」

「妳連匹馬都寵。」魔王的聲音聽起來有點複雜。

「咳。」芙蕾不好意思地抓了抓腦袋。她翻身下馬，從身後拿出神靈之書。

魔王指示她。「放在地上。」

芙蕾依言照做。

「在打開深淵的大門之前，還有些事要告訴妳。」魔王清了清喉嚨，「神靈之書的扉頁，原本應該記載著至高神的名字。

「但第一紀元之後，那位大人已經不知所蹤，也沒有任何器物能夠承載祂的姓名，所以那一頁是空白的。

「神靈之書裡空白的一頁也不是毫無作用，它能夠激發血脈之間的吸引力。

「我之前說過，這次來的人和妳有點關係。」

芙蕾瞪大了眼睛，「您是說……」

她當時也是被神靈之書的血脈之力吸引了嗎？

仔細一想，這或許是有跡可尋的。如果是平常，她的舉動或許會更謹慎一點，她不一定會一個人趁夜前往石堡。或許會先告訴爸爸，讓他一起去……

冥冥之中，她被牽引到那座石堡、那個房間，然後把手放在翻開的扉頁上。

「也就是說，您的下屬是和我有血緣關係的人？」芙蕾瞪大了眼睛。那也就是說，那群最初跟隨著風神的人……有她的先祖！

「我本來是不想告訴妳這段故事的。」魔王的聲音聽起來有點彆扭，「因為無論怎麼說都很像在訴苦。

「其實也沒有什麼大不了的。第二紀元神靈斬斷天梯、回到天上，就是因為深淵的出現。祂們發現深淵連神都可以汙染，待在地上已經不再安全了，但神是不能落荒而逃的，於是祂們編出了那個可笑的故事。

「我並不想回到天上。」

黑霧凝結，身形挺拔的六翼魔王現身，他垂眸看著那本神靈之書。神靈之書染上黑色，書身下浮現出層層疊疊、多到數不清的法陣，各色魔力似乎在與黑色的魔氣對抗，但魔王伸出了手，黑色的魔氣瞬間攻勢洶湧，在神靈之書上浮現了一個漆黑的漩渦。

芙蕾只看了一眼就覺得心神震動，彷彿視線和思想都要被吞噬。

魔王的翅膀擋在她眼前，「別看，笨蛋，還沒吃到教訓嗎？」

芙蕾聽話地把視線挪到魔王臉上。

魔王猩紅的眼中閃過一絲掙扎和痛苦，他的聲音卻依然平靜，「我只是覺得有點不服氣。不知道從哪裡冒出來的黑洞就要吞噬我的信徒，讓神靈都退避三舍。所以我提議直接打進深淵，從源頭把這個災禍解決掉。」

「然後呢？」芙蕾眼睛眨都沒眨地看著他的側臉。

魔王神色平靜，就好像剛剛一閃而過的痛苦只是芙蕾的錯覺，「沒有神站在我這邊，祂們都覺得我在胡鬧。我就說，那我一個人去也可以。就算不能從源頭徹底解決，至少能把深淵裡的魔物堵在門口，不再禍害人間。

「祂們提議讓我鎮守深淵幾年，行得通的話，就讓每個神輪流鎮守深淵。

「我本來就是要去的。我乘著風，從神殿裡一躍而下，而我愚蠢的信眾們聽說他們的神要前往深淵、剿滅魔物，就毫不猶豫地跟隨了我。我們把所有魔物趕回深淵，然後諸神降下了封印。祂們把我們、和所有的魔物，一起關在深淵裡。

「從那以後深淵就消失了，只有偶爾會洩露出一點魔氣，引發小小的魔物異變。從結果來看，這也算是個好結局。」

芙蕾張了張嘴，「不是的……」

「諸神背信棄義，我一定會讓祂們付出代價。但走到這一步，也是因為我的愚蠢。

「墮落成魔物也好、被深淵吞噬也好，都是我愚蠢的代價。但那些相信我、跟著我進入深淵的凡人，他們只是錯信了無能的神。還有妳……」魔王轉過身看著她，伸手替她擦了擦眼淚，難得溫柔地放緩了語調，「妳只是個因為時間緊迫，不得不被我拖進這場災難的倒楣蛋。

「別擔心，等到一切結束，我會送妳回家的。」

漆黑的漩渦處浮現了人影，像是有什麼東西正努力掙脫束縛、穿過大門。

魔王提醒她，「我受到深淵的影響，所以變成現在這個樣子，妳最好有點心理準備，妳的先祖也可能沒那麼像人。」

芙蕾深吸一口氣，她用力點了點頭，目光堅定，「無論他變成什麼樣子，我都不會露出奇怪的表情的！」

與魔族有關的記載裡，被深淵汙染的魔物無一例外，都擁有極其可怖的外貌。雖然魔王大人依然俊美得不似凡人，但他本來就不是凡人……

他們都是為了保護其他人而前往深淵的勇士，無論外貌多麼可怕，她都不可以露出一點失禮的表情，會讓祖先傷心的！

在芙蕾崇敬且期待的目光中，黑色的漩渦裡伸出了一隻骨節分明的手。嗯，至少手還是正常的。芙蕾順著他的手往上看，鑲嵌著金邊的黑色衣袖、藍寶石袖扣，寬闊而平直的肩膀，以及……一張俊美的臉。

芙蕾的目光有些呆滯。這位擁有翠綠眼瞳、金色長髮的英俊美男子，和她想像中的祖先差距實在有點大。

魔王斜眼看她，「妳不是說不會露出奇怪的表情嗎？」

芙蕾的表情有些古怪，「但、但是……」

這和她想像中的「奇怪」一點都不一樣啊！

緊接著，她看見那位俊美的先祖皺著眉頭、做出蓄力的架勢，奮力從漩渦中一躍而出——他的下半身擁有流暢的線條，油光水滑的皮毛以及強健有力的四條腿。他的模樣赫然是傳說中的半人馬！

芙蕾如釋重負地鬆了口氣。啊，果然還是有被魔化的地方，如果深淵的魔族都這麼貌美也太詭異了！

魔王一直觀察著她的表情，看到她露出卸下某種重擔的表情，一時間表情也有點微妙。怎麼在不該驚慌的時候驚慌，不該鬆口氣的地方鬆了口氣？這個傻瓜腦子裡到底都在想些什麼？

「庫珀．路易士。」魔王回過頭叫出他的名字，也算是給芙蕾做個介紹。他上上下下打量了對方一遍，皺起了眉頭，「你怎麼就這樣出來了？我不是跟你說了，在地面要用人的樣子。」

庫珀．路易士不太適應光線般地眨了眨眼，他伸出手擋在眼前，「我真是……好久沒有感受過這樣的陽光了，大概有幾千年了吧？」

對著陽光眨了幾次眼，適應之後他才側過身，露出歉然的表情，「啊，抱歉。魔王大人，您剛剛說了什麼？」

魔王嘆了口氣，「我說，你，腿，變回去。」

庫珀往下看了看自己的四條腿，露出苦惱的神色，「可以是可以，但是……」

魔王不耐煩地「嘖」了一聲，「我不是教過你們變身魔法了嗎？」

「不，不是魔法方面的問題。」庫珀無奈地低下頭，看了看自己強健有力的四條腿，「在深淵待了這麼久，我已經習慣不穿褲子了，如果現在直接變回人，這實在有些失禮……」

「咳咳！」芙蕾猛地咳嗽了兩聲，「那個，是我考慮不周，我現在就去給您買些衣服！」

「等等。」庫珀叫住她。他才走近了幾步，珍珠就如臨大敵地低伏身體，發出恐嚇般的低鳴。

芙蕾無奈地摸了摸珍珠的鬃毛，「安靜點，珍珠，是自己人。」

庫珀低下頭打量她一會兒，露出了滿意的微笑，「嗯，不錯，是我們路易士家的孩子。很有精神，就是稍微矮了一點。」

芙蕾的表情有些無奈，她的身高雖然不算高挑，但在一般女孩子中也還算正常……

魔王冷哼，「白痴，那是你頂著四條馬腿！等你變成人形就會覺得正常了！」

「啊，原來是這樣，我在深淵內已經好久沒有變成人了，都以為我這樣才是正常身高。」庫珀恍然大悟。他笑著伸手摸了摸芙蕾的腦袋，然後從胸口掏出一個小袋子，他提醒，「接著。」

芙蕾有些茫然地伸出了手，看著他倒豆子一般劈裡啪啦地倒出一串珠寶，有戒指、寶石袖扣、項鍊，還有看起來像是從寶劍上挖下來的黃金裝飾……

芙蕾驚訝地張大嘴，「等等，這是……」

庫珀拍了拍她的肩膀，「買衣服也是需要錢的吧？魔王大人已經說了，我們不能全都依賴妳，尤其是在錢財方面。這是我們這群老傢伙湊出來的珠寶，雖然都是老古董了，但應該也能換點金幣。」

魔王把頭扭到一邊，假裝自己從來沒有私下交代過他們什麼。

芙蕾尷尬又感動地摸了摸鼻子，霍華德家貧困潦倒的現狀已經傳到先祖的耳朵裡了嗎……

但其實幾身衣服，她還是買得起的。

芙蕾正要拒絕，魔王就開了口，「拿著吧。妳得幫我們把這些東西換成金幣，妳總不能期待我們去做這種事吧？」

芙蕾無從反駁，只好把這些珠寶暫且放進口袋裡。她翻身上馬，露出歉意，「那麼，我去集市上買些衣服回來，請稍等我一下。」

魔王沒有異議。

然而芙蕾才轉過身，又猛地轉回來，「等等，魔王大人，我有一個提議！」

「您不是能變成任何東西嗎？不如先變成一條褲子……」

魔王的表情肉眼可見地陰沉下來，他咬牙切齒地開口，「芙蕾．霍華德！」

芙蕾拉緊韁繩迅速扭頭，催促珍珠拔腿就跑，「我這就去集市！」

魔王默默握緊了拳頭。「這個混帳小鬼……」

「哈哈！」庫珀爽朗地笑了起來，長長的馬尾隨著他的動作微微甩動，他含笑看著魔王，「澤維爾大人，看來您和那個孩子相處得很不錯啊。」

「我說過了，在外面別那麼叫我。」魔王掃了他一眼。

庫珀摸摸鼻子，「但是……就算您自己不這麼認為，我還是覺得自稱『魔王』會讓人很不好意思。不由自主就想到，小時候我和兄弟姐妹用木劍打架時，也會自稱魔王……」

「閉嘴！庫珀！」魔王惱怒地瞪了他一眼，「你們路易士家的大膽無禮還真是一脈相承！」

「哈哈！」庫珀再次笑了出來，顯得心情絕佳，「或許這是刻在我們骨子裡的東西了。那個孩子叫芙蕾嗎？姓霍華德啊，路易士家也已經……」

魔王轉過頭，「只是姓氏而已。」

「是的。」庫珀微微點頭，「至少她還繼承了我們的無禮和大膽。」

「哼。」魔王從鼻子裡噴出一口氣，「等一下我們會跟她一起回去，身分就是她僱傭的神祕傭兵。」

「了解。」庫珀看向魔王，「那我還需要叫您魔王嗎？」

「莫爾。」魔王懶洋洋地回答，「她取的名字。」

「哦——」庫珀意味深長地拉長語調，「您看起來很寵她啊。」

魔王板起臉，「我只是看在你的面子上稍微照顧她一下！」

「哦！」庫珀露出受寵若驚的表情，「原來您是寵著我嗎？」

魔王瞇起眼睛，「嘖，我怎麼覺得你的話越來越讓人不爽了。」

「哈哈！」庫珀再次露出爽朗的笑容，他嘆了口氣、看向魔王，「我以為您會憎恨人類，畢竟您為了保護他們做出這樣的犧牲。但這麼多年過去，已經沒有人記得您的存在了。」

魔王目光平靜。「這和被蒙在鼓裡的凡人無關，我沒必要遷怒他們。」

「能夠在這種情況下也堅持不遷怒，這就是您的溫柔之處。」庫珀露出毫不虛偽的崇敬，他目光誠摯，「我們從未後悔跟隨您，也一直相信您會帶領我們脫離困境。

「請再容我重申一次——無論您是尊貴的風神，還是於深淵重生的魔神，吾等永遠都會是您的信徒。」

魔王嘆了口氣，「喂……」

「所以。」庫珀露出笑意，「您就不必對我們說『可以回家了』這種話了，在天災結束之前，我們都不會拋下您獨自離開的。」

魔王面無表情，「和神靈的戰鬥，你們根本幫不上忙。」

庫珀看起來毫不介意他說的話，他露出微笑，「那真是抱歉，還得麻煩您繼續接受我們的拖累了。」

「哼，還算有點自知之明。」魔王轉過頭，十分生硬地轉移了話題，「那個傻瓜也太慢了，她總不至於還要幫你挑什麼款式吧？」

「哈哈，畢竟我也算是老古董了，無論多麼老舊的款式，對我來說都是新風尚呢。」庫珀笑咪咪地講了個冷笑話，他上下打量了魔王一遍，「說起來，您的角和尾巴呢？」

魔王揮動翅膀的頻率僵硬了一下，他裝作滿不在乎地說，「怕嚇到小孩子，所以沒有變出來而已。」

庫珀卻不打算讓他蒙混過關，「可是您明明還露出了翅膀……」

「煩死了！」魔王有些心虛地瞪他，「有翅膀能飛而已，有什麼好奇怪的！」

庫珀摸了摸下巴，露出豁然開朗的笑容，「魔王大人，愛美之心人皆有之，我能理解，真的。大翅膀還能算是威風的象徵，但小巧的角和細長的尾巴，在您心中或許會有損您的威嚴……」

魔王憤怒地刮起風。

因為不知道庫珀變成人以後會有多高，芙蕾只能抱著各種尺寸的褲子飛奔回來。然而當她回到原地，就看見魔王按著自家先祖的頭、試圖把他再次塞回漩渦裡。

魔王咬牙切齒，「滾回去！庫珀！我就不該讓你第一個出來，給我換個不愛說話的來！」

芙蕾板起臉，「魔王大人，不可以欺負老人家哦。」

魔王憤怒地揮動翅膀，「我是魔王！欺負人是我的特權！」

庫珀微微扭過頭，臉上帶著和善的笑意，「啊，不用擔心，孩子，我們在鬧著玩呢……而且真要說的話，還是魔王的年紀比較大，他才是真正的老人家哦！」

芙蕾：「……」

她的先祖真的和想像中不太一樣。

片刻之後，收起翅膀的魔王和穿上褲子的先祖跟在芙蕾身後，緩緩朝著森林外走去。

芙蕾好奇地回頭偷看魔王，結果被抓了個正著。

魔王慢悠悠地掃她一眼，「有什麼想說的就直接說。」

「沒有！」芙蕾矢口否認。只是第一次見到這樣的魔王大人，覺得有點新奇而已……為了更像個普通人，魔王遮掩自己猩紅的眼瞳，變成了更常見的淺琥珀色。但不知道為什麼，明明是常見的瞳色，在魔王臉上更像是閃閃發光的金色。

而且就算身後沒有翅膀，他身上的氣質還是不容忽略，很難讓人把他當成普通人。幸好他們早就打算把他介紹成某個地下傭兵團裡凶狠殘暴的首領了，順便一提，「凶狠殘暴」這個形容詞是魔王自己要求的。

而另一邊的先祖，啊，她也得習慣叫他庫珀先生了，他臉上總是帶著溫和的笑意，看起來就像是個風度翩翩的貴公子。

芙蕾牽著珍珠，帶著這兩位回到現在的霍華德府邸時，毫不意外地收到了傭人們飽含猜測的視線。妮娜一路從樓梯上小跑下來，「姊姊妳回來了？我正在和園丁商量要在門前種些什麼花。啊，這兩位是……」

「這就是妳的妹妹嗎？嗯，真不錯，很有精神。」庫珀露出了欣慰的神色，他把手伸進口袋，似乎是想掏出點什麼來送給小輩。魔王清了清喉嚨，制止了他的動作。

芙蕾往前一步，向妮娜介紹，「這兩位是傭兵團……咳，『六翼魔王』的傭兵，莫爾先生和庫珀先生。因為之前出了摩奇的事情，我覺得即使身在王都也不能完全不注意安全。」

「嗯嗯。」妮娜很快就被這個理由說服了，她若有所思地點點頭，「的確，之前有父親這位真正的騎士在，有些心懷不軌的人也許還不敢行動。現在父親離開了，確實得做些準備。」

芙蕾鬆了口氣。聽到妮娜說出這樣的話，那就應該沒問題了。

她微微露出笑意，「我打算讓他們住進家裡，莫爾先生平常跟著我，庫珀先生留在家裡。妮娜要出門的話，最好請他一起。」

妮娜乖巧地點頭，隨後好奇地看向兩人，「這兩位先生……實力夠強大嗎？」

這其實是比較委婉的說法了，她原本是想問這兩位先生可不可靠的。

搶在魔王張嘴之前，庫珀先生微笑，「您可以隨意考驗我哦。」

妮娜摸著下巴瞇了瞇眼，忽然轉身抓起桌上的蘋果、猛地朝庫珀扔過去。

饒是芙蕾一向知道自己的妹妹是個膽大妄為的傢伙，也沒想到她會這麼做。她愕然瞪大了眼，但還沒有驚呼出聲，庫珀先生就已經輕鬆抬手接住了蘋果。

他面露讚賞地點了點頭，「好球，準頭很不錯。」

「嘿嘿。」妮娜不好意思地抓了抓頭髮，「您的反應速度也很快！」

芙蕾無奈地揉了揉太陽穴，這怎麼看都不像是該被稱讚的行為吧！而且庫珀先生的那種表情，和爸爸訓練小獵犬的樣子簡直一模一樣……

但他們兩人看起來都還挺開心的，就不制止了吧。

芙蕾看向魔王，「莫爾先生喜歡哪個房間？」

魔王掃了她一眼，「妳隔壁。」

這樣他從窗戶飛進去也比較方便。

然而妮娜卻愣了一下，她的臉色有一瞬間的古怪。

雖然芙蕾和魔王都沒有注意到，但細心的庫珀先生把一切都看在眼裡，他微笑著補充，「那麼我就住在接近門口的位置。我們接受護衛委託的時候一向都是這樣的，一個貼身保護委託人，一個靠近門口監控來人。」

妮娜這才鬆了口氣，她略帶崇敬地看向庫珀先生，「您看起來就是很可靠的那種傭兵！」

因為不放心把一切都交給女僕，芙蕾親自忙前忙後安排好了魔王和先祖的房間。打點好後，她想了想，又抱了一床柔軟的毯子送往先祖的房間。

她把那條格外大張的毛毯遞給庫珀先生，「晚上睡覺的時候您也許會變回原來的樣子，那樣的話一般的被子可能不夠蓋……」

「謝謝，妳真是個體貼的孩子。」庫珀先生露出溫柔的笑容，「但如果貿然變成半人馬的模樣，恐怕會把床壓塌。我會努力克制的。」

他是一位很有親和力的人，芙蕾也忍不住跟著露出笑意，她躊躇了一下，還是開了口，「我可以問您一些問題嗎？庫珀先生。」

庫珀含笑點頭，「我已經不知道是妳幾代以前的曾曾曾……曾祖父了，但家人就是家人，不必那麼拘謹。」

芙蕾點了點頭，她好奇地問，「您和我想像中的先祖實在很不一樣……我原本以為您會更像個老人。」

「哈哈！」庫珀爽朗地笑出聲來，他像是看穿了什麼，「妳想問的應該不止這些吧？明明傳聞中的魔物嗜血狂暴，那為什麼我雖然被深淵魔化，卻依然保持理智？

「還有，做為凡人，哪怕是魔物，能在沒有食物的深淵裡存活上千年，想想都很不可思議吧？」

芙蕾默默點頭。這些確實都是她想問的，但魔王什麼都沒有解釋，她有些擔心就算問了庫珀先生也得不到答案。

或許魔王還沒有完全信任她，認為這不是她能知道的事情。

庫珀收斂了一貫溫和的笑臉，他嘆了口氣。「妳知道嗎，幾千年對於人類來說是十分漫長的歲月，足夠見證一個王朝的存亡、一個家族的幾代興衰。

「但對神來說，也僅僅是一眨眼的功夫。如果只是澤維爾大人一個人身在深淵，短短幾千年，他無論如何也不會變成現在這副狼狽的模樣。

「他用神力保護我們不被深淵汙染，用神力供給我們生存的能量，所以才會耗盡力量，和我們一起被深淵魔化。但即便這樣，他也沒有放棄我們，他把自己和深淵同化，汲取深淵的力量，幫助我們保存神志。

「他承諾過會帶我們離開深淵、回到家鄉，他完成了他的諾言。所以，我們也永遠不會背棄我們的誓言，我們會永遠追隨他，哪怕他要毀滅這個世界。」

他神色莊嚴，看起來並不是在開玩笑。

芙蕾忽然想起在綠寶石領，她和魔王一起趴在窗口、看領民熱鬧的歡慶，她天真地提起和領民的約定時，魔王曾說過的話——

「從今以後，他們為妳馬首是瞻，妳要背負他們的性命和期望。就算有一天整個綠寶石領被埋到永不見天日的深淵，妳也得負起責任，帶他們回家。」

他那時候並不是在潑她冷水，他是在說自己的事，他的確也是這麼做的。

芙蕾忍不住一笑，「但他是位溫柔的神明，即使頂著『魔王』的名號，也不打算對人類復仇。」

「如果當著那位大人的面說這種話，他可是會生氣的哦。」庫珀眨了眨眼，「不過，他剛被深淵汙染的那段時間確實變得相當可怕，就好像『魔性』和『神性』同時在他身體裡鬥爭，而他只能盡自己所能地控制。

「即使是現在，偶爾、他也會露出宛如真正魔王的一面。」

芙蕾有些驚訝，「我似乎還沒見過他那副模樣……」

「因為怕嚇到小孩子嘛。」庫珀先生笑了起來，「畢竟那位大人在妳面前，連角和尾巴都沒露出來。」

「嗯？」芙蕾困惑地歪了歪頭，「什麼角和……」

「啊，我好像把魔王的祕密說出來了。」庫珀先生露出了人畜無害的微笑，「噓，不要對魔王說哦。他被魔化以後，原本潔白的羽翼被染黑，還長出了相當可愛的角和尾巴哦。」

芙蕾倒吸了一口氣。這可真是天大的祕密，原來魔王一直都沒有露出真面目啊！

庫珀伸出手拍拍她的腦袋，「我們這群老傢伙欠的債，要孩子們幫忙償還實在有些不好意思。但還是拜託妳好好照顧他了，孩子。就算有的時候會鬧彆扭，但他其實是位很溫柔的神，即使成為魔王，他還是很喜歡人類。」

「喜歡人類？」芙蕾不由自主地坐下來。她這時才發現自己對魔王知之甚少，忍不住希望庫珀先生再多說一點。

庫珀先生露出懷念的神色。「那位大人從遠古的時候就很喜歡人類了。雖然他自己總說這和人類喜歡貓、喜歡馬一樣，只是打發時間的消遣，但他和高高在上的諸神都不一樣。

「只有那位大人會和人類一起參加宴會，就算有醉鬼勾著他的肩膀、就算有膽大妄為的人稱他為朋友……他也只會假裝生氣，不會降下責罰。」

芙蕾深以為然地點點頭，她如釋重負地鬆了口氣，「我最初答應成為魔王的眷屬時，還總是擔心那位大人會不會讓我做什麼違背道德的事情，但我逐漸發現，他是個比誰都要溫柔的神明。現在聽您這麼說，我總算可以毫無顧忌了。

「無論如何，我都會站在魔王這邊的！」

這一次，絕對不會再讓他獨自一人困在深淵裡了！

「雖然不想催促妳，但還是要加把勁啊。」庫珀先生無奈地笑了笑，「魔王的本體還被困在深淵中，在把我們全部送離深淵之前，他恐怕不會願意離開的。

「天災降臨的那一刻，神界和深淵會同時消失。但我們無從猜測到時是深淵的封印先消失、讓我們脫困，還是……整個深淵帶著我們一起消失。我們只能盡可能在天災降臨之前全部離開。」

芙蕾用力點了點頭，「我會盡力的！」

「把妳這樣的孩子牽扯進來，總覺得有些羞愧。」庫珀先生微微垂下眼，「我原本以為，我們當初不畏死亡、深入深淵，就可以把災難終結在我們那一代。」

「但我很高興能夠幫上忙。」芙蕾露出笑臉。

她和庫珀先生說完話，剛剛走出房間，就對上守在門口、手扠著腰的妮娜。她瞇起了眼拉長語調，「姊姊——」

芙蕾有種不祥的預感。

第十章

魔王的真身

CHAPTER

X

芙蕾勉強扯出一個從容的微笑，「怎麼了？妮娜，有什麼事嗎？」

妮娜緩緩靠近，一把拉過她。她把芙蕾拖回自己房間、按在桌子前面，面無表情地倒上一杯茶，推到了芙蕾面前。

她突然擺出一副這麼嚴肅的審問架勢，芙蕾也忍不住挺直了背脊。她搓了搓手，小心翼翼地問，「到底怎麼了啊，妮娜？」

妮娜沉聲看著她，「姊姊，我完全認同妳覺得要找個傭兵來保護我們的這個想法，但是……妳不覺得那兩個傢伙，有點怪怪的嗎？」

芙蕾心頭一緊——不會吧，妮娜還是看出什麼了嗎？當初他們費了好大力氣才說服魔王不要開口，全部交由庫珀來處理，她還以為剛剛一點都沒有露餡……

妮娜撐著桌子站起來，痛心疾首地開口，「姊姊，妳這個笨蛋，這麼明顯的事妳都沒有發現嗎！他們長得也太好看了！

「長成這種樣子的，同時出現兩個，怎麼可能是普通的傭兵啊！說不定他們是哪個貴族家的少爺，為了接近妳假扮成傭兵，而且這還只是愛情故事的版本。說不定還有陰謀版本的，他們是那些不懷好意的人派來的間諜……」

芙蕾的表情變得微妙，她摸了摸下巴，「妮娜，妳最近都看什麼類型的小說？」

妮娜老實回答，「《重生後我成了太陽神摯愛》《諸國戰記》《邦尼家的女人》……」

芙蕾抖了抖眉毛，「……還挺豐富的。」

「咳。」報完書名，妮娜本人也覺得底氣有幾分不足，但她還是鼓足勇氣接著往下說，「藝、藝術源自於生活！我、我覺得故事裡的發展也是有可能的。」

「而且傭兵團名字叫什麼『六翼魔王』，聽起來就不像好人！」

「咳。」芙蕾尷尬地清了清喉嚨，這點倒是沒法反駁。她想了想後，開口說道，「他們是可靠的人，是法師塔的老師介紹給我的傭兵團。」

她原本想說是貝利先生，但怎麼和妮娜解釋她和春風女神教會之間的關係，也是個難題，還是把這個鍋交給邦奇先生背吧，反正妮娜也不可能去質問人家。

「啊，真的嗎？」妮娜驚訝地瞪大眼睛。

芙蕾微微點頭。「但這是祕密。因為之前摩奇也是法師塔的人，老師似乎也有自己的考量，在我的實力足夠強大之前，他打算先找人保護我。

「那位不愛說話的莫爾先生，其實也是個了不起的法師哦。」

芙蕾無奈地想，自己騙起人來真是越來越熟練了，距離成功的小騙子只差了幾步之遙。不過這也沒有辦法，妮娜沒有自保能力，貿然把她牽扯進這種大事，只會增加危險。她又不能像魔王那樣，能直接給妮娜使用魔法的天賦。

「啊！」芙蕾突然眼睛一亮，「妮娜，平日沒事的話，妳就跟著庫珀先生學習一點武術吧！我聽說他很擅於使用劍術喔！」

妮娜答應了，似乎是接受了芙蕾的說法。但想來想去，她還是一臉不死心地追問，「但是，姊姊妳的老師真的沒有那方面的意思嗎？畢竟他介紹的兩位傭兵都那麼年輕貌美……」

芙蕾無奈地扶了扶額頭，小聲說，「不，光年輕這一條就已經不符合了。」

妮娜撅起了嘴，「而且，笨蛋姊姊妳也不想想，萬一人家藉此詆毀妳的風評，說父母剛走，就帶回兩個年輕貌美的青年什麼的話，該怎麼辦……」

芙蕾目光複雜，「這段又是……」

妮娜興致勃勃地介紹自己剛讀完的小說，「是《邦尼家的女人》裡的情節！據說邦尼夫人年輕時和一位平民商業天才、也就是現在邦尼商會裡的二把手關係很親密！還有她結婚之後似乎對喜歡指手畫腳的丈夫感到不滿，就把他趕去別院，自己則帶回了幾個年輕漂亮的……」

芙蕾覺得有點好笑，「邦尼家族居然還會讓這種書在市面上流通。」

妮娜笑起來，「據說邦尼家的女人對此毫不在意，反而半真半假地放話，要想娶邦尼家女兒的傢伙多多考慮呢。」

芙蕾不由自主地想到艾拉．邦尼。如果參考那位老師的性格，說不定真的有可能呢。她喝了口茶。

見芙蕾臉上露出笑意，妮娜也嘿嘿一笑、湊了過來，「姊姊，妳覺得，庫珀先生和莫爾先生……哪個比較好？」

芙蕾一口茶直接噴了出來。她咳得上氣不接下氣，來不及擦嘴就滿臉驚恐地按住妮娜的肩膀，「妮娜！不能對『咳咳』和『嗯咳』有那種想法啊！」

「『咳咳』和『嗯咳』是什麼啊？」妮娜適當地露出困惑的表情。

是先祖和魔王——！芙蕾在心中吶喊，但她不可能直接這麼說出來。她深吸了一口氣，「妮娜，雖然庫珀先生看起來很年輕，但他其實已經結婚了，是為了某些重要的事，才離開妻子和孩子來到了王都的。」

「這樣啊。」妮娜也跟著鬆了口氣，「怪不得庫珀先生看起來那麼年輕，卻有種長輩的氣質。那另一位莫爾先生呢？他也結婚了嗎？」

「這個、這個應該是沒有……」芙蕾絞盡腦汁，最後只能含糊其辭地開口，「但是，莫爾先生是個有故事的人！比起這些，他還有更重要的事要做！」

比如把自己的本體和信徒從深淵裡救出來，再比如抵禦天災。

「哼——」妮娜摸著下巴，她笑了笑，「姊姊妳也不用那麼緊張啦，反正知道妳的老師不是這麼想的就好了。至於我呢，妳完全不用擔心，比起這種擁有精緻美貌的類型，我還是喜歡更粗獷、有男子氣概一點的。

「嘿嘿，就像《重生後我成了太陽神摯愛》裡的太陽神那樣！」

芙蕾危險地瞇了瞇眼睛。下次得找機會問問魔王太陽神是什麼樣的神了，如果不是什麼好神，那就得在妮娜見到祂之前，把祂……

芙蕾從危險的想法裡回過神來，「這種話不可以說給他們聽哦，很失禮的。」

「明白！」妮娜露出笑臉，「是我們姐妹的悄悄話嘛！」

芙蕾這才放心地站了起來，「我去廚房，請艾曼達烤的小甜餅應該快好了吧？」

妮娜又開啟了操心老媽子模式，「就算爸爸媽媽不在，姊姊妳也不能吃太多哦——」

「知道了。」芙蕾無奈地回答。

芙蕾來到魔王的房間，帶著溫和的笑意，把那盆剛剛出爐的小甜餅推到他面前。

魔王低下頭，拿起一塊掃了她一眼，「不許用那種給貓餵飯的奇怪眼光看著我。」

「沒有啦～」芙蕾笑嘻嘻地撐著下巴看他，「只是聽先祖說了一些關於您的事情，所以總覺得您……」

「我聽見了。」魔王冷哼一聲，「妳以為這麼近的距離，你們講什麼能逃過我的耳目嗎？」

「啊……」芙蕾心虛地摸了摸鼻子，那他們偷偷討論魔王的尾巴和角的事情，豈不是也被他聽到了！

芙蕾臉上迅速升溫，她頂著一張紅透的臉，小聲辯解，「那個、因為、先祖說……是很可愛的角和尾巴，所以……」

魔王咬牙切齒，「庫珀那個傢伙！我果然該把他扔回深淵的！妳不許想像！」

「沒有啊。」芙蕾努力瞪大眼睛，讓自己顯得十分真誠。然而，她目光的落點完全出賣了她——她不由自主地看向魔王的頭頂。

那裡如果有一對角的話，會是什麼樣子的呢……？

「妳想看嗎？」出乎意料的，魔王沒有惱怒，他站起來走到芙蕾身前，居高臨下地打量著她。

芙蕾誠實地點了點頭。

嘩啦一聲，巨大的黑色羽翼展開，六翼魔王現出了真身。飛揚的黑色羽毛中，芙蕾整個人被籠罩在了陰影裡。

她的目光停在魔王頭頂，又不動聲色地往下看了他身後一眼。細長的、帶有鉤刺的黑色尾巴，嬌小如同新生羔羊的黑角。芙蕾強迫自己按捺住伸手一碰的想法——冷靜點芙蕾！魔王明顯是在強壓怒火，這時候絕對不能火上澆油！

魔王低著頭，猩紅的雙眸盯著芙蕾。兩人都沒有說話，氣氛一時間變得有些詭異。芙蕾嘗試著開口，「我、我看完了……我需要做個評論嗎？」

魔王瞇了瞇眼，淡淡地「嗯」了一聲當作允許。

芙蕾清了清喉嚨，「咳，確實是……很可愛的角和尾巴呢！一點都不可怕！」

所以魔王其實根本不用擔心會嚇到她的！

她努力向魔王傳達這個訊息，然而魔王卻握緊拳頭，身後的尾巴都顯得有些僵硬，「芙蕾．霍華德！」

「欸？」通常這樣叫她的時候就是生氣了，但這次又是為什麼……

「什麼叫可愛？什麼叫可愛！」魔王渾身纏繞著濃郁的黑霧，憤怒的風獵獵作響，「角長得大有什麼用嗎？難道戰鬥的時候要用頭頂人嗎！」

芙蕾噎了一下，「一般來說應該不會。」

「那尾巴呢！尾巴能用來幹什麼！給妳尾巴妳就一定能贏過沒有尾巴的人嗎！尾巴粗的就一定能贏過尾巴細的嗎！尾巴根本就沒有用！」

芙蕾呆愣了半晌，忽然靈光一閃，她終於明白魔王為什麼會生氣了！

她深吸一口氣，誠摯地開口，「很帥氣。」

風微微停滯。

芙蕾再接再厲，用澄澈得如同綠寶石般的眼眸，眼帶崇敬地看向魔王，「小型的角和細長的尾巴都很帥氣，也很有威懾力！不愧是魔王！」

魔王的尾巴可疑地繞了個愉悅的圈，冷靜了片刻，他冷哼一聲，「誰在乎那種事。」

魔王懶洋洋地坐回位子上，拿起一塊甜餅，「有那種閒情逸致，妳不如想想明天要做什麼。」

「……好的，魔王大人。」

第二天，魔王換上芙蕾為他準備的衣服，屈尊親自送她去法師塔。

如果光看外表，恐怕有不少人會認為他是來自於某個貴族家的出色青年。妮娜不由得再次擔憂起姊姊被美色誘惑的可能性。

而庫珀先生今天也要出門，他打算像個真正的傭兵一樣，去王城平民居住的外城區找工作——魔王大人打聽到那裡似乎有個傭兵聚集的酒吧，而且還有提供一些委託仲介服務。

簡單來說，就是芙蕾和魔王籌謀貴族，庫珀接近平民。據說這是魔王參考隔壁智慧神殿的發展路線想出來的。芙蕾有些酸溜溜地想——真好啊，那位能幹的聖子似乎很得魔王的喜歡。

或許是聽到她內心的召喚，馬車在法師塔前停了下來，芙蕾轉頭，從車窗裡看見了正和邦奇老師交談的紐因聖子。

魔王似乎完全沒注意到他。他長腿一邁率先下車，蘭達正要上前，卻被魔王掃了一眼、制止在原地。

魔王朝芙蕾伸出手，她反握住他的手，動作輕巧地下了馬車。他正要轉身，芙蕾卻忽然用力抓住了他的前臂，有些緊張地說，「等一下！莫爾先生！」

魔王訝異地挑了挑眉毛，看了看芙蕾握著他的那隻手。

芙蕾似乎完全沒察覺到有什麼不對，她語氣有些急切，「送到這裡就可以了，莫爾先生一定還有很多事要做吧！」

「也沒什麼……」

芙蕾就這麼保持著不讓他轉身的姿勢，熱情地請他離開。

魔王瞇著眼打量了她一下，也沒有多說什麼，「太陽下山之前我會來接妳，妳別自己亂跑了。」

「了解。」芙蕾乖巧答應。

絲毫不覺得搶了蘭達的工作有什麼不對的魔王，慢悠悠地朝著另一個方向離開。

芙蕾這才鬆了口氣。她原本是想等聖子離開以後再過去的，但對方已經看見她了，還露出招牌的溫柔笑臉，大有一副她不過來他就不走的架勢。

芙蕾迫不得已、慢吞吞地挪了過去，還適時地露出驚喜的表情，「啊，真是許久未見了，聖子冕下。」

聖子也從容地向她行禮，他不知為何、擺出了一副熟稔的姿態，毫不生疏地開口，「叫我紐因就可以了，芙蕾小姐。在法師塔學習還習慣嗎？我本來還抱著來這裡或許能見到您的奢望，沒想到居然真的見到了。」

「非常習慣！她現在可是我們法師塔中最受寵的孩子！」邦奇搶在芙蕾開口之前回答，還朝芙蕾擠了擠眼睛，不知道是多想了什麼。

他恐怕是擔心智慧神教也對芙蕾有所意圖。在王都內，名望最高的教會，應當就屬紐因聖子代表的智慧神教了。

雖然春風女神教背靠三大貴族之一的格雷斯家族，但這幾乎就是他們家族的內部宗教。尊貴，但並不普及。

反觀智慧神教，自從紐因聖子橫空出世以來，王都內大多數沒有貴族身分的平民，包括外城區的那些，十個裡面有一半都信仰智慧神教。即便是剩下的一半，也不會對這個教會有什麼壞印象。每到智慧神教接收法師學徒的時候，那萬人空巷的模樣，幾乎比貴族們的晉封儀式還要熱鬧。

幸好紐因聖子也沒有多說什麼，他微微露出笑意告辭，「那麼，之後的野獸驅逐任務，就拜託法師塔的諸位一起同行了。」

邦奇先生笑吟吟地答應，「好說好說。」

紐因轉身離開前，還特地看了芙蕾一眼，笑道，「我也很期待芙蕾小姐的風系魔法。」

芙蕾如臨大敵地瞇了瞇眼。

等送走了紐因，邦奇老師不無擔心地拍了拍芙蕾的肩膀提醒，「智慧神教近年來風評不錯，聖子紐因更是王城裡風頭正盛的年輕才俊，光論聲望，或許很多舊貴族未來的家主都遠比不上他。只不過，妳也要小心……」

芙蕾面色凝重。「我明白。」

她酸溜溜地想——不過就是直覺敏銳了一點，為人很有親和力，頭腦好像也很靈活而已，並不值得魔王大人那麼看重！

邦奇先生雖然不知道芙蕾為什麼隱隱有了較勁的意思，但還是對她的態度大為欣賞，「很好！」

芙蕾這才略帶好奇地問起，「聖子剛才說一起執行任務？我以為法師塔和其他教會的關係都不是很好……」

畢竟貝利主教和邦奇先生就天天吵架。

「也說不上不好。」邦奇先生略微無奈，但也沒有對芙蕾隱瞞，「只是法師塔的職責所在。國王陛下對我們的期望，就是壓制王都內其他法師的勢力。

「妳的父親是騎士出身，妳應該明白，偶爾也會有天賦出眾的平民騎士、戰士出現。但歷史上那些出類拔萃的法師，卻大多數是貴族出身。

「除此以外，就只有被教會挑中、培養的平民孩子。我們需要壓制的，也就是這一類人。正因如此，我們兩方的關係總是會有些微妙。」

芙蕾微微點頭。魔法並不是有天賦就好的，即使擁有頂級的元素親和力，沒有一位老師教導魔法，也如同空守寶藏卻沒有鑰匙。

當然，像她這樣受到神眷，能夠直接驅使元素精靈的，也是意外中的意外。

魔法需要系統性的學習，光是認字一條就把很多平民拒之門外了。更何況，如果是剛開始只能使用低階魔法的法師，在實戰中也根本不如一般的戰士。如果沒有資助，一般的平民可沒有錢財培養一個五年、十年後才會有回報的無底洞。

邦奇先生帶著芙蕾進入法師塔內部，幾位導師都在裡面。「智慧神教原本也是我們壓制的對象之一，但他們的那位聖子，唉，不得不說真是位天賦出眾的年輕人。可惜他的出身……」

站在二樓的巴爾克接上話，「他是平民出身，但平民的孩子選擇進入教會學習魔法，就要抹去自己曾經的姓氏，全心全意地侍奉神明。據說從原父母那要來一個孩子只要一個金幣，但聖子因為天賦出眾，神父獎勵他的母親足足十金幣。所以即使到現在，看不慣他的人還是會在背地裡叫他『值十金幣的』。」

芙蕾聽著忍不住擰了擰眉頭。艾拉很快加入了他們的話題，「你總是對這種刻薄的事情格外了解。不過可沒什麼人敢當面說，否則就算你是貴族，恐怕第二天家門口也會被人潑上臭味熏天的餿水。

「嘿嘿，這可是某位愚蠢貴族的前車之鑑。」

巴爾克掃了芙蕾一眼，「妳也用不著散發多餘的同情心，妳在王都的處境可不比他好多少。他是『值十個金幣的』，妳是『那──個伯爵』。以後但凡聽見有人這樣叫妳，就該知道他是不懷好意地嘲笑妳的爵位名不符實了，可沒有人會為妳半夜潑餿水。」

艾拉笑嘻嘻地湊過去，「我會替妳送一個水彈給對方的，如果我也正好討厭他的話。」

「喂喂。」站在樓頂的麥倫探下頭來，「今天是換我來替她上課的吧？是不是該把我的學生送上來了？你們這群傢伙還打算聊到什麼時候？」

巴爾克推了推眼鏡，「我在魔法上教不了她什麼，她看起來也學不了煉金術，所以勉強教她一點王都貴族的生存法則而已。」

艾拉撐著下巴，「我就是純粹無聊了，今天芙蕾該學什麼？咒語背誦還是法陣繪畫……」

「不。」邦奇先生微微搖頭，「今天先學習實戰。」

「咦，這麼快？」艾拉露出了驚訝的表情。

邦奇先生面色凝重，「那位聖子這次前來，是邀請我們參加三天後王都附近的野獸驅逐任務。說是委託，其實也就是他們的法師測驗。」

芙蕾有些困惑，「別人的法師測驗，為什麼法師塔的人也要參與？」

邦奇先生無奈地笑了笑，「有很多原因。其一是智慧神教對王室法師塔表示友好的行徑，還有雙方都想試探對方的實力，另外……」

「法師塔近幾年的學員太少了，根本舉辦不了這樣的活動，只能集合起來一起去。」巴爾克面無表情地幫邦奇先生把話接下去。

「咳。」邦奇先生不好意思地清了清喉嚨，「我們是貴精不在多！有芙蕾天賦這麼出色的孩子在，這一次我們也不會落下風了。」

「那她還沒記住咒語怎麼辦？」麥倫提出了更實際的問題。

邦奇先生摸著下巴，「嗯，那就讓她帶著魔法書去，一邊看一邊施法……」

艾拉噗哧一聲笑了出來，「看得出來，邦奇先生很希望能在智慧神教面前扳回一城。」

「咳，古時候也有大賢者是拿著魔法書施法的！好多了不起的煉金道具也都是書的模樣，比如那本傳說中的聖物──『神靈之書』……」

芙蕾的耳朵瞬間豎了起來。

「你是說傳說中的大賢者，受到至高神啟示創造的、記錄了所有神靈姓名的那本書？」艾拉失笑，「那不過是傳說中的東西，怎麼可能真的存在啊。」

芙蕾不動聲色地捏緊了手心。雖然能夠想像神靈之書應該是相當了不起的東西，但她依然沒想到這居然和至高神有關係？

麥倫帶著芙蕾進到專用於練習魔法的房間。這間屋子被特別加固過，據說每位法師塔出身的法師，只要不出意外，畢業禮就是在這個房間補充一個盡可能強大的防護陣，雖然這麼多年下來，依然是遙遠時代前輩們的法陣更為可靠。

不過隨著時間流逝，這間屋子也抵擋不住太過強力的魔法了，但讓新人來這裡練習還是沒什麼問題的。

芙蕾滿腦子都是神靈之書的事情，這讓她有點魂不守舍。麥倫卻以為她是因為即將使用魔法而有些緊張。他摸著下巴，覺得自己或許該拿出前輩的體貼來。

他笑著說起自己最初學習魔法時的事情，「我一開始學魔法的時候，導師叫我感應、理解魔法原理我都心不在焉，一心只想知道土系魔法的咒語，趕緊施個魔法看看，誰知道念了幾十次也沒有反應。等我學完全部課程，也練習了好多次後，才在沒有魔杖輔助的情況下成功。」

芙蕾回過神，忍不住露出有些憐憫的表情。幾十次都沒有成功啊，這在法師裡應該算是天賦比較一般的人了吧，怪不得他的魔法還需要寶石輔助。

麥倫：「……」

突然覺得這小鬼看他的眼神有點讓人不爽，這是怎麼回事？

芙蕾很快收斂起自己的情緒，她微笑著說，「我會吸取您的教訓，循著前人的經驗用功練習的。有經驗豐富的麥倫前輩教導的話，即使一開始失敗了，我也不會很灰心的。」

麥倫滿意地點了點頭，剛剛的感受應該只是錯覺。

他將手中的羊皮卷交給芙蕾，這上面記載著已知的大部分風系魔法。

麥倫眼帶鼓勵，「妳先試試。」

他是打算讓芙蕾先自行嘗試一下，讓她明白就這樣使用魔法有多困難，然後再透過感受元素的存在一點點察覺到自己的進步。這種成就感可是極為難得的！

他體貼地選擇最簡單的風刃術，以一種過來人的從容微笑看向她，「就從入門的風刃術開始吧。」

芙蕾低下頭。她之前就把全系的魔法咒語都大概看過一遍了，當然，還沒有背下來。她深吸一口氣，忽然看見麥倫面容古怪地看著她身後。

芙蕾不明所以地回過頭——門口偷偷伸進來的兩顆腦袋，分別屬於邦奇先生和艾拉。屋外兩人屋內兩人，八目相對，氣氛一時間有些尷尬。

「我們對這位天才的魔法天賦有些好奇，介意我們一起看看嗎？」

巴爾克面無表情地推開門，邦奇先生和艾拉差點一個踉蹌就撲進來。他們跌跌撞撞地互相攙扶著直起身，邦奇先生不好意思地摸了摸鬍子，含糊不清地替自己找理由，「我是在關心法師塔的未來……」

「我也是我也是。」艾拉嘿嘿笑了兩聲附和。

「是誰之前信誓旦旦地說不要讓太多人看，擔心她壓力太大的？」麥倫無奈地搖搖頭，看向芙蕾，「別擔心，對著牆那邊打。」

芙蕾點了點頭，她嘗試念出咒語，「**自由的、能到達一切地方的風啊，請化身刀刃，清掃我前路的障礙——**」

風輕柔地吹動她的髮絲和裙襬，她周身平時溫柔得出奇的風精靈卻完全相反，它們化作一道道飛馳而出的風刃，發出一聲清亮的呼嘯，毫不畏懼地向著法師塔層層防護下的牆壁撞了上去！

「轟！」

一聲巨響，就連法師塔不遠處的王宮都有所察覺，更不要說居住在中心城區的大貴族們了。

「發生什麼事了？」

「法師塔發生爆炸了！」

「天吶，法師塔破了一個大洞！」

「快去問問到底發生了什麼！」

一時間，不少貴族家的僕人都匆匆忙忙地趕到法師塔門前打探消息，然而法師塔前的守衛卻不會輕易放人進去。

不管下面的人群如何躁動，法師塔內的幾位導師陷入了久久的沉默中。黑色的鴉安靜地落在法師塔頂端，探頭探腦地打量著法師塔裡頭，黑色的眼瞳如實轉達著發生的一切。

芙蕾看了眼被魔法轟開、風元素精靈暢通無阻、來回穿梭的大洞，額頭上逐漸冒出冷汗。雖然她說了「清掃一切障礙」這種話，但一般而言不會執行得這麼徹底吧！這可是歷史悠久的法師塔的一面牆啊！

以霍華德家現在的財力真的賠得起嗎……

芙蕾心虛地偷瞄了一眼還在混亂中的幾位老師。

麥倫只覺得自己的大腦暫時失去了思考的功能。他張了張嘴，下意識把自己在內心早就擬好的臺詞說了出來，「如果想要提升魔法的成功率，可以嘗試和元素精靈交流溝通。如果能夠領會它們的意思，成功率就不可和過去同日而語了。」

芙蕾虛心地點了點頭。

邦奇先生總算從震驚裡回過神來，他沒去管破損的牆壁，激動地拉著芙蕾的肩膀，「妳聽得見元素的聲音嗎？快感受一下！」

芙蕾猶豫著看了大洞一眼。

邦奇先生追問，「怎麼樣？」

魔王大人叫她不用保留，盡情展露自己的實力。

芙蕾如實開口，「聽得見，它們很高興，似乎……希望我再多誇獎它們？」

「哦！讚美偉大的風精靈！」邦奇先生眼露驚嘆，「妳快試試！」

「哦，讚美……」芙蕾正打算有樣學樣，但她像是忽然感受到了什麼，下意識地換了一個詞，「自由無畏的風精靈。」

她直覺它們會更喜歡這個形容。

風圍著她打轉，令她隱隱有種站在颱風眼的錯覺。風精靈們彰顯著自己的力量，它們已經準備好了，只要芙蕾一聲令下，隨時都能戰鬥！芙蕾臉上忍不住露出些許笑意。真不愧是魔王魔下的元素精靈，似乎和魔王大人有幾分相像呢。

這肉眼可見的變化讓所有人都嚇傻了。巴爾克沉默了半晌，苦笑一聲推了推單片眼鏡，「這可真是……近乎神蹟。」

「天分啊。」艾拉的笑容裡露出了點苦澀。

與此同時，外城區黑市。

笑容諂媚的小販看著眼前衣著華貴的年輕男子，瞧他出眾的樣貌、滿身的氣度，還有穿著的服裝就知道，這多半是一位貴族！這種涉世未深的年輕貴族最好騙了，沒意外的話，他肯定能從對方身上狠狠撈到一筆！

他把一個早已經耗盡魔力的魔法道具遞給對方，把它吹得天花亂墜，對方也十分感興趣地接過了。但他突然就像是丟了魂一樣，捏著他的貨物，站在原地一動也不動。

小販臉上的笑容逐漸掛不住了，他嘗試喊了一聲，「先生？尊貴的先生？」

接連喊了幾聲對方都一點反應也沒有，小販心裡逐漸不安，這人不會是突發怪病死在這裡了吧？他正要叫人，對方卻突然轉過頭。

小販正對上他的視線，恍惚間似乎看見一閃而過的紅光。

小販心裡突然慌了一下，他有些結巴地開口，「您、您剛才是怎麼了，先生？是身體不舒服嗎？」

「啊，不是，只是稍微走神了。」魔王掂了掂手裡的道具，用慣常漫不經心的語調說，「我家的小鬼好像惹了什麼麻煩，我稍微有點擔心，不過……她應該能處理好。你剛剛說這是什麼來著？」

小販反應過來，「我說這是十分稀有的魔法道具……」

「嗯。」魔王真誠地點頭，「爛成這樣的魔法道具確實舉世罕見。」

而另一邊，法師塔大門前。

前來打探消息的人越來越多，其中不乏大貴族家的管家。儘管守衛們忠於職責不敢開門，但也逐漸有些招架不住。

站在最前面的是邦尼家的管事，他帶著得體的笑容進行勸說，「兩位先生，就讓我們進去看看吧，萬一尊貴的法師出了什麼意外，這可不得了啊。」

守衛們如同雕像一般默不作聲。

管事嘆了口氣，他想了想再次提議，「或是這樣，我們不進去，請二位去法師塔內看看到底發生了什麼事情，可以嗎？畢竟法師們的安全為先。」

守衛們對視一眼，明顯有些動搖。

按理說除了法師以外，任何人都不可擅自進入法師塔，哪怕是他們這些守衛。但萬一尊貴的法師們真的出了什麼事……

管事眼中閃過一道精光，他再接再厲地開口，「哪怕去敲敲門也好。我們邦尼家的艾拉小姐也在裡面，我實在擔心她的安危……即使是平日，也是可以請法師出來見一面的吧？」

其中一位守衛似乎終於被他說動了，他正要開口說點什麼，人群中忽然傳來一聲極為傲慢的「讓開」。

好不容易說動眼前兩人的管事面露不悅，也不知道是哪家的人，這麼不講禮儀。但在他轉過頭去的時候，便迅速收斂了臉上的表情。

在他看清來人的那一刻時，他無比慶幸自己沒有露出任何不悅。他禮貌地低下頭、讓出自己的位置。周圍的人和他的動作如出一轍，法師塔門前的人群如同潮水般退了開來，讓出了一條通道。

阿爾弗雷德王子沒有分給他們一個眼神，他走到法師塔門口，瞇起眼看了看那個大洞，不知道在想些什麼。他扭頭看向守衛，傲慢地抬了抬下巴，「讓開。」

艾拉摸著下巴，眼中閃過一絲驚豔，「這下可有意思了，智慧神殿的那群人一定會大吃一驚的。」

「不過……」麥倫也跟著皺了皺眉頭，「這樣恐怕會有更多貴族以此做為藉口，拒絕陛下要法師塔徵招平民學員入學的要求。」

是的，這個芙蕾在邊陲領地就有所耳聞的政策，到現在依然沒有實施。大部分貴族都對此表現出抗拒，但舊貴族頂端的三大貴族都還沒有明顯表態。

不過，卡文迪許家雖然和王子有些齟齬，但在大事上一向是和王室共進退的。格雷斯家有自己的教會，卻從來沒什麼擴張的野心，家主之位歷來都是交到法師塔出身的那位手裡，也是早早擺明了態度。

剩下搖擺不定的，也只有邦尼家族一個了。出於商人本性，邦尼家族基本上也不太會和另外兩家對立，只是底下的貴族們群情激憤，總得找個能說服人的藉口。比如今年法師塔只有一個學員，再不招點平民就徵不到人入學了，這就是個好理由。

芙蕾的出現讓阿爾希亞王室又喜又愁。喜的是有芙蕾這樣天賦驚人的天才在，只要她不出問題，至少在她死前教會都耍不了什麼把戲——法師這個群體，高階和低階的差距遠若鴻溝。憂的是……有芙蕾在，貴族們更有藉口不願讓平民進入法師塔了。他們紛紛稱讚只有貴族才能擁有如此出眾的魔法天賦，這就是天生尊貴的血脈。

至於霍華德子爵以前是個平民這件事，大家都默契地當作不知情。

巴爾克笑了一聲，沒給各位大貴族出身的同僚們留面子，「就算同意平民入學，以智慧神教在平民之中的聲望，我們也未必搶得到人。」

「嘖。」艾拉不爽地活動了下脖子，「芙蕾，到時候給智慧神教那些傢伙好看！」

「我不建議這麼做。」巴爾克冷靜地抬了抬眼，「我覺得還是有必要掩飾一下實力，否則就算她是天才，也只是個未成熟的天才。」

不，這個倒是不用擔心，她的魔法是速成的，而且還有魔王大人在身邊，除非是神明親臨……但想到之前的春季女神，芙蕾又想，或許就算神明親臨也打得過。

艾拉有些不滿，她抗議道，「你這個人啊，真是心機深沉！」

眼看著兩人一如既往又要吵起來，邦奇先生搖搖頭準備勸架，卻忽然扭頭看向門口。有人毫不客氣地一把推開了門，是王子殿下。

國王下了命令，除了法師以外，任何人都不能進入法師塔，王子也在這個不能進入的範圍內。但他是王室貴族，還是現任國王的獨子，門口的守衛多半還是不敢違抗他的命令。

想通了這點，幾位法師也沒有太驚訝。他們見怪不怪地行了禮，互相使了個眼色，考慮著怎麼打發這個身分尊貴的問題兒童。

阿爾弗雷德倨傲地揚起下巴，「我在王宮內聽見了這裡的聲音，諸位愛卿，法師塔是為了保護阿爾希亞，可不是為了惹麻煩才存在的。你們到底在搞什麼？」

邦奇先生蹙起眉頭。芙蕾看出了點苗頭，原來大家也不想和王子有多餘交流啊，那她就沒有心理負擔了。

阿爾弗雷德王子看向芙蕾，「喂，妳……」

「啊！」芙蕾聲情並茂地驚呼了一聲，身邊環繞的風精靈立刻氣勢洶洶地擴張地盤，把房間裡的每個人都吹得衣袂紛飛、睜不開眼。她裝作驚恐地再次開口，「老師，我控制不住了！」

阿爾弗雷德王子的臉上滿是錯愕，隨後很快反應過來。他露出憤怒的神情，但他來不及伸手控訴，邦奇先生就一臉大義凜然地攔到他身前，把他的視線擋得十分嚴密！

「殿下，我來阻擋，快走！」

阿爾弗雷德正要出聲喝斥，但他身後的麥倫已經趁機接近。他一把將他扛到自己肩膀上，高聲喊著，「讓我掩護您撤退！」

阿爾弗雷德被人毫不憐惜地扛在肩上，瞬間頭腳顛倒，腹部被頂得差點吐了出來。他努力維持著王家尊嚴，憤怒地大喊，「芙蕾．霍華德——」

回應他的是邦奇先生聲情並茂的「快走」。

麥倫馱著王子奪路而下。象徵性地喊了兩聲以後，艾拉回過頭來，瞬間收起臉上的大義凜然，笑嘻嘻地開口，「差不多了吧？」

邦奇先生搖搖頭，「再等一陣子，不然王子一走風就停了，也太不像話了。」

「對了，關於芙蕾的天賦這件事，你們先保密兩天，等到驚豔完智慧神教再說。我已經迫不及待看他們吃驚的表情了。」

邦奇先生紅光滿面，絲毫不在意自己的鬍子被吹得隨風飛揚。

「好說。」艾拉瞥了一眼法師塔下的圍觀群眾，她活動下手腕，露出笑臉，「那些也得打發一下，交給我吧。」

她彈了個響指，低聲念出咒語，然後從容地縱身一躍。巨大的水球包裹著她墜落，地下的人們看得驚呼出聲。

艾拉從天而降，面容嚴肅，「諸位！請遠離法師塔！魔法失控了，現在這裡很危險！」

圍觀群眾們立刻往後退了兩步，但還是沒有輕易散去。就在這時，麥倫正好扛著王子匆匆從門內闖了出來，他一點都不驚訝艾拉會比自己先到地面，他中氣十足地大吼一聲，「保護王子撤退！」

「殿下！」王子的侍從們慌慌張張地迎了上來。

麥倫眼中閃過一絲遺憾。看樣子他似乎很期待扛著王子張揚過街，最好能夠顛簸著一路把他扛回王宮，好好替伊莉莎白出口惡氣。

艾拉板起臉，「還不離開！你們也要我們親自去扛嗎！」

有了王子的前車之鑑，諸位貴族的家僕撤退起來毫不含糊，一瞬間人群就退得乾乾淨淨。現在觀眾只剩下門口兩個戰戰兢兢的守衛，但戲還是要做足的，艾拉深吸一口氣，「麥倫卿。」

麥倫也適當地露出悲壯的神色，「艾拉卿，不用多說了，三大貴族是一體的，我們會共同維護阿爾希亞的榮耀。」

艾拉覺得這人一下子把事態提升到這個等級實在狡猾，於是她不甘示弱地回敬，「如果您不幸離去，我會照顧好您美麗的妻子和剛出生的兒子的。」

「艾拉卿！」

「麥倫卿！」

兩人表面上惺惺相惜，走進法師塔後立刻變臉。

「妳才要死了呢！妳老婆孩子我來養！」麥倫破口大罵。

艾拉毫不在乎地攤手，「不好意思，我根本沒有老婆孩子。」

兩人吵吵鬧鬧地回到樓上房間時，風早已經停了，邦奇先生正和芙蕾坐在破洞口晒著太陽喝茶。

邦奇先生滿臉慈愛，根本沒提什麼賠償的事情。他溫和地說，「哎呀，我之前一直覺得法師塔太過陰暗潮溼了，有這麼一個可以晒太陽的地方也不錯呢。」

芙蕾鬆了口氣，露出真心的笑容。「那真是太好了，下次我帶些甜餅過來請大家嘗嘗吧。」

瞧瞧這副寵愛孫女的偏心老爺爺嘴臉，艾拉無言地搖了搖頭，他哪裡還有半點平日那種深不可測的大法師模樣。

巴爾克靠在牆上，也露出笑容，「真是看了一齣好戲。我一直覺得你們這些大貴族出身的傢伙，不去參加劇團演出真是浪費。」

「多謝您的稱讚。」艾拉一點也不介意他的嘲諷，她露出驕傲的笑容，「我一向認為我在各方面都是個天才。」

巴爾克認真點頭，「至少在讓人惱火這方面是沒錯。」

王都外城區，庫珀饒有興致地打量著周圍。

他之前只在芙蕾的府邸裡待過，但即使過了這麼久，貴族的房屋看起來也沒有太大的變化。他還以為這麼多年飛逝，時代也沒有發展得太過迅猛。直到進入外城區，他才發現原來這裡已經多出了這麼多他從未吃過的食物、罕見的裝飾……看來貴族們還是老樣子，以老舊為榮，將悠遠的歷史和古老的傳承當作立身之本。

庫珀無奈地搖了搖頭。

按照魔王給的資料，他朝著一家小酒館走去。即使還是白天，裡面也已經聚集了不少人，像庫珀這樣和外城區氣質格格不入的傢伙突然出現，不少人都有些警覺地握住了身邊的武器。

庫珀視若無睹，慢悠悠地走到櫃檯。他悠閒地敲了敲檯面，朝裡面身材火辣的獨眼女士開口，「您好，女士，這裡有什麼招牌好酒嗎？」

周圍立刻響起了哄笑。

「湄拉，居然有人叫妳女士，哈哈哈！妳只不過是個獨眼母暴龍……」

他話還沒有說完，被叫做湄拉的女士已經把手裡的木質酒杯，「砰」地一聲砸到了對方頭上。酒館內的歡笑聲更大了。

湄拉瞥了庫珀一眼，「我這家酒館的名產，就是能飛到腦袋上的好酒，一杯十銀幣，要嘗嘗嗎？」

庫珀臉上笑容不減，「如果不用腦袋，而是用嘴品嘗呢？」

「五銅幣一杯。」湄拉確認到他不是來找碴的，便懶洋洋地收回目光。

庫珀點頭要了一杯。芙蕾給了他一些零用錢，想到那兩個孩子，庫珀摸著下巴想，是不是該給她們買點什麼回去？雖然是平民的東西，但她們看起來應該都不是會在意這些的人。

哪怕現在經費似乎有些緊迫，但給孩子們買點好吃好玩的，應該還是足夠的吧？

端上給他的酒，湄拉正要轉身離開。看起來還在走神的庫珀開口詢問，「請問，我聽說這裡還提供給傭兵的委託？」

酒館內安靜了一瞬。

湄拉悄悄握住了身後的短刀。

第十一章

傭　兵

CHAPTER

XI

庫珀對他們的敵意不明所以，但他並不驚慌。庫珀微微抬頭，「我說了什麼奇怪的話嗎？」

「像您這樣的貴族少爺，有什麼事是我們能幫得上的嗎?您只要揮揮手，就會有一群奴僕爭先恐後地為您做事了吧？」

湄拉不著痕跡地拉開距離，她觀察著庫珀。

貴族少爺啊，他的年紀應該足夠被人叫做貴族老爺了。庫珀不著邊際地想，他笑了笑，「我不是貴族，也不是從王都過來的，我是從……北方過來，是個傭兵。」

湄拉狐疑地打量他一番，眼神就像是在說，穿成這樣的怎麼可能是傭兵？

庫珀無奈地聳了聳肩，「我正在做貴族的護衛，這是他們的審美。我想來問問這裡還有沒有其他合適的工作，妳為什麼那麼緊張？」

他不動聲色地詢問，像是根本沒注意到酒館裡的喧鬧聲忽然停了下來，也沒注意到身後喝酒的客人們也默默做出了預備攻擊的姿態。

湄拉盯著他看了片刻，點了點頭。「有。看來介紹你來的人沒跟你說清楚，我們這裡可不是合法組織，基本上也接不到什麼伺候貴族的工作。」

聽到老闆娘開了口，身後的客人們也都放鬆下來，再次自顧自地大聲招呼著、喝起酒來。

庫珀點點頭表示理解。

湄拉審視著他，似乎在評估他的實力。「我不管你在別的地方是什麼了不起的人物，在我這裡你就是個新人，能拿到的只有最簡單的任務。

「常見的就是皮毛的收購，珍稀草藥的採集之類的。當然……也有暗殺這類高難度的委託，但我還不信任你，不會把這種任務交給你。」

庫珀摸了摸下巴，「那麼我現在可以選擇哪些任務，能讓我看看嗎？」

湄拉露出看見白痴的眼神，「你以為我會把這種東西寫出來，大搖大擺地貼在哪裡嗎？那不就等於留下證據給別人？我才不會幹這種傻事，任務都在我的腦子裡。」

「狼皮十五銀幣一張，完整的話會給二十銀幣。尖叫草十株一捆五銀幣，你自己去找找看吧，報酬我抽一成。如果有機會介紹生意給我，事成之後會給你一定的報酬。」

「聽起來很合理。」庫珀露出歉意的微笑，再次問道，「還有就是，冒昧問一句……這裡的傭兵大多都住在哪裡呢？王城的旅店實在是……」

他露出這種神情的時候，向來都能得到自己想要的情報。雖然這位老闆娘一臉不耐煩地嗤笑了一聲，但她還是告訴他，「你以為你是哪家的貴族少爺嗎？住在王城的旅店裡，虧你想得出來。再往後面走兩條街，那裡有很多帳篷，隨便找商販買一套，你就能在那邊紮營住下來了。」

庫珀若有所思，「啊，那麼如果打算長住，是不是可以自己建一棟房子？」

魔王其實還能帶更多魔族過來，但暫時還沒找好住處，總不能一下子全部塞進芙蕾家裡。「從北方來的傭兵團」這個身分就很合適，即使他們一聲不吭地出現在王都周邊也不會顯得突兀，而且傭兵的身分，就算有點神祕也是正常的。

「你真的不是哪裡離家出走的大少爺嗎？」湄拉合理懷疑了一下，「搭帳篷就算了，在王都建房子可是會被貴族收稅的！還要補身分證明！」

「老子要是有資格在王都定居，還用得著當僱傭兵嗎？」旁邊的客人忍不住插嘴，周圍又熱熱鬧鬧地笑了起來。

這樣啊，看來只能讓那群傢伙過段苦日子了。想來他們也不會介意的，因為和暗無天日的深淵比起來，哪裡都算得上好過了。

庫珀也不生氣，仔仔細細地又問了一些問題。這裡的人雖然說話粗野、動不動就哄堂大笑，但其實相當友善，基本上都是有問必答。

魔王準時在太陽下山前來接芙蕾，邦奇先生再次讚揚了芙蕾的危機意識，像是絲毫不記得她是剛剛在傳承悠久的法師塔上開了洞的罪魁禍首。

芙蕾和魔王坐上馬車，她鬆了口氣，「魔王大人，今天出大事了！我差點以為霍華德家要為我一個風刃，付出傾家蕩產的代價……」

「哈。」魔王嗤笑一聲。他早就知道法師塔內發生了什麼，但他也沒有打斷芙蕾，就這樣聽她絮絮叨叨地講述著發生的事情。

芙蕾若有所思，「魔王大人，您說貝利主教是不是告訴邦奇先生我的身分了？我總覺得就算我擁有驚人的天分，邦奇先生也太過縱容我了。」

「多半是吧。」魔王打了個哈欠，「貝利和邦奇，應該是格雷蒂婭的雙眷者。」

「格雷蒂婭擁有土、木雙系的天賦，祂似乎是將這分天賦分開，分別賜予這兩個人，而貝利順便擔任了和女神交流的職責。表面上邦奇是無信仰的法師塔導師，但實際上，他應該也是春季女神的信徒。」

無論聽了多少次，芙蕾還是對魔王大人這種隨口就叫出女神真名的行為難以習慣。不過如果邦奇先生也是女神眷屬的話，那麼她在法師塔就不必太過提心吊膽了，也許可以更直接暗示他給點帶有神性的魔法道具？

芙蕾開始盤算著什麼。

兩人一同回家，妮娜已經準備好晚餐，熱情歡迎他們一起品嘗。

魔王這才想起什麼，他開口說，「庫珀說今晚不回來，他去考察一下外城區傭兵們住的地方。」

妮娜露出惋惜的神色，「這樣啊，本來還想讓他也嘗嘗我們綠寶石領的特色美食呢。啊，對了，姊姊，今天斯派克少爺派人過來了。他說想要上門拜訪，主要是拜訪妳，尊敬的伯爵大人。」

「妮娜。」芙蕾無奈地接受來自妹妹的打趣，「有說是什麼事情嗎？」

「沒有。」妮娜遺憾地聳了聳肩，「他似乎是想要和妳面談。媽媽不是說我們要互相幫助嗎？我就讓他晚飯後再過來了。」

「哦——」芙蕾微微露出笑意，「妳還在記仇吧妮娜，連晚飯都不願意請人家吃。」

「沒錯！」妮娜沒有稍加掩飾，她哼了一聲，「行動上互相幫助是一回事，情感上不怎麼喜歡是另一回事！」

芙蕾發現，有其他人在的時候魔王都不太會多話，他就站在她身後，像個真正負責的護衛。芙蕾低聲詢問他，「說起來，魔王大人，您知道斯派克少爺的心上人是誰嗎？」

「我怎麼可能會在意這種事。」魔王嫌棄地看她一眼，「在妳眼裡，我就是喜歡打聽這種小事的無聊傢伙嗎？」

「當然不是了，我只是覺得您無所不知。」芙蕾這麼回答，但她的表情明顯在說「是的」。

魔王哼了一聲，「我最近打算找找有沒有耗盡魔力的煉金道具，給之後到來的魔族們補充點實力，沒太關注這些。」

不然他或許會稍微打聽一下。

「這樣啊，那等他來的時候再稍微問問吧。」芙蕾說完話，才一扭頭，就看見妮娜目光灼灼地盯著他們。

妮娜委屈地抿了抿唇，「姊姊，你們在聊什麼悄悄話，也講給我聽啊！」

「小孩子不可以聽。」芙蕾有些心虛地耍賴。

「我已經不是小孩子了！」妮娜表示抗議。

「對人類來說，未滿十六歲、沒參加過成年禮就還是個小孩子。」魔王也補充了一句。

妮娜呆了呆，「莫爾先生不是人類嗎？」

魔王可疑地停頓了一下，他欲蓋彌彰地開口，「……我是說，對我們人類來說。」

妮娜露出了合理的懷疑表情，「我們人類一般也不會特地自稱為人類。」

魔王沉默了半晌，轉頭看向芙蕾。「我可以直接消除她的記憶嗎？」

芙蕾有些猶豫，「這種事做得到嗎？」

「可以，只是有可能會變成白痴。」魔王認真地點點頭。

「不要啊！」妮娜驚恐地抱住自己的腦袋，「我不是故意發現的！」

「沒關係。」魔王走近一步安慰她，「妳本來也就不怎麼聰明，不會有什麼影響的。」

妮娜一把抱住芙蕾哀嚎，「姊姊救命啊！」

芙蕾一手把她攔在身後，一手迅速拉過桌上的甜餅，遞到魔王面前，「請等等！」

魔王被一盤甜餅擋住去路，他目光複雜地看向芙蕾，「妳是認真覺得只靠這個就能阻止我嗎？」

妮娜顫抖地伸出手，也學著芙蕾的樣子端起一盤小羊排，她老老實實地說，「我、我也可以當作什麼都不知道！」

魔王看了她們一眼，拉開椅子在桌前坐下。他揚了揚下巴示意芙蕾把吃的放到他面前，這才慢條斯理地開口，「妳真的確定要讓她知道？」

芙蕾有些猶豫，但還是點了點頭，「答應讓她留在王都的時候，我就覺得她遲早會知道的。」

畢竟是朝夕相處，想要完全不讓她察覺，或許確實有些難度。只是她沒想到會暴露得這麼快，而且居然是因為魔王說溜嘴……

「那就隨便妳。」魔王拿起刀叉切開鮮嫩多汁的羊排，褐色的外層被劃開後，露出了粉色的嫩肉。那位叫做艾曼達的廚娘，手藝的確很不錯。

芙蕾深吸一口氣，扭頭看向妮娜。她斟酌著字句，似乎擔心會嚇到她。

「妮娜，妳冷靜點聽我說，其實……這位是魔王大人。」

妮娜呆了呆，小心翼翼地開口問，「因為是『六翼魔王』傭兵團的首領，所以必須這麼叫他嗎？」

魔王切羊排的動作頓了頓。

芙蕾無奈地揉了揉太陽穴，「不是的，是真的魔王。深淵裡的那種、傳說中的那種。」

妮娜震驚了半晌。她伸手拉住芙蕾，用盡可能溫柔的語氣說，「啊，姊姊，法師塔的壓力真的這麼大嗎？沒關係的，妳就算不是天才法師，也是我們的驕傲啊！」

「噗。」

芙蕾似乎聽見了身後魔王忍俊不禁的聲音。魔王察覺到她的餘光時又迅速扭頭，裝出沒有在笑的高冷模樣。

芙蕾面無表情地看著自己的笨蛋妹妹。

——我都告訴妳真相了，妳倒是相信啊！

經過精確的姐妹會談之後，妮娜勉強承認莫爾先生的真實身分是魔王，承認庫珀先生是自己的先祖。只是語氣怎麼看，好像都帶著對姊姊的寵溺和敷衍。

芙蕾心煩地換了身衣服，準備接待稍後來訪的斯派克少爺。

她目光幽怨地看著站在自己身邊的魔王，「您為什麼不幫我解釋？」

魔王沒忍住翹了翹嘴角，義正詞嚴地說，「她是妳的妹妹，我對她來說只是個突然住進家裡的陌生人。如果她連妳的話都不相信……那就更別說我的話了。」

芙蕾苦惱地抓了抓腦袋。

「斯派克少爺到了。」

負責接待的女僕前來通報，芙蕾立刻放下手，擺出一副熱情好客的主人姿態。「斯派克少爺，好久不見！抱歉，我最近實在是太忙了，暫時沒有上門拜訪……」

斯派克的模樣也和身在綠寶石領時大不相同了。他似乎也明白自己那種暴發戶式的打扮，在遍地貴族的王都並不合適，為了模仿上流社會貴族青年的裝扮，他看起來費了不少功夫。

他露出笑意，「請別介意，芙蕾小姐。我都聽說了，您現在可是個大忙人啊，我可不敢跟法師塔搶人。」

芙蕾無奈地笑了兩聲。才來王都多久，傻呼呼的青年斯派克也已經被王都貴族同化了，無論多麼著急的情況下，講正事前也要先說兩句毫不相關的客套話。

芙蕾的目光落在他抓緊褲邊的左手上。明明都一副緊張又著急的樣子了，還要繼續寒暄啊。

「咳。」斯派克不好意思地清了清喉嚨。芙蕾精神一振，這大概就是準備要切入正題的信號了！

她含笑看向斯派克。對方雙手相握擺在腿上，兩隻手的拇指繞來繞去地糾纏在一起，一副欲言又止的嬌羞模樣。

芙蕾看著斯派克少爺不算白淨的臉上過於明顯的紅暈，忽然靈光一閃。她試探著開口，「那個，莫非是和您喜歡的那位女孩有關？」

「妳怎麼知道！」斯派克少爺一臉震驚。

原本不知道，但你這不是一問就承認了嗎？

芙蕾臉上的微笑不減，她掩唇笑起來，「母親離開之前曾和我說過，斯派克少爺似乎有了心上人呢。」

斯派克不好意思地抓抓自己的頭髮。「真、真是的，都是那群愛多嘴的傢伙，幹嘛用這種小事來打擾您……」

斯派克少爺看了眼站在她身後的青年。他擁有一張讓王都諸多貴族都自慚形穢的臉，更讓人不能忽視的是那身居上位的氣質，怎麼看都不是個普通人。

據說是芙蕾小姐的護衛，看起來就是十分強大的人。

斯派克收回目光，暗示芙蕾，「那個，或許我們可以單獨聊聊……」

魔王大人站直了身體，「我去樓上。」

斯派克露出了感激的笑容。

然而芙蕾清楚地看見，他在越過斯派克後迅速化作黑霧，偷偷變成芙蕾手上的一枚黑曜石戒指回來了。

芙蕾微笑著敲了敲那顆黑寶石——仗著別人注意不到您就為所欲為！而且明明就對愛情八卦很感興趣的樣子！

「哼！」魔王似乎感受到她傳遞的情緒，她的指尖像是被小貓輕咬了一口。芙蕾下意識地收回手指。

斯派克已經開始講述此行的目的，「您還沒有舉辦晉封之後的酒會對嗎？」

啊。芙蕾的表情呆滯了幾秒，她完全把這件事忘記了。

一般來說，晉封儀式之後，留在王都的貴族都會舉辦一個酒會，邀請一切自己能邀請到的大人物。既是為了展現自己的人脈，也是貴族青年們物色結婚對象的好時機。芙蕾雖然是因為了進入法師塔才留在王都，但她一下子被封了伯爵，無論如何也得大辦特辦。

然而芙蕾腦袋裡的第一個想法是——又得花錢了，接下來才是該去請哪些客人來。照理說，為了顯示禮貌，她應該給所有的大人物，包括王室都遞去請柬。但是……她真的不想把王子那種麻煩的傢伙引來，尤其是他多半會在宴會上和伊莉莎白見面。

斯派克露出了苦惱的神色，「我父親雖然得到了男爵爵位，但在王都實在沒有什麼聲望，就算我們有心想要舉辦酒會，恐怕也沒有多少貴族願意賞臉。」

這倒是。畢竟斯坦家不久前還是平民，王都這些目中無人的貴族，背地裡都把芙蕾叫做「那——個伯爵」了，恐怕更不會給他們面子。

「所以。」斯派克眼神灼灼，「我們打算在您之後舉辦酒會，如果能先參加您的酒會，說不定就有機會能接觸到一些大人物。也許看在您的面子上，他們會願意賞臉我們的酒會也說不定……看在過去綠寶石領的情誼上，您會願意邀請我們吧？」

芙蕾啞然失笑，「當然了，斯派克少爺。您可別忘了，現在的霍華德府邸還是我們向您借錢買下的呢。」

「子爵回到綠寶石領以後，那筆錢已經還給我們商會了。」斯派克少爺飛快開口，他不好意思地笑了笑，「我父親的意思是，我們願意贊助您的酒會。

「當然，請不要誤會，我們很清楚霍華德家完全能夠辦得起酒會！但是，您最近很忙吧？而且是我們有求於您，總得付點報酬才行。我們只是希望您能大辦特辦這場酒會，只要能幫得上忙，我們願意出錢出力！」

芙蕾臉上的笑容逐漸加深，她看斯派克的眼神已經有所改變了。現在在她眼裡，斯派克已經和過去不同了。他不是那個枯萎的茄子蒂頭了，他是渾身散發著金光的大善人！

芙蕾表面推托了一下，「這可怎麼好意思……那就拜託您了。」

斯派克也十分滿意她的爽快。

芙蕾適時困惑地歪了歪頭，「但是這和您喜歡的女孩有什麼關係嗎？難道她是哪個大貴族家的小姐，您希望我去邀請她參加這場酒會？」

「不不！」斯派克趕緊擺手，他露出了深陷愛河的男人會有的標誌性傻笑，「她並不是什麼大貴族家的小姐。她的父親是個男爵，但她還有個哥哥，並沒有機會繼承爵位，所以應該是個無爵貴族。」

芙蕾點了點頭，嚴格來說斯派克現在應該也是個無爵貴族，但他之後多半會繼承老斯坦先生的男爵爵位。和那位貴族小姐結合的話，也能給自己的孩子留下一個男爵爵位。

芙蕾笑了笑，「她一定是位很美麗的小姐。」

斯派克不好意思地紅了臉，「她、她真的是個很溫柔的人……那個，您可能不知道，晉封禮後的第一支舞，根本沒有人願意搭理我們家。

「只有那位小姐會溫柔地回應我，還誇讚我的舞步很不錯！我為了那支舞特地找王都的老師好好練習過的！那位老師一節課可是要五個金幣呢！」

「啊……」斯派克露出了懊惱的神色，「我又來了，父親說就是因為我們老是把錢掛在嘴邊，才會被他們看不起。」

芙蕾微微搖頭，「沒關係的，斯派克少爺，商人就是得精明一點嘛。」

「嘿嘿。」斯派克不好意思地笑了起來，「之後我試探著邀請她出門逛街，她也會給我回信。雖然大部分時候都不能出來，但她總會送我她親自做的點心之類的……

「真溫柔啊，露西小姐。」

斯派克已經完全沉溺在自己浪漫的戀愛裡了。

「真溫柔啊，露……嗯？」芙蕾彷彿對他的甜蜜戀愛感同身受，露出了讀戀愛故事時的溫柔神色。但在聽到對方的名字時，她忽然一僵。

「露、露西？」芙蕾緩緩收斂了臉上的笑意。她正襟危坐，腦袋裡逐漸有一個危險而大膽的猜測，「冒昧問一句，那位露西小姐……姓什麼呢？」

「約拿德。她叫露西．約拿德。」斯派克少爺神采飛揚，彷彿只是念到心上人的名字，心頭都會燃起熱戀的熊熊火焰。他真誠地看向芙蕾，「他們家也不過是小貴族出身，很多人的酒會恐怕都不會邀請她。我、我想，能被您這位王都的風雲人物邀請的話，她一定會高興的！我希望她能高興……」

他還喋喋不休地說著什麼，但芙蕾的嘴角已經開始抽搐了。不，她可能不會高興，說不定還會以為芙蕾對王子有企圖，而邀請柬就是某種示威行動。

把露西．約拿德、阿爾弗雷德王子、伊莉莎白．卡文迪許三個人邀請到同一場舞會，到最後真的不會變成一場械鬥嗎……

不，很有可能會直接引發政治問題。

「哈。」就連魔王都驚嘆了一聲，「真了不得啊，這個小女孩。

「不過就算妳不邀請她，說不定王子也會特地把她帶來。聽說他們最近在王都總是出雙入對的。」

那就更麻煩了。芙蕾目光複雜地落在斯派克身上。

以前還真是小看了這位斯派克少爺啊。真有你的，居然能在王子的愛情故事裡插上一腳。

芙蕾忍不住對他肅然起敬。

斯派克被她看得有些奇怪，忍不住摸了摸鼻子，「我、我說錯什麼話了嗎，芙蕾小姐？」

「倒也沒有。」芙蕾有些無奈地揉了揉太陽穴，這可真是一道送命題。

當你知道朋友喜歡的對象或許是個問題人物，你該不該提醒他？

芙蕾看了眼斯派克少爺。問題是，她和這位斯派克少爺說熟悉也還算熟悉，要說不熟也可以算是不熟。

她試探著問，「說起來，斯坦先生知道您對這位露西小姐……」

「他當然不知道。」斯派克臉上露出幾分無奈，「以我父親的性格，他才不會選擇比自己爵位更低的傢伙。他自己是男爵了，我們幾個兄弟也算是無爵貴族，他恐怕是瞄準了那些年輕的子爵小姐們。」

他不敢說他父親還把目標放到了妮娜小姐身上，畢竟芙蕾得到了國王的伯爵爵位，將來妮娜小姐多半會同時繼承來自父親的子爵爵位和母親的男爵爵位。

芙蕾摸了摸下巴。果然，老斯坦先生是不知情的，否則這位消息靈通又精明的老先生恐怕早就會無情地打破斯派克的幻想了。

這麼想來，這應該還是他和幾位兄弟的祕密。居然把這樣的祕密告訴她，斯派克少爺還是挺信任她的吧？

芙蕾有些無奈，也下定了決心。

她露出帶著歉意的笑容，「說起來，宴會肯定是要辦的，但還不能著急。我過幾天要去進行法師塔的任務，還得做做準備。」

斯派克點頭如搗蒜。「當然，肯定要以法師塔為優先，我們不急！」

先把這件事拖一拖，然後……

芙蕾真心地笑了一下，「另外，斯派克先生，如果您真的考慮將來和露西・約拿德小姐結合的話，總得先說服斯坦先生。」

斯派克露出苦惱的神色，「但是，父親肯定看不上那種小貴族的……雖然我們家也是這樣的小貴族。」

「斯派克少爺，您可是商人家的兒子。」芙蕾眼帶鼓勵地看著他，「您的父親希望往高處走，自然是希冀得到更大的利益。如果您仔細研究一下約拿德家，說不定會找到能夠說服斯坦先生的理由。

「比如說，也許約拿德的領地裡有某種特殊的貨物，你們的結合能讓繁星商會多一種招牌商品……再比如說，也許約拿德家有某位大貴族親戚，透過與他們搭線，繁星商會也能和大貴族做上生意。」

斯派克少爺的眼睛越聽越亮，「您、您說的對！爵位只是其中之一，如果真的能帶來利益的話，父親一定不會拒絕的！您真是太了不起了！芙蕾小姐，怪不得父親說，綠寶石領由您繼承的話，將來一定會發展成了不起的好地方！」

芙蕾倒是不知道斯坦先生私底下對自己的評價這麼高，她不好意思地笑了笑，「雖然聽起來有些動機不純，但一切都是為了美好的愛情，對吧？」

「沒錯！」斯派克用力點了點頭。

「愛情是建立在互相了解上的。」芙蕾露出滿意的笑容。

一旦斯派克少爺去了解約拿德家的消息……露西．約拿德現在可是王都的風雲人物，不出意外，絕對會聽到她和王子的流言蜚語。雖然斯派克可能會受到一時的傷害，但總比一直被愛情蒙蔽了雙眼要來得好。

帶著憐愛的眼神送走斯派克少爺，芙蕾在內心替他加油。失戀也是戀愛的一部分啊，希望他不會受到太大的打擊。

「哼。」魔王笑了一聲，「看妳那副奸計得逞的狐狸笑臉。」

他已經站在了芙蕾的身後。

芙蕾摸了摸自己的臉，發出抗議，「一般人會稱這種笑容為『勝券在握』。

「不過……魔王大人，您說那位露西小姐，真的對斯派克少爺有意思嗎？」

她只跟那位小姐在王宮簡短地打過照面，還不清楚她到底是個什麼樣的人。在那種情況下和斯派克少爺跳舞，也許真的對他稍微有點意思？

魔王嗤笑了一聲。「妳忘了他說的跳舞時間嗎？晉封儀式。

「那個白痴王子想要邀請妳，結果被法師塔的傢伙們制止，直接把妳帶走了。國王王后都在場，無論如何也不會讓他邀請那位傳聞中的露西小姐。後來王子是和伊莉莎白跳舞，雖然兩個人都殺氣騰騰的。

「順便一提，雖然關係很不好，但那兩個人跳起舞來還是很有默契的。比妳這種渾身僵硬的傢伙好多了。」

芙蕾小聲抗議，「我哪裡……」

「是嗎？」魔王似笑非笑地看了她一眼，「那之前霍華德夫人為妳請了舞蹈老師，她不只一次提醒妳『芙蕾小姐，放鬆一點，我不是您的敵人，不要拉我的腰帶拉得這麼緊，我會以為您要把我摔出去』，是我聽錯了嗎？」

芙蕾羞愧地低下頭，試圖把他的注意力拉回來，「那個，您還沒說完呢，那天的舞會……」

魔王暫且放她一馬，「斯坦家的少爺們只是無人問津而已，但那場晉封儀式上，露西・約拿德可是被特別孤立的，為了照顧王室和卡文迪許家的面子。

「只有這個萎茄子蒂的蠢少爺才會傻呼呼地邀請人家跳舞，也難怪之後斯坦家不受待見了。」

「這樣啊……」芙蕾摸了摸下巴，「該說不愧是晉封儀式後的第一支舞嗎？還真是引起了不少關於愛情的腥風血雨啊。」

說起來，她因為被法師塔的導師們直接帶走了，到現在都還沒有跳過第一支舞呢。

「在發什麼呆？」魔王掃了她一眼。

「啊。」芙蕾這才回過神來，露出不好意思的笑容，「我只是在想，我還沒有跳過晉封儀式後的第一支舞。明明練習很久了……」

「只是勉強能不踩到對方的腳，沒有表演出這種程度的舞蹈技術，妳該慶幸自己沒有丟臉。」魔王露出壞心眼的笑意，他伸出手，「不過……」

「反正這裡也沒有別人，妳想跳舞嗎？」

芙蕾愣了愣，她看著魔王伸出來的手掌，小聲回答，「現在沒有音樂……」

但她還是把手搭了上去。

「用不著那些。」魔王隨意地笑起來。他拉著芙蕾轉了個圈，風歡快地托起芙蕾的裙襬，她就像是飛起來了一樣。

芙蕾哭笑不得，「魔王大人，這種根本算不上是舞蹈！」

「為什麼不算？」魔王拉近他們之間的距離，牽起芙蕾的手，動作優雅地跳了段貴族舞會中常見的圓步舞。芙蕾下意識屏住呼吸，乖乖地跟上他的腳步。

魔王一手拉著她，一手紳士地微搭在她的腰側，隨著不存在的音樂高雅地邁開步伐。他微微低頭在她耳側說，「遠古時代，舞蹈是人類為了取悅神明而創造的。無論是轉圈還是抬步，或者某種有規律的步伐……都是為了讓神明高興。

「所以，隨性而自由的舞蹈本身就是一件有意思的事，後來發展出那麼多規矩，才讓我覺得不可思議。妳想轉圈的時候就可以轉圈，想跳起來的時候就可以跳起來……只要妳覺得高興。」

芙蕾的心跳不由自主地開始加速，她偷偷抬頭看了眼魔王的側臉。在這個地方應該往左邊踏，但她忽然鬆開一隻手，如同掙脫牢籠的小鳥，踏著風躍向高處。

魔王只是微微拉著她的手，縱容她去往任何地方。

這是她晉封儀式後的第一支舞，是有著「最初的心動」含義的重要舞蹈。

芙蕾猜測魔王大人應該不知道。他雖然知曉很多事情，但對這種貴族社會的人情世故卻沒有那麼了解。

芙蕾決定暫且保留這個祕密。

告別了魔王，芙蕾踩著輕快的舞步，心情不錯地一跳一個臺階，蹦往自己的房間。

「姊姊——」妮娜坐在臺階之上，目光幽怨地開口，「我之前想了很久，妳跟我說莫爾先生是魔王，而我們幫助魔王是為了拯救被困在深淵的人類，還有在即將到來的天災裡保護阿爾希亞。」

芙蕾點了點頭，在她面前蹲下，表情嚴肅，「妳理解了嗎？」

妮娜目光深遠地看著她，「姊姊，那和魔王跳舞也是為了拯救世界嗎？」

芙蕾沉默了下來，臉上緩緩浮現可疑的紅暈。她努力讓自己看起來比較有說服力，「那個、那個是為了之後的舞會做練習！我晉封伯爵之後還沒舉辦宴會呢，之後總得要……」

「哎——」妮娜拉長了語調。

芙蕾不說話了。好吧，她自己也覺得這個理由稍稍有點勉強。

妮娜伸手拍了拍芙蕾的肩膀，「沒關係的，姊姊，我很開明的。

「雖然莫爾先生創立了叫『六翼魔王』的可疑組織，本人又是個自稱『魔王』的可疑人物，還帶著一個明顯是年輕人的傢伙號稱是我們的先祖，但是……

「如果妳喜歡的話，也不是不可以。」

妮娜露出沉痛的表情，彷彿在芙蕾不知道的時候，一個人暗自下定了多麼沉重的決心。

——但實際上根本不是這麼一回事啊！

妮娜雙手握住芙蕾，「妳一定要幸福啊，姊姊！哦對了，在外面可不能說什麼『魔王』之類的傻話……」

芙蕾不發一語。

應付完妹妹，芙蕾回到房間。還來不及鬆口氣，就看見坐在自己窗臺上的魔王大人。

她有些驚訝，但魔王只是幽幽地看著她，「叫『六翼魔王』的組織很可疑嗎？『魔王』很可疑嗎？我看起來像個騙子嗎？」

芙蕾：「……」

她差點忘了在魔王周圍說不了悄悄話。

第二天一大早，芙蕾下樓的時候，庫珀已經回來了。他正坐在樓下和妮娜一起吃早飯。

妮娜完全沒有注意到頭頂後的姊姊，還在和庫珀先生抱怨，「我是能理解姊姊也到了談戀愛的年紀，就算她找的對象不是什麼貴族，我也能理解，爸爸媽媽也不會在意這些的……

「但是滿嘴魔王什麼的也太離譜了吧！」

庫珀先生切開一塊麵包，認真點著頭，「嗯，確實。如果我是妳的話，也多半會覺得她失心瘋了。」

「對吧對吧。」妮娜把麵包泡進熱騰騰的濃湯裡，「您也可以試試這麼吃，庫珀先生，很美味哦。

「更過分的是還說什麼您是曾經的先祖……」

「哈哈！」庫珀爽朗地笑起來，「如果我有妳們這樣的後代，一定會很自豪的。」

「真是的，別開玩笑了啊，庫珀先生。」妮娜無奈地抬起頭，「您是莫爾先生的朋友吧，好歹勸勸他啊。」

「嗯……」庫珀露出相當苦惱的神色，「這可不是簡單的事情呢。」

眼看著屬於魔王房間的那扇門打開，芙蕾清了清喉嚨提醒下面的人，「咳，早安，莫爾先生。」

妮娜立刻收斂起神色，她笑瞇瞇地抬起頭，「早安呀，魔王大人。」

魔王沉默地盯著她，轉頭看向芙蕾。

芙蕾臉上的微笑不減，「不可以哦，魔王。不可以把妮娜變成白痴。」

魔王試圖討價還價，「只是有可能。」

「有可能也不行。」芙蕾嚴詞拒絕。

魔王憂愁地在桌前坐下、吃起早餐。庫珀對他使了個眼色，暗示自己等一下有話要說。

這兩天芙蕾暫時不去法師塔。用邦奇先生的話來說，進法師塔的終極目標是為了學習魔法，如果她已經能使用魔法的話，也沒必要每天報到。而且他也擔心王子還會過來，讓她先避避風頭，在家好好背咒語。

芙蕾用吃過飯後要去遛珍珠為藉口，和他們倆一起出了門，前往自家府邸那片不算大的小樹林。

珍珠對每次被他們拉到小樹林後，只能慢悠悠地溜達一圈的行為有很大的意見，牠踢著後腿不肯配合。芙蕾無奈之下索性讓牠自己去瘋跑，自己和另外兩人慢條斯理地在林間散步。

庫珀敘述自己了解到的情報，「我已經放出風聲，說我來自北邊的傭兵團，覺得阿爾希亞王都的貴族老爺錢好賺，所以把整個『六翼魔王』傭兵團都叫過來了，過一陣子我的同伴就會陸續到達。不過，其實就算我不這麼說，在外城區那個地方突然出現一支傭兵團也不算突兀。」

魔王頷首，「那就那麼做。」

庫珀微微點頭，「住宿條件雖然差一點，但也好過不見天日的深淵了，相信大家都能理解的。平常我們還能接點傭兵的委託，補貼一下霍華德家的開支。」

「咳，其實我們也沒有窮困到這個地步。」

「哈哈，在我們面前不必逞強的，孩子。」庫珀爽朗地笑了起來，「魔王大人讓我做為先鋒來到人界，也是因為我很擅長做統籌工作，請安心交給我吧。

「不過，這一批帶多少人來才合適呢？」

魔王略微思索了一下，「二十個吧，太多了也引人注目。」

芙蕾有些驚訝，「居然能帶這麼多人出來啊……畢竟是春季女神的血液呢，看來比一般的魔法道具裡蘊含的神性多多了。」

魔王似笑非笑地看著她，「妳說得對，神的血液裡擁有的力量當然比較多，不然我們以後都挑神下手？天才法師芙蕾小姐，考慮進行獵神行動嗎？」

芙蕾瞬間收起笑意。「不，我覺得我還是太弱了。說起來，去驅逐野獸的時候，老師似乎打算讓我挑選一個魔法道具，魔王大人覺得哪個比較好？」

她轉移話題的意圖太明顯，但魔王沒有拆穿。

反而是庫珀有些驚訝，「春季女神的血液？你們已經見過其他神明了嗎？」

芙蕾也有些茫然。她還以為庫珀先生是類似軍師的角色，魔王什麼都會告訴他，原來他不知道他們已經見過春季女神了嗎？

「忘了說，也不重要。」魔王掀了掀眼皮。

「不，這很重要。」庫珀露出了恨鐵不成鋼的表情，「明明之前已經交待您很多遍了，有機會的話一定要跟神明問問，當初祂們為什麼會封印深淵……」

「沒有必要。」魔王的語氣冷了下來。

芙蕾敏銳地嗅到一點不對勁的味道，難道當初的封印還有隱情嗎？

魔王警告般地望了庫珀一眼，「我不想聽祂們解釋，我必定會站在祂們的對立面。天災降臨之時，神界傾塌，諸神都將死去。這是早就寫好的結局，所有的解釋都毫無必要。」

庫珀沉默了下來。

芙蕾焦急地望了望魔王，又看了庫珀一眼，她鼓起勇氣開口，「不可以吵架！」

魔王瞪她。「妳哪裡覺得我們是在吵架了，這是魔王訓斥下屬，根本不是吵架。」

「咳，您要是這麼說的話……」庫珀抬起頭，一臉嚴肅，「我只是擔心太過欺負魔王的話，他會覺得沒有面子。畢竟是在這孩子面前，多少要給您留點……」

「我出門了。」魔王面無表情地張開翅膀。

眼睜睜看著魔王離開，芙蕾若有所思地皺了皺眉頭。她猶豫地看向庫珀，「當初是諸神背叛魔王，封印了深淵……難道不是這樣嗎？」

「從結果來看是這樣。」庫珀的表情異常認真，「但我們至今不知道祂們為什麼要那麼做。而且，想到之後所有記載中風神的姓名都已被抹去，這看起來就像是專門針對那位大人的陷阱。」

「魔王大人認為是諸神合作的，但我不這麼認為。總覺得這其中還有什麼陰謀。」

芙蕾摸了摸下巴。她並不清楚遠古時代的諸神事蹟，但從她唯一見過的春季女神做考慮的話……祂似乎還當魔王大人是朋友。芙蕾提出了自己的疑問，「真的有可能會出現所有神同謀，針對魔王大人的情況嗎？」

庫珀緩緩搖了搖頭，「我覺得不會。他是最受人類喜愛的神明，就算在神明之中也很受歡迎。如果不是發生了什麼，當初是不會出現所有神一起出手的情況的。」

芙蕾很快被這個說法說服了，她認真地點頭，「嗯，我也這麼認為。」

魔王大人這麼討人喜歡的神明，怎麼可能同時被所有神討厭！

「唉。」庫珀深深地嘆了口氣，「但魔王大人深受打擊，一度認為自己被所有神討厭。他似乎不想探究過去的事，或者說……擔心得到自己並不想知道的答案。在他的眼裡，他已經被背叛過一次了，他大概不想知道諸神對他是怎樣的厭惡。」

芙蕾也跟著蹙起眉頭，她不由自主地摸了摸身後的神靈之書。

「那就問一問吧。」芙蕾下定決心，「如果背後有其他陰謀，那就得找出真正的罪魁禍首。如果真的諸神都……那也不必讓魔王知道了。但是我們、我們得為魔王討回公道。」

庫珀露出笑意，「哎呀，妳似乎格外寵愛魔王呢。」

芙蕾聽出他口中的揶揄，但她笑了笑，「您也是吧。會願意拋下一切跟著他前往深淵，不正是因為相信這位溫柔的神明，願意為他奮不顧身？我們也是彼此彼此。」

庫珀無奈地聳聳肩。「好吧，妳說得對。他是位溫柔的神明，也是讓人放心不下的神明。」

芙蕾和庫珀先生再次回到家中，芙蕾拜託妮娜幫忙準備下午茶、接待客人。

妮娜好奇地問，「這次的客人會是誰呢？」

芙蕾自暴自棄般、微笑著告訴她，「是神明，這次的客人是春季女神哦。」

妮娜沉默了半晌，露出某種寵溺的微笑，「好吧好吧，春季女神。我明明只聽說過春風女神……」

「是春季女神。」芙蕾強調。

妮娜兩手一攤，「好吧，但願這位從未聽聞過的『春季女神』會喜歡艾曼達的小甜餅。」

應該會的，芙蕾心想，畢竟魔王大人也很喜歡。

她從房間取出神靈之書，和庫珀先生坐在會客廳，表情都有些嚴肅。

她還是第一次在魔王不在的情況下翻開這本書，春季女神不會欺軟怕硬吧？

芙蕾鼓足勇氣，仔仔細細地數著書頁，小心翼翼地翻到第二十一頁。春季女神——格雷蒂婭。

她提筆寫下：「**尊敬的春季女神，我想詢問您一些關於過去的事情，請問您願意前來品嘗下午茶嗎？**」

她一邊寫，一邊小聲詢問庫珀，「這樣真的沒問題嗎？我邀請其他貴族小姐來喝下午茶的請柬也是這麼寫的，會不會太不正式了？」

畢竟也是神明。

庫珀笑了笑。「祂是妳的手下敗將，現在又是魔王的眷屬，妳可以說得更不客氣一點。啊，來了。」

桌上花瓶裡的插花一下子鮮活了許多，散發出蓬勃的生命力。

女神的身影憑空出現。

第十二章

陰謀

CHAPTER

XII

雖然是自己召喚的，但芙蕾也沒想到女神居然真的隨叫隨到，出現得如此迅捷。

芙蕾呆了一瞬，才覺得自己坐著、讓女神站著似乎不太好。她慌慌地站起來，請祂入座。

「咳。」庫珀清了清喉嚨，提醒芙蕾不要表現得過於恭敬。

芙蕾立刻收斂慌張的神色，拿出了從容不迫的架勢——她現在可是魔王的眷屬，得擺出一副見過世面的樣子才行，不能讓魔王大人丟臉！

春季女神格雷蒂婭似乎也是第一次和人類這樣接觸。祂看著芙蕾替自己拉開的椅子，嘗試坐了下去——以往祂在人類面前都是高高在上直接宣告旨意的。

祂環視了一圈，開口詢問，「澤……風……咳，魔王怎麼不在這裡？」

芙蕾看著這位女神，猛然發覺祂似乎也十分緊張。

她忽然平靜了下來，一旦知道對方比自己還緊張，反而就沒那麼慌了。更何況，這位女神好像真的不是很聰明。除了一來就展露出自己的緊張，還十分沉不住氣地先開了口，完全把主控權交到他們手裡了。

芙蕾和庫珀對視一眼，微微點頭，打算按照計畫行事。雖然有一點點欺騙笨蛋女神的內疚感，但芙蕾還是冷酷無情地把它鎮壓下去。

「魔王大人啊……」芙蕾露出了意味深長的微笑，沒說他在，也沒說他不在。她拉過桌前的茶具，替春季女神倒了一杯芬芳馥郁的紅茶，「請不要著急，先喝點茶吧？」

春季女神沉默了下來。

庫珀滿意地點了點頭，看著芙蕾動作優雅地幫她倒了紅茶。

「姊姊——」妮娜忽然從會客廳另一邊端著甜餅出現，「艾曼達的甜餅已經烤好了，妳的客人什麼時候……咦？」

春季女神看到突然出現的凡人，下意識站起來就要出手。芙蕾和庫珀眼疾手快，一人一隻手按在祂的肩膀上。

庫珀面帶微笑，「請冷靜。」

春季女神這才緩緩地坐了回去。

妮娜根本不知道自己差點就跟死神擦肩而過，她匆匆行了個禮，不好意思地笑了一聲，「我以為客人還沒到。不過這可真是巧，能吃到艾曼達新鮮出爐的小甜餅，這位客人，妳運氣很好哦！」

春季女神目光複雜地看了妮娜一眼。祂微微點頭，有些生硬的開口，「感、感謝妳，凡……小姐。」

祂從未對人類說過這類感謝的話，但看見對方臉上露出的笑容，總覺得這樣做似乎也沒什麼不好——只要沒被其他神看見就好。

妮娜放下甜餅、很快就離開了。她有些奇怪地想，這位氣質出眾的小姐是哪位貴族家的女兒？晉封儀式上似乎沒有見過，難道是法師塔的人？她進來的時候僕人怎麼都沒有通報一聲……

她沒有想出個所以然來，很快又把這些問題拋到腦後。反正只要姊姊在王都有交到新朋友就好。

會客廳內，春季女神盯著那盤小甜餅。

人類的食物。

似乎是用穀物做的，她還能感受到與自己同源的生命力，但是……

就像貴族很少會食用平民的料理一樣，神也幾乎沒有食用過人類的食物。

「請嘗嘗看吧。」芙蕾臉上帶著溫柔的笑意，「這可是連魔王大人都很喜歡的食物哦！綠寶石領金牌廚娘艾曼達的招牌產品！」

魔王也吃過。

春季女神勉為其難地拿起一塊，接著祂注意到身邊兩人的目光都落到自己身上。被人這樣盯著進食，壓力可不是一般得大啊。

春季女神頂著壓力張開嘴，努力維持神明的優雅、咬下一口——是甜的。砂糖的甜味和穀物本身的清甜交纏在一起，形成一種恰到好處的滋味，餅的口感也很酥脆，咬下後入口即化，整體口感相當溫和。

還、還不錯吧，春季女神有些挑剔地想。

祂的目光再次落到芙蕾身上。這個特地把祂召喚過來的人類，請祂品嘗了人類的食物，葫蘆裡到底是賣什麼藥？

先向神明獻上貢品，然後再開口詢問自己想知道的。芙蕾盡可能地在流程上保持禮貌，就不知道春季女神能不能理解她的用心良苦。

庫珀笑咪咪地對正在進食的春季女神發出詢問，措辭相當得開門見山，「冒昧邀請您前來，因為我們有些想要知道的問題——關於當初諸神封印深淵的事。」

春季女神抬頭打量著他，「你是魔物。」

這是肯定句。就算實力不強，但好歹也是真正的神明，庫珀改變形態的魔法應該不足以欺騙過祂。

庫珀也沒有隱瞞，他點頭承認，「我是魔王的下屬。」

春季女神若有所思。「沒有失去神志的魔物，是魔王嗎……真虧他在那樣的情況下還能保護著你們。」

「我既然交出血液、選擇站在魔王這邊，就不會再隱瞞什麼。你們想要知道什麼，都可以直接詢問。」

得到春季女神的首肯，芙蕾鬆了口氣，問出自己一直想問的問題，「諸神如果能夠封印深淵的話，為什麼不在深淵出現的一開始就這麼做呢？」

「一開始大家都不當一回事。」春季女神露出了回憶的神色，「直到森林女神因為大意，在深淵的魔物面前吃了虧，被魔化了一整條手臂。幸虧戰神及時趕到、斬斷祂的手臂止損，才沒有造成更可怕的後果。

「但那條魔化的神之手落在大地上，把一整片森林都變成了孕育魔物的巢穴。即使到現在，那裡也是危險叢生的死亡之森。」

芙蕾倒吸一口涼氣，「死亡之森。我聽說過這個名字，那是連有名的冒險者都很少會進入的危險地帶。在魔法消退的現在，只有那裡還有不少危險的魔物存在。」

庫珀若有所思地摸了摸下巴，「那位森林女神……沒有完全魔化嗎？」

「森林女神是我年紀最小的妹妹，祂還活著。花了上千年的時間，在醫藥之神的幫助下，祂總算再次擁有完整的身軀。」春季女神蹙起眉頭，面色凝重，「但就是因為祂，諸神意識到，深淵對神來說也是個危險的地方。

「神不會死去，但如果完全被魔化成魔物……說不定就能被殺死。

「我們離開了人界，回到天上。為了防止深淵的汙染蔓延至神界，我們斬斷了天梯。但我們也沒有放棄人類，我們賜予眷者力量，給予他們與魔物抗爭的實力。

「強行封印深淵也不是不可行，只是勢必會消耗極大的力量……」

神也會為自己考慮。芙蕾垂下眼，總覺得也不是不能理解。

但和這麼「正常」的神明們相比，更顯得魔王大人溫柔得像個傻瓜了。

庫珀笑著開口，「神明為了躲避深淵的汙染逃回了神界，魔王大人卻從一開始就沒有離開過呢。」

他的話裡明顯帶刺，但春季女神也沒有反駁。祂說，「即使有了神明的幫助，人類在和魔物的對抗中也依然處於下風，所以澤維爾才提出要把魔物趕回深淵。

「諸神都有自己的考量，只有祂願意第一個前往，但澤維爾也失敗了……」

「等等。」芙蕾錯愕地瞪大眼睛，「什麼失敗了？」

春季女神只當她不知道眾神的約定。「澤維爾決定守住深淵的大門，不讓任何一隻魔物離開深淵。如果祂證明這麼做可行，之後諸神也會協助。

「但祂也無法抵禦深淵的汙染，祂魔化了……

「森林女神一隻魔化的手臂就讓一片森林至今無法擺脫深淵的影響，誰也不知道，如果魔化的神明真的降臨大地，會發生什麼事。我們迫於無奈，只能把祂一起封印在深淵裡。」

現場陷入了久久的沉默，過了很長一段時間，芙蕾才開口，「但是……魔王明明是在諸神封印深淵之後才被汙染的……」

「不可能！」春季女神斬釘截鐵地開口，祂憤怒地抬起頭，「人類，妳在侮辱諸神的品格！」

「對於被拋棄在深淵裡的人來說，諸神也沒什麼高尚的品格。」庫珀似笑非笑地掃了祂一眼，手已經搭在腰間的佩劍上。他話鋒一轉，「但如果情況真的如您所說，那麼諸神……

「毫無疑問就是被人耍得團團轉的蠢蛋了。」

春季女神震怒，花瓶裡無根的花枝瘋長。然而憤怒之下，春季女神也想到了某種可能——

「諸神聽到了人類的祈求，我們也看到了澤維爾被汙染後魔化的姿態。究竟是誰，居然敢愚弄神明！」

「稍安勿躁。」芙蕾抬眼，並沒有因為不斷震動的地面而產生恐懼，表面上似乎是冷靜過頭了。但只有她自己知道，此刻她心中正醞釀著怎樣的怒火。

「您說人類的祈求，您還記得當時祈求的是哪些人類嗎？」

春季女神愣了一下，大地的顫動停止。她閉上眼搖了搖頭，「那個年代總是有人類日夜不停地祈禱。我只知道那不是我的信徒，但也根本不會記得那是哪些人類。」

芙蕾垂下眼，「要是有誰會知道就好了……」

「有個傢伙或許會知道。」黑色的霧氣湧出。魔王拉開椅子、姿態隨意地坐在芙蕾旁邊，把春季女神只嘗了一塊的小甜餅全部拉到自己面前。

「魔王大人！」芙蕾沒想到他會突然出現，一時間有些懷疑，「您不會一直在偷聽吧？剛剛牆上那隻黑色的蜘蛛不會就是……」

「不是。」魔王矢口否認，「只是湊巧。」

他明顯轉移了話題，「別說無關緊要的話了，妳到底想不想知道真相啊？」

芙蕾老實地開口，「想。」

魔王滿意地點點頭，掃了春季女神一眼，像是在炫耀眷屬。

春季女神一臉莫名，但還是跟著問，「誰？」

魔王抬起眼，「利亞姆。」

現場沉默了半晌。

芙蕾試探性地開口問，「魔王大人，您是不是又一臉淡然地念出了哪位神明的名字？一般而言，這在人間應該都是教會的禁忌。」

「但我是魔王。」魔王大人對著她抬了抬下巴，「觸犯禁忌就是我的特權。」

好像也是。芙蕾摸了摸鼻子不再抗議，她還沒習慣魔王這種作風。

春季女神點了點頭，「智慧神嗎？祂或許真的會知道。」

「為什麼？」芙蕾忍不住追問了一句，「會是祂的信徒做的？」

「不知道。但無論是不是祂的信徒做的，祂都很有可能知道那群人的來歷。」魔王慵懶地靠在椅子上，露出嘲諷的笑容，「祂不是號稱全知全能嗎？」

芙蕾有些疑惑，「我以為這是對神的稱讚，難道是真的全知全能嗎？」

「也不是全知。」春季女神回答了這個問題，「但智慧神相當細心，還喜歡追根究柢。祂多半會去調查那群人的身分。」

「那麼，那群人類很有可能也沒有什麼問題了。」芙蕾對此不太樂觀，「如果有什麼奇怪的地方，智慧神就會制止大家封印深淵了吧？」

「祂就算知道了什麼，也不一定會說出來。」魔王抬眼，「因為祂是個膽小鬼，還有一些類似於『聰明人不會當出頭鳥』『傻瓜才會逆風而行』的信條。」

春季女神似乎也十分贊同這點，祂附和，「祂細心又博學，但並不完全是正義的。」

「所以，我們可以問祂問題，卻不能完全相信祂的品格。」魔王伸手從芙蕾面前拿過那本神靈之書，隨意地一頁頁翻過。

芙蕾不由得有些羨慕。魔王大人根本不怕看到其他神明的名字，和他相比，自己每次打開神靈之書的時候似乎一點都不帥氣……下次也得打開得有氣勢一點！

魔王停在第十五頁。他沒用筆，只是伸手敲了敲書頁，「喂，利亞姆。」

沒有應答，神靈之書就像一本普通的書一樣根本沒有反應。

魔王看起來一點都不吃驚，「我猜到了，這個膽小鬼就算聽見了，恐怕也會當作沒聽見。」

春季女神略微沉吟，「需要我去神界找祂嗎？」

「不用。如果祢單獨和祂見面，不一定能問出我們要的東西，還可能順便被套出所有的情報。不過也不用太擔心，因為我們也沒告訴祢什麼重要情報。」魔王露出壞心眼的笑容。

春季女神沉默下來，居然也沒有反駁。

芙蕾多看了祂一眼，不著邊際地想——能和嘴巴這麼壞的魔王大人當朋友，春季女神雖然有點笨，本質上應該也是個好脾氣的神吧？

魔王伸手敲了敲桌子，歪了歪頭，「現在有兩個方案。」

「第一，我拿著神靈之書日夜不停地騷擾利亞姆。就算祂假裝聽不見，但神靈之書還是能不斷把我的聲音傳遞到祂那裡去。等祂忍不下去，也許就會出現了。」

「未必有用。」春季女神誠實地說，「您忘了當年，智慧神的眷屬大祭司，指使勇者用詭計騙走了龍之島的寶藏，龍神震怒地在智慧神大殿外罵了七天七夜，祂都沒有露面。您的嗓門應該沒有龍神那麼大。」

「有道理。」魔王點了點頭，「那就只有第二個辦法了。」

他含笑看向芙蕾，「小鬼，過幾天妳不是要和智慧神的眷者、那個聖子一起去幫忙驅逐野獸嗎？找個機會把他扣下，用來威脅利亞姆。」

芙蕾瞬間覺得自己的肩上壓下了重擔，這大概是她成為魔王的眷者以來，接到的最像是魔王眷屬的任務了。雖然很對不起紐因聖子，但為了了解過去的真相，也不得不做了！

芙蕾深吸一口氣，「我最近會練習一下威脅人的表情的！」

「嗤。」魔王扭過頭笑了一聲，「妳那張臉，就算擺出鬼臉也不會嚇人的。這個方面還是祢家的眷者比較厲害，真虧祢能選那種皺巴巴的老頭啊。」

春季女神面無表情地看了魔王一眼，對他詆毀自己的品味表達抗議，「魔王大人，人類不是一生下來就是皺巴巴的老頭的。他們年輕的時候也是俊美的少年，您可以翻翻歷史記錄。當然，我對於美的追求還是遠不如您。畢竟您可是在深淵裡，不惜消耗神力、甚至被侵蝕，也要保持自己下屬年輕貌美的魔王大人。」

庫珀一臉複雜地摸了摸自己的臉。

「我才不是為了外貌！」魔王惡狠狠地拍了拍桌子，「凡人哪能活那麼多年，如果不這麼做，他們早就死了！」

芙蕾無奈地舉起手，「哎呀，你們不要吵了嘛……啊，女神閣下，您要再來一塊小甜餅嗎？」

「不給祂吃！」魔王瞪著芙蕾。

春季女神矜持地點頭，「那麼，就拜託妳了。」

芙蕾一邊拿小甜餅給祂，一邊拍了拍魔王的肩膀，「真是的，魔王大人，對待盟友要更慷慨一點哦。」

魔王氣得張開翅膀，劈頭灑了她一臉羽毛。

芙蕾一點也不介意地露出笑容。忽然，天空響起一聲悶雷，她有些意外地看了眼窗外，「下雨了……啊，這種陰雨天，最適合大家聚在一起玩玩紙牌、下下棋了！反正正事也已經做完了……我去把妮娜叫過來！」

她提著裙襬朝會客廳外走去，回過頭笑起來，「請艾曼達再做點好吃的吧？」

雖然魔王大人刻意讓自己和過去拉開距離，看起來也不想和神明扯上關係，但如果一切真是源自於一個誤會，芙蕾還是希望他能和曾經的朋友再次熟悉起來。

畢竟魔王大人雖然不會承認，但他還是很怕孤獨的。

春季女神看著她的身影，忍不住感嘆了一句，「您的眷者很特別。」

「只是個看不懂氣氛的小鬼而已。」魔王意興闌珊地回答，一臉嫌棄地彎了彎嘴角，「和神一起玩紙牌，真虧她有這個膽子。」

天空一下子陰沉下來，雨劈哩啪啦地砸在地上。

露西·約拿德有些狼狽地躲到街邊商鋪的屋簷下，來來往往的行人都忍不住對這個一身貴族裝扮的貌美小姐多看了一眼。

她身邊的女僕小聲提醒，「小姐，他們一直在看我們……」

「但他們的眼神只有好奇和驚豔，這可比王都的貴族看我們的眼神友善多了。」與柔弱的外表不同，露西的聲音出奇得冷靜。

女僕囁嚅著，「因為王子和伊莉莎白小姐嗎？小姐，您真的要參與王子和那位身分尊貴的大小姐之間的事嗎？家裡這幾天已經受到很大的壓力了，夫人似乎對您……」

「即使我乖巧無比，一點也不惹事，她也不會對我露出好臉色的。我又不是她親生的。」露西仰起頭，「而且那位王子也沒有那麼傻，我們就是各取所需而已。」

女僕似乎被勾起了好奇心，她壯著膽子詢問，「那麼，您為什麼還要給那位繁星商會的斯派克少爺回信呢？他可比王子差得遠了……」

「王子擁有權力，富商之子擁有財富，這些都是我想要的。」露西毫不避諱地開口，「如果不是那位大人……我覺得財富會比權力更重要一點。」

「反正那個傻瓜送的珠寶我很喜歡。」露西碰了碰自己脖子上潔白的珍珠項鍊，笑了起來，「但我還有另外想要的東西——影響力。」

「妳確定紐因聖子真的來這裡了？」

「是的！」女僕急急回答，「似乎是街道上的某個平民生了怪病，為貴族服務的醫師不願意幫忙救治，紐因聖子就以自己的名字請求他出診……」

「多麼好心的少爺啊。」露西的語氣像是在真心誠意地讚美，但臉上的表情卻不見一絲變化，「這樣好心的人，看到躲在街邊淋雨的少女，一定不會視而不見的，對嗎？」

女僕深吸一口氣，為表忠誠地開口道，「沒有人能對您視而不見的。」露西笑了一聲。

另一邊，那位重病的平民喝下一劑黏呼呼的黑色藥劑，終於虛弱地睜開了眼睛。

「哦，讚美智慧神！」

周圍的人不由得發出驚喜的呼喊。人群中央的中年藥劑師恨不得翻了個白眼，他信奉醫藥之神！雖然他對這位聖子格外尊敬，但怎麼就沒人誇一句醫藥之神呢⋯⋯

紐因聖子也鬆了口氣，他微笑著看向藥劑師，「也感謝您的仁慈，先⋯⋯啊嚏！」

他突然打了個響亮的噴嚏。這可是聖子少見的失禮時刻，他有些尷尬地摸了摸鼻子，無奈地笑起來，「看來即使有神的庇佑，也無法完全避免病魔的侵擾。外面下起雨了，諸位請小心不要淋溼了。」

馬上有人幫聖子找了個理由，「不一定是病魔，也許是有美麗的小姐在惦念您呢！」

聖子無奈地低下頭，「請不要調侃我了⋯⋯」

身分尊貴的聖子這般平易近人，周圍的平民也跟著哄笑了起來。

聖子坐上馬車離開，就在馬車即將拐入露西等待的街道時，紐因瞥見了那間蛋糕店。

「停一下。」在他反應過來之前，他已經叫停了馬車。等回到車上的時候，手裡已經提著幾塊蛋糕了。

紐因無奈地笑了笑，「美麗的小姐啊……去一趟霍華德家。」

馬車掉了個頭，朝著王城的另一邊出發。今日的大雨裡，露西小姐恐怕是等不到她的獵物了。

艾曼達的其他甜點還沒出爐，芙蕾就先收到聖子送來的蛋糕。傳信的女僕說對方已經離開，只是留下話，「如果想要坐在窗臺欣賞雨中的王都，搭配一些甜點是再合適不過了。」

「哦——」庫珀拉長了語調，「這位聖子似乎相當擅長討小女生的歡心呢。」

春季女神沒有任何反應。祂呆呆地看著手中的牌，似乎不敢相信自己又輸了一次。

魔王沒時間安慰祂，他瞥了眼蛋糕，從鼻子裡「哼」了一聲。

芙蕾垂頭喪氣地來到魔王身邊，「魔王大人。」

「嗯？」魔王抬起頭看她。

「我們剛剛還盤算著要抓他，他還一無所知地送蛋糕給我們。」芙蕾羞愧地低下頭，「我覺得自己是個無情無義的壞女人。」

魔王沉默了半晌，遲疑著開口，「……可是我是魔王欸？妳是魔王的眷屬，成為足夠被人稱之為『魔女』的壞女人，這不是理所應當的嗎？」

庫珀看著魔王教唆自己的後代，一臉欲言又止。

魔王伸手扣下蛋糕，循循善誘，「如果妳不動手，那就只能我自己動手了。但是妳考慮一下，如果我下手他可能就會直接沒命了。

「所以如果由妳動手，他還能留住一條命，說起來也算是妳救了他。」

芙蕾沉默下來。怎麼聽起來好像有哪裡不對，但是又好像有點道理？

她深吸一口氣，捲起袖子朝他點頭，「那麼，我去了，魔王大人。」

魔王有一瞬間的呆愣，「……妳去哪？」

芙蕾握拳，神色決絕，「趁他還沒走遠，把他抓起來當人質威脅智慧神！」

說著她就要轉身。

「慢著。」魔王叫住她。

芙蕾有些困惑，似乎不明白魔王還有什麼要說的。

魔王嘆了口氣，「笨蛋，等離開王都的時候再出手。」

「哦。」芙蕾又乖乖回到桌前。

魔王看向情緒低落的春季女神，露出壞心眼的笑容，「輸了這麼多場，總得付出點代價吧？女神閣下。」

春季女神如臨大敵，「什麼？」

「用風系能力一下子就會暴露，還是用祢的力量更方便掩人耳目。」魔王盤算著，「等他們離開王都，祢……」

淅淅瀝瀝的雨聲，把整座王都都籠罩在底下，包括繁榮表象掩蓋下的各方籌謀。

芙蕾在自家宅邸過了風平浪靜的幾天。期間春季女神苦練牌技，試圖從老狐狸庫珀、運氣極強的魔王，以及格外擅長推測局勢的芙蕾手裡贏下一局。

然而贏家輪流做，就是輪不到祂。

到最後芙蕾都忍不住小聲提議，「要不要稍微讓祂一下？」

「不用。」魔王懶懶地開口，「大地之母一家已經夠寵祂了。妳覺得祂為什麼這麼喜歡跟我們玩？還不是因為我們都不放水。」

喜歡被欺負啊。芙蕾看春季女神的眼神變得有些怪異的。

輪到人神共憐的春季女神，迫不得已答應了幫忙一起坑智慧神教聖子的要求。

集合地點在城門口，芙蕾帶著魔王一起前往——不過幾天，王都內的大部分人都知道她有一個容貌出眾的俊美傭兵了。當然也有人說過些無中生有的謠言，但自從魔王出手教訓了幾個不知好歹的家僕、展示了自己的實力之後，這種話也少了很多。

紐因聖子已經等在那裡了。他微微一笑，向芙蕾介紹他身後跟著的三位法師。後面還有幾位據說是信仰智慧神的傭兵，他們知道聖子要帶著法師前去訓練實戰能力，自願前來當護衛。

芙蕾禮貌地打了招呼，不動聲色打量著他身後的法師們。他們都是平民出身，面對芙蕾這樣的貴族多少都有些緊張。他們大部分是多系法師，但即使這樣，也只有紐因聖子一人有一點風系天分，看來風系天賦確實很少見。

芙蕾才站定沒多久，伊莉莎白就帶著人匆匆趕來了。她朝著諸位點點頭，「抱歉，把這個傢伙抓出來費了不少時間。」

芙蕾順著她的動作，目光落在她身後一位戴著兜帽的瘦弱少年身上。

伊莉莎白為他們介紹，「這是伊諾克，巴爾克的學生。他一直在法師塔裡，但因為個性問題從來都不肯出塔。」

本來法師塔出芙蕾一個人就夠了，但邦奇先生怎麼都放不下心。而且這次的目的地在王都鄰鎮，那裡正好有卡文迪許家的礦山，有鑑於伊莉莎白比較熟悉那一帶，就請她一起出馬了。

另外，自從這群導師聽說智慧神教這次有三個學員後，他們就覺得自己最起碼也得出三個人。於是他們硬是把去年的三位學員之一、巴爾克的關門弟子，沉迷於煉金術、從來不肯踏出大門的伊諾克給拖了出來。

戴著兜帽的陰沉少年目光幽幽地盯住芙蕾，「如果摩奇沒出事，這種事怎麼會輪到我頭上……」

感受到對方強烈的怨念，芙蕾心虛地摸了摸鼻子。

伊莉莎白揚起下巴，一如既往地心直口快，「如果摩奇沒出事，你多半還是得來。但邦奇先生應該會高興一點，這樣他就不至於湊了兩年，結果學生還沒比人家多。」

芙蕾聽出來了，伊莉莎白是在說這件事和她無關。於是她又悄悄地挺直了身體。

人已經到齊，但在座的各位看起來都沒有要動身的意思。芙蕾好奇地打量了一圈，接著在不遠處看到了一個意料之外的身影。

她面無表情地拎緊韁繩，抑制住自己策馬飛馳離開的衝動，「……再怎麼湊人數也不能把這種傢伙叫來吧。」

身旁的伊莉莎白沉重地嘆了口氣，「邦奇先生也沒有辦法，是國王同意的，大概是用我當藉口吧。國王一直希望我們能夠多親近，但是……」

芙蕾沉默地再看一眼。這傢伙居然把那位傳聞中的露西小姐也帶來了啊！他們難道不怕伊莉莎白直接發一個火球砸到他們臉上嗎？

「哈。」魔王看熱鬧般笑了一聲。

伊諾克拉緊自己的兜帽，「這位好歹是王子，妳們說話的時候多少注意點啊！」

「好歹是王子呢。」芙蕾看他的眼神帶著某種惆悵。

「好歹是王子呢。」伊莉莎白跟著重複了一遍，「就不能為王室的顏面考慮一下嗎？」

伊諾克無言地看著她們。他悄悄往旁邊靠了一點，想跟這兩個膽大妄為的女人拉開距離。

阿爾弗雷德王子騎著馬，慢悠悠地晃到他們面前。無視了幾人打招呼的舉動，他對著芙蕾揚起一個十分挑釁的笑容，「喲，颳個風來看看吶？」

芙蕾誠懇地問道，「真的可以嗎？」

王子的笑容僵硬了一下，他不由自主地想到法師塔上至今都沒有補好的大洞。

「冷靜點。」伊莉莎白伸手按住了她，「這傢伙再怎樣也是國王的獨子，必要時候還是得讓我來。」

「咳。」紐因聖子即時轉移了話題，他微笑看向芙蕾，「芙蕾小姐，我聽說綠寶石領深受鼠患影響，您或許對驅逐野獸很有一套？」

和諸位輕身前往的法師相比，芙蕾身後還掛著長槍和弓箭，顯得專業多了。

他身邊的傭兵大剌剌地開口，「老鼠和野獸怎麼能比！再說了，這次可不是一般的野豬，是擁有鋒利的爪牙、巨大的身形，令人驚懼的力量……」

他看起來就是在故弄玄虛，借著自己豐富的經驗嚇唬這群看起來沒出過遠門的年輕貴族。

然而目前看來唯一受到影響的只有伊諾克。他面有難色地開口，「我要回去，伊莉莎白。我會死在那裡的，讓我回去。」

伊莉莎白眉毛都沒動一下，「那你就死在那裡吧。」

孱弱嬌嫩的露西小姐伸手拉了拉王子的衣襬，小聲而怯懦地叫了一聲，「殿下……」

王子回頭看了一眼，忽然對伊莉莎白露出笑容，「別擔心，畢竟大法師伊莉莎白小姐也在這裡呢，她一定會好好保護妳的，對吧？」

伊莉莎白看起來並不想和他糾纏，十分冷淡地回應，「但如果沒有實力還非要往危險的地方跑，那就沒人能阻止她尋死。」

芙蕾覺得伊莉莎白是在提醒他們不要亂跑，但王子殿下顯然把這當成了某種挑釁。你們大貴族的愛恨情仇可真複雜。芙蕾摸了摸自己身後的長槍，進入王都以後就沒有機會使用了，說起來也稍微有點手癢了。說是對付野獸入侵，其實完全可以當作出門打獵遊玩。

芙蕾詢問聖子，「您還沒告訴我，要驅逐的到底是什麼野獸呢？」

出於某種不能言說的愧疚心理，芙蕾的語氣格外溫柔，神情也和面對旁人時有些不同。這樣的表現看在其他人眼裡，就有了別的含義。

聖子笑起來，「是熊，一頭成年的高大黑熊。據說破壞了不少村莊的收成，周圍的農夫也拿牠沒有辦法，只能向智慧神教求助。」

伊莉莎白皺了皺眉頭，「這應該是當地領主的責任。」

而那塊領地恰好就屬於卡文迪許家，那裡的領主是她的某位叔叔。

聖子只是微笑，「領主大人……似乎有別的事要忙。」

「熊啊……」芙蕾的表情一瞬間有些微妙。

打這個或許根本用不著魔法。

聖子身邊的傭兵哈哈大笑，「不用害怕，小姐，我們會牽制住牠，不會讓牠驚擾到你們的！你們就儘管使用魔法吧！」

幾個傭兵都跟著附和起來。

芙蕾若有所思地問，「只有一頭嗎？」

只有一頭熊要製造混亂或許還有點難度。

幾個傭兵面面相覷，遲疑著回答，「應該是……只有一頭吧？」

不能再多了吧？

說是鄰鎮，其實距離王城相當接近，騎馬也不過半天的路程。

芙蕾從小在綠寶石領，沒什麼機會參加舞會，但騎馬的機會可比一般貴族來得多，因此一點都沒受影響。要不是為了顧及其他人的速度，珍珠早就邁開步伐飛奔了。

紐因聖子臉上帶著從容的微笑，半日的奔波彷彿不算什麼。伊莉莎白小姐似乎也曾經和智慧神殿的人處理過好幾次類似的委託，也算頗有經驗，看起來也只是稍有疲累。但剩下的人就沒那麼好過了。

平民的傭兵平時也沒有多少機會騎馬，而身嬌體弱的王子殿下和幾乎不出門的伊諾克幾乎已經直不起身了。

王子咬牙切齒，勉強還記得要保持王室的榮耀。他鐵青著臉，努力維持騎馬的姿勢。伊諾克可管不了那些，他幾乎整個人趴在馬背上，含糊不清地說，「如果我死在半路上，告訴老師我真的盡力了……」

伊莉莎白捏著他的下巴，把水袋口塞進他的嘴裡。

「嗚……咳咳！」伊諾克艱難地咳嗽起來，再次幽怨地抗議，「真的會死的！」

而另一邊，露西小姐一邊喘著氣，一邊溫柔地遞出水袋和手帕，小聲地說，「喝點水吧殿下，我加了香草，能夠提神。」

王子殿下的臉色這才稍微好看一點。他對著伊莉莎白冷哼一聲，接過露西的水袋喝下一大口。

未免引火焚身，這時候不應該多看，但芙蕾還是忍不住好奇地瞥了一眼。然而魔王的水袋擋住了她的視線，他面無表情地說，「喝水。」

芙蕾明白他的意思，老老實實地收回目光不去亂看。不過，總覺得那位露西小姐似乎也並不疲憊，只是在假裝示弱。

伊莉莎白詢問聖子，「紐因閣下，既然村莊深受黑熊的困擾，我們是要去牠經常出沒的地方尋找牠的蹤跡嗎？」

聖子點了點頭，「我們先稍微休整一下，吃點東西，之後就去尋找牠的蹤跡。但牠也不是每天都會出現，如果今天沒有找到的話，我們就要先去鎮上的智慧神殿借住一晚。」

如果是為了追蹤獵物，可以從觀察地面上的糞便開始著手。但是……芙蕾看了看周圍的人，在這群年輕的貴族面前說「糞便」什麼的，也許太過失禮了。於是她理智地沒有多嘴。

聽到聖子的話，幾個傭兵第一時間翻身下馬。他們可不像貴族那麼注意形象，一邊揉著自己的屁股一邊抱怨，「當初聖子說會借我們馬匹的時候，我還高興了好一陣子，誰知道騎半天馬會這麼累人。哎喲，我的屁股啊！」

「噓！幾位貴族小姐還在這裡呢，別說什麼屁股不屁股的！」

「怎麼了！貴族小姐就不長屁股嗎！」

那位傭兵嘴上這麼反駁，實際上還是自覺地放低了聲音。

芙蕾把一切都聽在耳中，差點沒忍住笑聲。魔王把手裡的乾糧遞給她，芙蕾伸手接過道謝，順利掩蓋自己快要忍不住的笑意。

魔王有些無奈，「貴族小姐不長屁股」哪裡好笑了。

芙蕾正打算和魔王大人商量一下製造混亂的時機，魔王卻忽然抬起頭看向西北方向。他皺了皺眉毛說，「來了。」

芙蕾立刻止住翻身下馬的動作，伸手握住身後的長槍。在對方先發現自己的情況下，弓箭就沒那麼適用了。

她出聲提醒，「小心，有東西靠近！」

她還不確定靠過來的是不是黑熊。

此時王子正下馬下到一半，不上不下地掛在那裡。他懷疑道，「妳是不是故意的？」

幾個傭兵倒是相當警覺，立刻回身想要上馬，然而馬比人更加機警。牠們遠遠察覺到了狩獵者的氣味，不安地嘶鳴起來，不肯輕易讓人上馬。

那頭黑熊就在這樣一片的混亂裡登場。

除了一身油光滑亮的黑色皮毛，牠的胸口還有一道明顯的白色花紋。牠在看到活物以後興奮地直立而起，行為舉止居然有些像人。

芙蕾見過這種熊，為了準備即將到來的冬眠，秋季正是牠大量進食的時候。牠的食物也相當廣泛——樹上的果子、田裡的莊稼，當然，也包括人。這裡還沒有出現被熊襲擊的傷者，大概是因為這頭熊找到了足夠的食物，而且人類運氣不錯，沒有太過激怒牠。

傭兵們好不容易翻身上馬，卻沒有辦法如他們想像中地指揮馬匹行動，受驚的馬兒只想逃離這個巨大的狩獵者。

黑熊已經近在眼前，牠直接朝伊諾克衝了過去。

「啊———」伊諾克發出絕望的叫喊聲，手忙腳亂地從衣兜裡摸索著什麼。芙蕾無奈地抽出長槍，把黑熊從他身邊驅離。

魔王目光憐憫，「動物也知道欺軟怕硬。恐怕在牠眼裡，這傢伙就是最好欺負的那個。」

芙蕾稍微放了點水。這次也是為了鍛鍊法師們的實戰能力，如果她一個人就把事情解決了，那大家就都沒有練習的機會了。更何況，她還在等待更大的混亂。

所以她只有在同伴陷入危險的時候才出手幫忙。雖然大部分的時間裡，她都在幫助這位哇哇怪叫的伊諾克先生。

伊莉莎白和聖子看來也和她有同樣的想法。他們沒有出手，把現場交給更為生疏的新學員們。

芙蕾第二次逼退了試圖接近的黑熊後，伊諾克才終於用顫抖的手挖出道具。但他決定放棄使用，直接一把拉住芙蕾哀嚎，「救命啊！只要妳願意幫忙，魔法道具隨便妳挑！」

他做的魔法道具應該也沒有神性。芙蕾並不心動，相當冷酷地嘆了口氣，「伊諾克先生，你好歹也得有個自保的能力。」

看著芙蕾的長槍攔在前頭，黑熊放棄了伊諾克，轉頭選擇王子做為目標。

「呀！」露西一聲驚叫。她緊緊抓住王子的手臂，一雙漂亮的眼睛泫然欲泣、我見猶憐。

可惜王子也自身難保，只能臉色鐵青地握著自己的佩劍。此時伊莉莎白一個火球轟在黑熊面前，天生畏火的野獸嚇了一跳，再次選擇了其他的目標。

即使是這樣的情況，芙蕾也趁機關注了一下他們的感情發展。王子的表情似乎一瞬間變得有些微妙。

看起來很有故事。

但芙蕾也沒忘記自己的目的。確認伊諾克雖然害怕，但手裡已經捏著一把魔法道具之後，她無聲無息地朝著聖子靠近。

就在這一瞬間，變化陡生，整個地面都猛烈地震動了起來。

發怒的黑熊被地震嚇得一下子跌坐在地上，這下就連伊莉莎白和聖子也都驚慌了起來。

芙蕾表面跟他們一樣驚慌，實際上內心相當冷靜，她知道這應該是春季女神動手了。地面突起毫無規則的石塊，人們驚慌失措的叫聲驚起了無數飛鳥。馬匹被驚得四處逃竄，扭動著身體試圖甩下馬背上的人。

一片塵土飛揚中，芙蕾彎下腰說，「珍珠。」

珍珠明白她的意思，嘶鳴了一聲瘋跑起來，毫不猶豫地朝紐因聖子的馬匹了撞過去。

芙蕾故作驚慌，「啊呀！小心呀——」

為了避免把珍珠也拉進這場災難裡，她縱身下馬。她餘光瞥見聖子的馬匹也受驚了，他有樣學樣模仿著芙蕾，也翻身下馬。

芙蕾眼睛一亮。

大地裂開了縫隙，像是山石巨獸般、張開大嘴，毫不猶豫地把他們吞了下去。

在他們落入山谷之後，巨大的裂縫飛速癒合，一切就像是曇花一現的錯覺。地面的動靜也隨之消失，那頭黑熊在慌亂中不知道跑去什麼地方了。

如果不是有兩個人在他們眼前消失，恐怕所有人都會以為這是一場幻覺。

目標一消失就停止動作，該說不愧是那個笨蛋女神嗎，做得也太不自然了一點。魔王大人十分挑剔地評價。然而當他扭頭看見面露焦急地站在原地的聖子時，表情忽然一僵。

露西一聲壓抑的哭喊喚回了所有人的注意力，「嗚……王子殿下！殿下被吞下去了！」

眼前的土塊迅速合攏，芙蕾沒有太過驚恐，畢竟她早有準備。她要和聖子一起跌落……嗯？聖子呢？怎麼是王子啊？

「該死！這是怎麼回事！」身邊的王子發出恐懼且憤怒的呼喚。

芙蕾短暫地沉默了一秒。最後她還是抽出長槍、狠狠刺入身邊的土壁止住落勢，順便伸手拉住王子，讓他也借力掛在長槍上。

芙蕾面無表情地想——那個笨蛋女神該不會根本分不清王子和聖子吧？雖然他們兩個長得並不像，但說不定在神的眼裡，人類都長得差不多……

她目光複雜地看著王子。

王子剛剛被她救了，臉色不太好看地張了張嘴，嘟囔了一聲，「謝謝。」

隨後他像是刻意轉移話題般開口，「地底下的空氣是不是有點難聞啊？這到底是什麼味道？」

芙蕾也跟著他吸了吸鼻子，隨即變了臉色，「屏住呼吸！」

是沼氣！

不，這不是格雷蒂婭做的，是有人針對他們設下了陷阱！對方也有操縱土元素的力量！是誰？

難道是智慧神將計就計？還是有其他神明察覺到了魔王的存在？或者這並不是在針對她……而是針對王子？

芙蕾心中念頭四起。對方應該是特意挑選這個地方，連那頭黑熊說不定都只是個誘餌。這塊土地下居然有個地下溶洞，這種常年不見天日的密封空間裡偶爾會產生致命的沼氣，如果她沒有掛在半空，而是選擇直接落下，或許現在已經沒命了。

必須盡快脫困。

芙蕾把手伸到背後，摸了摸那本神靈之書。

高寶書版集團
gobooks.com.tw

輕世代 FW390
魔王在上01

作　　者　魔法少女兔英俊
繪　　者　四三
編　　輯　王念恩 / 莊書瑀
美術編輯　單宇
排　　版　彭立瑋
企　　畫　方慧娟

發 行 人　朱凱蕾
出　　版　三日月書版股份有限公司
　　　　　Printed in Taiwan
地　　址　臺北市內湖區洲子街88號3樓
網　　址　www.gobooks.com.tw
電　　話　(02) 27992788
電　　郵　readers@gobooks.com.tw（讀者服務部）
傳　　真　出版部　(02) 27990909　行銷部 (02) 27993088
郵政劃撥　50404557
戶　　名　英屬維京群島商高寶國際有限公司台灣分公司
發　　行　英屬維京群島商高寶國際有限公司台灣分公司
　　　　　Global Group Holdings, Ltd.
初版日期　2023年4月

本著作物《魔王在上》，作者：魔法少女兔英俊，由北京晉江原創網絡科技有限公司授權出版。

國家圖書館出版品預行編目(CIP)資料

魔王在上/魔法少女兔英俊著.-- 初版. -- 臺北市：三日月書版股份有限公司出版：英屬維京群島高寶國際有限公司臺灣分公司發行, 2023.04-
　面；　公分. --

ISBN 978-626-7152-59-1(第1冊：平裝)

857.7　　　　112001224

GOBOOKS
& SITAK
GROUP ©

三日月書版

三日月書版

魔導學教授的推理教科書
下
Wizardry Professor's Investigation Textbook
魔導ゼミナール
教授のミステリー教科書
輕世代
FW386
三日月書版

CONTENTS

推薦序

值言（知名輕小說作家）

在我的輕小說課程上，有一門課程是「推理課」，在上課的時候，我給學生的寫作建議是「你們只要知道推理小說怎麼寫就好了，出道作品不一定要寫推理，因為真的很難寫」。

推理小說一直是非常困難的寫作主題，因為在書寫的過程中，必須要顧慮到作品的合理性，將天馬行空的靈感化為合乎邏輯的演出，寫作功底不夠的話，便很難編織出令人信服的情節。

而融合了輕小說元素的「奇幻推理」又更是困難。

作家隆納德．諾克斯所訂下的「推理小說十誡」曾在古典推理的黃金期被奉為圭臬，這十條戒律說明了一本完美推理小說「不可以犯下的錯誤」，其中一條戒律就是「故事中不可存在超自然力量」。

而「奇幻推理」可說是反其道而行的推理故事類型，必須在極度講求邏輯與合理性的推理小說中，融入「奇幻」這個本來就是「超現實」的元素。

寫奇幻推理，就像是在試圖將一條惡龍馴服成綿羊一樣，調和光與暗、冰與火、合理與荒謬……如此衝突而矛盾的事物。

就連我在教學時，也忍不住感嘆道「在這個業界，無論你花多少心思構思作品，出版一本小說的稿費都是固定的，寫一本推理小說要耗費的心思，大概等於好幾本異世界穿越作品吧」。

但是，千筆老師做到了。

在我的輕小說課程上，我指定了「寫一篇短篇推理小說」的題目，給學生當回家作業。因為這份作業很困難，所以我也抱著「一定會挑出很多BUG」的想法改作業。

就在此時，我和千筆老師的作品相遇了。

那是一篇一萬多字的作品，我看了開頭，發現角色竟然是勇者與魔王。

喔喔，竟然有人挑戰奇幻推理！真是地獄開局啊！

當時我只是想，千筆老師真是有膽識啊，但根據我的經驗，「有野心」和「能駕馭題材」是兩回事，所謂「能力越強，責任越大」，題材越難，BUG也越多。

帶著這樣的想法，我開始閱讀千筆老師的作品。

咦？

咦咦咦？

喔喔喔喔喔！

哇！哇哇哇！

看完作品後，我被大大驚豔到了！

作品不但邏輯絲滑順暢，而且也沒有因為過分注重詭計，而忽略了輕小說的精髓「有趣最重要」！

故事不但合理，內容也很有趣，而且這麼精巧的故事，竟然是在一週內寫完的！

「超讚的耶！你寫得超讚！」我那時候給的評語大概就是這樣，實在也講不出別的了。

之後，千筆老師就將這個故事的構想再做延伸，最後完成了現在與大家見面的長篇作品《魔導學教授的推理教科書》。

《魔導學教授的推理教科書》的主角是一位溫文爾雅的魔法師學者。但在工作之餘，他研發了許多能幫助斷案的魔法道具，於是他接受美麗的女騎士團長委託，合力偵破各種稀奇古怪的懸疑案件。

整個故事猶如「奇幻版的CSI犯罪現場」一般，構築得相當精彩，而且除了各式各樣充滿想像力的案件以外，在角色上的塑造也不馬虎，故事中充滿許多有魅力的角色，例如高嶺之花女騎士，俏皮的獸人女盜賊，軟萌的聖女等等！再搭配上帥氣的教授，無論男性或女性讀者在閱讀時，都能充分享受到趣味！

臺灣的輕小說受限於產業規模，一直難以像日本輕小說一樣透過動畫化大鳴大放，但在這個產業中，也不乏有充滿創意和熱情的作品。

在此也誠摯將《魔導學教授的推理教科書》這本優秀的輕小說作品，推薦給閱讀到這裡的您！

值言　2022年8月5日
寫於令人快融化的盛夏

名人推薦

彷彿偵探伽利略來到魔法世界的本格解謎奇書！

魔王陳屍於只有他自己的魔力才打得開的密室、被復活魔法救活的死者之「死前留言」卻指認了絕不可能是兇手的人、在校內藏葉於林出乎意料的凶器之祕……

在日本流行數年後，台灣作家終於創造出屬於自己的「特殊設定系」推理，千筆老師您了不起！

——喬齊安（台灣犯罪作家聯會成員／推理評論家）

Lesson 5

誰殺了冒險者

這一天，帝都的冒險者公會看起來和往常一樣，沒什麼不同。

職員一把大門打開，冒險者們就一湧而入聚集到布告欄前，看著懸賞單找尋適合的任務。

公會裡頭變得一片混亂，沒有人注意到一個穿著骯髒的魔法師長袍，面容憔悴的年輕人在此時走了進來。

魔法師進到公會後便坐在一旁，和眼前的混亂保持一定的距離，儘管沒有要去搶懸賞單的意思，但他似乎很緊張地不停抖著腳。而在這時，他突然感覺長袍被拉扯了一下。

年輕人閃電般地轉身，定睛一看才發現原來是一名獸人少年，少年頭上有著一對牛角，屁股後面還有條小小的牛尾巴。

「大叔，你是冒險者吧？」獸人少年這麼問：「是魔法師吧。」

魔法師摸了摸下巴，被自己的鬍渣扎得有些刺癢，這才意識到對方叫的是自己，「是啊。」他有些無奈地點點頭。

「那你怎麼不去搶懸賞單呢？」獸人少年又問：「我爸爸說優秀的冒險者不只要會戰鬥，還要會搶懸賞單，不然挑到錯誤的任務不但會空手而回，甚至還會賠上小命。」

「你爸爸說的話很正確。」魔法師點點頭，似乎是想到了什麼，「不過我今天不是來接任務，而是有別的事……」

「是什麼事呢？」獸人少年繼續追問。

「那你呢？」魔法師沒有回答獸人少年的問題，而是反問：「你當冒險者還太小了吧。」

「哼，我已經十四歲，不是小孩子了！」聽到魔法師這麼說，獸人少年挺起胸膛，「我將來也要當冒險者，所以先來這裡看看，是來見習的。」

「是嗎？不過那是你爸爸吧。」魔法師指向外頭一個獸人大漢。

「糟糕！」獸人少年想要躲起來，但已經太遲了，大漢發現獸人少年，並露出生氣的表情。

「你還是快點回去爸爸那邊吧。」魔法師見狀，嘴角也忍不住微微上揚，「等你長大之後再來吧，我覺得你一定能成為優秀的冒險者。」

「真的？」獸人少年一聽，尾巴高興地擺來擺去，跑向爸爸的同時大聲說：「祝你好運，大叔。」

魔法師揮了揮手。這時大部分的冒險者也承接完想要的任務紛紛離去，公會變得冷清了下來。魔法師深吸一口氣，從長袍中拿出了一顆黑色的水晶球。

「所有人都不准動！」魔法師這麼高喊著：「不然我就引爆這裡！」

女騎士到現場，便立即下馬問道：「現在情況怎麼樣？」

一名騎士立刻向她行禮，並大聲地回報：「犯人是一名冒險者，用魔導具挾持了整個冒險者公會，揚言假如不滿足他的要求就要把公會炸掉。」

「犯人的要求是什麼？」女騎士問。

然而騎士卻支支吾吾，露出了猶豫的表情：「呃……他希望我們能夠調查一個案子。」

「什麼？」

「他說他的女朋友死因不單純。」騎士繼續說：「要求我們重啟調查。」

「……有犯人的資料嗎？」女騎士沉默了一會後問道。騎士立刻遞上一份資料，她當場翻看起來。

「人類男性，職業是魔法師，加入了一個冒險者小隊，曾經多次成功討伐魔物……」女騎士一邊看，一邊念出文件的內容：「看起來是個經驗相當豐富的冒險者。」

「是的，他的女朋友也是同一個小隊的成員，是名精靈族的弓箭手。」騎士補充，「她在上一次的任務中不幸喪生，而這也導致他們小隊解散。」

「對他來說一定是很大的打擊吧。」女騎士嘆了口氣，但很快就改以堅毅的語氣說：「公會裡頭有多少人質？有哪些人？」

「有些職員趁亂逃出來了，但還是有八名沒有及時逃出的人質。」騎士這麼回答，「其中有六名職員，和兩名來委託任務的平民，沒有冒險者。」

「犯人是趁沒有其他冒險者時進行挾持嗎……」女騎士這麼喃喃自語，接著又問：「周圍有魔法陣或是其他陷阱嗎？」

「我們現在正在調查，目前並沒有這樣的報告」

「那麼弓箭手呢？」女騎士邊看報告邊繼續問。

「已經部署在附近屋頂，但是無法狙擊犯人。」騎士說：「犯人似乎早有預謀，所在的位置被遮蔽，無法從遠處狙擊。」

「是嗎……嗯？」女騎士皺著眉，之後似乎在資料上看到什麼，眼睛突然張大立刻下令：「好，現在我要你們包圍公會，叫更多弓箭手來並清空這個街區。」

「已經開始在進行了。」騎士回報，女騎士滿意地點點頭，又下了一道命令：

「立刻派人去魔法學院，請教授過來。」

「各位早安。」教授站在講臺上，然而在背後卻不是熟悉的黑板，而是一道柵欄。

他們所在的位置不是教室，而是戶外的魔物訓練場，這裡的環境十分吵雜，充斥著各種魔物的叫聲和嘶吼聲。

「我知道今天的情況很不尋常。」教授這麼說：「但很不幸的，你們老師昨晚在餵食今天實習課要使用的雙頭犬時，不小心受傷了，所以就委託我來幫忙代這堂魔物學的課。」

一聽到教授的說明，所有學生不由得露出緊張的表情。

「不過別緊張，假如復原快的話，你們下禮拜就能再見到他了。」教授清了清喉嚨，「所以今天我們還不會有實習的環節，先看一下理論的部分，那就請各位打開課本331頁，環境與魔物。」

「眾所皆知，魔物和環境息息相關。」教授說：「魔物和其棲息的環境有非常奇妙且密切的互動，食物來源、生活習性乃至使用的魔法都和環境有關。一般來說，我們會以棲息的環境替魔物分類。」

學生們聚精會神，認真地在課本上抄寫起筆記來。

「例如天馬，由於擁有一對大翅膀，且常在空中飛行，所以通常將其分類為風系魔物。」教授解釋：「以此為例，在沙漠、火山地帶棲息的就是火系魔物，在河流、海洋的就是水系，而在山上的就是土系，然而這個規則也有例外。」

教授的這句話讓所有學生都抬起頭來，面露驚訝。

「例如巴哈姆特，這是一種風系的巨龍，但因為身型巨大，所以生活在廣袤的海洋中。其他的例子還有水系的水馬，牠們為了覓食常常在陸地上行動，而火系的沙羅曼達則是特別喜歡在有水源的地方棲息。」教授點點頭，「有的魔物甚至會因此影響周遭的環境，而環境又影響其他的魔物，造成一種循環……」

教授話還沒說完，遠方突然傳來聲響，魔物們也騷動了起來。沒多久，一名全副武裝的騎士騎著馬跑了過來。

「教授，不好意思，請跟我們來一趟。」騎士一直騎到教授面前才下馬，並氣喘吁吁地說。

「發生什麼事了？你們團長呢？」教授走向前，他知道一定是發生什麼非常緊急的事情，女騎士才沒有親自前來。

「不好意思，由於狀況緊急，我們團長正在現場，沒辦法親自過來。」果不其然騎士這麼解釋：「至於發生了什麼事情……這邊不方便多說，請先上馬吧，我會在路上和你說明。」

教授聞言立刻翻上騎士的馬背，並大聲對學生們宣布：「今天就先上到這邊。

剩下的時間就自己複習，下課！」

女騎士一看到教授，就連忙欣喜地走上前，其他圍繞在身旁報告的部下們連忙讓出一條路，「教授，您終於來了！」

「我今天去別處代課，讓這位騎士大人花了一些時間找我，希望妳別責怪他。」教授姿勢有些不穩地下馬，女騎士連忙上前攙扶。

「謝謝。」教授道謝，接著又說：「事情我都聽說了，不過特別把我找來，肯定不只是這樣吧。」

「是的。」女騎士點點頭，並將犯人的資料遞給教授，「您對犯人熟悉嗎？」

「這是……我以前的學生。」教授快速掃過一遍資料後抬起頭，「這位學生的畢業論文是我指導的，他雖然成績普通，魔法能力也還好，但個性沉穩溫和，而且由於長相帥氣的關係，在學院時人緣相當好，很難想像居然會做出這樣的事情……」

「很多犯人是無法從外表看出來的。」女騎士安慰教授，「您和他的關係怎麼樣？」

「一般般吧，我想。」教授想了想，「我教過的學生也不算少，老實說之所以會記得他，純粹只是因為每次討論論文的時候，總是會有幾個女學生在外面等他。」

「嘖。」

「呿。」

「該死的帥哥。」

幾名騎士在一旁聽見教授的說詞後，忍不住酸溜溜地說。女騎士瞄了一眼，他們立刻閉上嘴巴。

「假如你覺得有需要，我可以試著說服他看看。」教授又說，使女騎士將目光轉回到他身上，也讓那幾名騎士露出感激的表情，「我知道他是從鄉下來的，要讓他的父母馬上趕來可能有困難，在帝都似乎也沒有親戚……」

「是的，這方面我們調查過了。」女騎士點點頭並皺起眉，「嗯……好吧，還請您和犯人溝通看看，但是務必一定要保持安全距離，這個給您。」

女騎士遞給教授一個號角和護符。教授一接過來，就感覺到號角裡頭有微弱的魔力，「這是……？」

「這是利用風系魔法把聲音放大的魔導具，以前是用來對士兵訓話的。」女騎士說明：「這個護符同樣也是利用風系魔法來進行傳聲，不過就只有你能聽到我們的聲音，戴上去就能使用。」

「真是巧妙。」教授讚嘆道。

女騎士親自幫教授戴上護符，並整理衣襟將它藏起，「雖然犯人曾經是您的學生，但是他現在只不過是個挾持無辜民眾的恐怖分子而已。就算不能說服也沒關係，只要能讓他移動一下位置，我們就有辦法處理。」

「我知道了。」教授明白女騎士的意思，點點頭走向了公會。

在眾人的目光之下，教授向前走了一小段路踏進被清空的區域。

「喂、喂，聽得見嗎？」教授拿起號角這麼說。

被加大放出的聲音之大，讓在一旁的騎士忍不住皺起眉。不過顯然是有效果的，沒多久公會的大門便打開，一個人影從中走了出來。

所有人立刻提起戒備，隱藏在暗處的弓箭手也紛紛把弓拉滿，瞄準門口的人影，然而……

「老、老師……好……好久不見……」站在門口的是穿著公會制服的櫃檯小姐，她臉色慘白全身不停發抖，手上拿著一張紙條，結結巴巴地念著上面的內容。

「看、看到您和以前一樣……真……真是太好了……」櫃檯小姐念完之後，就倉促地鞠躬，快步回到公會大門裡。

「可惡……」教授從護符聽到女騎士這麼說，這同時也說出了在場所有人的心聲。

「謝謝。雖然我不知道你有沒有改變，不過就目前的情況看來，你和在學院時比較起來，是變了不少。」然而教授仍然處變不驚，「這樣寒暄也有些奇怪，我就直接問了，你想要什麼？」

「我、我想要的是正義。」沒多久另一名公會職員走了出來，他十分生硬地讀出字條：「我的女朋友被殺了，但是不管是公會還是騎士團，都不願意調查這件事，甚至還草率結案，打算今天就把她下葬，我不能接受。」

「請多和他說話。」教授聽到女騎士的聲音這麼說：「讓他說得越多越好。」

「我聽說，你的女朋友和你一樣是冒險者。」教授說：「她是在任務中喪生的，雖然很遺憾，不過就冒險者而言，這似乎很常見……」

教授的話還沒說完，就響起一聲急促的腳步聲，門後出現氣喘吁吁的第三個人。

「她才不是因為任務而死。」那人念著紙條，似乎有些看不懂，「她……呃……是被燒死的……等我一下……我們……呃，這個字太潦草了，我看不懂……」

「你為何不親自出來和我說明呢？」教授又這麼說：「這樣說話多不方便啊。」

過了許久，似乎是經過一番思考，出現一個人影，正是魔法師。然而他並不是一個人出來，他高舉著手中的水晶球，抓住剛才的櫃檯小姐當作盾牌。

「什麼……先別放箭！」教授又聽到女騎士制止部下的聲音。

「她才不是因為任務而死，是被人殺害的！」魔法師大聲地說：「那次任務是要討伐變異的水系魔物毒蛙人，但她身上卻有燒傷的痕跡。這絕對不是毒蛙人能造成的，是有人蓄意用魔法殺害她！」

「我知道了，你先冷靜！」見到水晶球，連教授也不禁臉色為之一變，連忙制止，「我知道她的死看起來很可疑，不過這不是解決問題的方法！」

「但我沒有其他的方法了。」魔法師表情慘然地說：「我沒有錢，沒有證據，沒有人願意相信我，就連原本的隊友也離我而去！」

他一邊吶喊，一邊揮舞著手中的水晶球。被挾持的櫃檯小姐忍不住哭喊：「求求你不要！我不想死！」

「糟糕，所有人準備。」教授聽到女騎士這麼下令，接著對他說：「教授小心！快點離開那邊。」

「老師你很擅長辦案，對吧？」魔法師這時突然話鋒一轉，「我知道聖女那件事情，你比無能的公會和騎士團強多了，假如你願意調查的話，我就先釋放平民！」

魔法師突如其來的提議讓所有人都愣住了。

而最快反應過來的不是別人，正是教授，他問：「假如我願意參與調查，就算得到的結果不一定如你所想，你也願意保證會釋放所有人質嗎？」

「我保證，我等會就會釋放人質。不過老師你最好不要拖延，現在就去調查，我想你應該也看到這顆水晶球了吧。」魔法師丟下這句話，拖著仍在哭泣的櫃檯小姐，緩緩退回公會裡頭。

教授見狀也只好放下號角，走回女騎士身旁。

「教授，你沒事實在太好了。」女騎士似乎鬆了口氣，不過很快就惑地問：「剛才犯人說的最後一句話是什麼意思，那顆水晶球很危險嗎？」

「是的，雖然有點距離看不太清楚。」教授表情凝重地說明：「但粗略來看，那似乎是內含雷擊術和火球術複合魔法的水晶球，這類魔法通常相當不穩定，十分容易爆炸。」

「能用魔法阻止嗎？」女騎士這麼問。

「沒辦法，必須要將其放進特製的防爆箱，阻隔魔力才行。」教授搖了搖頭，「而且時間也是個問題，拖得越久穩定性就越差。」

聽到教授這麼說，現場眾人都不由得瞪大了眼睛。女騎士連忙追問：「我們還有多少時間？」

「那個水晶球到現在還沒爆炸，是因為魔法師用魔力維持的關係。」教授思考了一會才給出答案，「以他在學院時的表現，和剛才粗略看了一下，我認為我們大概只有一天的時間……你們清空的範圍有多大？」

「這個街區。」一名騎士代為回答。

教授聽到後卻搖搖頭，「這不夠，雖然不確定魔力和儀式是怎麼編寫的，但就我的估計，最好是能清空附近四個街區，萬一那個玩意爆炸的話，整塊區域都會被夷為平地。」

「有人出來了！」其他監視著公會的騎士突然插話。

有兩個人從公會裡頭走出來，大喊著：「不要射箭！我們不是犯人，我們是無辜的！」

「別射箭。你們過去，把他們帶離門口進行搜身。」女騎士迅速地下令，接著皺著眉頭轉向教授說：「看來沒有其他方法了。」

「是的。」教授點點頭，拿下護符，「是醫院還是公會負責檢查死者遺體的？另外也得要找一下他的前隊友了。」

「團長，我們找到負責檢查死者遺體的人了，是教堂的一名老神官。」一名騎士走向女騎士報告：「犯人的兩名前隊友也都找到了，我們把他們分開來在外頭等待，以免串供。」

「做得很好，辛苦了。」女騎士點點頭，又轉向教授，「那麼教授，是要先和老神官見面，還是先向前隊友們問話？」

「先和老神官見面吧。」教授說：「畢竟不能確定魔法師的說法是否正確，老實說我覺得他的精神狀況似乎不太穩定。」

「劫持人質的人怎麼可能會正常？」一名騎士搖搖頭走了出去，沒多久就帶著一名身穿神官袍的矮人回來。

「您就是負責檢查死者遺體的神官嗎？」女騎士這麼問，並看了看那名矮人。

矮人年紀很大滿臉皺紋，頭髮和鬍子都變成了白色，走路的速度也不快。

「非也，團長閣下。」矮人卻這麼說：「老朽並非神官而是祭司，這其實是很常見的誤解，神官是教會的基層人員，負責掌管教堂的則是祭司，只是大家都習慣把所有教會人員稱為神官。」

「好吧。」女騎士點點頭，「那麼祭司大人，今天請你過來，是想要請教一些和那次檢查有關的問題。」

「好的，剛才帶我來的騎士大人已經向老朽說明了情況。」祭司雙手遞上一份報告，「這就是那位女弓箭手的死亡報告。」

「謝謝，不過我還以為冒險者的遺體是醫院負責。」女騎士接了過來，一邊翻閱一邊這麼說。

「那是因為發現該名女弓箭手時，她明顯已經死亡。」祭司緩緩地解釋：「一般來說，假如已經確認死亡就會交給教會處理，好方便進行葬禮。老朽今天也負責主持那名女弓箭手的葬禮。」

「是嗎……」女騎士翻著報告，看到某一行時手突然停了下來，「報告上面說遺體有燒傷的痕跡。」

「沒錯。」祭司點點頭。

「難道您不覺得奇怪嗎？」女騎士追問：「死者生前的任務是要討伐水系魔物的毒蛙人，但身上卻有燒傷。」

「那並非致死原因。」祭司說：「假如是因燒傷過世，那麼死者生前會護住受傷部位，也一定會面露痛苦，但遺體並沒有這樣的情況。況且燒傷面積不大，醫師也不認為足以致死。並且發現死者時，有在她身旁找到一支熄滅的火把，因此老朽和醫師都認為燙傷可能是火把造成的。」

「我明白了，那麼您在檢查遺體時，是否有發現其他不尋常的地方呢？」女騎士看完報告，沒發現什麼可疑的地方，便將報告遞給了教授。

「老朽並未覺得有什麼可疑的地方。」祭司想了想，「只覺得一個有大好未來的年輕人，竟然就這樣過世了，實在叫人不勝唏噓。」

祭司說到這邊長嘆了一口氣，臉上露出惋惜的表情，「老朽歲數已大，檢查時也常感到力不從心老眼昏花，還得休息好幾次才能完成。而年輕生命的逝去，總讓老朽十分感嘆。」

「……我明白了。」女騎士看向教授。教授快速地看完報告，向她點點頭，並將報告交還給祭司，於是女騎士回覆：「我相信祭司大人的判斷，您可以回去準備葬禮了，謝謝配合。」

「你覺得怎麼樣呢？教授。」等祭司走出去後，女騎士便這麼問。

「從祭司的說明來看沒什麼疑點。」教授想了想，「報告也寫得很詳細，不過……」

「不過要確認女弓箭手是否是被謀殺，還沒有足夠的證據，對不對？」女騎士已經猜出教授要說什麼，一臉得意地搶先。

「是的。」教授見狀，嘴角不由得微微上揚並點點頭，「我覺得還是要見見那些前隊友，就算女弓箭手並非被人謀害，或許還是能藉由他們知道更多訊息。」

「好的。」女騎士就像是被老師誇獎的學生一樣，露出開心的表情應允。

一名穿著神官袍的男子坐在地上，他身材瘦高、長相英俊，一雙尖長的耳朵代表是一個精靈。然而此刻他一臉潮紅打著酒嗝，滿身散發濃濃酒氣，一手還緊握著半空的酒瓶，口中不知道在念念有詞著什麼。

「這是犯人隊伍裡的第一個成員。」一旁看守的騎士說：「我們是在酒館裡發現他的，當時就是這副模樣了。」

「他這樣能接受訊問嗎？」女騎士見狀不禁皺了皺眉頭。

騎士走過去伸出手，本來想搖一搖精靈神官的肩把他叫醒，沒想到只是輕輕碰一下，精靈神官就像一灘爛泥般倒在地上。

「教授，麻煩你了。」女騎士見狀，便對教授這麼說。

教授拿出戒指，一道水流從戒指中湧出，直接衝向精靈神官的臉。

「噗……什麼……咳咳……」精靈神官立刻大叫，但同時又喝到好幾口水，只好連忙用手遮住臉。

見到精靈神官已經清醒，教授停止了魔法。

「你醒了嗎？」女騎士蹲下身去，「醒了的話就好好解釋一下吧。」

「解釋什麼？你們是……」精靈神官張開眼，看到女騎士盔甲上的徽章才恍然大悟，「騎士團？騎士團的人找我做什麼？」

「我想要請問，你們最後一次任務發生了什麼事。」女騎士站了起來，「那次任務中，你們有一個隊員陣亡了，對吧？」

「是的。」聽到女騎士這麼問，精靈神官的表情立刻變得哀傷，「陣亡的弓箭手就是我的妹妹。」

聽到精靈神官這麼說，女騎士和教授交換一個眼色，語氣變得溫和了一些，「發生什麼事了？你們是支經驗豐富的小隊，這次的任務出了什麼意外嗎？」

「……我們是在一個月前收到委託的，任務內容是要討伐變異的毒蛙人。」被女騎士這麼安撫，精靈神官的精神逐漸平穩，開始敘述了起來，「毒蛙人出現在離帝都很近的西邊池塘，因此這次酬勞不少。我們接了任務之後就立刻出發，騎馬的話不到半天就可以到了。抵達後稍微休息一下，就開始進行討伐，在池塘周圍繞幾圈便發現了它們。

「你們知道蛙人嗎？」精靈神官突然這麼說：「那是種討厭的水系魔物，黏黏滑滑的還很貪心，會把所有的魚都抓光，但絕不會主動攻擊人類。可是毒蛙人就不一樣了，會噴射毒液，還會主動攻擊周遭的一切生物，相當麻煩。」

「是的。」教授點點頭，「毒蛙人的領域意識相當強，還會組成氏族，一個氏族往往有十幾隻成年個體，規模大的甚至可以到五十幾隻。要是入侵了它們的領士，整個氏族的成員都會齊心攻擊入侵者。」

「……雖然不知道你是誰，不過你說的是對的。」精靈神官瞄了教授一眼後又說：「這就是我們那時遇到的情況，我們本來以為只有幾隻毒蛙人，可以輕鬆取勝，沒想到後來突然大量出現。

「我們奮力抗戰，但它們的數量實在太多了，隊長逼不得已下達了撤退的指令。」精靈神官似乎是回憶起那天的慘況，語氣開始顫抖，「撤退的途中大伙被沖散了，我是沒有任何戰鬥能力的神官，只能拋下其他隊友先逃。毒蛙人神出鬼沒，我只能一直逃，途中甚至還聽到妹妹在呼救的聲音，但我還是頭也不回地逃走……」

聽到精靈神官這麼說，所有人都沉默了，一旁看守的騎士還把臉瞥了過去。

「你還記得最後一次看到她的時候，是什麼情況嗎？」女騎士又問。

「我不確定，當時一片混亂自身難保，不過……」精靈神官痛苦地瞇上眼，繼續回想那時的情況，最後這麼說：「我記得……最後一次看到她，她好像是和隊長一起。對，沒錯，我們隊長身材非常高大，不可能會看錯。」

「是嗎……」女騎士點點頭，看向教授。

「你經常這樣酗酒嗎？」教授知道女騎士是示意他問問題，便接續向精靈神官發問。

「……是啊，很不像樣，對吧？」精靈神官拿起酒瓶，可是裡頭早就空了，於是只好又放下來，「我知道自己很不像樣，妹妹也曾經多次罵我根本就是有尖耳朵的矮人，甚至還威脅再喝酒就要把我趕出小隊，可是現在……我不知道除了喝酒，還能用什麼方法忘記這一切……」

「你知道今天是你妹妹的葬禮嗎？」教授這麼問，精靈神官搖了搖頭。

「我覺得去參加葬禮對你有好處。」教授轉頭看向女騎士。

女騎士知道教授的意思，便對一旁看守的騎士下令：「等會你帶他去教堂，葬禮結束後再回來。」

「是。」騎士攙扶起精靈神官，兩人目送著他緩緩離開。

「你覺得怎麼樣？」教授這麼問女騎士。

「一方面，我覺得這傢伙很可憐。」女騎士略為思考後，這麼回答：「可以從那瘦弱的身形看得出來，他是沒有什麼戰鬥能力的神官，搞不好就連我們團裡的見習騎士都能輕鬆把他打倒在地。」

「另一方面呢？」

「另一方面，他是個逃兵。」女騎士聳聳肩，「逃兵的話總是不太可信，他們喜歡誇大敵人來合理化逃跑的行為，另外他有動機，死者生前曾經威脅要把他趕出小隊，這點可能讓他懷恨在心。」

「是的。」教授點點頭，「而且就算沒有戰鬥能力，也能藉由魔導具輕鬆使用魔法來殺人，不過……」

「怎麼了嗎？」

「不，目前證據還太少。」教授搖搖頭，「既然他說最後一次看到死者時，死者是和隊長在一起，那我們就來見見這位隊長吧。」

「團長，那名冒險者隊長十分危險，請妳務必小心。」一名騎士這麼報告：「他性格暴躁，而且身材壯得跟熊一樣，我們花了不少時間，才把他從監獄裡頭帶出來……」

「他是怎麼進監獄的？」女騎士問。

那名騎士搖搖頭，「打群架。說真的我從沒見過這樣的犯人，不過才兩天他就又在監獄裡頭打了三次群架，總共十一名囚犯被他送進醫務室，最後只好關進禁閉室。」

「是嗎？我知道了。」女騎士這麼說，隨後和教授一起走到囚車前，打開隔板看向裡頭。

囚車裡頭只有一個人，正是冒險者隊長。就如剛才騎士所說，隊長身材高大，在狹小的囚車裡顯得更加侷促，就連身上的手銬和腳鐐都是特製的，十分巨大。

「讓老子出去！」一看到女騎士，他就像頭負傷的熊一樣怒吼著：「你們沒有權力把老子關在這裡！讓老子出去！」

「安靜。」女騎士冷靜地說，身上散發的威嚴讓在場的其他騎士都不禁挺起胸。

「你還不知道自己做了什麼好事嗎？」女騎士斥喝：「就我看來，連毒蛙人都比你聰明。」

「妳這女人又是誰？」冒險者隊長聞言漲紅了臉，大吼著說：「妳再說一次試試看！」

「要我說幾次都行，畢竟你帶領的小隊不就是被毒蛙人打敗了嗎？」女騎士巧妙地激將，試圖引導對方踏入陷阱。

「妳怎麼會知道那件事？」而冒險者隊長果然上鉤了，他先是詫異，之後轉為憤怒，「那才不是老子的問題！都是魔法師那傢伙的錯！」

「身為隊長，卻把責任都推給其他人嗎？」女騎士故意繼續挑釁，「還真是負責啊！」

「不知道就別在那邊說瞎話！」冒險者隊長用力掙扎，使得手銬和腳鐐的鐵鍊頓時繃緊，整輛囚車也因此發出匡噹匡噹的聲響。

「明明是魔法師說要接那個任務的！」冒險者隊長說：「他還說『簡單啦，只要用火球術就沒問題了』，結果竟然拋下女朋友和隊友逃走！那傢伙還是個人嗎？要是老子的話，才不會讓這種事發生！」

「不過有人說最後看到死者時，她是和你一起行動的。」女騎士又這麼套話。

「是誰？」冒險者隊長立刻爆出青筋，「是哪個傢伙告密？魔法師？酒鬼神官？還是那個矮人女盜賊？」

聽到冒險者隊長這麼說，女騎士立刻和教授交換一個眼神。

「這我不能說。」女騎士說：「不然你先來說說那天發生了什麼事吧？外頭現在都謠傳說是你無能，才害那個精靈弓箭手死掉……」

「無能？什麼無能！」女騎士話還沒說完，冒險者隊長就又大吼：「老子討伐了十隻毒蛙人耶！要不是武器壞掉，不然早就把整個巢穴掃蕩完了！沒錯，她最後是和老子一起，可是她說要去討救兵，所以老子掩護她先走，誰知道……」

說到這，冒險者隊長突然就像洩了氣的氣球一樣，不再有先前的氣勢，頭也垂了下來，「早知道會這樣，就不該讓她先走，應該把她留在老子身邊，當初也不該讓她和魔法師在一起的……」

「你喜歡她，對吧？」一直在旁默默觀察的教授突然這麼說。

「她是老子唯一看得上眼的女人。」冒險者隊長哀傷地說：「既活潑又溫柔，而且還很愛笑，就算老子說了無聊的話也笑個不停，你知道她笑起來的時候有多美嗎？諸神啊，我真的好喜歡她的笑容。

「老子一開始真心認為她和魔法師在一起比較好。」冒險者隊長繼續說：「但後來，老子看出那傢伙只是個懦夫。她也看出來了，有好幾次都想分手，我知道她想這麼做！只不過我是隊長，不能破壞隊伍，只能視而不見。早知道會這樣，老子就不當這什麼鳥隊長了……」

「不管是隊長也好，團長也罷，要負的責任都很沉重。」女騎士似乎有感而發，「就算是很困難的決定也必須取捨，還得要注意隊伍成員間的關係，就算大家只是受雇而來也一樣。」

「沒錯！」女騎士這番話似乎說中了冒險者隊長的心聲，他點頭附和：「像那個矮人女盜賊真是個怪人，問她什麼都不回，從頭到尾就是『嗯』跟『喔』，還以為她是啞巴呢！妳知道這有多難搞嗎？」

「是啊，遇到這樣的隊友確實讓人頭痛。」女騎士先是這麼說，接著又故意問：

「所以你對那個矮人女盜賊不滿囉？」

「當然！」冒險者隊長猛點頭，「說到這件事老子就一肚子火！要不是公會介紹，老子本來就不想帶她，果真一碰到毒蛙人馬上臨陣脫逃。下一次見到她，老子一定要狠狠地教訓她一頓！」

「咳咳，身為騎士，聽到你這麼說，可不能當作沒聽見啊。」女騎士又和教授交換一個眼神，確認沒有其他要詢問的事情，便說：「好吧，看來你還是先回監獄好好反省吧……」

「憑什麼老子要被關……」

「就因為你剛才那些行為舉止。雖說冒險者本來就喜歡打打鬧鬧，但你也太誇張了。」女騎士無奈地關上隔板，同時向其他騎士點了點頭，他們就駕駛著囚車離去。

「教授，你怎麼看？」兩人看著囚車緩緩駛離，女騎士這麼問：「我覺得那個隊長很危險，他有動機而且也有暴力傾向，有可能是向死者求愛不成，進而引發殺機。」

「他和我的那個學生一樣，情緒都不怎麼穩定。」教授說：「這讓我有些好奇，一個脾氣暴躁的隊長、一個不定時炸彈魔法師，和一個酒鬼神官，他們是怎麼組成隊伍的？」

「或許死者生前就是擔任調解的角色。」女騎士推測，「這也可以解釋為什麼她一死，小隊就四分五裂了。」

聽到女騎士的猜測，教授只是點點頭。

「不過現在還有一個問題。」女騎士又說：「那個矮人女盜賊……她在這起事件中到底扮演什麼角色？當初以為只是單純意外，沒想到竟然有那麼多疑點……」

「騎士團沒有調查過嗎？」

「冒險者是由冒險者公會負責管理。」女騎士解釋：「當然城鎮是騎士團的管轄範圍，不過在任務中發生的事情，通常都是由冒險者公會調查。」

「看來我們得要問一下公會了。」教授這麼說。

女騎士立刻對一旁的騎士下令：「把公會最高階主管找來！」

「團、團長閣下妳好。」一名中年男子走近，他看起來相當狼狽，甚至只有一隻腳穿著鞋子，「聽說妳找我……」

「團長，這位是冒險者公會的會長。」一旁的騎士說明：「犯人挾持公會時，他從二樓辦公室的窗口順利逃脫，剛好和我們第一批趕到現場的人遇上。」

「我、我也沒有辦法……」會長慌張地說：「一般時候公會裡有阻絕魔力的魔導具，好避免出現這樣的情況，只是現在剛好正值維護期間，所以沒有運作……」
「我沒有要責怪你逃跑的意思。」女騎士打斷會長，「我們現在正在調查犯人的小隊，你知道他們最後一次出任務時，公會介紹給他們的冒險者是誰嗎？種族是矮人，職業是盜賊……」
「不、不好意思，我不清楚。」會長說：「畢竟帝都很大，我們每天的任務委託很多，實在記不清，不過公會都會留有記錄……」
「記錄在哪邊？」女騎士一問，會長露出慌張的表情，拿出手帕頻頻拭汗，結巴著說：「就、就在公會辦公室的保險箱裡……」
聽到會長這麼說，就連一旁的騎士都差點忍不住拍額頭。
「……我知道了。」女騎士長嘆一口氣，「你先帶會長下去休息吧。」
「是。」騎士聽令帶著會長離開。
當會長的身影一消失在眼前，女騎士就忍不住開始抱怨了起來。
「那傢伙真的是公會的負責人嗎？」女騎士露出不可置信的表情搖搖頭，「腦袋不怎麼太靈光的樣子，看起來就連巨人都比他聰明。」
「他好像是某個議員的外甥。」一名騎士悄聲說：「聽說是靠這個關係才當上會長的。」

「這下可好了，現在我們要走到公會門口，敲敲門和犯人說『不好意思，我們想要查一下資料，請讓我們拿保險箱的資料好嗎？』」另一名騎士用嘲諷的語氣這麼說：「真是太棒了。」

教授在一旁始終一言不發。

「也許精靈神官知道什麼線索。」女騎士想了想，「等他從葬禮回來，或許可以再次詢問他……」

「我想我知道要怎麼找那名矮人女盜賊。」教授突然這麼說，所有人都不禁看向他。

「真的嗎？」女騎士露出高興的表情，「太好了，教授，你有辦法了嗎？」

然而教授卻露出有些尷尬的樣子，「我有一些……呃……『認識的人』，在那個圈子很有名。不過……我希望妳見到對方時，先不要太激動……」

「激動？」女騎士有些不解，愣了一下便回覆：「沒問題，請快點把他們帶來吧。」

「您好，您就是外子常提到的那位女騎士吧？外子平日承蒙妳的照顧了。」一個身穿燕尾服的美女和教授一起來到女騎士面前，「聽說貴團需要幫忙？請問有什麼是我可以效勞的呢？」

女騎士手中的劍匡噹一聲掉到地上，目瞪口呆地看著眼前的女子。女子身材高挑五官端正，白皙的脖子上戴著一條吊墜，燕尾服凸顯出她的好身材，就連一旁的騎士們都忍不住露出陶醉的表情。

「……外、外子？」過了好久，女騎士才終於硬生生擠出這麼一句，「請、請問妳是……」

「呵呵。那還用說嗎？」女子輕笑著，聲音就像銀鈴一般悅耳。她大膽地攬住教授的手臂，酥胸整個貼了上去，並故意展示手上的戒指，「我是教授的未婚妻呀。」

女騎士聞言瞬間石化，就像一座雕像呆呆地看著他們。

「咳咳。」教授有些臉紅，露出不自在的表情，「不好意思，各位是否可以給我們一點私人空間？」

在場的騎士對於團長的心意都了然於心，一聽到教授這麼要求就立刻退了出去。

「妳還好嗎？」教授這麼關心女騎士。

然而女騎士還是一動也不動，口中念念有詞：「未婚……婚……妻、妻子……結婚……家庭……孩子……」

「妳還好嗎？團長，團長？」教授又連續叫了好幾聲，才讓女騎士回過神來。

「啊？啊啊，教授……」女騎士有氣無力地說：「恭、恭喜你要結婚了……」

然而——

「不，我沒有要結婚。」教授搖搖頭這麼否定。

「……咦？」女騎士露出了困惑的表情。

教授見狀，便推了推美女，「好了，妳現在可以現出原形了。」

「誒～我本來還想再多欣賞一下這個表情的說……不過，好吧。」美女露出與優雅氣質不合的淘氣表情，隨後她的身形開始變化，露出了銀色的貓耳和尾巴。

「咦？」女騎士眨了眨眼之後大聲說：「妳、妳是……」

「沒錯，我正是義賊二人組的姐姐，在這裡為妳效勞。」女義賊行了舉手禮，俏皮地吐了一下舌頭，「誒嘿嘿，團長閣下剛才的反應真可愛呢，看到好東西啦。」

「妳、妳……」女騎士想起剛才的情況，一張俏臉因羞恥而變得通紅，她拿起掉在地上的劍，「快忘掉，要是敢說出去我就立刻逮捕妳，送進皇家監獄！」

「哎喲，好可怕。」女義賊故意躲到教授背後，「教授，快點保護人家嘛～」

「妳……」女騎士的臉變得更紅了，不過這次是因為生氣，「妳到底來這裡做什麼？難不成是來嘲弄我的嗎？就那麼想被逮捕進監獄嗎？」

「好了，兩邊都冷靜一點。」眼見情況似乎快要不可收拾，教授連忙跳出來擋在兩人之間，「義賊小姐，請別忘記妳今天是來報恩的。團長，她或許是我們能找到那個矮人女盜賊的關鍵。」

「哼。」女騎士這才稍微冷靜一點，氣呼呼地收起了劍，「她知道那個矮人女盜賊是誰嗎？」

「當然囉，我們這一行消息傳得挺快的。」教授還來不及說明，女義賊就這麼說：「像是誰接了什麼任務，誰幹了一票，這些幾乎都一下子就會傳開了。」

「那麼，那個矮人女盜賊到底是誰？」女騎士有些咄咄逼人地問：「我們要去哪才能找到她？」

「我已經叫她過來了喔，算算時間也差不多了……」女義賊好整以暇地這麼回答，讓女騎士不禁嚇了一跳。

「團長。」女義賊話才說完，一名騎士就走了進來，「有一個女矮人說要見妳，她說她是犯人小隊的……」

騎士看到女義賊不禁瞪大雙眼，張大嘴巴，露出難以置信的表情。

「沒事，她是我請來幫忙的，把那個女矮人帶來吧。」女騎士先是揮揮手讓騎士離開，之後才露出不甘心的表情對女義賊說：「好吧，就這一次，我暫且先放過妳……」

「哇！真是太好了呢。」女義賊誇張地雙手合十，露出開朗的笑容，「沒想到那個有『騎士團高嶺之花』稱號的團長居然會放過盜賊，還真是一件大新聞呢。」

「……不過，妳為什麼親自過來？」女騎士表情抽搐，像是在壓抑怒氣，「明明只要讓那個矮人女盜賊自己來就好了？」

「那傢伙，最近心情不太好啊……」女義賊這麼說：「心情起起伏伏的，原本是個超冷靜的傢伙，從來都不展露絲毫情緒，形象都有點崩了啊，況且……」

「況且？」

「況且我沒來的話，不就看不到團長剛才可愛的反應了嗎？」女義賊調皮地說。

「不是說給我忘掉了嗎？」女騎士的臉唰地變紅，手放到劍柄上，「可別逼我反悔剛才的決定……」

「團長，我把那名女矮人帶來了。」女騎士的話還沒說完，剛才的騎士已經快速帶了當事人進來。

「……好，辛苦你了。」女騎士見狀只好放棄和女義賊計較，臉上也不由得露出奇怪的表情。

「妳就是去討伐毒蛙人的矮人女盜賊嗎？」女騎士問女矮人。

「是的。」矮人女盜賊這麼說。她身材嬌小，有著一頭金色短髮和小麥色肌膚，儘管看起來像個可愛的小女孩，卻面無表情，全身上下給人一種難以親近的感覺。

「不好意思，我的伙伴給各位帶來麻煩了。」她語氣冷淡地這麼說，似乎也沒有特別覺得抱歉，「不過老實說，我不是他們隊伍的成員，僅僅是單次的雇傭關係，嚴格來說那傢伙也不是我的伙伴。」

「我們知道。」女騎士說：「請妳來是希望妳說明一下那次任務的情況，我們也問過隊伍的其他成員，不過他們給的資訊都不太完整。」

「好吧。」矮人女盜賊點點頭，「不過恐怕我也沒辦法提供太多資訊，畢竟那時候的狀況很混亂。」

「這點我們也略有聽聞。」女騎士點點頭，「只要說你們到了那邊，遇到毒蛙人後發生什麼事情就好。」

「我們找到毒蛙人後，馬上就開始討伐。」矮人女盜賊說：「隊長負責抵擋敵人，女弓箭手射箭進行狙擊，魔法師開始詠唱預備大範圍攻擊，精靈神官在一旁隨時準備治療，而我的任務是護衛魔法師和精靈神官。

「一開始很順利，但是毒蛙人卻越來越多。」她話鋒一轉，「它們從四面八方襲來，我們被迫且戰且走，最後還分散了。我和魔法師一起，女弓箭手和隊長一起，精靈神官則是一下子就逃走了。」

到目前為止矮人女盜賊說的和其他人一模一樣，因此女騎士等人沒有什麼反應，然而她接下來說出了令人吃驚的內容。

「雖然毒蛙人的數量減少，不過情況還是十分危險。在殺出重圍的途中我與魔法師分散，不過遇見了女弓箭手。她一手負傷沒辦法射箭，只能揮舞火把逼退毒蛙人。」矮人女盜賊繼續說：「我們卻沒什麼時間能說話，只能互相掩護彼此。就在撤退的途中，她被毒液擊倒在地，我想回去救援，卻突然又冒出大量敵人，只好被迫撤退……」

矮人女盜賊面無表情地敘述。女義賊見狀摀住了嘴，悄聲對教授和女騎士這麼說：「我第一次見到她露出那麼哀傷的表情，沒想到只是出過一次任務，她們的感情居然那麼好，真讓人有些嫉妒呢。」

「……哀傷的表情？」女騎士不管怎麼左看右看，都不覺得對方的表情和先前有什麼變化。

「好吧，我知道了，謝謝妳的證詞。」女騎士又問：「此外妳有看到任何火系魔法的痕跡嗎？」

「沒有。」矮人女盜賊搖搖頭，「我知道魔法師在懷疑，他和我說過。不過女弓箭手的遺體遺留在現場好幾天，期間可能有火系魔物經過，所以我沒有理會他。」

「我知道了……」

女騎士的話還沒說完，矮人女盜賊又繼續說：「況且冒險者在任務中犧牲性命，是再正常也不過的，我甚至認為這是一件光榮的事。魔法師不應該這樣無理取鬧，說實話我對他很失望。」

此時矮人女盜賊露出不屑的表情，就連周遭的人都能明顯從她臉上看出不滿。

女騎士不由得看向了女義賊，而女義賊只是聳聳肩，「她就是這樣的孩子啦。雖然嘴巴上這麼說，不過其實是個好孩子，希望團長閣下別介意啊。」

「妳又在那邊和別人亂說……」

「哎呀，不知道是誰在那次任務回來之後，每天都在被窩裡哭啊。」女義賊表情愉快地說：「還有上次東城門那個吟遊詩人在說超老套的愛情故事時，是誰聽得入迷到忘了任務啊？」

「……我才沒有。」矮人女盜賊毫無表情地這麼反駁，之後又轉向女騎士說：「我能提供的資訊就是這些，還有什麼事嗎？」

「……沒事了。」女騎士和教授互望一眼，確認之後便說：「不過還是請先在這裡等一下，我們可能還需要妳的協助。」

「我明白了。」矮人女盜賊點點頭，和騎士一起走了出去。

「嗯……雖然她感覺不太像凶手。」女騎士看著矮人女盜賊的背影喃喃自語：「可是她是最後一個見到死者的人，而且反應也有些奇怪，不能說完全沒有嫌疑……」

「團長閣下。」女義賊露出不悅的表情，「那孩子只是最近有點奇怪而已，那次任務對她的影響太深了，才會有這樣的反應，不能因為這樣就把她當成壞人啊。」

「不過……」

「她是在出任務之後才有這樣的轉變是嗎？」女騎士本來還想再說些什麼，然而教授卻突然這麼問。

「嗯？是、是啊，怎麼了？」女義賊愣了一下。

「……原來如此，我可能知道真相了。」教授這麼說，並嚴肅地問女騎士：「女弓箭手的葬禮是在哪座教堂舉行？我需要在下葬前再檢查一次遺體。」

「我派人帶你去。」女騎士見狀，明白教授發現了什麼，便立刻應允。

「等等，我也要去！」女義賊大喊，跟隨教授跑了出去。

「……以慈愛與萬能的諸神之名，死者終將回歸天上，靜待有朝一日與我們再會。」一座典雅的小教堂旁，身穿黑色神官服的祭司站在一處空著的墓穴前，這麼祝禱著。

來參加葬禮的人不多，每個人都是冒險者的打扮，並露出哀傷的神情。精靈神官手拿一束白色的花，默默地流著淚。

「對不起，我不是個好哥哥。」他將花束放在祭司身旁的棺材上，撫摸著棺材，「就連幫妳好好送行都做不好，請原諒我吧。」

白色的花在黑色棺材上散發著淡淡清香，精靈神官默默退到一旁。

「可以下葬了。」矮人祭司對一旁的工人和樂儀隊點點頭。

工人小心翼翼地抬起棺材，對準墓穴放了下去，而樂儀隊則開始演奏哀傷緩慢的安魂曲。

「等一下！」

然而就在這時，一陣馬蹄聲由遠而近打斷了奏樂。眾人不由得看向了聲音的方向，有兩個人騎著馬直奔而來。

「先等一下！」其中一名是騎士團的騎士，他這麼大叫：「先別把棺材下葬。」

樂儀隊見狀不由得停下奏樂，兩人也在這時候來到眾人面前。另一名身穿燕尾服的美女動作敏捷地下馬，一個吊飾在她下馬時從胸口滑了出來。

「把棺材放到地上。」她大聲宣布：「我們要驗屍！」

「等一下，這樣也未免太不尊重死者……」

「不好意思。」教授從騎士背後探出頭來，原來他剛才一直坐在騎士身頭，只是被擋住而已，「此事攸關人命，請務必配合。」

「……就把棺材打開吧。」精靈神官見到教授，點點頭同意，「這個男人是個聰明人，一定是很緊急的情況才會這樣要求。」

「……好吧，把棺材打開。」見到死者親屬這麼說，祭司指示一旁的工人。

一名精靈女子出現在眾人眼前，她身穿冒險者的衣服，旁邊擺著一把弓，很顯然是她生前愛用的武器。死者的面容安詳，彷彿睡著一般，並沒有什麼特別的地方。

教授拿出一雙皮手套和一個鳥嘴面具，一邊戴上一邊說：「大家稍微離遠一點。」

眾人聞言不由得紛紛後退，只有精靈神官和燕尾服美女反而向前。教授見狀，拿出另外兩副皮手套和面具。

「戴好，不然可能會中毒。」因為面具的關係，他的聲音聽起來有些悶悶的。

教授拿出魔力探測儀開始檢查遺體，沒多久魔力探測儀發出橙色的光芒，指針也不斷跳動。

「果然如此。」教授看到後嘆了一口氣，「謝謝你們，可以蓋回棺材了。」

「你發現什麼了嗎？教授。」穿著燕尾服的美女這麼問：「能和我們解釋一下嗎？」

「我知道死者的死因是什麼，也知道真凶是誰了。」教授說。

「什……什麼？」精靈神官不由得瞪大眼，結巴地說：「難道不是毒蛙人嗎？」

「不完全是。」然而教授給出的回答卻讓兩人一頭霧水，「我們得要回騎士團，逮捕犯人需要大量人手……」

「請等一下！」精靈神官打斷教授，「人手的話，我們冒險者也可以加入！已經知道誰是殺害我妹妹的真凶的話，我……不對，我們可不能坐視不管！」

周遭的冒險者們也向前跨出一步，沒有人多說一句話，但表達的意思很明顯。

「……的確如此。」教授看到他們臉上的表情後點點頭，「你們有理由這麼做，而且在這方面你們才是專家。」

教授的話讓眾人露出笑容，卻也一頭霧水。

「我回去和團長說。」教授上馬並對眾人宣布：「我們還需要更多人手，請你們集合更多同伴到湖邊集合。另外請務必要攜帶解毒劑，並做好戰鬥的準備。」

當教授和騎士們來到湖邊時，那裡已經集結了許多冒險者，有精靈、人類、獸人等等。每個人都帶上自己的裝備，一臉嚴肅地等待著。

「不好意思，讓各位久等了。」教授說：「我先自我介紹一下，我是帝國國立魔法學院教魔導學的教授，另外這位是騎士團的團長，等會的行動請務必聽從她的指揮。」

「這次行動主要還是由各位進行討伐。」女騎士脫下頭盔，朝眾人點點頭，「不過我們騎士團還是會盡力提供協助。」

「是騎士團的團長耶～」

「真是名不虛傳……」

「不過既然她都親自出馬了，可見這次任務一定不簡單吧？」

見到女騎士出現，冒險者們不由得一陣騷動，這麼竊竊私語著。

「謝謝妳願意親自過來。」教授見狀，悄悄地對女騎士這麼說：「不過不在冒險者公會坐鎮好嗎？」

「畢竟對手不簡單，我最好親自出動。」女騎士也小聲地回應：「冒險者公會那邊有副團長指揮，沒問題的。」

「喂，教書的。」突然一道宏亮的聲音這麼大喊，使得眾人不由得看向來源，才發現原來說話的是冒險者隊長，「你要安排誰指揮老子是無所謂啦，反正能從監獄出來不管怎樣都行。但你好歹解釋一下為什麼我們要聚集在這裡，要不然老子幹嘛聽你的命令？」

「是那個隊長！」

「他不是在監獄裡嗎？」

「是誰帶他來的啊！」

眾人看到冒險者隊長又是一陣騷動。

「你……」

女騎士本來想說話，但女義賊卻從人群中衝出來搶先說：「喂喂，別太過分了！教授可是來幫你們的，給我客氣一點啊！」

「是義賊二人組！」

「請看這邊！我是妳的粉絲！」

「今天真是太幸運了，不但見到騎士團的團長，還看到那個傳說中的義賊二人組！」

冒險者們一看到女義賊，便爆發出今天最大的歡呼聲，甚至比剛才看到女騎士時更加興奮。冒險者隊長也只好乖乖閉上嘴。

「呀呼～謝謝大家，未來也請繼續支持我們義賊二人組～」女義賊向眾人揮手加飛吻。

「好了。」教授見狀，打斷了女義賊，「我想是時候向各位說明，關於女弓箭手的真正死因和那天的真相……」

「哎喲，教授先生生氣啦。」女義賊抱住教授的手臂，「別擔心，人家不會離開你的，來，啾～」

「咳咳咳！」見到女義賊作勢要強吻教授，一旁的女騎士立刻大聲咳嗽起來，「別太過分了，教授正在說話呢。」

「呿。」女義賊嘟起嘴退到一旁。

「……好了。」教授繼續說：「關於女弓箭手之死，得要從毒蛙人的變異原因開始說起。」

「毒蛙人不是自然變異的嗎？」一個人這麼問，眾人看過去才發現是精靈神官。

「不完全是，蛙人變異成毒蛙人的原因很多，可能是氣溫改變、水質變化或是出現魔物。」教授說到這加重了語氣，「而這一次的原因是魔物。」

「我想各位都聽說了冒險者公會被挾持的事情。」教授說，而眾人也點了點頭，「我算是和這次事件的犯人熟識，知道他不會做出這種事情，那麼為什麼還是發生了呢？」

「有些人看起來是個好人，但實際上是凶殘的犯罪者，甚至是連續殺人魔，這種例子很多。」矮人女盜賊冷冷地這麼說。

「確實如此，我一開始也以為是這樣。」教授點點頭，「然而和小隊其他倖存者確認過狀況後，我隱隱約約察覺到了異狀。小隊每個人都出現情緒不穩的狀況，有人變成酒鬼，有人施展暴力被關進牢裡，還有人就算和死者只有一面之緣，卻還是陷入強烈的哀慟。」

說到這矮人女盜賊和女義賊不由得互看一眼，隨後矮人女盜賊有些彆扭地別開頭，「哼，我才沒有。」

「我是在說負責檢查死者遺體的矮人祭司。」教授補充，「當然有可能純粹是發生悲劇產生的心理創傷，但這些人有個共通點，就是他們直接或間接都和這起任務有過接觸史，這真的是巧合嗎？

「負責在前線拚殺的魔法師和冒險者隊長最為嚴重，反應最激烈。」教授繼續說：「不需要正面和敵人對戰的精靈神官和矮人女盜賊狀況較輕，而只碰觸過遺體的則是最輕微的。另外，死者身上的燒傷也引起我的注意。」

「……燒傷嗎？」冒險者隊長露出複雜的表情，畢竟他的情敵魔法師正是因此，才挾持了人質。

「是的。」教授點頭，「一開始我也以為那是火把造成的，但是水、火和毒，這個組合讓我想到了一種魔物。剛剛對死者遺體進行調查，果然發現火焰魔法的痕跡，根據魔法三要素，魔法一定有使用者，就算其實並非人類而是魔物。」

「魔物？但火系魔物怎麼可能出現在這裡？」精靈神官看向不遠處的湖泊問。

「不，有一種火系魔物很喜歡棲息在水邊。」教授說：「因為本身魔法的關係需要水來潤溼皮膚，而且牠的唾液有毒，會使人出現抑鬱和狂躁等徵狀，這也是請團長親自來坐鎮的原因。造成這一系列變異的，就是公會將其與芬里爾、奇美拉、九頭蛇並列為二級的危險魔物——沙羅曼達！」

教授話才剛說完，騎士團就拿出火種點燃了篝火。

「毒蛙人討厭火焰，見到這麼大的火焰會迴避。」教授解釋：「但沙羅曼達卻剛好相反，牠以火焰為食。雖然牠自身能製造火焰，但更偏好其他的火源。」

篝火一個個被點燃，引起了附近魔物的騷動。沒多久他們就傳來水聲，聽起來像是有什麼東西正要冒出湖面而來。

「所有人準備，小心對手很危險。」女騎士厲聲這麼下令，「我們騎士會吸引敵人的注意，冒險者們就負責攻擊！」

「是！團長！」

「好喔！」

「我要大展身手啦！」

騎士們整齊劃一地拔出劍，冒險者們則是掏出各種五花八門的武器，有些人拿著刀，有些人拉滿弓，有些人詠唱起魔法。

「快看！」一個冒險者指向不遠處的湖泊，湖面出現一片水花，隨後一個身影從湖中爬了出來。

那是一隻巨大的蠑螈，大小就和鱷魚一樣，黑色的皮膚上有著顯眼的黃色斑紋。牠一見到眼前的騎士和冒險者便張開大嘴，嘴中雖然沒有牙齒，卻流出紫色的毒液。

「那就是沙羅曼達！」教授大聲地說：「小心牠的毒液，只要碰到就會中毒！還有雖然牠是火系，但水系魔法沒用，千萬小心！」

就像是印證教授所說的話，沙羅曼達的口中出現一顆火球，火球很快地變大並射向人群。

「小心。」女騎士手一揮，騎士們便聽令舉起盾牌擋下火球。

然而沙羅曼達全身很快地變紅，口中又冒出一顆更大的火球，一瞬間就變成剛才的兩倍大。

「喂喂，別開玩笑了！」一名冒險者見狀不由得冒出冷汗，「這傢伙難道都沒有弱點嗎？」

「牠不能離開水太久，不然皮膚會乾裂。」教授大叫：「在那之前，只有穿刺類的攻擊才對牠有效。」

「那就看我的吧。」女義賊拿出弓箭，迅速地搭箭、拉弓、瞄準、放箭，動作一氣呵成。

箭如閃電般射出，貫穿沙羅曼達的一隻眼睛，牠發出淒厲的叫聲，火球也因此失準反而朝一旁的湖射去。火球在湖面上炸開，瞬間產生大量的水蒸氣。

「別害怕！」女義賊這麼鼓舞眾人，「弓箭手拚命射箭，魔法師使用風系魔法把水蒸氣吹散，不要讓牠有機會溼潤皮膚，戰士們聽我的命令，有機會就上前去給牠幾刀！」

「好！」冒險者們看到女義賊的英勇表現，立刻變得勇氣十足衝了上去。

然而沙羅曼達也變得更凶暴，牠噴射毒液同時吐出火焰。

「啊！」

「救命！」

「燒、燒起來了！」

一瞬間好幾名冒險者不是中毒，就是被燒傷，發出慘叫。

「保護冒險者們！」正當冒險者們亂成一團時，女騎士這麼下令。

幸虧有她巧妙的指揮，騎士們衝上前救下了冒險者，勉強維持住僵持的局面。不過這樣的情況沒有持續太久，隨著火焰伴隨的熱風，沙羅曼達的肌膚出現了乾裂。「就是現在！」女騎士見狀喊道。

「看我的！」第一個衝出去的是冒險者隊長。他揮舞著巨斧衝了上前，沙羅曼達也注意到他，口中立刻冒出火焰向他瞄準。

「有我在就別想！」一個身影突然竄出，出乎眾人意料之外的竟是矮人女盜賊。她朝沙羅曼達射出大量暗器，分散牠的注意力，製造了空檔。

「趁現在！」她這麼大叫。

「喝啊啊啊！」冒險者隊長怒吼著，一記斬下沙羅曼達的頭。然而牠的身體也冒出大量紫色的毒霧，瞬間就將冒險者隊長整個包裹住。

「該死！我可不會讓你再傷害我的伙伴了！」那正是精靈神官進毒霧中，救出因中毒而昏過去的冒險者隊長，並迅速施展魔法進行治療。

在他的治療之下，冒險者隊長慢慢睜開眼睛。

「哼，真沒想到老子竟然會被你這酒鬼救回一命。」冒險者隊長一看到精靈神官，便知道發生了什麼事，並轉頭向矮人女盜賊這麼說：「還有妳，臭臉女……謝啦。」

「各位，我們勝利啦！」女義賊舉起拳頭高喊。而現場不管騎士還是冒險者，也都歡呼了起來。

冒險者公會裡，魔法師一個人坐在椅子上。

旁邊不斷發抖的公會職員們臉上都充滿著害怕與絕望，而魔法師也不理會他們，只是專注對桌上的黑色水晶球施展魔力。

突然外頭傳來了喧嘩聲，魔法師警覺地抬起頭，隨後看向一名公會職員，「你去看看怎麼回事。我會在這邊默數，假如數到一定的數字你沒回來的話……」

然而魔法師的話還沒說完，外頭就傳來教授的聲音，「聽得到嗎？我依照約定把兇手帶來了。」

魔法師聞言，臉上沒有露出高興的表情，反而逼近那名公會職員。

「不要……」公會職員全身不斷發抖著求饒。

「過來！」魔法師粗魯地拉起他，把他當成盾牌走到門口。

然而魔法師一看到門口的景象，不禁瞪大了眼——門口地上擺著一個沙羅曼達的頭顱。

「這就是殺害你女朋友的真正兇手。」教授的聲音傳來。

「你說，這就是兇手……」魔法師抬起頭，看到教授、女騎士、女義賊和他的同伴們，驚訝到說不出話來，過了一會才意會過來，「原來如此……所以毒蛙人變異的原因，就是沙羅曼達？」

「是的。」回答的不是教授，而是精靈神官，「我們在湖邊找到這隻沙羅曼達，牠的毒液和毒蛙人的一樣。」

「雖然女弓箭手的死因不是燒傷。」矮人女盜賊說：「可是她體內的毒素正是沙羅曼達製造的，所以說牠是真正凶手也不為過。」

「是嗎……所以事實的真相就是這樣……」魔法師仰望天空，同時手鬆了開來。

「救救我！」公會職員見狀趁機逃走，兩名騎士跑向前迎接他。

「投降吧。」冒險者隊長走了出來，「已經報仇了，這樣下去也沒有意義，讓我們重新開始吧。」

聽到冒險者隊長這麼說，魔法師不敢相信地看向他。

「老子不是個很會說話的人。」冒險者隊長有些不好意思地搔了搔臉，「不過你還有機會，還可以重新開始。再次一起冒險吧，我們會等你的。」

「……我投降。」魔法師終於高舉雙手，一旁的騎士立刻上前迅速接過水晶球，小心翼翼將其放進防爆箱裡，並給他手銬。

「這樣一來，事情就結束了。」在一旁看著的女騎士這麼說：「鬧出那麼大的事件，我想他得要在監獄裡待上好一陣子了……不過我覺得他還有機會重來，畢竟有那麼好的伙伴。」

「是啊。」教授點點頭，看著魔法師被押入囚車帶走。同時騎士們則是衝入冒險者公會，搶救裡頭的人質。

「不論如何總算結束了，這都得要謝謝妳。」教授對女義賊這麼說。

「嘿嘿。」女義賊親暱地抱住教授，「我們義賊的信條就是——不管是恩是仇都要百倍報答，教授先生先前替我們義賊二人組洗刷了冤屈，這算是報恩呢。」

「……既然已經報完恩，妳可以離開了吧。」看著女義賊緊抱教授不放，女騎士忍不住頭冒青筋。

「嗯？是誰說已經報完了呢？」然而女義賊卻這麼說：「剛才不是說了嗎，我們是義賊『二人組』，也就是說恩情一共有兩份。這次只報完了一份，還有第二份還沒報答喔。」

「妳這傢伙！」女騎士想要插進她和教授之間。然而女義賊的動作更快，她飛快地在教授臉頰上親了一下，就用魔導具改變外貌混入了人群。

「教授先生假如有什麼需要幫忙的儘管說喔。」最後，女義賊的聲音這麼說：「當然不一定是要幫忙，只要有空都可以來找我玩喔。」

「這傢伙！下次見面我一定要逮捕妳！」女騎士的怒吼迴盪在四周。而與之對應的則是女義賊輕快的笑聲。

Lesson 6

神是凶手？

腳步聲在走廊迴盪，一名身材高大的騎士漫步在魔法學院校舍裡，他東看西看，似乎正在尋找什麼。

兩名穿著法師袍的學生從教室走了出來，看見騎士不但沒露出驚訝的表情，反而還走向他。

「早安啊，騎士先生。」一名學生這麼說。

「……早安。」騎士似乎被學生熱情的態度給嚇到，遲疑了一下才回答。

「沒看過你呢，是新來的嗎？」另一名學生看了看騎士的臉後問道。

「呃……算是吧，我是第一次到貴校。」騎士含糊地這麼說。

「我想也是……通常是你們的團長親自來啦，不過聽說之前發生冒險者公會挾持人質事件，她現在應該很忙吧。」學生露出如我所料的表情點了點頭，「不過你會來這裡，是又發生了什麼案件嗎？」

「呃……這個嘛……」騎士越發顯得不知所措。

另一名學生看到騎士的模樣，拍了拍朋友的肩膀，「別這樣啦，搞不好得要保密，你看人家有多困擾。」

「喔喔，抱歉。你是來找教授的吧。」學生和善地說：「教授應該在辦公室，從那邊的樓梯上到三樓後往右一路走到底就是了。」

「謝謝。」騎士點頭致謝，依照學生的說明來到辦公室前敲了敲門。

「請進。」教授的聲音從裡頭傳來。

教授坐在裡頭，桌上有一壺熱茶還有各種文件。

「原來是隊長閣下，好久不見。」當教授看到騎士時，不由得露出有些訝異的表情，並闔上書放到一旁，「上一次見面，是在神聖法杖失竊時吧？」

「好久不見。」十字軍隊長伸出了手，「那次真是謝謝你了，我一直想親自過來向你致謝。」

「不會，我很開心能幫得上忙。」教授和隊長握了握手，突然這麼說：「不過，我想隊長閣下並非單純為了道謝才來這裡吧。」

「你怎麼知道？」

「因為你還沒去見團長。」教授說：「如果要道謝的話，沒有去見團長很奇怪。假如你見過團長，那麼她至少會派人為你帶路。」

「哈哈，果然什麼都瞞不過你啊。」

十字軍隊長大笑，不過很快就轉為嚴肅的表情，「沒錯，我這次來是受法皇陛下所託，請你來我國調查案子。」

聽到十字軍隊長這麼說，就連教授都不禁瞪大眼睛。

「可以詳細說說嗎？」教授壓低聲音問。

「這裡不太方便。」十字軍隊長搖搖頭，「事情有些棘手，因此我才連團長閣下都沒通知就上門，希望你能和我去法皇國一趟，不知道是否方便？」

見到十字軍隊長的態度，教授點點頭站了起來。「好吧，魔物學教授欠我一個人情，應該可以請他代課。我們走吧。」

一輛馬車沿著蜿蜒的山路前行，目的地是前方的山城。山城裡房子像積木般層層疊疊，而在房子之間還可以看到好幾棟教堂的尖塔，這裡就是法皇國。

馬車停了下來，前面有座關口擋住去路。

「請出示通行證。」一名十字軍從崗哨走出，打開馬車的車門。裡頭有兩個人，正是教授和十字軍隊長。

「咦？隊長好！」十字軍緊張地行禮，臉上出現猶豫的表情，「那個……呃……」

「就照規定來吧，好好檢查行李。」十字軍隊長知道手下的窘困，大方地說：「就算是別國的國王或貴族也一樣，別因為是我就打破規定。」

「是！請您稍微等候一下。」十字軍連忙這麼說，開始檢查起行李來。

「好久沒來法皇國了。」教授這麼說：「感覺這裡好像變了許多，熱鬧了不少。」

「是啊，隨著魔王被討伐，人民也總算能安居樂業。好久不見的朝聖客也慢慢回來了，不過也因此造成治安上的麻煩。」十字軍隊長的語氣似乎很有感觸。

同時，崗哨已經檢查完畢，「檢查好了，隊長。那麼依照規定，得要請兩位下車，因為城內的道路狹窄，是禁止馬車通行的。」

「嗯，辛苦了。」十字軍隊長點點頭率先下了車，教授則拿起行李箱跟在他身後。

兩人沿著一條街道向前走，街道非常熱鬧，行人來來往往，時不時還可以看到身穿斗篷風塵僕僕的朝聖客，兩旁的店家也很熱情地向路人推銷著。

「要向諸神或聖人祭祀嗎？這裡有鮮花喔。」

「快來看喔，來自異國的新奇貨品！」

「來自遠方的旅人們，請來本店好好休息吧！一晚只要三枚銀幣，還免費供應早餐。」

「教授，請跟緊一點。」十字軍隊長走在前方開路，他高大的身材替手拿行李的教授省了不少功夫，「今天是聖人日，街上會……」

「聽啊！這是來自天上的啟示！」十字軍隊長的話還沒說完，就有一個身穿灰色斗篷，看起來有些瘋癲的男子大叫：「我看到遠方有黑雲升起，雷聲隆隆，有如遠古巨龍的怒吼，這是諸神的憤怒！」

男子站在街道中間，引起不少路人好奇地圍觀，就連十字軍隊長也只能先停下。

「諸神已經震怒，你們應該要悔改！」瘋癲男子繼續叫喊：「就如神聖預言中所揭示，當天怒之日來臨，惡人都將遭受神罰！你們難道不見那武器公會的會長，儘管坐擁大量財富，仍活活凍死嗎？」

瘋癲男子的話引起眾人騷動，有的人點頭附和，有的人則聽得入迷，還有人雙手合十朝天空念念有詞禱告著。

「來吧，讓我們一起去懺悔吧！」瘋癲男子突然奔跑了起來，「跟上我，我將帶領你們前往救贖之路！這是唯一能取得諸神原諒，獲得救贖的方法。」

教授有些意外地發現，竟然有不少人真的跟著瘋癲男子狂奔，小聲這麼問十字軍隊長：「你需要去處理嗎？」

「不用。」十字軍隊長搖搖頭，「那傢伙大概只會把那些笨蛋帶到某座聖像前，裝模作樣做一套儀式後，再賣傳說中的『聖遺物』給他們。這種在這裡實在太常見了，而且就法律上來說，那傢伙也沒犯法。」

「是嗎……」

「是啊，先不管他們了。」十字軍隊長繼續前進，「我們得快點到法皇廳，陛下還在等我們呢。」

兩人穿過街道，拐了好幾個彎後，終於來到一條暗巷。十字軍隊長停在一扇小門前，伸出手握住門把，他們背後的牆上立刻浮現出魔法陣，同時魔法陣裡出現了一扇隱藏的門。

「真是巧妙。」教授看到這一幕不由得讚嘆。

十字軍隊長則解釋：「畢竟這座城市相當古老了，到處都是各種密道或暗門。」

兩人在祕道走了一會，來到一道旋轉梯前。壁燈照亮了整座樓梯，樓梯的一邊是扶手，另一邊則是繪有神話故事的精緻壁畫，看起來活靈活現。

「對了，不好意思，教授。」十字軍隊長說：「得要請你交出魔導具或是任何危險物品。」

「當然沒問題。」教授摘下戒指交給十字軍隊長。不過他搖搖頭，「放在行李箱裡頭就行了，那麼法皇陛下就在頂樓……」

十字軍隊長話還沒說完，就從上方傳來一陣急促的腳步聲，引得兩人不由得往上看。

「教授，你終於來了！」一個清脆的女聲大叫，同時教授看到一個人影從上方朝他撲了過來。教授大吃一驚，連忙丟下行李，伸出雙手接住對方。

兩人瞬間跌成一團，教授聞到一股甜美的清香，就像夏日的香草，同時也感受到一股柔軟的觸感。

「聖女大人！」十字軍隊長在一旁大喊：「您剛才那樣實在太危險了！」

「不好意思。」聖女咯咯笑著，聲音就像小鳥一樣悅耳，「見到教授實在太興奮了一時忍不住，反正教授一定會接住我，對吧？」

「聖女大人，好久不見，見到妳這麼有活力我就安心了。呃……妳可以先起來嗎？」教授全身僵硬，因為聖女現在可以說是整個身體都貼在他身上

「咳咳。」在一旁看著的十字軍隊長不由得這麼輕咳了一下。

「哎呀，不好意思。」聖女在教授的幫助下站起身。教授也隨後站了起來並問道：「聖女大人來法皇國是要舉行什麼儀式嗎？」

沒想到聖女聞言卻臉色一沉，讓教授有些驚訝。

「啊！不是的。」她連忙解釋：「我原本是為了舉辦復活儀式而來，可是現在

情況有一些變化……」

「不好意思，聖女大人。」十字軍隊長打斷對話，「詳細內容等到法皇陛下面前再說吧？陛下已經等我們很久了。」

「說得也是。」聖女點點頭，「那麼我帶你們上去吧，法皇爺爺就在樓上。」

三人沿著樓梯一路往上，最後來到頂樓一扇有著精緻浮雕的木門前。十字軍隊長本來想敲門，聖女卻一把推開了木門，「法皇爺爺，我們來了，還有隊長與教授喔。」

房內有幾名隨侍神官，他們圍繞在一張有著漂亮裝飾的長椅旁。

「啊，你們來了啊。」一個蒼老的聲音從椅子後頭傳過來，「你們先離開吧，另外幫我把椅子轉過來，謝謝。」

隨侍神官們將椅子轉過來，並依序走了出去。椅子上坐著一個身穿鑲有金邊白色法袍的貓系獸人。他身材嬌小且年事已高，不只鬍子變白，手中還拿著一個黃銅製的喇叭狀助聽器，放在耳朵旁邊。

「法皇陛下。」十字軍隊長跪了下來，「抱歉我晚到了，這位就是和陛下提過的那位教授。」

僅管十字軍隊長態度恭敬，聖女卻直接跑了過去。

「哎呀，法皇爺爺，你的毛又糾起來了。」聖女拿起梳毛器，幫法皇梳起毛來，「這樣不行啊，你的毛那麼漂亮，得要好好打理才行。」

見到眼前這樣的反差，讓教授一時不知道該如何是好。

「呵呵，沒關係。」法皇似乎也察覺到教授的困惑，寬容地說：「放自在一點，不必那麼多禮。」

「法皇陛下。」教授向他鞠躬，「初次見面，實在讓我不勝榮幸。」

「你就是那位教授嗎？」法皇這麼說：「請恕老朽不能起身迎接，上了年紀行動已經不是很方便了，請坐。隊長，幫我拿張椅子過來。」

「是。」十字軍隊長拿了張木椅過來，教授小心翼翼地只坐了一半，並挺直背脊。

「這次請你過來不為別的，只為了一件事。」法皇開始說：「本國最近出現一連串離奇的死亡案件要請你調查。詳細的情況，老朽就請聖女來說明好了。」

「好的。」聖女點點頭放下了梳毛器，同時表情也變得凝重，「大概在一個月前，一個預言家來到這裡。她是一個女矮人，宣稱獲得諸神的啟示，要來警示世人。

「她會先說哪些人是罪人，之後預言他們的死亡。」聖女說：「她詳細敘述了那些人未來死亡的時間地點和方式，而且每個預言都成真了。這讓她在民眾間獲得很高的人氣，也使不少人紛紛效仿。」

「我在來的路上看到了一個。」教授想起路上看到的那個瘋癲男子，點了點頭，「他說了一些『諸神已經震怒』之類的話，引起群眾圍觀，而且似乎很多人相信他。」

「那只是其中一人。」聖女繼續說：「現在每天街道上都有像那樣的人出現，預言各種天罰和世界末日。當然大多數的預言後來都被證明是騙局，但由於那個預言家的關係，不少民眾還是會相信。」

「我明白了。」教授點點頭，「可是我聽說這樣的行為在這裡並不違法，那為什麼還要特地請我來呢？」

其餘三人交換了眼神，而後點了點頭。

「這是因為神聖法杖失竊案的女商人，也被那個預言家列為罪人。」十字軍隊長說：「而且在嚴密看守的情況下，被活活燒死了！」

教授聽到後瞪大眼睛，「可以說說詳細情況嗎？」

「我們將她抓回來後，她就被單獨關押在監獄當中。」十字軍隊長說明：「這其實也是為了保護她的人身安全，我每天都會親自去偵訊，希望能從她口中得知背後主使者究竟是誰，可惜她始終一言不發。」

「在她被關押一個禮拜後，預言家就提到了她。」十字軍隊長繼續說：「預言家宣稱她將會在三天後，於監獄中被魔法燒死。老實說，我一開始聽到的時候沒有放在心上，但女商人知道這件事後，卻露出驚恐的表情。」

「請等一下，預言家提到了魔法嗎？」聽到這邊，教授突然問。

「是的。」十字軍隊長點點頭。而聖女也順便補充：「她的每個預言，都和魔法有關。這也是為什麼民眾相信她，他們把這當成了一種神蹟。」

聖女臉上露出厭惡的表情，似乎很討厭自己的復活魔法被與預言家的預言相提並論。

「我明白了。」教授點點頭，「不好意思，請繼續。」

「女商人請求我保護她。」十字軍隊長看向遠方，像是在回憶當時的情況，「說如果她能成功活過預言，願意把一切都供出來。我雖然不清楚原因，還是答應了，不只加強戒備，還將她轉移到一間教堂裡以防萬一。

「隨著時間越來越近，女商人也變得越來越不安，但周遭情況都很正常。然後到了那一天，我因為有重要的任務，一整天都不在城內，當我回來時就接到報告，說女商人不見了。」十字軍隊長最後這麼說：「一開始還以為是逃跑了，可是很快，就收到監獄回報發現了女商人的屍體，經過鑑定是被魔法燒死的。

「我曾以騎士的名譽發誓要保護她的安全，但她卻死了，我至少必須查明真相！」十字軍隊長的臉上露出既悲憤又堅定的表情。

「……我明白了。」教授又追問：「但是我還有兩個問題，想請教法皇陛下您對那個預言家有什麼看法呢？您相信預言是真的存在嗎？」

「這個問題很有趣。」法皇點點頭，「確實有不少聖人以能預言未來而聞名，但是以教會的立場來說，完全無誤的預言並不存在。」

「喔？」教授露出感興趣的表情，「可以說明嗎？」

「那是因為諸神的旨意並不一致。」法皇開始說明：「每位神祇都力量無邊，因此就算祂們有共同的旨意，只要其中有位神明有不同的安排，未來就會有很大的變數，因此要做出完全無誤的預言是很困難的。」

「只要有一個不同的想法，未來就有無限種可能嗎……」教授先是這麼低語，然後又說：「好的，我知道了。那麼第二個問題，為什麼不使用復活魔法將女商人復活呢？」

聽到教授這麼說，其他三人互看一眼，並露出憂愁的表情。

「說來慚愧，但是預言家在本國的信徒很多，不只民眾，還有不少神官和士兵，甚至就連本國高層都有她的信徒。」法皇說：「要是公然將預言家宣稱是罪人的女商人復活，可能會有不好的影響。」

「原來如此，我明白了。」教授點點頭。

「這也是為什麼老朽要你來的原因，這項調查不能公開，只能私下進行。」法皇慢慢站起身走向教授，直視著他，「隊長和聖女也一致推薦你，雖然把無關的你牽扯進來很不好意思，但是你願意接受老朽的委託嗎？」

「法皇陛下！」

「法皇爺爺？」

法皇就在十字軍隊長和聖女驚訝的目光下，向教授鞠躬。

「我知道了。」教授點頭答應，「我願意提供協助，畢竟這個案子也和我有點關係。」

「非常感謝。」法皇又向教授低頭致意，之後便有些疲倦地坐回椅子上，「當然老朽會提供你一切必要的資源和權限，隊長會協助你進行調查，需要什麼都可以和他說。」

「我也要去。」聖女突然插話，「畢竟教授是我推薦的，不能讓教授一個人冒險。」

「聖女大人，這樣太危險了……」十字軍隊長說。但法皇卻點點頭，「就讓她去吧，畢竟也不是孩子了。」

見到法皇發話，十字軍隊長也只好同意。

「那麼我想最重要的，就是先去見見那個預言家。」教授這麼說：「你們知道她在哪嗎？」

「我聽說她今晚好像要舉辦一場聚會。」十字軍隊長點點頭，「就在城內，我可以帶你去。」

「嗯，我們出發吧。」教授點頭打開行李箱，從中拿出戒指戴上。十字軍隊長打開門，聖女則蹦蹦跳跳地走到教授身旁。

「願諸神賜福於你們。」法皇這麼說，目送三人離開房間。

「這裡就是集會的場所嗎？沒想到竟然在這麼偏僻的地方。」教授看著眼前的景象。面前是座高聳入雲的高塔，給人一種強烈的壓迫感。

「因為她已經有名到不需要去大街上裝神弄鬼，就會有信眾來。」十字軍隊長這麼解釋：「不過我得承認人比想像還多，平時這種時候，舊城區根本不會有這麼多人。」

教授點點頭看向四周，四周的建築物都十分老舊，亮起燈光的窗口很少，路上也看不到行人。

然而與之相對的，高塔外是一片黑壓壓的群眾。在明亮的月光之下，可以看出不管是男女老少，還是各種種族都一應俱全。而更詭異的是，儘管有那麼多人，卻沒有一個人發出聲音，現場一片死寂。

三人躲在一旁建築物的陰影下，教授和十字軍隊長繼續觀察著人群，而聖女則是有些好奇地四處張望。

「我還是第一次來這裡，這座塔還真高呢。」她這麼說：「而且上面那些雕像……是沙羅曼達吧，為什麼要放這麼多魔物的雕像呢？」

「這座塔原本其實是當作瞭望塔使用，所以才建得那麼高。」十字軍隊長說：「這裡曾是這座城市守備體系的一環，只是後來廢棄了。那些魔物雕像是為了要嚇阻敵人，不過看起來似乎沒什麼用就是了……」

十字軍隊長看著眼前這些群眾，忍不住補了最後一句話。

教授沒有回話，聖女則有些興奮地問：「那麼現在該怎麼辦呢？要在這邊繼續等嗎？還是要偷偷潛入塔裡呢？教授。」

「我想……」教授話還沒說完，塔門就突然打開，一個身影出現在門後。

那是個身穿黑色斗篷的女矮人，她駝著背滿面皺紋，有著一個尖尖的鷹勾鼻，一雙突出的眼睛咕嚕咕嚕地轉著，給人一種瘋狂的感覺。

「我看到了！未來充滿著危險與不安！黑影在迷霧之下蠢蠢欲動著！」她聲音嘶啞地這麼大叫：「諸神憤怒了！我的死期將近，就在今晚！」

聽到預言家這麼說，群眾大吃一驚。一個男子衝出向她跪下，「請告訴我們！諸神的旨意是什麼？為什麼祂們會憤怒？」

看到那個男子，教授和十字軍隊長不由得互相交換一個眼神，因為那人正是他們入城時遇到的十字軍士兵。

「諸神會憤怒是因為世上的罪惡太多，而最大的邪惡就在這裡！」預言家指著遠方的法皇廳，「教會背離諸神，欺騙人民，如今的法皇虛偽且邪惡，還與惡魔做了交易！諸神要為此懲罰我們！」

「哼。」十字軍隊長冷哼一聲，露出不屑的表情，然而在場的群眾卻狂熱地吶喊。

「救救我們！」

「我們該怎麼辦？」

「諸神寬恕我們！」

「不用擔心，我已經向諸神請求，以我一人的生命來洗刷罪惡！」預言家說：「而諸神也允諾，當選定的時辰一到，我將自願接受烈焰的洗禮！就在這裡，在這座城中離天上諸神最近的地方。」

預言家指向高塔，眾人隨著她的手指看向高塔的內部。內部的空間不大，就連遠處的教授三人也能看得很清楚，而裡頭除了一盞油燈外，就只有一道向上的螺旋階梯。

「預言家大人……」

「嗚嗚，真是太偉大了……」

「請不要離開！」

群眾們紛紛跪下，並這麼高聲吶喊著。

「不用擔心，儘管我的肉體消逝，精神將會永存！」預言家這麼說：「不過你們要小心，只要罪人尚在世上一天，諸神的憤怒就不會消除！最終的天罰即將降臨！若不悔改，諸神就將復活魔王來懲罰罪人！」

預言家留下這麼一句話之後，便關上大門走進塔內，留下外頭哭嚎的群眾。

「我真是快看不下去這場鬧劇了……」十字軍隊長忍不住這麼抱怨。不過聖女卻緊張地問：「教授，預言家是想要自殺嗎？」

「別緊張，聖女大人。」教授還來不及回應，十字軍隊長就搶先說：「預言家只是胡言亂語，那樣的騙子是不會自殺的。我猜她會先讓這群瘋子在這哭一陣子，之後就會出來說取得諸神的原諒，要在場的人捐錢……」

十字軍隊長的話還沒說完，突然間轟的一聲，一道烈焰從塔門竄出照亮了四周，同時還伴隨著一聲淒厲的尖叫，整座高塔開始熊熊燃燒起來。

「什麼！」十字軍隊長露出錯愕的表情，而聖女也忍不住尖叫了一聲。

「失火了！」

「在哪裡？」

「快去叫十字軍！」

看到火光沖天，舊城區裡紛紛傳出慌亂的聲音，同時還能聽到不少腳步聲、尖叫聲和警鈴的聲音。

「糟了！不能讓火勢蔓延，這裡很多房子都是木造的，間隔又近，一旦燒起來就會造成大火！」十字軍隊長回過神來，這麼大叫。

「我來吧！」教授舉起戒指，召喚出水龍。水龍呼嘯著從群眾頭上掠過，飛進熊熊燃燒的高塔裡，頓時間大量濃煙從塔內冒出，一下子就撲滅了火焰。

然而這也使得群眾注意到了他們。

「誰？」

「那個女的……好像是聖女？」

「聖女怎麼會在這裡？」

群眾議論紛紛。

「有沒有人受傷？」聖女也鎮定下來，走向群眾關心地問：「我可以幫忙治療受傷的人。」

然而十字軍隊長和教授卻站到她的面前，教授用身體護住她，十字軍隊長則是站到最前頭。

「請等一下，聖女大人。」十字軍隊長說。

「怎麼……」聖女話還沒說完，她就聽到群眾叫囂了起來。

「教堂的走狗。」

「她和法皇是一伙的！」

「預言家會犧牲，都是你們害的！」

聖女當場愣在原地。

「嘖，果然是這樣嗎？」十字軍隊長拔出劍。

「小心，對方人多勢眾。」教授召回水龍，並提醒十字軍隊長。

「我知道。」十字軍隊長這麼回應。

同時一個男人從群眾中走出來，正是剛才向預言家下跪的那個十字軍，「隊長，請把聖女交給我們。」

儘管語氣冷靜，但他的眼睛裡充滿血絲，看起來十分瘋狂。

「我拒絕！」十字軍隊長斥喝：「你忘了入隊時的誓詞了嗎？你發誓要保護法皇陛下與聖女大人……」

「把惡魔交出來！」

「對啊！那才不是聖女！是邪惡的巫婆！」

「操弄黑魔法的女人！下地獄吧！」

群眾叫囂著打斷十字軍隊長的發言。

「把聖女交給我們。」男人又說了一次。而這次十字軍隊長並沒有回答，而是握緊劍對準了他。

場面頓時變得緊張起來，群眾紛紛撿起地上的石頭或木棍，怒視著三人。十字軍隊長的額頭冒出汗珠，聖女緊抓著教授的衣角，教授表情鎮定，但一旁的水龍卻張牙舞爪了起來。

一時間沒有人說話，現場一片死寂。儘管情勢緊張有如繃緊的弦，然而雙方沒有人先行動，只是這樣對峙著。

這時或許是因為剛才焚燒的關係，高塔上一座魔物雕像突然掉了下來，落到地上摔得粉碎。而這就像是開戰的訊號，群眾朝三人衝了過來。

「殺死罪人！」

「衝啊！」

「為預言家大人復仇！」

他們大喊著。

「快走！」十字軍隊長這麼大喊。同時間，教授驅使水龍衝向群眾，一下子就沖倒最前面的人。

這爭取到一些時間，三人沒有浪費這個機會，立刻轉身往舊城區的方向跑去。教授緊抓著聖女的手跑在最前頭，而十字軍隊長則是殿後護住他們。

然而憤怒的群眾並沒有放棄，他們緊追在後，不停朝著三人丟擲石塊。雖然大部分的石塊都丟得不夠遠，但還是有好幾塊從三人身旁呼嘯而過。

「這樣不行！」教授大喊，他抱住聖女剛好閃過一塊石頭，「我們必須要想辦法甩掉他們！」

「躲進巷道！」十字軍隊長大吼：「我來帶路！」

十字軍隊長說完後一下子加快速度，一口氣超越教授和聖女跑到最前頭，帶頭衝進舊城區的巷道裡。巷道十分狹窄又四通八達，還有不少轉角或岔路，就像迷宮一樣，三人很快就擺脫了後頭的群眾。

「可惡，他們跑哪了！」

「好像是那邊！」

「分開來走！一定要找到他們！」

已經陷入瘋狂的群眾還是不放棄，他們自主分成好幾個小隊，開始一條一條巷道巡邏，對三人進行包圍。他們神出鬼沒，時而在後頭，時而又出現在前面，這讓逃跑更加困難，然而還不僅止於此。

「嘖！可惡。」十字軍隊長看著眼前至少有三個人高，顯然無法翻越得磚牆，「太久沒來這裡，居然已經不通了！」

「有人追來了！」聖女看著後面，在他們後頭有火光閃耀著，將人影投射在身後的牆壁上。

「可惡……」十字軍隊長咬著牙。

教授迅速環顧四周，指著一旁的房子這麼說：「我想我們可以躲進去。」

那是一棟三層樓的矮房子，裡頭一片漆黑，屋頂也塌陷了一半，很明顯是棟廢棄的空屋。儘管一樓的大門緊閉，二樓窗戶的玻璃卻只留下空蕩蕩的洞。雖然很高，但和磚牆相比，從窗戶鑽進去顯然容易得多。

「好，快點。」十字軍隊長看了一眼，便同意教授的判斷。他走到窗戶下方，靠牆蹲了下來，伸出雙手交疊在一起。

教授見狀，立刻明白十字軍隊長的意思，他走到十字軍隊長的前面，小心翼翼踩上隊長的雙手。

十字軍隊長猛然一舉，教授就被拋了上去。他雙手緊抓窗框，深吸一口氣用力把自己拉上去，鑽進窗口之後狠摔到地板上，讓教授痛得差點不能呼吸。

不過還好地板上沒有碎玻璃，於是教授立刻跑到窗口朝下面招手，「這裡沒有問題。」

「聖女大人，來吧！」十字軍隊長這麼說。

聖女雖然臉色蒼白，全身微微顫抖，還是勇敢地點頭，「好的。」

她學著教授剛才的樣子，踩上十字軍隊長的雙手，然而重心有些不穩。

「哇啊！」聖女驚慌失措地叫了一聲，並開始往後倒。

幸好教授已經在窗口準備就緒，他向聖女伸出了雙手：「抓住我的手！」

驚慌失措的聖女也直覺地朝教授伸出雙手，兩人的雙手在空中緊握，教授便一口氣將聖女給拉了進來，兩人雙雙向後倒在地板上。

儘管教授的背撞在地上，仍緊緊地將聖女護在懷中。

「妳沒事吧？」他這麼問。

聖女倒在教授身上，感覺心臟砰砰地跳，一時之間竟分不清楚是緊張害怕還是興奮。聽到教授冷靜的聲音，她感覺自己的耳朵變熱了。

「我、我沒事……」她小聲地這麼說。

「好的。」教授放下聖女走到窗邊，「隊長，快點上來。」

然而十字軍隊長卻在下方搖了搖頭，拔出了劍，「不了，我會自己找出路。發生這種事，我必須要維持治安，不能躲在這裡！你好好保護聖女大人。」

「隊長！」聖女不由得露出泫然欲泣的表情。

「聖女大人別擔心，比起帶著你們，我自己一人比較容易衝出去。」十字軍隊長拍了拍胸膛。他對教授這麼說：「聖女大人就交給你了。」

教授則是對他點了點頭。火光不斷逼近，而十字軍隊長也做好備戰姿勢。他先安心地吐了口氣，之後又深吸一口氣朝火光衝去，「我在這裡！你們……咦？」

十字軍隊長一臉錯愕，因為跟著他們進入死巷的，是兩個十字軍。

「隊長？」

「您怎麼會在這裡？」

兩個十字軍也訝異地這麼問。

「我來是因為一些任務。」十字軍隊長很快就冷靜下來，但還是有點尷尬地這麼說：「你們呢？」

「這邊的居民通報說發生火災。」一個十字軍這麼說：「不過不知為何卻看到一群人到處跑來跑去，發生什麼事了？」

「他們在找的人是我。」十字軍隊長的回答讓兩個十字軍更加意外。

「好吧，你們倆跟我走，我們要離開這裡去找援軍。」十字軍隊長一下就做出判斷，抬頭對教授說：「五個人在一起人太多，容易引起注意，而且聖女大人太顯眼。你們留在這裡，我會盡快回來的。」

「好，別擔心。」教授向他點了點頭，十字軍隊長三人這才離開巷子。

「看來沒事了，妳還好……怎麼了？有哪裡受傷了嗎？」教授轉過頭，卻看到聖女癱坐在地上，連忙關心地問。

「沒、沒事。」聖女微笑著，但說話的語氣還是有些虛弱，「只是一時安心下來，感覺有些腿軟了，哈哈……」

「不要勉強自己。」教授也席地而坐在聖女的身旁，「我們休息一下吧，那些暴民不會找到這裡的。」

「謝謝你，教授……」聖女欲言又止，最後才說：「剛才在高塔那邊，我是不是不該出面說要治療呢？」

「怎麼說？」教授詢問的語氣十分和緩，像是在鼓勵聖女繼續說一樣。

「就是因為我出面，那些人才會攻擊我們。」聖女這麼說。

「嗯，確實如此。」教授點頭，聖女見狀不由得難過地低下頭來。

「不過，妳會因此就不做這件事情嗎？」教授又這麼問。

「……不會。」聖女沉默了一會，才低著頭這麼說：「替傷者與病人治療，是作為聖女的責任，但假如因為這樣，害你或隊長發生什麼事的話，我……」

「那麼，我認為妳應該出面。」教授這麼一番話，讓聖女驚訝地抬起了頭，「沒錯，不出面的話或許就不會遭到攻擊，但正是知道妳會出面，十字軍隊長才選擇為妳而戰，十字軍才會宣誓要守護妳。」

聖女繼續看著教授，而教授則是繼續說：「妳的勇氣和魔法鼓舞了許多人，其中也包含了我。」

教授一邊說，一邊拿出了一顆心型紅寶石的墜飾。聖女看到墜飾，不禁瞪大眼。

「這是妳以前給我的，不好意思，裡頭的魔力已經被我用掉了。」教授將墜飾放到她的手中，「但這顆寶石救了一條人命，或許還不只一條，而這一切都是妳的功勞，所以我不希望妳懷疑自己。去做認為是對的事吧，我和隊長會支持妳的。」

聖女接過墜飾，先是愣愣地看著教授，接著突然二話不說猛然撲進教授懷中，將自己的頭用力地撞在教授的胸膛上。

「你這個人……為什麼每次都這樣呢？」聖女小聲地這麼說：「真是的，這不是讓我徹底地迷上你了嗎？」

教授只是微笑著撫拍聖女的頭。

「不要丟下我一個人。」聖女又悄聲說。

教授輕輕攬住她肩頭，兩人就這樣相互依偎，在這空無一物的房間裡，感受著彼此的呼吸和體溫，以及心跳。

清晨的陽光從窗口灑落照亮屋內，小鳥的歌聲清澈嘹亮，從外頭傳了進來。

聖女的眼皮微微跳動，長長的睫毛顫抖著，最後她終於從夢鄉中清醒過來，張開了眼睛。

「嗯……我什麼時候……睡著了？」她緩緩起身，一件外套從身上滑落。儘管還有些睡眼惺忪，還是一眼就看出來那是教授的外套。

「妳起來了啊，睡得好嗎？」這時教授剛好從外頭走進來，他手中拿著一個托盤，上頭放有一盤沙拉和兩杯熱水。

「這是從後頭採來的。」看到聖女好奇的目光，教授這麼解釋：「沒想到這棟空屋的後院有一個小菜園，雖然沒人照顧但植物長得不錯。這裡早上有點冷，所以我想說弄點熱水比較好。」

「謝謝。」聖女接過還在冒著白煙的杯子，喝了一口熱水，之後雙手捧著杯子。

「還有你的外套。」她指了指披在身上的外套，有些不安地問：「你會冷嗎？」

「不會。」教授搖搖頭，拿著熱水杯坐在聖女對面。

「今天要做什麼呢？」聖女這麼問。教授想了想才回答：「這個嘛……等到十字軍隊長帶人回來之後，我想再去高塔那邊看看。」

「……教授要回去那個地方嗎？」似乎是想起昨晚的追殺，聖女有些不自在地問。

「是的，有些事情我想要弄清楚。」教授點點頭：「這個案件有太多疑點了，讓我有些不安，總感覺似乎看漏了什麼。」

「原來教授也會不安啊。」聖女雙手環抱著膝蓋這麼說。教授點點頭，「這是當然的，每個人都會有這樣的時候。」

「原來是這樣啊……啊，請等一下。」聖女看到教授拿起叉子要吃沙拉，便連忙說：「那個，讓我餵吧。」

「咦？」

「教授替我做了那麼多，至少讓我替教授做點小事吧。」聖女有點強硬地這麼說，並拿起叉子，叉起一小口生菜伸到教授的面前，「來，啊～」

「嗯，喔喔……」儘管有些不好意思，教授還是張開嘴。

「好、好了，謝謝，剩下的我自己吃就行了……」教授拿起叉子，叉起一顆小蕃茄，卻看到聖女張開了小嘴，「咦，這……」

「啊～」聖女仍閉著眼繼續張嘴，不過可以看出她的耳朵有些變紅。

教授有些手足無措地餵了聖女一顆小番茄，小番茄差點掉了出來。

「啊。」聖女連忙伸出手掩住嘴，還是順利地吃了下去。

「不、不好意思……」

「沒關係……嗯……」聖女舔了一下嘴唇，對教授微笑，「很好吃呢。」

「能合妳的胃口，實在是太好了。」教授這麼說，雖然剛才他什麼味道都沒嘗出來。

「聖女大人，我是隊長。」就在這時，樓下突然出現大量的腳步聲，沒多久十字軍隊長就帶著兩名十字軍走進房間，「你們沒事吧？」

「我沒事，隊長呢？」聖女早就恢復常態，一臉鎮定地回覆。

「托諸神的護佑，我們都平安無事。」儘管十字軍隊長一副灰頭土臉的樣子，還是大聲地這麼說：「經過了一整晚的搜捕，我們一共逮捕十七名暴徒，雖然還是有不少人逃跑，不過至少總算能告一個段落了。」

「太好了。」聖女撫著胸，像是鬆了一口氣，「教授說想要回去塔那邊看看，他覺得這個案子有疑點。」

「假如可以的話，我希望能用魔力探測儀檢查一番。」教授在一旁這麼說。

「沒問題。」十字軍隊長點點頭，「我們也要過去那邊，就一起出發吧。」

三人回到高塔前，高塔在晨光之下看起來不像昨晚那麼有威脅性，魔物雕像也就只是一般的雕像。黑煙早已散去，只剩下燒焦的痕跡，現場還有不少十字軍正在忙進忙出。

「我們正在維持現場秩序。」十字軍隊長對兩人解釋：「有很多預言家的信徒聽聞她往生的消息，一早就跑來這裡獻花悼念，還好他們只是獻花，沒有做什麼誇張的舉動，因此我們也沒有去干預他們。」

「嗯，這樣就好。」聖女看著一旁堆著的花束點點頭。

塔裡頭已經燒成一片焦黑，除了樓梯角落的預言家焦屍外，裡頭空無一物。儘管過了一個晚上，空氣中還是瀰漫著嗆人的煙味，就算他們都戴上鳥嘴面具，還是能聞到燒焦的味道。

「實在太慘了。」十字軍隊長說，他的聲音隔著面具聽起來有些悶悶的。他看著焦屍這麼說：「會燒成這個樣子，昨晚的火勢一定不小，幸好沒有釀成更嚴重的火災。假如被那些信徒看到，恐怕又會引起另一場暴動。」

「諸神護佑。」聖女在一旁默禱了一句，之後向教授問道：「教授，你想要從哪裡開始調查呢？」

教授還沒回應，就有一名十字軍走進來向十字軍隊長敬禮並報告：「隊長，火災的成因已經找出來了，根據探測器顯示是魔法造成的。」

「是嗎……」十字軍隊長點點頭，對教授說：「我記得魔法三要素是魔力、儀式和使用者這三項吧？」

「沒錯。」

「難道那把火真是神火？」十字軍隊長不由得這麼問：「不可能在無人的情況下出現魔法，當時也沒看到縱火者，難不成真的是諸神的旨意？」

「隊長……」聖女看著十字軍隊長。

在場眾人都陷入沉默，只有一個人除外，正是教授。教授走到焦屍旁，焦屍的姿勢怪異讓人不忍直視，然而他卻像是對很有興趣一樣仔細打量著，之後他似乎發現了什麼。

聖女最先注意到教授的變化，「教授，發現什麼了嗎？」

「隊長，你們可以過來幫忙一下嗎？」教授這麼說：「我想要把預言家的屍體移開。」

十字軍隊長等人用疑惑的眼神看著彼此，但還是聽從指令，在不破壞焦屍的情況下小心翼翼將它移開，而在下面的就是地板。

教授卻蹲下來，在地板周圍不斷輕輕敲，發出咚咚的聲音。突然間，眾人聽到聲音變了，當教授在敲擊某一塊石磚時，傳出像空洞有回音的聲音。

「隊長。」教授看向十字軍隊長。

十字軍隊長點點頭蹲下來，開始試圖挪動那塊石磚。

然而不管是拉還是推，那塊石磚卻絲毫沒有任何鬆動的跡象，其他十字軍見狀也來幫忙。最後在三個大男人使勁全力的情況下，地板終於啪啦一聲露出一條向下的暗道，而暗道的入口處還有散落一地的零件與碎片。

所有人都被眼前這一幕驚呆了，當然教授除外。

「果然如此。」他只是點點頭並這麼說。

「這、這到底是怎麼回事？」十字軍隊長問。

但教授卻不願多談，「等出去再說吧。而且這件事情也應該要向法皇陛下稟報，我想等回城後再把整件事好好講述一遍。」

「這些事情打從一開始就是場騙局。」在法皇、聖女與十字軍隊長面前，教授劈頭就這麼斷定，「不管是預言也好，罪人也好，這一切都是精心設計出來的連續殺人事件！」

這讓在場眾人都露出驚訝的表情，而教授則開始解釋起來：「昨晚在高塔放火的不是別人，正是預言家。這也是為什麼我們找不到縱火者，因為縱火者和受害者是同一人。

「在放火之後，預言家本來想從密道逃跑，我想這是她原本的計畫。隊長也說過這座城市到處都是各種密道或暗門。」教授繼續說：「然而她沒想到開門的機關卻遭到破壞，怎麼也打不開，最後被活活燒死在塔裡。」

聽到教授這麼說，聖女用手摀住嘴，露出既驚訝又難過的表情。

「你說這是連續殺人案，所以其他人的死亡也是她安排的嗎？」十字軍隊長沉穩地連續拋出三個問題，「她是用什麼手法殺害女商人的？那扇門又是誰破壞的？」

「是的，她利用這種手法來建立起名聲。」教授說：「我想一開始應該是有人協助她，但隨著『預言』不斷應驗，信徒人數越來越多，她就開始利用他們行兇。她的信徒人數眾多，是最好的幫凶。

「例如女商人，我想就像我們在看到的那個十字軍一樣，守衛中應該也有她的信徒。」教授推測，「甚至隊長因任務出城也是他們安排的，畢竟法皇國高層也有人相信預言家。

「信徒們把女商人抓回監獄，用魔法燒死她，讓預言家的預言『應驗』。」說到這邊，教授下了結論，「我想預言家可能和當初指使女商人偷竊神聖法杖的幕後黑手是一伙的。」

在場的人聽到這裡，不由得都倒抽了一口氣。

「預言家也知道這種狂熱遲早會有結束的一天，因此也想好了退路，就是高塔的那一場戲，用詐死掀起暴亂，之後就能全身而退。」教授又說：「但是幕後黑手也騙了預言家，對方可能從一開始就決定要殺她，於是便破壞門的機關，讓她死在塔裡。」

教授最後這麼推論，「因為預言家的死，現在信徒的情緒格外高漲，這也是幕後黑手想看到的，這樣的話我們更不能用魔法復活女商人或預言家了。」

「那個幕後黑手到底是誰？」十字軍隊長急切地問。

然而教授卻搖了搖頭，「我不知道，我只知道這個幕後黑手能操控商界、軍界和宗教界，一定不是個簡單的人物。」

現場頓時陷入一片死寂，過了許久法皇才打破這陣沉默，「看來即便魔王已死，這個世界的危機也還沒完全解除。盜竊國寶、蓄意引發戰爭、連續殺人、煽動暴亂……這幕後黑手真是太可怕了。」

「我會追查當時看守女商人的守衛，看看有哪些人是預言家的信徒。」十字軍隊長說：「或許能從那邊打聽出什麼消息，不過……」

「是的，我想最多只能追查到預言家而已。」教授這麼說：「不過還是值得調查看看。」

「嗯。」十字軍隊長點了點頭，便走了出去。

「法皇陛下，我有一個請求。」教授對法皇說：「可否讓我在這裡多待幾天，我希望能再仔細調查這個案子，看看有沒有其他線索。」

「當然歡迎。」法皇應允，「有什麼需求，就和聖女大人說吧。」

「謝謝，那麼就不打擾陛下了。」教授向法皇鞠躬後，便和聖女一起走了出去。

「希望你們調查順利。」法皇的聲音從兩人後頭傳來，「老朽會為你們祈禱。」

兩人走下樓梯來到了法皇廳的正廳。陽光從外頭照射進來，五彩繽紛的花窗玻璃有如寶石一般閃閃發光，讓人感覺一片祥和且靜謐。雖然完全不同，但不知為何這讓教授想起和聖女在空屋裡的那段時間。

「對了，教授，這個給你。」聖女突然拿出一個心型墜飾遞給教授。

「這是……」教授接了過來，發現就是之前在空屋還給聖女的墜飾，只不過寶石中再次耀著光芒，「有魔力在裡頭嗎？」

「是的，不過和先前的復活魔法不同，這次只能施展治癒魔法。」聖女露出憂愁的表情，「聽到教授提到那個幕後黑手，我還是有點害怕，能為你做的也就只有這麼一點小事而已。」

「不會，這對我幫助很大。」教授收下了墜飾，「謝謝妳。」

「不會，和教授為我做的比起來，這些不算什麼。昨晚在那個空屋裡，你鼓勵了我，使我恢復了信心。」聖女不禁臉紅了起來，「本來是想要等你離開時再送給你的，可是不知道為什麼，這裡讓我想起和你一起吃飯的事，所以……」

「是嗎？」教授簡短地說：「等這些事情告一段落，我希望能和妳一起好好吃頓飯。當然，這次不會只吃沙拉。」

「好的。」聽到教授這麼說，聖女的臉上不由得露出一抹微笑，「我很期待。」

Lesson 7

三個助教

腳步聲在走廊迴盪，女騎士在魔法學院的校舍裡漫步著，她悠閒地穿梭在教室與走廊之間，似乎只是在閒逛。

兩名穿著法師袍的學生從教室裡走了出來，看見女騎士立刻就瞪大眼睛，呆立在原地。甚至就連女騎士向兩人打招呼，也依然毫無反應，一直到她走遠之後才回過神來。

「那、那位是騎士團的團長嗎？」

「我也嚇到了，第一次看到她那樣的打扮，超適合她的！」

「對啊！對啊！還以為是哪個溫柔的貴族千金呢！」

「呃……雖然我懂妳的意思，不過那樣的說法好像她平常很粗暴似的……」

女騎士沒聽到兩個學生的討論，一路來到教授的辦公室，滿心期待地敲了敲門，「教授，我進來囉。我今天突然休假，一起去哪邊走走……咦？」

話才說到一半她就愣住停了下來，因為辦公室裡空無一人。

「他去法皇國了。」這時主任從一旁的辦公室探出了頭，「似乎是十字軍隊長有事找他，他就請假出國了。真是的，給人添一堆麻煩……」

「好了好了。」這時另一個聲音也從辦公室裡傳了出來，隨後校長拿著茶杯現身。

「他去那邊打好關係也有利於本校啊，畢竟我們和那邊的學者有許多交流。」他先是讓主任止住了碎碎念，之後又對女騎士說：「團長閣下妳好，這套服裝很適合妳呢。」

女騎士穿著一套紅色洋裝，頭上還戴著蝴蝶結髮飾，淺藍色的領結增添了幾分優雅。與平時威風凜凜的樣子截然不同，看起來就像個溫柔的貴族千金。

「這、這個是……」女騎士不由得臉紅了起來，結結巴巴地解釋：「只是想要讓教授看看而已……並、並沒有什麼意思……」

「戀愛中的少女啊。」校長笑咪咪地說，讓女騎士的臉更紅了，「老夫正好在和主任喝茶呢，假如團長閣下不介意陪陪我們的話，要不要加入呢？」

「啊，好的，假如不會麻煩的話。」女騎士點點頭。

「哈哈，有這麼漂亮的女士願意加入，老夫開心都來不及呢。」校長這麼大笑。

「校長你啊……唉，算了。」主任嘆了口氣，還是乖乖從一旁的櫃子拿出一組茶具。

「不好意思打擾了。」女騎士走進主任的辦公室，一坐下來就發現角落擺了兩個紙箱。

「那些是以前的研究數據。」主任注意到她的目光，「最近想要整理一下辦公室，就把那些東西拿出來了。」

「啊，不好意思，我不是有意偷窺的……」

「沒關係，反正那些東西也已經超過保密期限了。」主任聳聳肩，「現在早就不是什麼機密，只是一些老古董而已。」

「機密？」聽到主任這麼說，女騎士露出一頭霧水的表情。

「啊，原來是那個計畫啊。那時候團長閣下大概還不知道有這項計畫吧。不過還真令人懷念，他不在真是可惜了。」校長看向一旁教授的辦公室，「畢竟他也是這計畫的其中一員。」

「是啊，這也可以算是他的第一個『案子』吧。」主任同意，並這麼說：「畢竟那時候他立下了大功，這個計畫才能順利進行，從某個角度來看，他可以說是拯救這個世界的功臣之一吧。」

聽到主任竟然如此評價，女騎士立刻被勾起了好奇心，「那個，可以和我說說發生了什麼事嗎？你們說的計畫到底是什麼？教授的第一個案件是什麼呢？而拯救了這個世界又是怎麼一回事？」

儘管女騎士盡量維持著禮貌，但她的身體卻不自覺地前傾，似乎很感興趣的樣子。

「呵呵，這倒是沒問題。」校長看了主任一眼，笑著說：「不過，這會講到我們主任的一些糗事，假如他沒問題的話……」

「那都是過去的事了。」主任雖然嘴巴上這麼說，還是繃著臉，「我早就不在意了。」

「好吧，假如團長閣下不嫌老夫嘮叨的話，那麼就來說說這些陳年往事吧。」校長露出惡作劇的笑容，開始講述了起來：「這得要從魔王還在，勇者大人仍未出世，各國戰雲密布的那個時候開始講起……」

這裡是一座大禮堂。看臺上坐了不少學生，每個人臉上都露出期待的神情。此外禮堂裡還有一群人，他們都穿著綠色的法師袍，在禮堂四周似乎正在忙些什麼，說話也都刻意壓低音量，再加上前方的兩個巨大沙漏，讓現場充滿一股緊張的氣氛。

禮堂的中間已經被清出一片空地，上頭擺著一排排的桌椅，桌椅上頭還有紙筆。然而這些桌椅大多都是空的，只有兩個人坐在第一排的位置上。

其中一個人看起來只有十五、六歲，他有著一頭黑色亂髮，身上的法師袍太大了，甚至顯得有點可笑，然而他的氣勢很強，讓人有種不能小覷的感覺。

而另一人年紀稍長，大概在二十五歲上下，他有著一頭打理得相當漂亮的金色直髮，表情則是十分平靜，和周遭緊繃的氣氛形成強烈對比。他閉目養神，看起來似乎很放鬆的樣子。

一名精靈男性走了進來，他手上拿著一個公事包，頭髮雖然茂密，但細心的人還是可以看得出頭頂有些微禿。

「各位好。」他這麼說：「歡迎來到第86屆魔法學研討會的最後一個節目——魔法競賽！」

學生們立刻鼓掌起來，臉上也露出熱切的表情。

「那麼，雖然在場的各位應該很了解了，但還是要介紹一下這次競賽的規則和參賽選手。」精靈男性這麼說：「魔法競賽是一項兼具解謎與趣味的活動，除了紙筆以外不得用其他的方法，由最快求出解答的人獲勝，是每屆魔法學研討會的固定壓軸項目，冠軍可以獲得五百枚金幣的獎金。

「不過，今年的魔法競賽有所不同。」精靈男性話鋒一轉，「除了獎金提升到兩千枚金幣之外，冠軍還可以獲得帝國國立魔法學院五年助教教職，也就是說，今年的冠軍有可能是在座各位明年的老師。」

學生們聽到後，不由得議論紛紛，在一旁穿著綠色法師袍的人連忙維持秩序。

「不過或許因為這樣，今年的報名者也很多，一共有兩百五十三位，都是赫赫有名的魔法師。」精靈男性說：「在經過層層關卡與複試之後，剩下兩位晉級到這次的決賽。而這兩位剛好都有魔法界的榮譽稱號，因此按照慣例，我在此只會稱呼他們的稱號，而非姓名。」

精靈男性指著坐在位置上的兩人，學生們也不由得順著他的手指，將目光聚焦到兩人身上。不過兩人的表情依舊不變，黑髮少年保持著自信的微笑，而金髮男人則是繼續閉目養神。

「首先是這一位。」精靈男性指向黑髮少年，「七歲就通過王國魔法學院的入學考試，成為該校史上最年輕的學生，十一歲就成功出師，創下最快畢業記錄，而且還是本屆研討會最年輕的成員——神童！」

學生們報以熱烈的鼓掌，而神童卻只是和大家點點頭，臉上一副高傲的樣子。

「而另一位的成就也很不得了，曾經連續三屆獲選為魔法學研討會的最佳論文與講者。」精靈男性指向金髮男人，「還發明了三元素魔法權杖與風系魔法四相儀，因此獲頒榮譽稱號的——智者！」

學生們又熱烈鼓掌起來，這時智者才睜開眼睛，出乎意料地露出和藹的微笑，向周圍的學生們招手。

「好了，看來這會是場十分精彩的競賽。」精靈男性說：「另外，我是這次的主持人，今年剛成為帝國國立魔法學院魔導學的主任，還請各位多多指教。規則很簡單，請在這兩個沙漏漏完之前，解出以下這個問題。」

精靈男性拍了拍手，禮堂前方就出現一排發著光的巨大字體，若現在有兩個宇宙，其一為均值，而另一則否，那麼分別在兩個宇宙以金屬媒介的魔法陣對三百克重的石頭施展風系魔法時，所花費的魔力消耗量落差為何？

「這個問題不太容易，我自己當初設計的時候可是想了好久。」主任的臉上不由得露出得意洋洋的笑容，「畢竟橫跨魔導學、理論儀式學、魔力宏觀論和魔導具工程設計四個領域呢。」

他看著題目又滿意地點點頭，不過因為表情有點噁心，所以一旁的學生們都只是冷眼看著他。

「好啦，那麼我別再浪費大家的時間了。當然在場的各位有興趣的話，也可以自己動手算算看。」主任有些挑釁地這麼說：「那麼我在此宣布，魔法競賽的決賽就此開始！」

主任手一揮，兩個沙漏就同時翻轉過來開始計時。而神童和智者也立刻抓起紙筆，開始計算了起來。

在場所有人全部都屏氣凝神看著兩人快速運算，連呼吸都只敢用嘴巴，就怕任何一個小聲音打擾到他們。主任也為了不要打擾到兩人悄悄走了出去，來到隔壁房間。

而在隔壁，一名矮人正坐在黑板前的椅子上。儘管隔壁在進行嚴肅的魔法競賽，他卻拿著酒杯，看起來有幾分微醺的樣子。

「喔喔，總算來了啊。」矮人見到主任，便對他舉起了酒杯，「比賽怎麼樣啦？」

「現在不是有食物管制嗎？你是從哪裡搞到酒的……算了，不要告訴我，我不想知道。」主任見狀先是眼睛瞪大，之後嘆了口氣，「這可是嚴肅的比賽啊，新任校長大人好歹表示一點尊重吧。」

「所以我才躲在這邊，讓你去主持啊。」校長說著又喝了一口啤酒，「正式上任之後能這樣享受的機會就不多了。」

「真是的。」主任搖搖頭，坐到一旁的椅子上。而校長則是繼續說：「對了，這道題目出得可不簡單啊，要不要來開個賭盤，看他們會花多少時間解開你的問題啊？」

「哼，我才不會拿自己的研究做這種無聊的事……」主任先是露出無聊的表情，然而校長的下一句話卻讓他的態度整個翻轉。

「哎喲，難道是害怕太快被解開嗎？也對，畢竟一下那樣就什麼都沒得賭了。」

「什麼？賭就賭啊！」見到自己的研究被挑戰，主任三兩下就被校長煽動，大聲地說：「就算是他們，至少也要翻轉三次沙漏才能解開這個題目！」

「好喔，那麼我就賭少於三次吧。」校長見到對方上鉤，不由得偷笑起來，「賭金……在這裡還是不要談錢好了，輸的人就請對方喝一攤，怎麼樣？」

「當然沒問題！」被激昏頭的主任二話不說就答應，完全忘了矮人的特點之一就是酒量好，更忘記自己不怎麼會喝酒，「你準備輸到脫褲子吧，現在食物管制，我看你要怎麼樣才能找到有營業的酒吧……」

主任話還沒說完，就有一陣急促的腳步聲跑了過來。沒多久門就被打開，一個老師這麼大喊：「校長、主任，他們已經解出來了！兩個人同時，而且得出的答案也一模一樣！」

「什麼！」主任不禁張大嘴，嘴巴幾乎可以塞進一顆龍蛋，「這、這……」

「喔？看來那兩位確實很有實力。」校長卻是好整以暇地說。

「等一下，他們的答案是什麼！就算是那兩位，也不可能那麼快……」主任連忙追問。然而那個老師的回答卻無情地打破他最後的希望。

「是23497單位的瑪那。」那個老師這麼說。

「這怎麼可能！」主任跪倒在地上大喊：「這、這就是有榮譽稱號者的實力嗎……我花了一個月想出來的題目竟然一下就……」

「好了，你先出去吧。」校長對那位老師這麼說：「讓主任稍微沉澱一下心情。」

「啊？好、好的。」老師慌張地出去了。這時校長才轉過頭對主任說：「好了，振作一點，我們現在要去頒獎了……」

「等、等一下！」主任連忙抬起頭，「同時算出答案，這樣要怎麼決定誰是冠軍？」

「兩人並列不就行了，反正也不是沒有先例。」校長一臉不在乎地說：「讓他們平分獎金，同樣都有教職不就行了，更何況『那個計畫』需要很多人手，多一個強力幫手也是件好事。」

聽到校長說到「那個計畫」，主任的臉色也變得嚴肅了起來。

「確實如此，現在實在太缺人手了。」他起身拍了拍褲子上的灰塵，「我們走吧。」

「啊，對了，還有一件事。」校長補上一句，「別忘了你還欠我一攤啊，順道一提，不是矮人釀的翡翠酒我可不喝喔。」

「《%@ㄉ#ㄛ$」主任不由得爆出一連串讓人聽不懂的精靈語髒話，使得校長哈哈大笑了起來。

「兩位辛苦了，首先謝謝兩位願意接受並列冠軍，也同意平分獎金。」校長這麼說：「另外，還要謝謝兩位願意在比賽後留下。」

眾人聚集在剛才校長躲起來喝酒的房間裡，不過此時的校長當然是沒在喝酒。除了校長之外，就只有主任、神童和智者在場。神童一臉無聊地雙手托腮，而智者則是直直看著校長。

「你們可以把真正目的說出來了吧。」神童這麼說，引起了校長和主任的注意。

「怎麼說？」

「在這種戰爭時期，你們卻舉辦大型活動。」神童一臉無趣地說：「現在就連食物都是配給制，怎麼可能有多餘的錢這樣花，就算是哥布林也知道動機不單純。」

「確實如此。」智者也同意，「而且獎金真的太大手筆了點，很難不引人遐想。」

主任和校長互看了一眼，最後校長點頭開始說明。

「好吧，確實如此。」校長的表情變得嚴肅，「接下來我要說的都是機密，就連家人朋友也不能透露。假如兩位把今天這間房間裡的事情說出去的話，那麼最好的結局也是在皇家監獄過一輩子。」

校長這一番話引起了神童和智者的興趣，神童聚精會神地看向校長，而智者的眼神中也透露出好奇。

「想必各位早就知道，魔王已經現世，目前率領一眾跟隨者組成了魔王軍。」校長說：「各國雖然組成聯軍共同抗敵，但戰局很不樂觀。並不是我軍素質差或魔導技術不如人，而是因為敵人有一張王牌，沒錯，那就是——魔王。

「魔王的實力驚人，遠非常人所及。」校長繼續說：「他能夠在一個下午就攻下一座堡壘或消滅整支軍團還毫髮無傷，就是這麼恐怖的存在。魔王軍並不可怕，可怕的是魔王本人。

「沒有魔王的話，聯軍只要五個月就能消滅魔王軍，但是現在可能會在五年內輸掉這場戰爭。」校長最後作結，「因此我們要做的事只有一件，就是召喚勇者！」

聽到校長的宣言，神童和智者立刻瞪大眼睛，露出驚訝的表情。

「怎麼可能？」神童不由得這麼提高音量。

「歷史上上次召喚勇者，已經是五百年前的事了。」智者也附和：「相關的魔法儀式記錄早就不存在了，就算是精靈族，據說也已經無人記得相關細節。」

「確實如此，這也是我們為什麼要進行勇者計畫。」校長向主任點點頭，主任立刻就施展魔法，把勇者計畫的內容，像是各種資料、圖表和魔法陣，用發光的字體展現在空中。

「我們竭力收集相關文獻，也訪問了不少當事者，而那些不足之處就要靠現在的魔導技術補足。我們要重現遠古儀式，召喚勇者並打倒魔王。這不只是關係到能否贏得這場戰爭，更是整個世界存亡的關鍵！」說到這邊，校長目光銳利地看向兩人，「現在有什麼問題嗎？」

神童和智者互看了一眼。

「我有。為什麼現在才來找我們？」神童露出銳利的目光，「我們難道不夠優秀嗎？為什麼沒有一開始就來找我們幫忙，而是拖到現在？」

「這個問題由我來回答。」主任說：「這當然是為了保密，越少人知道這項計畫越好。就算是在帝國，除了相關人員外，也只有皇帝陛下、宰相、騎士團團長和議會知道而已。」

「好吧，我接受。那麼還有一個問題。」神童這麼問：「既然來找我們，計畫當然是很不樂觀，現在進展到哪裡了？我們還來得及拯救世界嗎？」

「我不能透露計畫的進度。」校長說：「得要等加入後才能告訴你。當然就算你加入，我們也不會全都告訴你。至於是否來得及……就要靠你們的能力了。」

神童聳聳肩，彷彿一開始就知道得不到答案，不過他露出了滿意的笑容，「很好，我加入。這項計畫值得挑戰，我可以把它放在最新成就的那一欄。」

「那麼換我了。」智者問：「我們之後會在哪裡參與計畫？是貴校嗎？」

「沒錯。」校長回答：「雖然還有其他研究基地，但你們主要的工作地點就是我們學院，這也是為什麼要提供助教職缺的原因。」

「那假如我們不加入這項計畫呢？」智者有點挑釁地說：「你怎麼能確定我們不會外洩這項機密。」

「有三個理由讓我很確定你們不會洩密。」主任代為發言：「一、我們已經對兩位做過調查，二、兩位會到我校任教，三、所有的國家都加入了勇者計畫，因此假如洩密，你們也無處可逃。」

「很好。」聽到主任這麼說，智者不但不生氣，反而還露出高興的樣子，「就是要設想這麼周到才對，我加入。」

校長和主任互看一眼，點了點頭。

「好的。」校長說：「那麼，歡迎各位的加入……」

然而此時門外突然傳來一陣敲門聲，讓所有人瞬間就提高了警覺。主任手一揮，在空中的那些字體就立刻消失，校長在確認一切都安全之後才說：「請進。」

「不好意思。」一名身穿綠色法師袍的男子走了進來，「我聽說校長和主任在這裡……」

所有人的目光都聚集到男子身上，他的年紀大概二十出頭，介於神童和智者之間，身材高瘦長相普通，戴著一副有些破舊的黑框眼鏡。

「喔，我沒想到兩位冠軍也在這邊。」男子看到神童和智者，自我介紹了起來，「各位好，我是……」

「不用自我介紹了。」主任打斷了他的話，「從你身上的制服來看，是這場大賽的志工吧，來這裡做什麼？我們正在開會呢。」

「啊，不好意思。」志工點點頭，「但我想說的這件事情很重要，有可能會影響到大賽的結果。」

「什麼意思？」

「關於剛剛那個魔力消耗量落差的問題。」志工說：「答案是錯的，不好意思現在才說，不過我也是剛剛才算出來。」

志工這句話，讓所有人頓時呆立在原地，過了好一會主任才反應過來。

「……什麼？」主任不禁懷疑自己的耳朵，「你說……答案是錯的？」

「噗哈哈哈！」神童大笑了起來，拍著自己的大腿，「有趣！真是太有趣了！這傢伙居然說我的答案是錯的？」

「喔～」智者微笑著打量志工，「可以問你在哪間大學任教嗎？還是是哪個著名冒險者隊伍的成員呢？」

「都不是。」志工也微笑著回應：「我目前在這附近一個小村子擔任駐村魔法師，最近得知學院要舉行魔法競賽，所以來當志工……」

「等一下，我的研究怎麼會有問題！這怎麼可能？」主任這才回過神來，「是哪邊有問題！你說啊！這可是我花了十年研究的領域……」

「好了、好了。」校長見事態一發不可收拾，於是拍了兩下手，將所有人的注意力拉到自己身上，「正如主任所說，請問是哪裡出錯了，運算過程嗎？」

「不，運算過程十分完美。」志工回答：「只是……各位有想到魔力上限嗎？」

聽到志工這麼說，所有人的表情瞬間變了。而志工卻像是沒有發現，繼續解釋：

「不管是任何人或物體，所能容納的魔力都是有限的，這也是我們無法製造無限魔力的魔導具的原因。三百克重的石頭，風系魔法的魔力上限頂多1000瑪那，所以三位23497的答案肯定是錯的……怎麼了嗎？」

志工看著主任，主任張大了嘴，這次他的嘴裡可以放三顆龍蛋；而神童露出不敢置信的表情，隨後逐漸轉為懊悔；智者則是用若有所思的眼神打量著志工，嘴角微微上揚起來。

「……確實如此。」校長點頭，率先承認錯誤，「我們竟然忽略這麼重要的前提……看來我們的眼光還是太狹隘了。」

「這在魔法研究很常出現。」志工點點頭，「我自己也出現過這種情況，只不過是因為我是旁觀者，所以沒有盲點……」

「不！」志工的話還沒說完，就被主任打斷。他用力拉扯著自己的頭髮，大聲地喊叫：「我居然犯下這麼基本的錯誤！這不就得要重來了嗎？我畢生的研究啊！」

志工和校長在一旁不由得用憐憫的眼神看著他。

「確實如此。」神童也點頭說：「沒想到居然在擅長的領域被打敗，了不起，你究竟是什麼人？」

答。

「就如同剛才所說，我只不過是個小村子的魔法師而已。」志工巧妙地這麼回

「那麼關於魔法競賽的結果該怎麼辦呢？」智者在一旁冷靜地問：「我和神童都答錯了，要再重比一次嗎？」

「嗯……不過從結果來看，你們兩人還是平手，不是嗎？」校長說：「雖然還要再開會討論，不過我想結果還是不變吧。而至於剛才所說的……我們就依然維持一樣的協定吧。」

「我明白了。」

「我沒問題。」

智者和神童兩人應允。校長見狀便說：「那麼祝兩位今天過得愉快，期待在學院與你們見面。」

神童和智者兩人點頭，又看了志工一眼才離開了房間。

「非常謝謝你指出我們的錯誤，再次感謝。」校長對志工這麼說，並問：「這場活動結束之後，你有什麼打算呢？回村子繼續做駐村魔法師嗎？」

「我想應該是吧。」

「這樣啊……」校長眼珠一轉，「那麼你有沒有興趣來我們學院工作呢？」

「什麼？」

「等、等一下！」校長的提議不只讓志工愣住，更讓還在拉扯著頭髮的主任放下了手，驚訝地抬起頭，「難、難道你打算讓他加入嗎？」

「……你可以先讓我們獨處一下嗎？」校長突然對志工這麼說。

志工點點頭，離開了房間，「好的。」

志工走出去後，校長才說：「我覺得他是我們需要的人才，畢竟這世上應該也沒幾個魔法師能找出你、神童和智者共同的錯誤吧。」

「我承認他確實眼光獨特。」主任很勉強地說：「可是我們對那個志工的身世和背景一點都不清楚，就讓他加入計畫沒問題嗎？」

「這個嘛……那就要靠你了。」校長拍了拍主任的肩，「就算不行，讓他來當助教對我們未來發展也有好處吧。」

「給他和神童、智者一樣的職位嗎？」主任露出苦澀的表情。

「我相信他們不會拒絕的，況且我們的時間所剩不多了……」校長露出嚴肅的表情，「前方戰況吃緊，情況實在不樂觀，早一天召喚出勇者，也許就能多救數百條……不，數萬條性命，不是嗎？」

在一條暗巷中，主任身穿灰色斗篷，站在一棟破舊的木屋前。

他深吸一口氣，像是下了什麼重大的決心敲了敲門。很快的，門上的窺視孔被人拉開，一雙充滿警戒的眼睛盯著他。

「你是誰？」一個低沉的聲音語帶威脅地說。

「暗夜之人。」主任這麼回答。

低沉的聲音又問：「為何而來？」

「為尋求光明而來。」主任像是已有準備，很快地接著說。

「誰是你的領路人？」低沉的聲音又問了第三個問題。

「我們的大導師。」主任這麼說。同時窺視孔被拉上，隨後一些金屬碰撞聲從門後傳來，沒多久門就緩緩地打開，主任立刻從縫隙鑽了進去。

他進到裡面，看到一條陰暗的走廊，和一個身材高大，戴著面罩手拿燭臺的男子。

「跟我來。」面罩男子簡單地這麼說，就走進幽暗的屋內。

主任跟在男子後頭，兩人來到一間只擺著幾樣簡單家具的房間，地上還鋪著破舊的地毯。面罩男子熟練地把家具移開，掀開地毯，露出底下的活板門。

男子拉開活板門，裡頭是一條向下的樓梯，兩人繼續向下，很快就來到一間地下室。地下室燈光昏暗，裡頭坐著幾個男人，一見到主任就放下手中的牌，凶神惡煞地看著他。

主任沒理會那些人，徑直走到吧臺前，對後頭的酒保這麼說：「一杯葡萄酒。」酒保默默地送上酒，其他人見狀也轉過頭，繼續做自己的事情。主任環顧四周，似乎是在找什麼，最後目光聚焦在吧臺旁一個矮小的男子。

矮小男子披著披風戴上兜帽，遮住了大半張臉，而更特別的是，他的披風和主任是一樣的。他一個人一言不發坐在吧臺前，而面前則擺著一杯鮮綠色，有如翡翠般晶瑩剔透的酒。主任默默地坐到矮小男子的旁邊。

「你遲到了。」主任一坐下來，矮小男子這麼說。

「能怪我嗎？」主任有些不悅地回答：「誰叫你要約在這種地方？巷子小不說，到處瀰漫著一股味道，臭死了。」

「沒辦法，畢竟我現在只能在這裡露臉，外頭追得緊。」矮小男子怪聲怪氣地笑了幾聲，「而且別忘了這可是你欠我的，那麼計畫進行得怎麼樣了？」

「你確定這邊安全嗎？」主任立刻警覺地環顧四周，露出懷疑的表情，「我可不想被人發現在做的事情。」

「放心，這裡的人都是朋友。」矮小男子露出自信的笑容，「而且，我想不出有什麼更適合討論的地方了。」

「什麼叫做沒有更適合討論的地方了？不是在學院裡討論比較好嗎？校長大人。」主任終於忍不住抱怨，「還有，什麼叫做『我現在只能在這裡露臉』？不就只是因為你想喝酒嗎？」

「這也沒辦法……哎呀，戴著這個真是不方便。」校長將兜帽拿下，露出整張臉，「沒有魔力就不能施展魔法了吧，對矮人來說也是一樣啊，沒有酒就沒辦法工作了。」

「完全不一樣好嗎！別混為一談了！」主任忍不住吐槽：「還有你到底喝了幾杯？這攤是我請沒錯，但你也別太誇張了，我走進來的時候，就看到你把那些空酒杯藏起來了！」

「這個嘛……也沒喝幾杯啦。」校長轉了一下眼珠，狡猾地問：「對了，那三個人表現得還好吧？感覺他們加入之後，計畫進度就快上許多。」

「……嘖，確實沒錯。」儘管知道是在轉移話題，主任還是認真回答：「神童在魔導部門表現得十分傑出，他的計算又快又準確，效率是其他人的三倍。多虧他，先前延誤的進度已經補回來，還比預期還要快。」

「喔，挺好挺好。」校長高興地點頭，又問：「那麼智者呢？」

「他負責帶領一個魔導具部門的團隊。」主任說：「雖然效率沒像神童那麼高，但他的領導能力很強，整個團隊的效率上升不少。此外他還做出一枚可以使用水魔法的戒指型魔導具，送給每個參與這次計畫的成員。」

主任從口袋拿出一枚做工精美的戒指，「只要注入魔力，就可以施展各種形式的水系魔法，可以說是劃時代的發明，也對我們計畫的儀式部分幫助很大。」

「我怎麼沒有？」

「誰叫你都不在學院。」面對校長的質疑，主任冷靜地說：「我交給你的祕書了，自己去拿吧。」

「我可是校長耶，再多尊重我一些吧……」校長埋怨了幾句，但還是繼續問：「那麼志工呢？他的表現也不錯吧。」

「這個嘛……」然而主任卻皺起眉頭，「也不能說他多差，不過和另外兩人相比，就沒那麼好了」

「是嗎？」

「他提出一個可以利用魔力痕跡，來確認施展過的魔法的理論模型。」主任又說：「不過還沒做出來就是了，在數據計算上也表現得很普通，畢竟只是一個駐村魔法師，能有那樣的成績也算是不錯了。」

「這樣啊……」

「另外還有一件關於他的事，我想要提出來。」主任靠近校長，「他只要一和女性互動就會馬上臉紅，甚至還會影響到工作。」

「啊？」校長先是愣了一下，之後大笑起來，「哈哈哈，這很好啊，代表他很純情不是嗎？」

「純情歸純情，但影響到工作就不行了。」主任嚴肅地說：「參與這項計畫的女性人員也不少，每次都這樣可能會拖慢進度啊。」

「你想太多了。」校長一副無所謂的樣子，「這不是什麼大問題啦，而且都已經到這個階段了，也不好說『不好意思，因為你對異性太害羞了，所以請離開吧』。」

「也是。」主任也只能點點頭，隨後轉變了話題，「好了，既然都喝了那麼多了，你也有『魔力』來處理這些事情了吧。」

他從斗篷中拿出一疊文件，放到校長面前。校長的臉瞬間變成了苦瓜臉，「這也太多了吧。」

「還不只這些呢，你的祕書要我把這些信件給你。」主任又拿出了一疊信件，「請你在明天早上之前把這些完成。對了，他還特別提到今天有騎士團的人來找你。」最後一句他是壓低聲音說的，以免嚇到其他在這裡偷喝酒的人。

「騎士團？」校長聞言表情立刻嚴肅了起來，「他們過來做什麼？」

「不知道。」主任搖搖頭，「說有緊急的事情要聯絡，希望你越快去一趟越好。」

校長唰的一聲站了起來，「既然是騎士團的召喚，那麼一定是十分重要的事情，事不宜遲，我們快點去騎士團總部吧！」

「啊？喔喔……」見到校長反應這麼大，主任不由得愣了一下。但見到他那麼重視工作的樣子，還是露出欣慰的表情，「總算認真起來了，看來有時候讓他喝點酒也不錯。喂喂，等我一下……」

「請等一下。」然而在吧臺後的酒保突然這麼說。

同時兩個個頭高大的男人也站到他面前，其中一個人說：「酒錢還沒付。」

「啊？」

「你和那傢伙是朋友吧？」酒保說：「他喝了十瓶最高價的翡翠酒，這樣一共是兩百枚金幣。」

「ㄅ◎ㄨ＃ㄤㄔ＄！」主任這才知道又被校長擺了一道，不由得再次罵出一連串的精靈語髒話。

在騎士團總部一間乾淨明亮的房間裡，校長坐在寬大的木椅上，他面前擺著好幾份資料，旁邊還貼心地放了一杯熱茶。

然而校長卻是一臉鐵青地看著那些資料，彷彿變成一座雕像一動也不動。

「謝謝您親自過來。」

房間裡頭還有另外一個人，他年約三十，身穿騎士團的制服，雖然長相粗獷卻很有禮貌，「讓您那麼晚還過來一趟，真是不好意思。

「本來校長您親自過來，應該由隊長級人物來接待的。」他對校長這麼說：「可是很不幸的，我們團長在三天前陣亡了，現在全隊上下亂成一團。不過您放心，上頭已經交代過勇者計畫的事情。」

「嗯。」校長心不在焉地點點頭，很明顯他的注意力全都在眼前的資料上，「這些……這些勇者計畫的資料，怎麼……怎麼會到你們手裡。」

「這件事情要從三個月前開始說起，我們收到情報——魔王軍的間諜已經混入城中，想要盜取勇者計畫作為己用。我們一開始也半信半疑，因此沒有立刻通知你們。」騎士說：「可是隨著證據越來越多，我們也不得不相信情報是正確的。同時我們還得知這個間諜已經混入工作人員當中，另外還有一個惡魔作為接線人。即便如此，我們還是不知道那個間諜是誰。

「由於事態緊急，因此團長……」騎士突然沉默了一下，才接著說：「他生前下達命令先保密這件事，好避免打草驚蛇。我們則開始追查惡魔的下落，最後終於在一個禮拜前發現到蹤跡。」

「請節哀。」校長有氣無力地喃喃道。雖然語調十分平淡，但騎士知道他現在飽受衝擊，因此沒有特別在意。

「那個惡魔化身成吟遊詩人在城中活動，我們本來想透過他找出間諜，可是他們實在太狡猾，甚至難以確定他們透過什麼方式連絡，只知道每週都會見面一次。」騎士繼續說：「眼見事態危及，這樣下去不但抓不到那個間諜，甚至還可能洩漏更多資料。於是上頭下令，在昨天下午他們見面的時候，執行逮捕行動。」

「結果呢？」校長追問，儘管他的心中已經隱隱約約知道了答案。

「很可惜，我們只抓到惡魔，間諜逃走了。」騎士搖搖頭，「而且在審問前惡魔就自殺了，只留下這些資料和這張紙條。」

騎士遞出紙條，校長接了過來。

「龍之牙，麵包、車輪與月光。」他念出紙條上的字，隨後立刻判斷，「這是暗語。」

「是的。」騎士點點頭，露出期待的表情，「您能辨識出什麼線索嗎？不管是這句話的意思，或者上頭的字跡也好。」

「這是我們學院專用的信紙，所以可以確認你們的情報是對的，間諜是學院裡頭的人，但除此之外……」然而校長搖了搖頭，長嘆一口氣，「字跡明顯是故意寫得很潦草，我甚至懷疑是用魔法把筆飄浮起來寫的。這樣的話，要追查字跡就很難了，至於其他的部分……至少我看不出來有什麼線索。」

「關於上面的文字……」校長放下紙條，「只有這些根本推測不出是什麼意思。龍牙是很強力的魔法素材，在古代魔法裡代表新月、誠信和憤怒之人，但對解讀沒有什麼幫助。」

「這樣啊……」見原本的期待落空，騎士也嘆了一口氣，「這樣一來就沒辦法了，可是那個間諜還潛伏在學院中，與魔王軍聯絡的管道也還不清楚，這樣的話只要魔王軍再派其他人來，計畫還是會被外洩。」

「是啊……」校長的表情越發凝重，一想到自己的學院裡有魔王軍間諜，原本難看的臉色變得更糟了，「我會馬上進行校內調查，看看能不能找出一些嫌疑犯，或許會有點幫助。」

「那就拜託您了，我們這邊也會進行調查，或許能找到一些線索。」騎士向校長伸出手，「上頭指示這是優先任務，之後還請多多關照了。」

「知道了。」校長與對方握了握手，「要請你們多幫忙了。」

「竟然有這種事！」主任在校長辦公室裡聽聞此事後，從原本被丟在酒吧的怒氣沖沖，轉變成一臉憂心忡忡，「居然有間諜潛伏在這裡？這實在……」

「是啊，我一開始也很難相信。」校長這麼說：「但是那麼多證據在眼前，也只能相信了，上頭也非常重視這件事情，萬一真的找不出間諜的話，這個計畫甚至會被叫停。」

「有多少資料外洩了？」主任緊張地問。

「任何你想得到的幾乎都外洩了。」校長搖搖頭，給了最糟糕的答案，「從學院圖書館才有的文獻，一直到我們最近測試的實驗數據。一想到這些資料都已落入那個惡魔手中，就讓人害怕。」

「怎麼會……」主任癱坐在椅子上抓著頭髮，「不可能啊，各部門都是獨立運作，也有嚴格管制私底下的交流，不可能獲得那麼多資料啊……」

「很遺憾，但這是事實。」校長說：所以我們要和騎士團合作找出間諜。」

「會不會是搞錯了？」主任鍥而不捨又追問：「搞不好是某個高層與魔王軍私通？不然不可能暴露那麼多機密文件……」

「我也想過了，但不大可能。」校長說：「種種跡象都指出間諜藏匿在學院裡，從用了學院信紙的字條、騎士團的情報，到只存放在學院的檔案，這些怎麼想都是內部的人做的。」

「可是竟然要懷疑自己的同仁嗎……」主任露出為難的表情，「搞不好間諜是故意用學院的信紙來寫字條，萬一被發現了還能引起騷動誤導調查，拖延計畫進行。」

「……你說的也有道理。」校長認真地說：「那麼就先私下調查吧，這項計畫的所有參與者都住在學院宿舍，先查看看有誰在那段時間外出，這樣應該就能縮小範圍了。」

「我知道了，有進出的人不會很多，應該一下就能查出來。」主任從椅子上站起來，走出辦公室。

「……所以，就這三位嗎？」騎士拿著三份資料來回看著，「分別是有著神童和智者稱號的兩位魔法師，一位臨時加入的志工，只有三位嫌疑犯嗎？」

「是的。」校長點點頭，「在你們逮捕那個惡魔的時候，就只有這三位不在學院，沒有不在場證明。但更深入的部分我們就不好調查了，畢竟隨便亂問有可能會讓人起疑。」

「你們的做法是對的。」騎士點點頭，「只有這三位嗎？會不會有可能是其他人透過其他媒介交付資料呢？」

「不大可能。」主任搖搖頭，「出去時一定會進行搜身，確認沒有挾帶任何資料，往來的信件和貨物更是一定會檢查，避免讓任何與計畫有關的訊息外洩，唯一的可能就是當事人親口傳遞。」

「了解。」騎士點點頭，「那麼能不能從那些已經外洩的資料，知道誰的嫌疑比較大呢？」

聽到騎士這麼說之後，校長和主任卻露出憂愁的表情。

「照理說，這三人應該都不知道才對。」校長這麼說。

「……什麼？」

「我們各部門是完全分開的。」主任補充：「彼此之間互不連繫，甚至吃飯睡覺也是在不同校區進行。雖然不可能到完全保密，可是要弄到這麼多資料……幾乎是不可能的。」

「這可難辦了……」騎士皺起眉頭。

校長點點頭，「那麼下一步要怎麼做呢？要開始調查，還是有什麼其他計畫？」

「嗯……他們三人是這項計畫不可或缺的人物嗎？」騎士這麼問：「假如把他們從計畫中排除，會造成什麼影響嗎？」

「每位同仁都是不可或缺的。」校長嚴肅地說：「他們三人都對計畫有不少貢獻，若是少了他們，計畫的進度就會落後了。」

「另外還有一個問題，那就是間諜可能會有動作。」主任也指出了一點，「我們不知道間諜是怎麼和魔王保持聯絡，萬一間諜透過什麼祕密管道，通知魔王騎士團在調查間諜這件事情，那麼魔王甚至有可能把我們當成目標。」

「好吧，那就沒辦法了。畢竟假如魔王盯上我們，帝都很有可能一個禮拜就會淪陷。」騎士露出苦笑，「可是目前的線索太少了，我們需要更多的訊息。」

「你們那邊有什麼線索嗎？」校長這麼問。

「我們調查了惡魔，但……沒有太多有用的線索。」騎士搖搖頭，「城裡不可能召喚惡魔，所以他是變身成人形進城的。他進城之後也很少與人交流，幾乎都待在城西區旅店的房間裡，顯然是個老手接線人。好消息是他是兩個禮拜前才進城，我們扣留的那些資料應該還沒外洩到魔王軍手裡。」

「是嗎……」校長皺著眉又追問：「字條呢？那是目前唯一可以證明間諜存在的證據。」

「我們請來專家，證實了你之前的想法，字跡確實是魔法造成的，但沒有獲得更多線索。」騎士說：「好吧，雖然我不想這麼做，不過看來只好回歸老辦法，對三人進行審問了。」

「這樣會引起間諜懷疑吧？」校長立刻這麼說：「就像剛才說的，間諜可能會聯繫魔王，把矛頭轉向我們。」

「這也有可能……」騎士陷入沉思一會後，站了起來，「不然我們先暗中調查那三人好了，要調查他們當天的行蹤應該不會太難。」

「麻煩你了。」校長點點頭。

「我送騎士先生出去。」主任也站了起來。

兩人向校長致意後便走出校長室，在校園走廊上慢慢走著。

外面天氣很好，陽光照亮了一切，一旁的辦公室裡，一群魔法師正全神貫注忙著手上的工作，而在外頭，則有幾十個人正在畫大型魔法陣，還有人在指揮。

「二號，往右三步。」指揮的人這麼大喊。

「真是和平。」見到眼前這一幕，騎士不由得這麼說：「真希望在戰場上也能像這樣，用的武器只有語言和粉筆。」

「乍看雖然和平，其實氣氛還是很緊張。」主任說：「畢竟這裡的人都相信，他們在研究的這個魔法是拯救世界的關鍵，因此都背負了不小的壓力。」

「說到魔法。」聽到主任這麼說，騎士問道：「你們能不能用魔法來解決這件事？不是有什麼詛咒魔法嗎，難道不能利用那種魔法找出犯人？像是如果把資訊洩露就會死這種。」

「很遺憾這是不行的，先不論這樣有違魔法倫理，帝國法律也是嚴格禁止的。況且詛咒魔法很危險，只要一點魔力就會死人，一旦發動就沒有退路，這樣許多人就不會願意加入計畫了。」主任認真地解釋：「除非有傳說中的聖女施展復活魔法，不然只要不小心有一句失言，都會致人於死。

「因此只有魔王軍或是瘋子才會使用詛咒魔法。」主任又說：「我聽說有些魔法師殺手也會這麼做，當然這些都是非常危險的人物，最好不要接近。」

「好吧，看來這條路也行不通。」聽完主任的長篇大論，騎士嘆了一口氣，「看來只能用傳統的方法辦案了。」

兩人聊著聊著，已經到了大樓門口，騎士說：「到這裡就行了。我還要去牽馬，就不打擾你的時間了。」

「祝你武運昌隆。」主任說，並目送騎士離開。

「這個魔導具還真不錯。」校長、主任正在校長室裡和騎士說話，他們看著一面鏡子對話著。

「沒想到連聲音都能傳遞。」騎士驚嘆道：「這也是勇者計畫的副產物嗎？」

「是的。」主任點頭，「比起你們以往使用的護符，這個還能看到影像，雖然是鏡子不易攜帶，不過在這種情況剛剛好。」

相較於主任和騎士聊得很愉快，校長卻在一旁皺著眉頭問：「你們確定那個情報可靠嗎？」

「是的。」騎士點頭，「有幾個路人證實，我們逮捕惡魔的那一天有在惡魔藏身的旅館附近看到他！」

「好了，我們也還沒定罪，所以才會像現在這樣審問。」主任這麼一句話讓校長無話可說。

「好了。」騎士話鋒一轉，「主任說得對，審問要開始了。」

三人的目光又看向了鏡子，鏡子裡頭出現另一間房間的景象。

在鏡中，志工坐在一張椅子上，隔著桌子在對面的是一名金髮碧眼的女騎士。女騎士十分年輕，看起來差不多十六、七歲的樣子，一雙炯炯有神的大眼睛十分引人注目。

「騎士團現在有女性了？」主任見狀後，便這麼問。

「是啊。」騎士解釋：「她是皇帝陛下的遠親，是個正直的好孩子，沒有什麼貴族的架子，能力也很不錯。我很看好她，她早晚會成為大隊長或是副團長。」

「搞不好之後就會變成團長囉。」校長半開玩笑地說。

而騎士也笑著附和：「哈哈哈，那還真叫人期待啊。不過她還只是個見習騎士，目前只知道志工可能和惡魔有關係，連『勇者計畫』這幾個字都沒聽過呢，現在說這些都太早了。好了，讓我們看看情況吧。」

「你好，不用緊張，這次請你來只是有些事情想問問。」女騎士一本正經地這麼說。

「是……」志工既困惑又有些窘迫。

不過女騎士沒有給他喘息的時間，便開始詢問：「請問上週的星期天，你人在哪裡？」

「我去了圖書館。」志工說：「那裡有許多藏書，我喜歡在那邊消磨時間，中午則是在城西區一間旅店吃飯。」

看到志工這麼回答，校長三人的氣氛開始變得緊張了起來。

「看來你們的情報是對的。」主任說：「他去那邊做什麼？那裡離圖書館很遠啊。」

騎士聽到主任的話，便拿起護符指示：「問他為什麼去那裡？」

「為什麼去那間旅店？那邊挺遠的不是嗎？」女騎士依照命令追問。

「我聽說那家旅店的食物很好吃，也很便宜。」志工說明：「所以才去看看。」

「我明白了。」女騎士點點頭，又問：「你在那邊吃飯的時候，有注意到什麼和平時不同的地方嗎？任何小細節都可以。」

「嗯……」志工想了一下，「啊，那邊住著一個從外地來的吟遊詩人，就是惡魔偽裝後來被你們逮捕的那個。」

「他怎麼了？」女騎士問。

志工說：「我吃飯的時候他剛好從外頭回來，經過桌邊時掉了一張紙條，我撿起來時無意間瞄到，上頭寫了一些意義不明的字。」

聽到志工這麼說，校長室的三人頓時被勾起好奇心。校長提出建議，「要不要給他看看那張暗語紙條？」

「嗯……給他看看那張紙條。」騎士想了想，最後同意。

「是這張紙條嗎？」女騎士拿出了紙條。

所有人都屏氣凝神，觀察著志工的反應。

「是的。」志工看了紙條便點點頭，「你們就是要調查這個，才問我這些問題嗎？」

「這應該不是在說謊吧。」校長說：「假如是說謊的話，未免也太拙劣了。」

「很難說。」然而主任還是狐疑地說：「搞不好他就是要讓我們這樣想，才故意這麼說。」

「故意用這種方式來刺探我們的調查情況嗎？」騎士很為難，他覺得校長和主任的話都有道理，「這也是有可能……」

校長室裡的三人在討論著各種可能，同時審問也仍在繼續。

「抱歉，我不能多說。」女騎士這麼說：「不過你知道我們的逮捕行動了啊。」

「鬧那麼大，我想大家都知道了吧。」志工說：「和我一起去吃飯的朋友也都在討論這件事呢。」

志工這句話讓所有人吃了一驚。

「……什麼？」主任愣了一會，並這麼說：「一起去的朋友？這是怎麼回事？」

著問。

「可以說明一下和你一起去的朋友是誰嗎？」像是知道主任的疑惑，女騎士接

「是我先前當駐村魔法師時，幾個村子裡的村民。」志工說：「他們要賣東西所以來帝都，因為機會難得我們就一起吃飯。吃完飯之後，我帶他們在城裡逛逛，直到晚上才離開。」

「原來如此。」女騎士說：「可以給我他們的名字和地址嗎？」

「沒問題。」志工點頭，隨後報出了好幾個姓名和地址。

同時校長室裡的騎士站了起來：「我會派人去調查這些人的證詞，不過假如他說的都是真的，那麼嫌疑就可以排除了，畢竟這證明他在那個時段沒有和惡魔同行。」

「是啊。」校長這麼說。主任也點點頭，但又嘆了口氣，「那麼就只剩下一個問題，神童和智者，到底誰才是間諜呢？」

「好了，今天是我們第……」校長嘆了一口氣，「是第幾次開會了？」

「這有很重要嗎？」主任有氣無力地說，他臉上出現深重的黑眼圈，「反正就直接開始吧。」

不只他們兩人，此時校長室裡的所有人都一樣疲累。騎士扭了扭脖子，發出喀喀的聲音。

「那麼就由我先好了，這邊是志工的後續調查。」騎士這麼說：「我到那個村子親自問了那些村民，他們證實那天整個下午，志工確實都和他們在一起。」

「那些人可信嗎？」主任問。騎士點點頭，「其中還有一個是騎士團退休的騎士，證詞可信度很高。」

「所以從時間上來看，他有不在場證明。」校長作結，「那麼，問題在於……我們還有兩個嫌疑犯，而且既不能逮捕他們，也不能同時將兩人逐出計畫。不然引起魔王的注意，我們就完了。」

聽到校長這麼說，所有人都陷入了沉思當中。

「對於那兩人的監視，有沒有什麼特別之處？」主任這麼問。

「沒有發現什麼。」騎士說：「兩人現在的生活都十分簡單，沒有什麼疑點。但畢竟惡魔自殺的消息已經傳出去了，我們認為這有可能會讓間諜更加小心。」

「嗯……」校長下意識地轉了轉手上的戒指，「看來這條線索再追下去也不會有結果，還是得要回到紙條的暗號上頭嗎？」

眾人一齊看向擺在桌上的紙條。

「不行，還是沒法解讀上頭的暗語。」主任搖搖頭，「我們得換個方式才行。」

「要是能知道間諜是怎麼和魔王軍聯絡，或是潛伏的目的，這樣就好辦了。」騎士在一旁這麼說。

「但問題是這兩條線索都是死路。」校長說：「假如知道間諜是怎麼聯絡的，我們早就抓到他了，至於動機我想應該是要竊取計畫成果吧。」

「也有可能是為了妨礙計畫進行。」主任說：「畢竟魔王最擔心的，應該就是出現勇者。」

「嗯……這都有可能。」騎士說：「可惡，我們居然連間諜的目的都不清楚……」

他的話還沒說完，突然一陣敲門聲打斷他們的對話。眾人先是愣了一下，之後很快地將桌面資料收拾乾淨。

「……請進。」在收拾好後校長才這麼說。同時門也被打開，走進來的正是志工。

「怎麼又是你？」主任見狀不由得這麼說：「上次也是這樣，有什麼事情嗎？」

「我只是報告一下三樓洗手間的事情，那邊一直漏水，希望學院能處理。」志工嘴巴這麼說，然而手上卻拿著一張紙，上頭寫著一句話。

別說話，我們正在被竊聽，我知道間諜是誰。

志工的舉動讓房間裡頭所有人默默看完這句話後，都不敢相信地瞪大了眼睛。

「好了，現在開始進行儀式。」在一座光輝亮麗的宮殿中，校長身穿一襲華麗的法師袍，充滿威嚴地宣布。

宮殿裡的魔法師們開始詠唱咒語，同時宮殿的地上，慢慢地浮現出一個巨大的魔法陣，開始發出陣陣光芒。

「好。」見到這一幕，校長吞了一口口水，「很好，就這麼穩住，慢慢地輸出魔力，不要著急。」

魔法師們繼續詠唱咒語，同時光芒也慢慢地變強，散發到外頭照亮了夜空。

「已經開始了嗎？」而在城外的一座小山丘上，一個男人抬頭看到光芒，便這麼說。

「是啊。」一個身穿法師袍的羊系獸人男子畢恭畢敬地這麼說：「這樣一來，我們在這裡的任務也結束了。」

「嗯。」男人點點頭，「雖然出了一點意外，不過他們直到最後還是沒發現我們的真實身分，真是愚蠢。」

「他們怎麼可能會是您的對手呢？這證明加入魔王軍才是正確的選擇。」羊系獸人的臉上露出渴求的表情，「比起那個，關於我的報酬……」

男人見狀不由得冷笑了一聲，「真貪婪，不過我喜歡。別擔心，都已經安排好了。」

他拿出一個錢袋，羊系獸人見到立刻伸出手。然而男人並沒有交給他，反放在手中一邊把玩著一邊問：「對了，要你準備的東西準備好了嗎？」

羊系獸人立刻回答：「已經放好十五分鐘後引爆的巨龍的真焰，到時候宮殿會被燒得連灰都不剩。」

「好極了。」男人把錢袋丟給羊系獸人。

他立刻打開檢查裡頭的金額，沒多久便抬頭露出了笑容，「非常感謝。」

「好了，你快點離開吧，之後回到魔王軍裡也要繼續努力啊。」男人這麼說。

羊系獸人點點頭，卻又露出困惑的表情，「那你呢？」

「我？我要待在這裡。」男人張開雙臂，「明明知道有好看的煙火秀要上演了，為什麼要急著走呢？」

「那麼，就請你好好享受吧。」羊系獸人快速地離去。

「哼，膽小鬼。」男人見狀搖搖頭，自言自語著說：「這樣一來帝國也完蛋了吧，那麼我接下來該去哪個國家呢？」

「我覺得你可能哪裡都去不了。」突然一個聲音這麼說，打斷了男人的自言自語。

同時間樹林裡頭出現火光，出現一群騎士團團包圍住男人。

「乖乖投降吧！」一個騎士這麼大喝，將劍指向男人。

「原本還在想你會不會逃走呢，幸好你太過自信了，這倒是替我們省下不少麻煩。」神童緩緩從人群後頭走出，用火把照亮男人的臉，「你就是間諜吧？智者大人。」

「看來暴露了啊。」儘管被團團包圍，智者的臉上卻看不出有絲毫動搖，「真不愧是神童，你怎麼知道的？你破解了我的暗語嗎？」

「不，我沒有。」神童卻搖了搖頭，「而且老實說，我也不知道你是間諜，那是別人推理出來的。」

「不好意思，是我。」志工這時才走出來。

「喔？」智者一看到志工，表情立刻出現了變化，「原來如此，我早該想到的，從第一次見到你時，我就有種預感，你一定會壞了我的大事。」

「是嗎？」志工冷靜地回應：「順便回答你的問題，我沒有破解。你的暗語十分完美，我到現在都還沒解讀出來。」

「那你是怎麼發現的？」智者這麼問。

「我沒必要和你說明。」志工搖搖頭靜靜地說：「你只需要知道，你的計謀失敗了。你的同黨都被逮捕，巨龍的真焰也已經全部回收，而你撰寫的那些錯誤資料，我們當然也做了修正。」

同時兩名騎士走向前，抓住智者將其帶走。

「我們之後還會再見面的。」智者沒有反抗，但在和志工擦身而過的時候，留下這麼一句話。

「哼，不可能。他不是被判死刑，就是終身監禁。」一個騎士這麼說，又問神童和志工：「我們先告辭了，兩位要一起回城嗎？」

「不了，我們會自己回去。」志工還沒答話，神童就這麼說。騎士點點頭，行了一禮之後便帶著其他人離開。

所有人離開後，現場就只剩志工和神童。

「那麼，你現在可以說了吧。」神童問：「你是怎麼發現智者是間諜的？」

「很簡單，因為遺失的資料。在被騎士團審問後我起了疑心，覺得事情沒有那麼單純，於是便請以前在村子裡認識的一位退休騎士打聽，知道了大概的來龍去脈。」志工說：「雖然不太清楚詳情，不過可以得知有許多部門的資料流出。那麼問題來了，我們的戒備十分嚴格，就算他有幫手也不可能得到那麼多資料，這是怎麼一回事呢？

「這時候，我想到了智者送的戒指。」志工拿出戒指，「他送給所有人，而且由於十分好用，大家都會隨身配戴。我便用正在實驗的魔力痕跡探測法檢測戒指，果然發現有用來竊聽的風系魔法魔力在裡頭。」

「原來如此。」神童也拿出戒指，在手中把玩，「所以你就懷疑到他身上……那麼為什麼惡魔被逮捕之後，他還不先離開呢？」

「這就得要問本人了。」志工聳聳肩，「可能是太有自信了吧，就算騎士團發現有間諜也不會知道是誰，所以他判斷可以留下來繼續破壞勇者計畫。」

「為什麼他會背叛人類呢？」神童先是這麼說，之後又自問自答：「不，問你也沒用吧，原因只有他自己知道。」

志工默默站在一旁，沒有回話。而就在這時，宮殿中的光芒突然增強，將整座城市照亮得有如白晝一般，光芒接著射向上空，隨後消失。

「勇者現世了。」志工看到這一幕便淡淡地說。

「那麼，我們的工作也結束了。」神童點點頭附和，轉身就走。

「你要去哪裡？」志工在神童背後這麼問。

神童停下腳步，卻沒有回過頭，「我還太嫩了。沒有你的話，這個計畫肯定會失敗，我想要去旅行見見世面。」

「是嗎……」志工點點頭。

神童又說：「你留下來吧，你一定要完成那個研究，我相信你的研究將來肯定會造福許多人。」

「多謝，祝你一路順風。」志工沒有再多說慰留的話。

神童走入樹林，只留下了這麼一句話，「替我和校長與主任說一聲，我走了。」

「……而故事到這裡，也差不多接近了尾聲。」校長戲劇化地說：「最後那名助教在本校服務多年，終於升上了教授，真是可喜可賀、可喜可賀。」

「唔……」女騎士張大雙眼，不敢置信地低語：「當初的那個志工……就是教授？」

「你竟然不知道啊。」主任說：「這樣真的好嗎？團長閣下不是喜歡他嗎？」

「＠＄＊ㄟ＃巜！」女騎士似乎想要解釋什麼，但因為說得太快，在場的另外兩人都聽不清楚。

「雖然不知道為什麼，但聽起來有點像精靈語。」主任這麼說。

「好了好了，畢竟變化太大了嘛。而且之後又發生那麼多事，團長閣下一直在戰場上作戰，忘了這種事也很正常。」校長連忙出來打圓場，並對主任搖搖頭，「你就是這樣，才會到現在都還是單身啊。」

「要你管啊！」主任不禁大叫。

而女騎士則是抱著頭，淚眼汪汪地說：「怎……怎麼辦啊……我給教授的第一印象居然那麼差，萬一他知道的話……我、我……」

「唔……突然有點嫉妒起那傢伙了。」主任見到女騎士露出那樣的表情，惡狠狠地說：「叫他回來之後加班一個月好了。」

「哈哈，別這樣。要加班的話，兩個禮拜就夠了吧。」校長先是跟著打趣，才對女騎士說：「過去的事已經過去了，不如現在做些加分的舉動比較有用。」

「加分的舉動？」女騎士抬起頭，好奇地問。

「是啊，比方說等他回來後，帶著親手做的料理去他家拜訪之類的？」校長這麼提議。

主任聞言則是嘆口氣，「校長，你叫團長閣下做什麼啊，這也太……」

「真是個好主意！」主任的話還沒說完，女騎士就立刻站了起來，大聲地說：「謝謝你校長，我現在就先去做準備。」

她才說完就急忙衝了出去。看到這一幕的校長和主任，又喝了一口茶後才繼續聊天。

「哈哈，那傢伙實在太幸福了吧，下一次的教職員會議就讓他主持吧……」

「呵呵，說得也是呢，這學期的期末考考題也全部叫他出好了……」

Lesson 8

赤王計畫

這裡是騎士團的總部。廣場上的年輕騎士們揮灑著汗水，努力做著每日訓練，而副團長也一如往常在一旁指導著他們。

「好，腰再用力點！」副團長這麼大喊。突然間他看到一個熟悉的身影，於是便停下訓練走了過去。

「團長，要出去嗎？」副團長一邊揮手一邊這麼說。

女騎士這時才轉過頭來，「啊啊，沒錯，我出去一下。」

「請問妳手上的那個籃子是……」副團長看著女騎士手上提的大籃子。

「這個……呃……沒什麼，只是一點小禮物而已。」女騎士不知為何支吾著回答。

「我明白了。」見到女騎士臉上的表情，副團長似乎明白了什麼，點點頭不再追問下去，「不過我們很快就要出發了，還請盡快回來。」

「好。」女騎士這麼說，顯然有些心不在焉。

副團長見狀，不由得在心中苦笑，「還是假如王宮那邊有消息的話，我派人去通知妳？」

「那就麻煩你了。」女騎士聞言，便道謝後快步離去，絲毫沒有懷疑副團長為什麼知道要去哪裡找她。

「唔……不知道教授在不在家？」女騎士站在一間普通民宅前。民宅的窗戶被窗簾擋住，裡頭一片寂靜，一點聲音都沒有。

「信箱裡頭都是信，他真的回來了嗎？幫忙拿進去好了。」女騎士看向一旁的信箱，裡頭的信多到幾乎要滿出來了，她順手把信放進手上的籃子裡。

她走向前，拉起門環用力地敲了敲門。

「教授，你在嗎？」女騎士大聲地說，然而回應她的依舊只有寂靜，只有她自己的聲音在迴盪著。

「難不成不在嗎？可是校長說他已經回來了啊。」女騎士這麼自言自語著：「雖然馬上又向學院請假了，可是應該不會立刻出遠門吧……」

正當她打算四周看看的時候，屋子的門忽然打開了。

「……團長？」開門的人正是教授。

「你還好嗎？」女騎士有些吃驚，因為教授的樣子很是邋遢，不只頭髮凌亂，眼睛底下也出現淡淡的黑眼圈。

教授點點頭，「沒事，我只是在做一些研究，請進、請進。」

他一邊這麼說，一邊示意女騎士進屋。女騎士進門後還來不及開口，教授就一臉歉意地說：「不好意思，屋內有點亂，我去整理一下，妳先坐。」

「好的，你慢慢來。」女騎士這麼說完，教授就安靜地消失在屋內深處，連一點腳步聲都沒有。

女騎士觀察周遭，發現自己被帶到客廳裡。客廳裡頭有些雜亂，儘管窗簾拉著卻沒有點燈，書和捲軸被隨意擺在桌上、椅子上，甚至是地上，而桌上的墨水瓶也保持著打開的狀態，裡頭還插著一支筆。

雖然最好不要隨便亂動，但墨水瓶這樣很快就會乾掉的……女騎士看著眼前的情況這麼想著，她小心翼翼地穿過客廳，將筆取出後再把墨水瓶蓋上。

「教授這是怎麼了？一點也不像他啊。」這裡和教授辦公室井然有序的樣子形成強烈對比，讓她心中冒出了小小的疑問，「說是在做研究……可是，要做魔法研究的話，不是在學院比較方便嗎？」

就在這時，她突然發現有道光線從隔壁房間的門縫透出，在好奇心的驅使之下，她走向那扇門，並伸出了手推了一下。

門沒有上鎖，一下就被推了開來。這間房間和客廳不同，燈火通明，一眼就能看清楚裡頭的樣子，而裡面的景象讓女騎士愣住了。

「妳看到了啊。」一道聲音突然從背後傳出，讓女騎士嚇得差點跳起來，轉身就看到打理好的教授站在她背後。教授點點頭，「這就是我在做的研究。」

「教、教授，這是……」女騎士這麼問：「你在研究什麼？這張地圖是什麼？」

一張巨大的各國地圖被貼在牆上，標示出帝國、法皇國、王國與其他國家的位置，還有許多被圖釘釘在上頭的剪報與筆記，圖釘還被用不同顏色的繩子連在一起，形成了一張巨大且縝密的網，而在網的正中央則是帝國。

「這些是這十年發生的事件。」教授說明：「精靈王子失蹤、獸人酋長被暗殺、王國富豪破產、法皇國預言家引發暴動……這些事件雖然時間、地點、情況都不相同，但仔細研究之後，就會發現有許多相似的地方。」

「你覺得這些事情都有關連？」女騎士看著這些令人眼花撩亂的離奇案件，卻始終看不出蛛絲馬跡，只覺得都是各自獨立的案件，便不解地問：「為什麼？」

「舉個例子吧，精靈王子失蹤一案。」教授拿起上頭的一張剪報，「精靈王子失蹤，導致精靈與矮人兩個種族之間原本就緊張的關係更加惡化，這使得王國富豪的投資血本無歸，是其破產的原因之一。」

「可是這聽起來很合理。」女騎士又問：「這也可以說是那個富豪不善投資，沒有分散風險，才會讓自己破產不是嗎？」

「其實那個富豪有分散風險，他還有投資其他事業。」教授抓著繩子，拉到王國富豪破產的圖釘，「可是他的契約和債券這些東西卻全部不翼而飛，這最終導致了破產。聽起來是不是很熟悉呢？就和精靈王子失蹤一樣。」

「難道……你覺得這些事件背後，有個幕後黑手嗎？」女騎士這麼問。

「沒錯。」教授點頭，「這個幕後黑手相當冷酷狡猾，又十分聰明。這些事情恐怕都是透過手下的手下去實行，而他則是在背後默默操控一切。」

「嗯？這是……」女騎士看到一張眼熟的筆記，仔細閱讀後忍不住問：「那個偷走法皇國神聖法杖的女商人，她也與此事有關嗎？」

「嗯，不過我不會說她就是真凶。」教授搖搖頭，「她也只不過是被幕後黑手利用的一枚棋子而已。」

「這個幕後黑手的目的是什麼？為什麼要做出這些事情？」知道自己也曾被牽連進去，女騎士又追問。

教授卻搖了搖頭。「我不知道。」

女騎士聞言不由得瞪大眼睛，她未曾想過竟然會從教授嘴裡聽到這幾個字。

「有各種耳語和謠言。」教授看向地圖，「有的人說這是某個國家策劃的，也有的人認為這是一個祕密組織，甚至我還聽說一個讓人難以相信的傳言。」

「什麼傳言？」

「這些事件背後的真正目的，是打算復活魔王。」教授看著釘在法皇國，與預言家相關的筆記這麼說。

「這、這……」女騎士十分震驚。

不過教授很快地又接著說：「當然這只是一種可能，沒有任何證據可以證明，同樣的也沒有任何證據可以否定。」

「……你覺得這個幕後黑手現在在帝國嗎？」女騎士有些不安地看著這張網的中心，這麼問。

「是的，所有線索都指向了帝國。但詳細的據點並不清楚，不管怎麼追查，線索都會出現斷點，無法繼續追查下去。」教授點頭。

而女騎士繼續追問：「那麼王國的這個問號，又是什麼意思呢？」

女騎士指向地圖上的一點，那正是王國。而在王國上頭，教授打了一個大大的問號，看起來格外顯眼。

「……這個拼圖目前還缺少了一塊。」教授沉默了一會，才這麼說：「我無法看清這個謎團，而且仔細觀察這些事件，就會發現最近發生頻率突然變高，這讓令人相當不安，但我認為可以在王國找到解答。」

「王國……嗎？」女騎士看著地圖，即使教授這麼說，她仍有些難以相信，

「假如一切都是真的，那這個幕後黑手也太可怕了，甚至可能比魔王還要可怕。」

「或許吧。」教授有些疲倦地捏了捏眉心。

女騎士見狀，連忙這麼關心地問：「教授你還好嗎？回來之後有沒有休息？上一次吃飯是在什麼時候？」

「妳別擔心，我早上吃了一顆蘋果。」教授這麼說。

「……教授，現在已經是下午了。」

「是嗎？難怪光線那麼暗……」教授喃喃地說。

女騎士不禁露出生氣的表情，她皺起眉頭張大眼睛，「教授，你要好好吃飯啊！我知道研究很重要，可是萬一生病了怎麼辦……快點坐在這邊！」

女騎士拉來一張椅子讓教授坐下，而教授也乖乖任由擺布。

「來，我帶了一些三明治！」女騎士從自己帶來的大籃子裡拿出三明治，塞給教授，「快點吃一點東西，不然你的身體會撐不住的！我會在這裡看你吃。」

教授接過三明治，但沒有馬上吃，而是觀察了一下。

「這是……妳做的嗎？」教授饒有興致這麼問。

女騎士聞言，手上的動作停了下來。她的臉突然變紅，眼神開始亂飄，剛才的怒氣也不知道到哪裡去了。

「……呃，這個……先、先不說這個！」她慌張地掩飾，「那、那個……你先吃點東西比較重要……」

教授吃了一口便露出微笑，「非常好吃，是我喜歡的口味。」

女騎士遮住自己的嘴，但仍掩蓋不了眼中的笑意雀躍地說：「你喜歡就好，再多吃一點吧……對了，這邊還有你的信。」

女騎士拿出剛才收在籃子裡的一大疊信。

「我確實忘了收信。」教授伸手要去接。

但女騎士卻將拿著信的手舉高，「不行，要吃完後才能看。就算用那種眼神……唔……還是不行！乖，聽話！」

見到女騎士這麼堅持，教授只能默默繼續咀嚼。

「真是……假如那麼重要的話，就請記得好好檢查信箱。」女騎士無奈地放下手。

她看了看手中的信，有來自帝國魔法學院、法皇國與魔導師公會等等的信件，然而有一封信突然吸引了她的目光。她將那封信抽出，上頭沒有署名，只有教授的地址，字跡十分娟秀看起來像女性寫的，甚至似乎還能聞到有股淡淡的香氣。

「怎麼了嗎？」教授突然這麼問，讓女騎士回過神來。

「唔……這封信你知道是誰寄來的嗎？」女騎士猶豫了一下，最後還是決定讓教授過目。教授瞄了一眼，立刻瞪大了眼睛。

「快點放下那封信！」他這麼厲聲說，就連女騎士都被嚇到。

「怎、怎麼了？」女騎士這麼問，同時連忙放下那封信。

「先別動！等我！」教授丟下這麼一句話後，立刻衝出門外消失在屋內，只留下乒乒砰砰的腳步聲。

女騎士愣在原地，然而這次教授沒有讓她等太久，五分鐘之後他抱著魔力探測儀跌跌撞撞地跑了出來，並開始操作檢查起那封信。

魔力探測儀運轉了起來，沒多久就出現結果，燈泡發出淺藍光芒，指針也都指向同一個指數。教授見狀才大大吐了口氣，跌坐在地上，「太好了，沒有魔力。」

「怎麼了？」女騎士仍是一頭霧水。

「那是魔法師殺手的字跡。」教授這麼回答。

女騎士瞬間恍然大悟，立刻感覺脖子後的寒毛豎了起來。

「別擔心。」教授擦了擦額頭上的汗，「沒有詛咒魔法。」

「是、是嗎？」女騎士看向自己剛剛拿著的信，那封外觀普通的信此刻在她眼中比魔物還可怕，但教授卻將信撿起並拆了開來。

「等一下！」女騎士想要阻止，但教授已經把裡頭的東西拿了出來。裡頭只有一張信紙，兩人互看一眼後，女騎士拿過信紙朗誦了起來。

「**教授好～好久不見了，有沒有很想念人家呢？我很想你喔～**」她皺起眉，但還是繼續往下念，「**我現在在王國，這邊的建築和音樂真的很棒呢～海鮮也很好吃，是個適合度蜜月的地方呢～**」

念到這邊，女騎士的眉頭已經開始抽搐，不過還是加快速度念完，「**不過果然一個人還是有點寂寞，兔子最怕寂寞了～所以請來王國一趟吧。P.S.順便一提，不來的話，我只好開始詛咒人囉～**」

「那隻兔子！」女騎士很努力才克制住自己，沒把那張信紙撕爛。

不過教授卻露出若有所思的表情，喃喃地說：「她也在王國？這是巧合嗎？如果是，那也太巧了……」

「教授……」女騎士本來還想說些什麼，可是就在這時，門口突然傳來一陣敲門聲打斷了她。

女騎士和教授互看一眼，不約而同地站了起來走到門口。

「好了嗎？」教授這麼問，而女騎士則是握住劍柄點了點頭。

教授猛然打開門，然而門外站著的是一名騎士。

「教授好，我是來找我們團長……喔，團長妳在這啊。」騎士見到兩人，便這麼說。

「嗯，怎麼了？上頭的命令下來了嗎？」女騎士若無其事地鬆開劍柄問道。

「是的！」騎士回答：「宰相大人已下定奪，決議在三天後出發前往王國，命令已經正式下達到騎士團，希望我們立刻進行準備！」

「三天嗎？挺趕的啊。」女騎士點點頭，「好，我知道了。你先回去吧，我和教授說幾句話後就會立刻回去。」

「是！」騎士朝女騎士行了一禮並轉身離去，留下教授和女騎士兩人。

「喔？宰相大人要去王國？」等騎士走遠之後，教授便這麼問。

女騎士點點頭，「是的，這是教授你在法皇國時發生的事，宰相大人想要去一趟王國，和王國的國王陛下開高峰會。」

「高峰會？」

「嗯。」女騎士點頭，「這件事其實拖很久了。魔王被討伐後，各國局勢有不少變化，帝國也有新的外交策略需要尋求盟友，其實本來應該要先去法皇國的，但法皇國發生了暴動，所以宰相就決定將王國當成第一站。」

「是嗎……」教授沉思了一會，突然問：「那個……雖然不太好意思，但可以讓我加入高峰會的出訪團隊嗎？」

「你覺得高峰會有問題嗎？」

「是的。」教授點點頭，「最後一塊拼圖、魔法師殺手，再加上這次高峰會，一切的一切都指向王國。即便這有可能是陷阱，我還是想要親自去一趟。」

見到教授這麼堅決，女騎士點點頭，「我想沒問題，只要把你編入騎士團的隨行人員即可。不過你要先答應我一件事。」

「什麼事？」

「要好好吃飯。」女騎士厲聲指著教授，「那籃三明治要全部吃完！」

女騎士帶來的籃子十分之大，幾乎就和一面盾牌差不多一樣了。這對食量本來就有限的教授來說是一大挑戰，但他還是點點頭，「唔……我會努力的。」

「一定要好好努力喔。」女騎士收回手嫣然一笑，「畢竟我也很期待和教授一起旅行呢。」

「看到陸地了，是港口！」桅桿上水手的聲音劃破天際，立刻引起船上一片歡呼。

「方位。」船長這麼大喊。

「北北西，大約十浬！」桅桿上的水手回答，同時其他水手們也開始忙了起來。風帆轉向，龐大的船隻乘風破浪，劃過碧藍的海面。

「終於要到王國了嗎？」教授瞇著眼，看著遠方海面上的黑點，「沒想到這趟航程只花了五天。」

「這還是遇到逆風，不然一般來說只要兩三天就夠了。」女騎士在一旁問道：「教授是第一次來王國的王都嗎？」

「是的。」教授點點頭，「雖然有和王國的學者見過面，但一直沒有機會拜訪，我記得王都靠海吧？」

「沒錯，王都是一座海港都市，商業和漁業都很發達。而且因為隔著海的關係，在這幾年與魔王的戰爭中受到的影響不大。」女騎士開始介紹了起來，「最值得一看的應該是他們的劇院，由於國王很喜歡音樂與戲劇，劇院甚至比王宮還豪華呢。」

「原來如此，有機會的話，我會去看看的。」教授點點頭。

而女騎士又問：「到了王國之後你打算做什麼呢？」

「這個嘛……應該要先找到魔法師殺手。」教授說：「假如我的推理沒錯的話，她以前犯下的案子也和這個幕後黑手有關，也許能從她身上打探到一些線索。」

「是嗎……」女騎士點頭，又露出歉意地說：「不好意思，我接下來會變得很忙，沒辦法和你一起調查……」

「沒關係的。」教授說：「我明白，畢竟妳有護衛的工作要做，還要指揮這麼一大群人，一定不輕鬆吧。」

「唉，假如只有這樣就好了。」女騎士嘆了口氣，「這是一趟正式的外交出訪，除了護衛之外還有很多外交事項……」

然而她的話卻突然被打斷了，水手這麼高喊著：「有船過來了，是王國的旗幟！」

「向他們打旗語。」船長一下令，就有一名水手跑到船首，熟練地拿著旗子快速比了好幾個動作。

過了令人緊張的幾分鐘之後，水手大叫：「……對方回應了！他們希望能夠登船！」

船長看向女騎士。雖然在船上船長的命令是一切，但因為宰相也在，還是要由負責護衛的女騎士決定。

「允許登船。」女騎士點點頭。

船長立刻大聲號令：「允許登船！」

水手再次迅速打出旗語，沒多久一艘小船就從王國的船緩緩划了過來，爬上水手們放下的繩梯。沒多久幾名穿著紅衣的王國士兵登上甲板，而跟在他們後頭的，是一張熟識的面孔。

「好久不見了，團長閣下！」王國使者這麼說，臉上依舊是笑咪咪的表情，讓人猜不出真實想法，「上一次見面是在貴國的魔法學院吧。」

「歡迎登船，使者大人。這次能出訪貴國，我們備感榮幸。」女騎士則是一本正經地回應，與剛才和教授聊天時的神情相比，簡直就像變了一個人。

「哈哈哈別這麼說，你們願意前來，才讓我們深感光榮。」王國使者先是同樣客套地回話，之後又環顧四周，「我聽說教授也來了，請問在哪呢？」

聽到王國使者這麼說，女騎士雖然表情不變，但心中顫慄了一下。她知道對方是在特意炫耀情報收集能力，而更可恨的是，自己確實沒預料到對方的情報網竟然已經強大到這種地步。

「使者大人，好久不見。」教授聞言只好從人群中走出。

王國使者一見到他，立刻熱情地上前去握了握手，「哎呀，原來教授你在這裡啊。」

「各位，這位教授就是救了我國公主殿下的英雄！」王國使者對周遭的人大聲地宣告：「他從可怕的魔法師殺手手中破解了詛咒，救了公主殿下與殿下的貼身侍女！」

所有人的目光立刻集中到教授的身上，而王國士兵們也用手中的長矛尾端敲擊地板，向教授行禮並齊聲大吼：「謝謝教授！」

「呃……不會……」教授有些尷尬地揮手回禮。

女騎士見狀內心相當不悅。她知道這是使者故意擾亂，好能在待會與宰相見面時占上風的策略，於是立刻走到他身旁提醒道：「不好意思，宰相大人已經在船艙裡頭等候了。」

「啊啊，這是當然的。」王國使者點點頭，笑咪咪地這麼說：「那麼請恕我先失陪了，希望之後有機會能和你見面敘敘舊。」

他拍了拍教授的背，隨著女騎士走進船艙。

現場陷入尷尬的沉默當中，所有人仍在偷瞄著教授。而教授則是走到船舷旁，看向遠方的王都，心裡感受到前方多災多難。

「報告，帝國宰相代表團蒞臨。」

王國使者帶領著教授一行人進到王宮大廳，一走進去就有侍衛這麼高喊著。

王國使者帶頭跪了下來。女騎士先前在船上時教過教授一些王國的宮廷禮節，因此教授也熟練地隨著周遭的人單膝下跪。

「真是好久不見了。」一個聲音雄厚的男人這麼說：「都站起來吧，不用跪著了。」

教授等人站了起來。這時他才有機會觀察王宮大廳的模樣，一個頭戴黃金皇冠，身穿華麗服飾的中年男子，從一張黃金王座上站了起來，舉起雙手歡迎著他們。

而在國王身旁還有一張較小的黃金王座，上頭坐著一個約十三、四歲的金髮少年，長相稚嫩但態度落落大方。

「各位好，這是犬子。」國王指著金髮少年介紹。

「歡迎各位。」金髮少年不卑不亢地說：「各位不惜渡海而來拜訪我國，讓我們十分高興，宰相大人還好嗎？」

「是的，這次我等前來，是為了與陛下商討日後合作一事。」女騎士代為回答。這也是教授不解的地方，這麼重要的場合宰相竟然沒有出現。

「啊，這事本王已經全權交給犬子了。」國王竟擺擺手笑著這麼說：「畢竟這孩子以後會繼承本王的衣缽嘛，總得要多給他一些磨練的機會，況且……」

說到這裡，國王露出了興奮的表情，如數家珍地說：「這禮拜可是有獸人聯合公國的劇團來本國表演，此外那位退隱的女歌手總算要再次登臺，本王負責指揮的樂團也要首演了，最近可是非常忙呢。」

國王的這番話讓教授十分訝異，他這才知道為什麼宰相不出席。畢竟帝國與王國是平等關係，假如國王不做事，那麼身為帝國統治者代表的宰相也就不宜出面了。

「那真是恭喜了。」女騎士畢恭畢敬地說：「有機會的話我也想去觀賞。」

「哈哈哈，隨時歡迎。」國王哈哈大笑，對王國使者交代，「好了，本王還要監督樂團彩排，就不奉陪了。之後下榻的地方就交由你安排了，可要好好接待他們啊。」

「遵旨！」王國使者低下了頭。隨後國王便在眾目睽睽之下，大搖大擺地走了出去。

「那麼初次的舞會兼會談就先定在三天之後吧，地點的話……就在別宮好了。」王子這麼說。

「好的，我十分期待。」女騎士微笑著點點頭。

高峰會舉行的日期就在這樣的氣氛中定了下來。

「教授，櫃檯這裡有您的信。」教授一回到下榻的飯店，就有一位貓耳女僕攔下他，並拿出一封字跡娟秀的信。

「這是誰送來的？」教授看到後，立刻臉色一沉地問。

「是一個冒險者送來的，他收到委託送這封信。別擔心，信已經檢查過了，沒有問題。」貓耳女僕如此說明。

「……好的，謝謝。」教授謹慎地接過了信。而貓耳女僕又鞠了一躬之後，才回去忙其他的工作。

儘管貓耳女僕這麼說，教授回房後還是先用魔力探測儀檢查，確認沒問題後才把信拆開，而映入眼簾的正是那再熟悉不過的筆跡。

哈囉～教授先生～

沒想到你一接到信那麼快就來了，人家好開心喔～

教授先生是第一次來這裡吧？不過團長閣下實在太冷漠了，竟然只顧著工作，丟下教授先生一個人～不過沒關係，就由我來帶你參觀吧～

今天晚上劇院有場國王陛下親自主持的音樂會，我們不見不散喔～

「沒想到來得那麼快。」教授放下了信。不用想也知道，這是魔法師殺手寄來的邀請函，更是挑戰書。

女騎士和其他隨行人員因為工作，此刻都不在飯店裡，他原本想找女騎士談談，但很快又改變了想法。

劇院是公共場所，還是國王陛下親自主持的音樂會，戒備必然更加森嚴，就算是魔法師殺手，也不大可能在那邊惹出什麼大事。這麼一想後，教授就伸手搖響服務鈴。

夕陽照射在海面上，將王都染成一片橙紅，教授緩緩步出下榻處，往劇院的方向走去。

街道上人潮來來往往，由於是港口的關係，空氣裡還能聞到一股淡淡的鹹味。人們的聲音此起彼落，不同口音和方言交織成一首壯觀的交響樂，為這座城市增添幾分異國色彩。

「……嗯？教授？」

就在這些聲音之中，教授聽到一個耳熟的聲音呼喚。他轉頭一看，隨後就驚訝地瞪大了眼睛，「勇者大人！」

勇者卻連忙伸出手指放在唇前，比出了「噓！」的手勢。

教授見狀連忙壓低聲音環顧四周，幸虧周遭的人都專注在自己的事上頭，沒有人注意到他們。

「不好意思。」教授走到勇者身旁問道：「賢者大人和戰士大人呢？」

「喂！走慢一點行不行啊！」

勇者還來不及回答，教授就又聽到耳熟的聲音。

「這裡人那麼多，一不小心就……教授？」一個紅髮精靈朝他們走了過來，看到教授便露出驚訝的表情，那個精靈正是賢者。

「你們精靈就是這樣，瘦得像釣竿，稍微擠一下就要斷了。」一個強壯的矮人也從人群中出現，「好久不見了啊，教授，上次見面是在魔王城吧。」

「是的，戰士大人。」教授點點頭禮貌地回應，「真是好久不見了。」

「你怎麼會在這裡？」勇者這麼問。

雖然問話的方式有些粗魯，但教授絲毫不在意，「我是和我們團長一起來的，她護送宰相大人來這裡參加高峰會。」

高峰會的消息已經傳開，三人也都聽到了風聲。

「啊啊，是那個女騎士啊。」戰士臉上露出懷念的表情，「她最近怎麼樣？過得好嗎？」

「她很好，謝謝關心。」教授先是這麼回答，之後又問：「那三位呢？來王國是有何貴幹呢？」

聽到教授這麼問，三人快速地互看一眼。

「……你們覺得呢？我是覺得沒差。」

「我覺得可以。」

「就說吧，反正他值得信任。」

三人快速地達成共識，這樣古怪的反應當然引起了教授的好奇心。

「我來說好了。」賢者彈了一下手指頭，一個魔法陣快速從她腳下一閃而過。

「是風系的隔音魔法嗎？」

「真虧你能看出來啊，這樣的話，別人就聽不見我們說話的聲音了。」賢者的聲音聽起來就像是另一個人，不過還是十分清楚，「這樣你也明白了吧，接下來的事情不能讓其他人知道。」

「好的。」教授點點頭。

賢者見狀，先深吸了一口氣才往下說：「你知道在魔王城一別之後，我們三人就去追捕吸血鬼王了吧？」

「嗯。」教授的腦海裡，立刻浮現吸血鬼王優雅且霸氣十足的身影，隨後他就想通了，「難不成……」

「跟聰明人說話果然省事多了。」賢者嘆了口氣，不屑地瞥向另外兩人，「沒錯，吸血鬼王已經潛入王國了，此時此刻就藏匿在這座城市裡。」

聽到這樣的消息，就連教授都忍不住倒抽一口氣，連忙追問：「你們知道他的意圖嗎？該不會……是和高峰會有關？」

然而賢者卻聳聳肩，「我們不清楚他為什麼要潛入這裡。不過你不用太緊張，他應該已經被我們逼到絕境，只是在垂死掙扎而已，要不然也不會躲到人這麼多的地方。」

賢者說到這又彈一下手指，解除了魔法，「所以別擔心了，。我們會找到他的，教授就忙你的吧。」

「先走了。」

「下次見。」

勇者和戰士也分別這麼說道，戰士還拍了拍教授的肩。而教授就目送著三人，直到他們的身影消失在人群當中。

教授站在一座巨大的白色大理石建築前。建築有著綠色圓拱、巨大圓柱，和漂亮的馬賽克地板，在夜幕低垂的此刻看起來金碧輝煌十分氣派。

這裡就是王國劇院。實際見識之後，教授了解到為什麼女騎士會說這裡比王宮還漂亮，剛到港口時他也誤以為這是王宮。劇院門口寬闊豪華的門廊已經聚集不少人，每個人都衣冠楚楚裝扮體面，相當熱鬧。

「猜猜我是誰～」一雙手突然間無聲無息從後頭伸了出來，遮住教授的雙眼，同時一個慵懶又十分耳熟的聲音這麼說道。

教授立刻轉身，果不其然背後的人正是魔法師殺手。她穿著一件紫色的露背晚禮服，手上套著一隻金色鐲子，腳踩一雙細跟高跟鞋，看起來既優雅又有幾分危險。

「啊啊～怎麼能這樣呢～」魔法師殺手輕笑，「要猜我是誰才對啊，這樣不就是作弊嗎～」

「……畢竟不知道妳是否會趁機會施加詛咒。」教授小心地檢查了一遍，確認沒有問題才這麼說。

「誒～原來教授是這樣子看待人家的嗎？好難過～嗚嗚～」魔法師殺手做出浮誇的反應，語氣一點都聽不出有難過的樣子。

「畢竟是妳，得要多加防備。」教授淡淡地說。

魔法師殺手聞言雙手合十，「哎呀，這就代表教授常常把我的事放在心上吧？好開心～這樣的話就不用詛咒人了，真是太好了呢～」

「……妳約我來劇院的目的是什麼？」教授決定開門見山，問出心中的疑問。

「當然是來聽音樂會啊～」然而魔法師殺手卻裝傻，並拉著教授說：「好了，我們快點去買票吧。這個國王雖然治國能力平平，不過真的很擅長音樂和戲劇呢～每次演出的門票都會一搶而空，當國王真是太可惜了呢～」

「不用擔心，我已經準備好了。」教授從口袋拿出兩張票，這兩張票當然是早先請貓耳女僕弄到的。

看到教授拿出門票，魔法師殺手先是張大眼，接著露出了笑容，「哎呀，你真的很會討女孩子歡心呢，教授先生～竟然能弄到包廂票，害人家又徹底迷上你了～」

教授還來不及回應，魔法師殺手就邁步走進劇院。

「來啊～教授。」她向教授招招手，「再不快點，表演就要開始了呢～」

教授見狀，知道就算再追問，魔法師殺手也不會多透露什麼，只好先走到她的身邊。魔法師殺手挽住他的手臂，一股柔軟的觸感從手臂傳了過來，讓教授不由得全身僵硬。

「要好好護送我喔～」魔法師殺手這麼說：「要不然人家的手可能會不受控制，一不小心就對周圍的人施展詛咒魔法喔～」

教授只能點點頭，於是兩人就用在外人眼中看起來十分親密的姿態，一起走進了劇院。

「哇，只有我們呢～就像包場一樣。」來到了包廂後，魔法師殺手走到看臺邊往下眺望。

劇院內部空間很大，可以容納好幾千人。下頭一排排的座位此刻已經全滿，許多人興奮地交談著。

「今晚有十首曲目，而且其中一半都是國王寫的新曲呢～」魔法師殺手拿著燙金的節目單細細研究。

「是嗎？」教授有些心不在焉地回應，他到現在仍摸不透魔法師殺手真正的意圖，「那麼，妳來的目的究竟是……」

教授的話還沒說完，就被一陣熱烈的鼓掌聲打斷。樂團成員陸續進場，觀眾不斷地拍手，而當最後國王拿著指揮棒入場時，現場立刻響起了最熱烈的掌聲。

國王走上了舞臺，朝觀眾鞠躬，觀眾又報以一陣歡呼。

「別呆呆站在那了，快點坐下來吧～」魔法師殺手拍拍自己旁邊的位置，教授也只好先坐了下來。

國王轉身朝向樂池，向樂團成員點點頭，並擺出指揮手勢。現場頓時間安靜下來，就像整個世界突然靜止了一樣。

然後國王指揮了起來，而世界也開始恢復轉動，悠揚的樂聲迴盪在戲院中，讓每個人都不由自主沉浸在音樂的世界裡。

「喂喂，教授～」然而魔法師殺手卻側過頭拉了拉教授的衣袖，舉起一手作出說悄悄話的手勢，「好像有點無聊呢，我們來聊個天吧～」

魔法師殺手的聲音被樂聲掩蓋，因此除了教授，沒人聽到她這麼失禮的言論。

「……妳想要聊什麼？」教授知道重頭戲來了，便順勢問道。

「這個嘛～教授聽過赤王計畫嗎？」魔法師殺手就這樣自顧自地娓娓道來。

悠揚的樂聲開始轉為激烈，節奏也變成快板，高亢的樂音讓地板都震動起來。魔法師殺手則一臉愉快地把赤王計畫的所有機密都說了出來，教授則是十分專注並仔細地聆聽著。

樂章經歷奔放狂烈的旋律，又轉向溫柔恬淡，就像在傾訴一樣，最後才在熱情的高潮中結束。國王收起手勢，現場所有人仍深深受到震撼。而同時，魔法師殺手也剛好說完了。

「……以上，就是赤王計畫的最新進度～」魔法師殺手這麼說：「這是王國的最高機密，不過現在你全都知道了呢～」她露出一抹不懷好意的笑容。

「……原來如此，沒想到公主來學院就讀，竟然有這樣的目的。」教授一邊這麼回應，一邊看向舞臺上的國王。

國王轉身向觀眾鞠躬，觀眾這才回過神來，報以熱烈的掌聲。

「沒錯～」魔法師殺手說。

教授又追問：「所以……妳是在替反對這個計畫的勢力工作嗎？那時候才會潛入學院詛咒公主？」

「誰知道呢，教授要不要猜猜看～」魔法師殺手卻避而不答，並站起來伸了個懶腰，「現在是中場休息，有點渴了呢～教授要不要喝些什麼？」

「我和妳一起去吧。」教授擔心魔法師殺手會趁機行動，便這麼說。

魔法師殺手聞言故意露出嬌羞的表情，「哇～沒想到教授竟然那麼喜歡人家～當然沒問題囉，我也很喜歡教授的陪伴呢～」

「……走吧。」教授只是淡淡地說。

魔法師殺手再度勾起教授的手臂，緊貼到他都能聞到對方身上傳來的淡淡香氣。兩人就這樣走到外頭的吧臺，已經有不少人聚集在那裡，眾人正熱烈討論著剛才的演出，沒有人注意到他們。

「妳要喝什麼？」教授這麼問。

「嗯，這個一年精釀的翡翠酒聽起來很不錯呢～」魔法師殺手鬆開教授的手臂，拿起酒單端詳，卻突然話鋒一轉，「對了，高峰會還順利吧？教授～」

「……還可以，不過我沒有參與。」這立刻引起教授的警覺，他小心翼翼地這麼回答。

「這我早就知道了啦，所以才會特地邀教授出來。負責這次高峰會安全的是團長閣下和王國的使者吧～」魔法師殺手一派輕鬆地說：「畢竟我這次的雇主對高峰會也很有興趣呢～」

酒單遮住了她的臉，讓教授無法看到她的表情。而得知魔法師殺手對高峰會的維安瞭若指掌，讓教授心中顫慄了一下。然而更讓教授感到不安的，是魔法師殺手口中的雇主。

「是誰雇用妳……問了妳也不會說吧。」教授換了個問題，「那麼，妳雇主的目的是什麼？」

「小心高峰會喔～教授。」魔法師殺手卻答非所問，「雖然很遺憾我當天有其他事不會到現場～不過我的雇主已經安排好一個『驚喜』囉～」

魔法師殺手這麼說完，突然有一群人吵吵鬧鬧地走過來沖散了他們。而等到人群離開時，魔法師殺手已經不見蹤影了。

「……居然有這種事！」

魔法師殺手離開後，教授也無心繼續留在音樂會，於是便早早離席，來到女騎士等人下榻的地方。女騎士雖然疲憊，但一聽到是教授還是馬上接見他，教授也立刻告知魔法師殺手的事情。

「雖然高峰會的事情人盡皆知，但維安工作的細節並沒有公開。」教授說：「魔法師殺手既然知道這些，代表她的預告確實有幾分可信度。」

「你覺得她的雇主會是誰？」女騎士這麼問。

而教授毫不猶豫地說：「應該就是那個幕後黑手，這一切很顯然是早就安排好的。」

「那麼魔法師殺手為什麼要特地告訴你這個計畫？」女騎士問。

教授卻搖搖頭，「……老實說我也不清楚，有可能是挑釁，也有可能是陰謀，但也有可能是魔法師殺手擅自行動。」

「……可以想像得出來。」一想到魔法師殺手的性格，女騎士便皺起眉，「好吧，不管怎麼說，有人對高峰會心懷不軌是事實，有必要小心防備。不過他們打算怎麼破壞高峰會？」

「不是我自誇，這次高峰會的戒備可說是最高級別。」女騎士拿出即將要舉行高峰會的離宮的平面圖，比劃起來，「現場除了五十名帝國騎士，也會派出五十名王國士兵保護，而且高峰會不對外開放，進出的人都要嚴格搜身，還要經過魔力探測儀檢查。就算魔法師殺手想使用詛咒魔法，也會立刻被發現。」

「我不認為她會出現。」教授搖搖頭，「這有可能是讓別人發動攻擊……」

教授說到這突然停頓了一下，女騎士連忙關心地問：「怎麼了？」

「我在去劇院的路上遇到勇者大人一行人，他們說吸血鬼王已經潛入王都。」

「難不成你認為將會襲擊高峰會的是吸血鬼王！」女騎士大驚，但很快就又思索了起來，「也是，這樣一來就很合理了。畢竟是四天王，就算現場有這麼多士兵，可能也都不是他的對手。」

「而且他可能不是單獨行動。」教授說：「畢竟他是吸血鬼，能藉由吸血把人轉化成他的眷屬，搞不好已經有人類被轉化了。」

「光靠我們帶來的騎士，可能不足以應付。」女騎士立刻當機立斷，「看來得要向使者大人求助才行了。」

「找勇者大人參與這次高峰會如何？」教授也有同感，便如此建議，「他們來王國的目的本來就是要討伐吸血鬼王。」

「說得也是，假如有那三人坐鎮，就算是魔王親自現身也不用擔心了。」女騎士點頭說：「就請王國那邊直接邀請吧。」

「……那麼就讓我們舉杯，為王國與帝國的友好情誼，以及美好未來乾杯！」王國使者穿著華麗的禮服，用開朗的聲音宣布。

包括教授在內，現場所有人都鼓起掌來。教授環顧四周，王國的離宮雖然不像劇院那樣奢華，但也十分典雅。黑白相間的地板、牆邊裝飾的盔甲，以及天花板的吊燈，可以看得出王國一貫的優雅品味。

另一方面現場的士兵相當多，而且每個人表情都十分嚴肅，稍稍破壞了整體歡快的氛圍。為了不要打草驚蛇，女騎士並沒有告訴詳情，不過還是提醒他們提高警戒，使得士兵們都很是緊繃。

「哎呀，大家還真是緊張呢。」一個聲音突然這麼向教授搭話。

教授轉過身，「使者大人您好，剛才的敬酒致詞真是讓人印象深刻。」

「謝謝你的讚美。」王國使者笑咪咪地說：「不過也多虧教授，我們才能提早做好準備，這樣就算發生什麼事，也不需要擔心了。」

王國使者話中有話，暗指假如吸血鬼王沒出現，教授就得負起最大的責任。

不過教授卻一點都沒有受到影響，教授淡淡地說：「我倒希望最好什麼事都沒發生，高峰會能平安落幕。」

「哈哈，那倒也是。」王國使者點點頭，突然話鋒一轉，「教授你真了不起啊，怎麼樣，要不要到王國來？我們正需要像你這樣的人才，不管是想要怎樣的待遇，只要你開口都能商量。」

「……我會考慮的。」教授謹慎地這麼回答。

王國使者依舊笑容滿面，「還請務必好好考慮。身為召集人我還要去招呼賓客，那就先失陪了。」

王國使者語畢便走向另一群人，教授這才鬆了一口氣。

「那傢伙也太討人厭了吧。」一個聲音這麼說。不過這並不是教授的心聲。

「勇者大人。」教授轉過頭，「這似乎……」

出現在他面前的，正是勇者一行人。

「喂，對方好歹是王國的代表，你可別亂說話啊。」賢者出言提醒。勇者聳聳肩，一副滿不在乎的態度。

「是啊，你這傢伙的嘴巴和沙羅曼達一樣，都吐不出好東西。」戰士也在一旁消遣，「不過我也不喜歡那個人就是了，一副腦子裡在打什麼鬼主意的樣子，真讓人不舒服。」

「不好意思，今天麻煩三位跑這麼一趟。」教授決定換個話題。

「沒什麼啦。」勇者大剌剌地說：「反正我們來王國的目的，本來就是要消滅吸血鬼王。就放心交給我吧，只要一出現我就馬上收拾他！」

勇者拍了拍自己的胸脯，看起來十分可靠。不過賢者卻嘆了一口氣，「在說什麼啊。王國使者找上門的時候，你本來不是還不想來嗎？要不是對方把教授的名字抬出來，不然你還不相信呢。」

「是啊，不過精靈本來也不相信就是了。」戰士在一旁附和，「我也有點懷疑就是了，不過既然是教授的話就值得信任，我是這麼想的。」

「謝謝各位。」教授點頭。

勇者本來還想要多說些什麼，但是一旁的人們注意到了勇者三人，紛紛湧上前來熱情地自我介紹。

「是勇者大人！」

「勇者大人也來了？」

「勇者大人您好，久仰大名，在下是……」

教授連忙退到一旁，避免被推擠。看著勇者三人被眾人包圍手忙腳亂的樣子，不由得露出苦笑。

「教授，辛苦了。」就在這時他聽到女騎士這麼搭話，「那些人也真是的，還好你沒受傷。」

「不過我更擔心的是，這麼多人包圍勇者大人，真有危險時……」教授一邊這麼說，一邊轉頭看向女騎士。然後他突然停了下來。

女騎士身穿一襲紅色的低胸晚禮服，與平時威風凜凜的樣子不同，晚禮服襯托出了女騎士的好身材，露出線條銳利的香肩，搭配白色長手套看起來高雅而美麗。即便在這個美女如雲的場合，她仍是眾人目光焦點。

「那是誰啊？真漂亮……」

「我們王國有那樣的美女嗎？」

「好像是帝國來的人……」

眾人這麼竊竊私語著。

「怎麼了嗎？」看到教授突然愣住，女騎士問道。

「……不，沒什麼。」教授回過神來，有些不好意思地說：「這樣的打扮很適合妳。」

聽到教授直率的讚美，女騎士的臉唰的一下變紅了。

「唔，謝謝你。」女騎士先是這麼說，但教授的反應讓她心中突然起了想要惡作劇的念頭。

「好了，不知道各位是否愉快呢？那麼現在我們要進入高峰會的第一個環節。」就在這時，王國使者這時朗聲宣布，「那麼舞會即將開始，還請各位好好享受。」

樂團演奏起一首優雅的舞曲，許多男女也成雙成對翩翩起舞起來。作為眾人目光焦點的女騎士，當然也是許多人的目標，不少紳士走向女騎士，想要邀請她一起跳舞……

「咳咳，教授。」女騎士向教授伸出了手，在眾人驚訝的目光當中說道：「可否請你賞臉，與我共舞一曲呢？」

「……一般來說應該是反過來吧，不過這確實是妳的風格。」教授遲疑了一下，才微笑著握住女騎士的手，「我的舞技不好，還請多包涵了。」

「這種舞很簡單，我來帶你。」女騎士露出彷彿惡作劇成功的淘氣表情，牽起教授的手。

兩人來到舞池，翩翩起舞起來。世界在旋轉著。教授握著女騎士的手，感受到女騎士的體溫以及溫柔的聲音，同時近距離看著她的臉，不禁有股世界正以他們為中心旋轉著的錯覺。

這讓他感覺就像喝醉一樣，腦袋暈乎乎的，覺得除了女騎士以外，周圍一切都變得模糊起來。他能很清楚地看到女騎士的面容，感受到女騎士溫柔的聲音，和手上傳來的溫度。

「一、二、三，很好，就是這樣。」女騎士這麼說：「你跳得不錯嘛，教授。」

「謝謝誇獎。」教授勉強回應，「是妳教得好，這對我來說是件很新鮮事。」

女騎士微微一笑，溫柔地回應：「這對我來說也是很新鮮的體驗，畢竟這是第一次和你共舞呢。」

看到女騎士露出這樣的表情，教授內心升起一股奇異的感覺，感覺背後有種酥麻感緩緩上升直衝腦門。

「希望我不是這裡跳得最差的。」為了緩解這種不協調感，他半開玩笑地這麼說。

女騎士還沒回答，他們就聽到賢者的聲音。

「哎喲！這是你第五次踩到我的腳了耶！」賢者不高興地抱怨，「你也太笨手笨腳了吧，就連那個矮人都比你好。」

「我、我也沒辦法啊，這是我第一次跳舞。」勇者苦悶地這麼說。

而賢者很不客氣地嫌棄，「不然你不要跳啊，又沒人逼你。」

「不行啦，要是妳不陪我，到時候一定又會有一堆人來邀舞。」勇者用可憐的語氣說：「我可不想出糗，再陪我一下啦。」

「好吧，那可別又踩到我的腳……哎呀，才剛說就又犯了！」賢者生氣地斥責。

教授和女騎士相視而笑，並隨著節奏享受對方的陪伴。

「好了，謝謝各位。」彷彿經過一個世紀那麼長，又彷彿只經過五分鐘，舞曲結束了，而王國使者也這麼說：「那麼請各位休息一會，高峰會很快就正式開始。」

眾人鼓掌了起來，而教授和女騎士也牽著手離開舞池。儘管舞曲的節奏不快，步調也很緩慢，不過女騎士還是感到心跳加快，甚至有些擔心一旁的教授是否會聽到。

「那個……」女騎士正要開口，不過教授卻一言不發拉著她的手，有些強硬地將她帶到角落。

「注意到了嗎？」直到確定沒有人注意到他們，教授才小聲地說：「剛才在我們旁邊，那個留著鬍子的男人，還有現在正和戰士大人聊天，那個穿黑色禮服的少女，以及門口那兩個王國士兵，都有些奇怪。」

女騎士聞言不由得身體一震，連忙看向教授所說的那幾個人。果不其然，那些人雖然外表乍看之下十分正常，但看久了卻能從他們的言行舉止中，感受到一股說不出來的詭異感。

「那些是吸血鬼王的眷屬嗎？」女騎士一下子就進入狀況，小聲地回問。

教授點點頭，「我目前發現的只有這幾個人，不過可能還有更多。」

「吸血鬼王果然就在這裡。」女騎士一臉嚴肅地點點頭，「那麼，我們應該……」

她的話還沒說完，裝飾在大廳一旁的盔甲突然竄出大量蝙蝠，讓在場的來賓嚇一跳淒厲尖叫了起來。

「保護王子和其他人！」女騎士見狀，連忙這麼大聲號令。

騎士和士兵立刻訓練有素地拿起武器挺身向前。然而就在這時，吸血鬼王暗藏在人群中的手下，也開始對周遭進行無差別攻擊，讓現場陷入一片混亂。

「不要害怕，勇者在此！」幸好勇者三人立刻反應，拔出武器並衝上前。戰士一擊就打倒準備要襲擊人類的大鬍子；賢者施展魔法建造出土牆，阻擋吸血鬼王的手下繼續靠近人類；而勇者則是站到吸血鬼王的面前。

「乖乖投降吧！吸血鬼王！」他這麼喝斥：「我這就給你個痛快！」

吸血鬼王從蝙蝠群中緩緩現身，然而此刻他的樣子和在魔王城見到時截然不同，他變得蒼老不少，眼神憔悴身體瘦弱，也沒有了先前的霸氣。

「蠢貨！」吸血鬼王嘶啞地說：「這場高峰會絕對不能舉行！」

「為什麼要襲擊高峰會？」女騎士大膽地問。

吸血鬼王看向她，「是汝……吾不能說原因，不過可以保證，吾來此地並非要傷害任何人，只是要阻止這場高峰會而已。」

女騎士本來還想追問，可是這時勇者已經氣勢洶洶地擺好架勢，「大剌剌出現在這裡還說這種話，也太可笑了，準備好接受制裁吧！」

「愚蠢！」吸血鬼王厲聲說，再度化身成蝙蝠四散開來。

勇者手上的劍發出耀眼的紅色光芒，他朝空猛力一揮並大喝：「接招吧！」

一瞬間，無數風刃朝蝙蝠追擊而去。

「嘖！耍小聰明！」蝙蝠紛紛閃躲，穿梭於人群中將人類當成盾牌。

然而風刃就像是有生命一樣自動追擊著，甚至避開人群精準地攻擊蝙蝠，一下子就砍殺了一大群蝙蝠。

「可惡！」剩下的蝙蝠又合在一起，化為吸血鬼王的樣子。他赤手接下風刃，「除了火系或神聖魔法，對吾都是無效的！」

不過勇者已經一箭步衝上前，迅雷不及掩耳地越過人群。吸血鬼王直直朝勇者使出剛才的黑色光波，但勇者卻縱身一躍高高跳起，來到吸血鬼王的背後。

「早就知道汝會這麼做了！」吸血鬼王揚聲說道，同時勇者背後出現兩道黑光朝他襲來。

「接招！」

「上啊！」

戰士和賢者早已經準備好。戰士拋出一張桌子擋下其中一道黑光，而賢者則是施展魔法用土牆擋下另一道，同時勇者的劍也刺穿了吸血鬼王的胸膛。

「啊啊啊！」吸血鬼王慘叫，全身冒出黑色火焰將自身燒成了灰。

「一定……要阻止……」他最後呻吟著說：「不然……魔王……會復活……」

儘管只剩下最後一口氣身上，他還是伸手召喚出蝙蝠飛向王子。勇者眼明手快抽出另一把劍砍向吸血鬼王，讓他完全化成灰徹底消失。

「太好了！」勇者這麼大喊。

「真不愧是勇者大人！」

「最後的四天王總算死了！」

「萬歲！」

眾人見狀也這麼鼓譟著歡呼起來，但是教授卻露出憂愁的表情。

「……魔王復活？」吸血鬼王的遺言在他心裡投下一道陰影，他不禁喃喃自語地說：「這到底是怎麼回事？」

教授環顧四周，突然注意到王國使者在和一個士兵竊竊私語。最讓他驚訝的是，一向滿面笑容的王國使者臉上，竟然出現震驚的表情。

王國使者快步走向王子，對他竊竊私語。王子聞言臉上也同樣出現難以置信的表情，並在周圍護衛的保護之下匆匆離開。

「怎麼回事？」現場的人都沉浸在歡樂的氣氛之中，只有教授留意到這個場面，但教授還來不及反應，王國使者就突然走上前來。

「各位，我們有一件事情要緊急宣布。」王國使者先是這麼起頭，然後深吸一口氣，「這次的高峰會因為一些意外，必須要臨時中止。」

王國使者的話有如震撼彈，讓眾人瞬間從歡樂轉變成驚愕，議論紛紛。

「怎麼回事？」

「發生了什麼事？」

「吸血鬼王不是死了嗎？」

突然間一隻手從後頭猛然抓住教授的肩膀，教授轉身一看才發現是女騎士。

女騎士一臉嚴肅，只是做出手勢示意教授不要說話並跟著她，兩人迅速來到離宮外，此刻騎士們已經在外頭嚴陣以待。

「發生什麼事了？」

「我們得到線報，國王剛剛決定要退位了！」女騎士一開口，就說出令人吃驚無比的消息，「宰相大人已經決定中止高峰會，即刻回國。」

「抱歉由於我方的緣故，使得諸位得馬上回國。」王國使者對教授這麼說。他們在碼頭上一同眺望著忙碌的水手們。

「希望你們能夠平安度過這個難關。」教授猶豫了一下才又問：「關於國王……不，現在該叫太上王陛下退位的事情……」

「關於這件事我無可奉告。」王國使者立刻豎起防備。

「那麼接下來的話就全當是我個人的猜測，使者大人不必承認或否認，只需要聽我說即可。」教授還是繼續往下說。

王國使者沒有回話但也沒有離開，顯然是默許教授的僭越。

「太上王陛下是因為詛咒退位的吧？」教授開門見山地這麼說：「凶手是魔法師殺手。」

王國使者沒有反應，卻給人僵住的感覺。

「我一直覺得很奇怪，魔法師殺手為什麼要警告我高峰會會遭到襲擊，甚至還給了那麼多提示。」教授繼續往下說：「她恐怕是利用這種方式，轉移我們的注意力，藉機施加詛咒在太上王陛下身上。

「她說過她有一名雇主。」教授最後說：「那名雇主和近年許多大事件都有關聯，法皇國的預言家騷動也是那那個人策劃的，此外他還能命令吸血鬼王，代表很有可能與魔王軍也有聯繫。」

「……多謝告知。」王國使者還是沒有正面回應，只是收起笑容再度露出嚴肅的表情，「教授，你真是個可怕的人。」

「……是嗎？」

「我先前的提議仍有效，要不要到王國這邊來？」王國使者又說：「只要您點頭答應，我們願意提供本國魔法學院的校長職缺，順便一提這是終身職。」

「……抱歉，我必須要謝絕你的好意。」教授搖頭，「假如我的推理無誤，魔法師殺手的雇主現在應該就藏身在帝國。」

「……我明白了，那麼還有最後一件事。」王國使者伸出手，「公主殿下就拜託你照顧了。」

「你不是王子派的人嗎？」

「我效忠新王沒錯。」王國使者笑著說：「不過我也效忠太上王陛下。」

只是簡短的一句話，就說道出了一切。教授點頭，握住對方的手，「我知道了，交給我吧。」

Final exam

帝位

許多穿著華美禮服的人坐在挑高大廳的長椅上，似乎正在開會。然而會議氣氛卻與莊嚴肅穆的場景形成強烈反差。在場不少人都在嚷嚷著，議事可說是一片混亂。

「宰相已經攝政太久了！」

「是想要趁機篡位嗎？」

「快點退位，不然我們就要起兵了！」

一群人這麼高喊著。

「你們想叛變嗎？」

「宰相大人為帝國付出那麼多，這就是你們報答的方式嗎？」

「我們也有士兵，誰怕誰啊！」

另一群人則是這麼對喊，但人數顯然比前者還要少得多。

另一部分人則是在一旁冷眼旁觀，同時女騎士也站在樓上觀望著。

「反對有三成，支持只有一成，剩下的人則是還沒決定嗎？」她喃喃自語地說：「情況對宰相大人不太樂觀啊。」

「團長！」這時一名騎士快步走到女騎士旁邊報告：「宰相府的人已經抵達議會廳，準備要入場了。」

「好，安排好入場。」女騎士聞言立刻下令。騎士抖擻地點頭，「是！」

沒多久宰相代理人走進大廳，他抬頭挺胸但臉上毫無表情，直直走上主席臺。

「諸位可敬的議員們。」他先這麼開場，這讓議員們安靜了下來，「我代表宰相大人來此。宰相大人了解諸位的苦衷，但由於先帝的遺囑，帝位一直懸空也是沒辦法的事。」

「又想推託嗎？」

「叫宰相出來！」

「不親自到場是藐視議會嗎？」

聽到宰相代理人這麼說，有些議員們開始叫囂起來。但代理人的下一句話，卻在場使所有人都大吃一驚。

「但是這個問題已經不能再拖下去。」宰相代理人宣布，「為了避免爆發內戰，宰相大人決意召開帝選會議，選出下任皇帝，會議結束後就會退休！」

在場眾人聞言立刻議論紛紛起來，但宰相代理人沒有多停留便立刻退席。

「開始了。」女騎士見到這一幕不由得這麼說，並揉了揉太陽穴，「之後一定會很忙亂，有許多工作要先準備了。」

「是。」一旁的騎士點點頭。

女騎士再次下令，「召集大家，從現在開始暫停休假，所有人都要回隊上報到，並進入備戰狀態。」

「是，我明白了。」騎士準備離去進行傳令。

「等一下。」女騎士突然叫住他，她猶豫一會才吞吞吐吐補上一句，「那個……可以順便幫我通知教授嗎？下週吃飯我可能不行去了。」

「沒問題，團長。」女騎士的心意在騎士團早已是公開的祕密，騎士強忍著笑意，看著扭捏的女騎士回道。

「原來如此，我明白了。」聽完騎士的說明，教授點頭，「謝謝你的通知，請幫我轉告團長『工作辛苦了，請多注意自己的身體，我很期待之後見面』。」

教授目送騎士行禮離去之後，也轉身走向校園。

他走過教室和辦公室，但都沒有停留半步，最後腳步來到了學生宿舍門口。

「不好意思，我有事想找王國的公主殿下。」教授走進宿舍並對舍監這麼說。

舍監見到是教授，連忙點頭，「原來是教授啊，我立刻去通報。請問有什麼事嗎？」

「我剛從王國回來，王國的人請我代為傳話。」教授只簡單這麼說明。

沒有多久舍監就再次出現在教授面前，「公主殿下同意了，教授。她請你直接到她的房間去，需要幫忙帶路嗎？」

「不用，謝謝妳，去忙妳的吧。」教授回答後逕自往頂樓走去。

教授走到頂樓時，侍女已經在門口等候了，她提起裙襬招呼道：「教授您好，公主殿下已經在房間裡等您了。」

「感覺好像好久不見了啊。」教授這麼說：「不好意思我這陣子都在國外，在學院裡的時間很少，課業怎麼樣？有任何問題嗎？」

「托您的福一切安好。」侍女只是冷淡地回答：「公主殿下等候您多時了。」

「我明白了。」教授點點頭。於是侍女推開門，兩人一同走了進去。

「啊，教授，好久不見。」公主坐在沙發上，對教授招手，臉上露出燦爛的笑容，「要喝些什麼嗎？」

此時公主身上穿著布料單薄的睡衣，隱隱約約露出玲瓏有緻的曲線和曼妙的身材。

「茶就可以了，謝謝。」教授有些尷尬，一時之間不知道視線該放哪。

「我去泡。」

「嗯，那就麻煩妳了。」公主微笑地回應侍女，又對教授說：「教授請坐吧，聽說你帶來王國的消息？」

教授先是環顧四周，確認沒有其他人在場才緩緩開口。

「我知道赤王計畫了。」教授劈頭就直說：「議會的騷動……是妳策劃的吧。」

被教授這麼詰問，公主的笑容僵在臉上，但也只有那麼一瞬間而已。

「是的。」公主大方點頭承認，「這也是赤王計畫的一部分，目的就是讓我登上帝位。」

「是嗎……」

「我們的計畫進行得很順利，現在宰相準備退休，即將展開帝選會議，不少議員已經加入我的旗下。」公主又朝教授伸出了手，充滿自信地邀請道：「教授，你願意加入我們嗎？」

「……為什麼想邀請我加入？」教授沉默了一會，才這麼反問。

「因為你有那樣的價值。」公主直白地說：「我一直都在關注你，你的一切都讓我深深著迷。假如你願意加入我們的話，我願意在登上帝位後與你成婚。」

公主的眼神變得溼潤了起來，她半靠在沙發上露出白皙一邊肩膀和上臂，翹起一雙美腿，給人無限遐想。

教授沉默了一會，起身坐到公主旁邊。公主眼裡的笑意更深了，臉上也露出勝利的表情。

「在那之前，我想確定一件事。」然而教授卻小聲地問：「這幾年有個神祕人物策劃在各國引發騷動，太上王退位也是那個人的謀略，請問妳和這些事有關嗎？」

公主的笑容凝固在臉上，很快變得面無表情冷冷地說：「抱歉，無可奉告。」

此時侍女正好端著茶，走了進來。

「我和教授談完了。」公主對侍女下令，表現出明顯的送客之意，「送教授出去吧。」

「……好的。」侍女點頭。

教授見狀只好起身隨侍女離去，臨走前他在門口停了下來，「假如遇到困難，你知道哪裡能找到我。這是太上王陛下交代的。」

公主沒有回應，而教授則和侍女離開了房間。兩人來到樓梯間，侍女一言不發地走在前面，而教授則是跟在後頭，「妳不必送我下去，我自己……」

「跟我來。」侍女猛然抬頭，眼神中似乎下定了決心。

兩人來到了一間儲藏室。

「這裡平時不會有人進來。」侍女先是這麼解釋，之後連忙說：「教授……也許你難以相信，但那些事情公主殿下並不知情。」

「我想也是。」教授點頭，「公主殿下不可能對赤王計畫的最大支持者，也就是太上王陛下不利。」

「你連這件事都知道了嗎……？」聽到教授這麼說，就連平時面無表情的侍女都不禁露出驚訝的表情，但她很快地又說：「是的，正如你所猜測，這些事件讓我和公主都大吃一驚，雖然我們也調查過，卻沒有任何線索。」

「原來如此，就連王國也不清楚嗎？」教授點點。

而侍女又繼續說：「事實上目前的局勢對公主殿下相當不利，太上王陛下是唯一支持赤王計畫的人，但現在他退位了，繼任的新王並不打算採取同樣的立場。」

「這也是公主殿下為何如此焦急的原因嗎？」教授問。

侍女點點頭，「公主殿下也曾是王國的王位繼承者之一，因此新王對公主殿下很是猜忌……教授知道新王是個怎麼樣的人嗎？」

「只有見過幾次，不過感覺他十分精明能幹。」教授謹慎地回應。

侍女聞言露出厭惡的表情，「精明能幹……這麼說也可以，但更準確地說是冷酷無情。他繼位之後，最好的情況是把公主殿下當成政治聯姻的工具，最糟糕的情況是可能會對公主殿下不利。」

「我明白了。」教授點頭，「這也是雇用魔法師殺手的幕後黑手想看到的，他強迫太上王陛下退位，藉此逼公主殿下實施赤王計畫，使帝國政局動盪。」

「那個人到底有什麼目的？」侍女問。

教授猶豫了一下才說：「吸血鬼王在臨終前曾經提到魔王復活一事，幕後黑手有可能是為了復活魔王，故意製造動亂。」

「竟然有這種事！」侍女瞪大了眼不敢相信，「可是……確實，最近有不少魔王復活的傳言……」

「另外，我有個大膽的猜測。」教授又說：「那個幕後黑手可能混入了公主殿下的支持者當中，其實是要達成自己的目的利用公主殿下，你對此有什麼頭緒嗎？」

侍女一臉慘白，「……我從未想過有這種可能。公主殿下有很多支持者，我不是全部都清楚，所以……」

「這樣嗎……」教授沉思了一下，「那麼，妳可以替我搜集這方面的情報嗎？另外，公主殿下有什麼行動的話也請通知我，她有可能是被幕後黑手唆使的。」

教授向侍女伸了手。侍女看著教授的手，露出痛苦的表情，她知道與教授合作就代表著背叛公主——

「……好，我明白了。」侍女最後選擇握住教授的手，「雖然不知道能幫上多少忙，但是我會盡力協助。」

「謝謝妳。」教授說：「我也答應妳，我會守護妳和公主殿下。」

聽到教授用堅定的語調這麼說，侍女的臉上不由得浮現淡淡的紅暈。

「魔王復活？」聽到部下這麼報告的女騎士，不由得露出困惑的表情。

「是的。」副團長點頭，「最近到處都有傳言，甚至有越演越烈的跡象。」

「只不過是傳言而已，沒什麼好相信的吧。」女騎士還沒回應，一旁的第二大隊長就露出無聊的表情。

「可是勇者三人已經因此出發前往魔王城了。」副團長這一番話，讓在場所有人都吃了一驚。

「這是剛確認的消息，其他各國也都開始有動作了。」副團長又補上一句。

「嗯……今天才帝選會議的第一天呢，我們應該加強戒備的兵力嗎？」女騎士沉思。

然而就在這時，外頭傳來了一陣騷動，有群人這麼喧嘩著。

「讓我們進去！」

「請等一下……」

「難道不知道我們是議員嗎？」

女騎士聽到後就推開門大步走了出去，「有什麼事嗎？」門外有幾十名穿著高貴的人正和騎士拉扯著。儘管騎士不論人數還是體能都占有優勢，但他們也不敢輕易對這些地位崇高的入侵者們動手。

「各位議員，請不要給我的部下添麻煩好嗎？」女騎士有些無奈地說。

「團長閣下，我等代表議會而來，在此請您參加帝選會議，登上帝位！」那群入侵者見到女騎士卻立刻單膝下跪，讓在場的騎士們都吃了一驚。

「……真受不了。」儘管對方語出驚人，女騎士只是皺了皺眉頭，「議員們，請先到裡頭吧，在這邊不好說話。」

議員們紛紛走進房間，而見到聚集那麼多議員，副團長和第二大隊長都瞪大了眼睛。

「請問議員們聚集到這裡有什麼事嗎？」副團長問道。

「我們來請團長閣下參加帝選會議，繼承帝位。」其中一人這麼說明：「團長閣下身為先帝的外甥女，和先帝血緣親近，當然是繼承帝位的第一人選！」

聽到議員這麼慷慨激昂的發言，副團長和第二大隊長都露出驚訝的表情，但女騎士本人反倒很冷靜。

「請問會議上發生什麼事了嗎？」女騎士一下子就指出關鍵的問題，「不然各位應該不會到這時才想推舉我吧。」

議員們互看一眼，一個男人站了出來，「我來說明吧。」

「伯爵大人。」其他人恭敬地說。即便在諸多高貴的議員之中，男人的穿著仍明顯比其他人奢華許多。

而伯爵則是語出驚人，「會推舉團長閣下，是因為有議員竟然推舉王國的公主來繼承帝位！」

「什麼！」房間裡頭的眾人先是露出詫異的表情，之後個個表露不解。

「為什麼一個外國人可以繼承帝位啊！」第二大隊長不滿地說，而這也是許多人的心聲。

「那些議員的藉口是公主和先帝有血緣關係。」伯爵也義憤填膺地說：「她好像是先帝的表侄孫女，但誰都能看得出來，他們推選一個血緣關係淡薄的外國人登上帝位，就是要謀求自己的利益！我們不能忍受！」

「……但那是那些議員的權利，我們不能攔阻。」女騎士冷靜地這麼回應。

不過伯爵立刻從懷中掏出一張連署書，「所以我們也要行使我們的權利，團長閣下，請登上帝位吧！我已經發動連署，有超過一半的議員都加入了我們，妳只要點頭，之後一切就交給我們！」

眾人看向女騎士，女騎士則面露難色，心中陷入兩難。她由衷喜歡騎士團，登上帝位就意味著要告別這一切，然而……

「團長。」就連平時看女騎士不順眼的第二大隊長也說：「我可不能效忠一個外國人，這是騎士團的恥辱，請妳登上帝位。」

身為騎士必須要侍奉自己的君主，但她真的想要效忠王國的公主嗎？女騎士捫心自問，沒多久就做出了決定。

「大家的想法都一致嗎？」她看向房間裡的眾人，意外地發現就連平時沉著的副團長也對自己投以向期盼的目光，「既然如此，我也不再推辭。我接受各位的擁載，從現在開始參與帝選會議！」

「那麼我會立刻去辦相關的手續，陛下。」伯爵立刻恭敬地說。

女騎士充滿威嚴地點點頭，「不過為了避嫌，我們騎士團得要退出議會。」

「說得也是，這樣才不會給人藉口。」

「真不愧是下任皇帝，想得真周到。」

「這樣反對派也沒意見了吧。」

其餘議員吱吱喳喳地稱讚起來，而第二大隊長不在乎地說：「好啊，反正這幾天都平靜得很，都快無聊死了。」

聽到大家這麼說，女騎士心中不知為何卻有種不安的感覺。

「……在那之前，我想先去學院一趟。」女騎士這麼說。

第二大隊長聞言立刻露出看好戲的笑容，但在張口說話前，就被副團長用手肘狠狠地撞了肋骨。

「是的，之後有很多事要處理。」不管痛到發不出聲的第二大隊長，副團長說：「沒關係團長妳去吧，我們能處理的。」

「那就麻煩你們了。」女騎士道謝，之後頭也不回地走了出去。

「……就是這樣，教授。」在教授的辦公室裡，女騎士將一切都說了出來，「雖然時間有些短暫，不過我就要退出騎士團了。」

女騎士這麼說完後仔細看向教授的臉，隱隱約約期盼著什麼。教授聽完先是不發一語站了起來，走到女騎士身旁輕輕將手放到她肩膀上。

「真是辛苦妳了。」教授這麼說：「要離開一定很難受吧。」

聽到教授這麼說，女騎士有些感動又有些失望，「我很高興我加入了騎士團，因為此才能遇見你，不過登上帝位之後，可能就沒機會了……」

後面那句話她說得很小聲。加上教授正在沉思，所以沒聽到女騎士在說什麼。

「不過……原來如此，這下總算能懂幕後黑手的計畫了。」教授突然這麼說。

「什麼意思？」女騎士立刻追問。

教授則轉述赤王計畫的事情，之後才又說：「現在我理解幕後黑手的計畫了，他打算利用你和公主的競爭，讓騎士團撤離，趁機對議會發動攻擊。」

「竟然有這種事！」女騎士猛然站起。

「別擔心，他不會馬上發動攻擊……倒不如說這是一次機會，我們第一次終於領先了。」教授連忙安慰她，沉思後接著說：「我們可以設下陷阱，抓到這個幕後黑手。」

「可是不知道什麼時候會發動攻擊……」女騎士的話還沒說完，門口突然間傳來叩叩叩叩的四聲敲門聲。

女騎士轉身，卻沒看到有人走進來，反而不知道什麼時候門縫底下塞了一封信進來。教授拿起信，立刻拆了開來。

「教授？」

「不用擔心，這是我和侍女約定好的暗號。」教授這麼解釋，並快速地看過信，之後遞給女騎士，「妳看一下。」

女騎士有些猶豫地接過信，讀了起來。信的內容很簡短，大意是說公主打算在三天後去議會演講，爭取更多議員的支持。

「妳怎麼看？」教授問。

「這應該就是發動攻擊的時機。」女騎士立刻這麼判斷。

教授也點點頭，「我也有同感，知道時間剩下的就好辦了。」

女騎士站起身來，「我立刻去安排，不過現在除非真的有非常緊急的事態，不然騎士團是不能進入議會的。」

「我明白了，我會想辦法。」教授看著女騎士離開，留他一人孤身在辦公室裡。

「好，我知道了。」女義賊眨了眨眼，爽快地答應，「畢竟我還欠教授一次嘛。」

「別這樣說。」教授說：「不好意思要麻煩你們這麼多事。不過這很緊急，雖然是時間有點晚，還是要請妳快點進行。」

「哈哈，我知道了。」女義賊笑著說：「不過真不愧是教授呢，居然能找到這邊來。」

兩人此刻在一間酒館。酒館裡人潮眾多，談笑的聲音震耳欲聾，服務生忙進忙出，即便女義賊出現在這裡也沒人注意到。

「妳弟弟呢？」

「他有事出去了，至於是什麼事……就稍微保密一下吧。」女義賊微笑著，「不過別擔心，我們會完成教授的委託。」

「那就拜託你們了。」教授將手中的啤酒一飲而盡，把錢放在桌上後就起身離開。

他走出酒館打算回家，不過就在跨出酒館大門的同時，一個穿著斗篷的人影和他擦撞了一下。

那人在擦撞後並沒有道歉，而是快速逃走。見到這一幕的教授立刻警覺地摸了摸口袋，卻驚訝地發現不只錢包這些東西沒少，反而還多了一封信。

一個熟悉的字跡映入眼簾，教授看到後立刻拆開信，一目十行快速瀏覽起來。看完信後他教授思考了一下，再度邁開步伐，但這次他朝騎士團總部的方向走去。

教授站在一座雕像前，面前是人來人往十分熱鬧的大廣場。

突然間，一雙手悄無聲息從後頭遮住他的眼睛。

「猜猜我是誰～」一個熟悉的聲音這麼說。

「……是魔法師殺手吧。」

「答對了～這次很配合呢～」她放下手來。

教授一轉身就看到熟悉的笑容。魔法師殺手今天打扮得十分漂亮，穿著白色襯衫和黑色裙子，頭上戴著一頂紅色的貝雷帽，看起來就真的像是個要約會的少女。

「我已經差不多放棄了……」教授有些無奈地嘆氣，「那麼今天要去哪？」

「等一下喔～」然而魔法師殺手卻看向遠方，似乎在等待著什麼。

「時間差不多了，三～二～一～」隨著魔法師殺手倒數完，一群馬車突然從四面八方開入廣場，引來人群一陣騷動。

「搞什麼！」

「這裡禁止馬車進入啊！」

「小心啊！」

「很準時呢，那我們走吧～」魔法師殺手拉著教授的手，在他還來不及做出任何反應之前，就帶著他鑽入了車陣。

「嗯？等……」魔法師殺手動作靈巧地在車陣中鑽來鑽去，教授被拉著手只能緊跟著她，同時也被嚇出一身冷汗。

魔法師殺手最後選了一輛車，笑嘻嘻地拉著教授坐了上去，「哎呀～雖然是約會，不過你牽我的手牽得那麼緊，還是有點害羞呢～」

「……妳一開始就安排了令人心跳加速的節目啊。」教授話中有話地這麼說。

而魔法師殺手卻不以為意，「哎呀～沒辦法呢，畢竟旁邊有那麼多騎士～我再怎麼說也是個可愛的女孩子，被人盯著也是會害羞的說～」

「害羞？」教授嘴巴上這麼說，但心中其實有些吃驚。在收到魔法師殺手的信之後，他立刻通知了女騎士。儘管女騎士因為議會的事情無法親自過來，但還是派了第二大隊長和不少騎士來監視。

「是啊，還好來的是第二大隊長～假如是團長親自來，就沒有那麼輕鬆了～」魔法師殺手一派輕鬆地說，沒想到就連是誰帶隊她都已經查清楚了。

「……妳這次的目的又是什麼？」教授只能開門見山地問。

然而魔法師殺手只說：「就是約會呀～我已經準備好完美的約會行程了，教授你就好好期待吧～」

「……這就是你完美約會行程的第一站？」

「噓～小聲點啦，不覺得心撲通撲通跳得很快嗎？」魔法師殺手這麼說。

「是跳得很快沒錯……」教授環顧四周，但心跳很快的原因並不是因為開心，而是此刻兩人正在皇家監獄裡頭。

魔法師殺手巧妙地帶教授潛入監獄，並躲進一間儲藏室裡。外頭就是獄卒的休息室，不少獄卒在那邊聊天和賭博。拜此所賜，教授不只心跳加速，更是流出一身冷汗。

「嘿嘿～我和教授心跳一起撲通撲通的呢～」魔法師殺手笑著緊貼教授，「這裡很方便喔～雖然不能進牢房，不過不會有人搜查到這裡來，要躲過追查是最容易的，可以輕鬆製造斷點喔～」

「……斷點嗎？」魔法師殺手的話讓教授想到什麼。

然而就在這時，一個獄卒說：「嗯？你們有沒有聽到儲藏室好像有聲音？」

「哎呀，快走囉～」魔法師殺手拉著教授離開了監獄。

「呵呵呵，教授，快來追我啊～」魔法師殺手動作靈巧地跑動著，速度抓得剛剛好，既不會讓教授跟不上，又不會被抓到。

「……妳確定在這裡玩這個合適嗎？」教授這麼說。一眼望去所見到之處全是墓碑，他們現在就在一座墓園裡。

「是啊，這邊風景很好，而且沒有人打擾，是個好地方呢～」魔法師殺手這麼說。

「……是嗎？」

「而且躲在這種地方才不會被雇主發現～」魔法師殺手又說：「畢竟他是個連我都會怕的人啊。」

「什麼……」儘管魔法師殺手語調輕鬆，但教授還是不由得瞪大了眼，很難想像魔法師殺手竟然也會有害怕的人，「……既然如此，妳為什麼還要替他效命呢？」

「……這個嘛～」魔法師殺手微笑著說：「畢竟我也是有一些小祕密呢～不小心就被雇主知道了，誒嘿～」

「妳……」教授一時也不知道該說些什麼。

「好了，不說這些了～」魔法師殺手走到教授身旁，牽起他的手，「時間過得好快，我們還有最後一個地方要去呢～」

「這裡的風景還不錯吧～」夕陽映照在魔法師殺手身上，將她的剪影投射到下方的街景，「我很喜歡這裡的景色喔～」

「嗯……」教授環顧四周，他們位於一座可以看到整個帝都的小山丘上，「假如不看背後的斷頭臺的話，確實是個約會的好地點。」

「教授你太認真了，再放鬆一點嘛～」魔法師殺手在斷頭臺旁蹦蹦跳跳。

「……我倒覺得是妳需要認真一點。」教授嘆了口氣「不過謝謝妳，這次的約會很愉快。」

魔法師殺手先是瞪大了眼，之後露出微笑，「喔喔～教授已經迷上了我了嗎？」

「不，那倒沒有。」教授馬上回答。

而魔法師殺手也沒生氣，反而笑著說：「好過分～這時候應該要順著氣氛說是才對啊～不過……算了，我也該工作了。」

「什……」教授轉身，同時感受到一股柔軟的觸感印上嘴唇，他這時才發現魔法師殺手吻了他。

教授立刻感受到一股強大的魔力傳了過來，等兩人的唇分開後不由得跪倒在地上，他感受到那股魔力在體內流竄。

「嗯，這就是教授的吻嗎？感覺很不錯呢～」魔法師殺手笑著這麼說：「別亂動喔，我施加的是只要我死掉教授也會死的詛咒。用了不少魔力，甚至能擋下其他詛咒系的魔力喔，呀～討厭，聽起來好像殉情呢～」

「咳咳……」教授乾咳著。

「抱歉這詛咒很強，你要習慣一下～」魔法師殺手又說：「順便來聊個天吧～其實啊根本沒有雇主，這些都是我編的，這一連串的事件也是我策劃的，包括法皇國暴動也是喔～」

「為、為什麼？」

「嗯～不知道耶～」教授看不到魔法師殺手的臉，只聽到她悠然地說：「也許我只是想要看到整個世界毀滅～所以才要復活魔王毀掉這個世界～」

「什麼……」

「啊，他們總算來啦～」魔法師殺手突然說：「那麼時間也差不多了，先走囉～」

魔法師殺手的身影突然消失，原來是她縱身跳下了斷頭臺。

「等……」教授還來不及反應，就聽到了女騎士的聲音。

「教授！」女騎士騎著馬一路狂奔，後頭的騎士幾乎跟不上。她一下子就來到斷頭臺下翻身下馬，跑到教授身旁。

「妳來了。」教授伸出手，「抱歉，我……」

教授的話還沒說完，女騎士就一把抱住了他。「對不起！早知道會這樣，我從一開始就應該在你身旁！」

女騎士露出泫然欲泣的表情，她看到了剛才魔法師殺手給教授施加詛咒的那一幕。這時騎士們也趕到了，其中包括表情僵硬的第二大隊長。

「這不是妳的錯。」教授緩緩地說：「畢竟妳的責任重大，而且……」

「可是……」女騎士欲言又止。

這時第二大隊長也上前來，一向高傲的竟朝教授和女騎士低下頭，讓所有人都嚇了一跳。

「這一切都是我的責任。」他不甘地說：「竟然完全中了對方的計……對不起。」

「……好了，兩位別這樣。」教授打圓場，「多虧這次與魔法師殺手的接觸，我獲得了不少啟發。」

「……什麼意思？」女騎士看起來仍有些失落，不過教授的下一句話讓她驚訝地張大眼睛。

「我知道幕後黑手的真正目的了。」

「公主殿下，還有五分鐘。」一名議員走進房間通知。

「謝謝你。」公主露出溫柔的笑容，直到議員走出去，她的臉上仍滿是笑容，「高興吧，我們所盼望的一切就要實現了。」

「公主殿下……」侍女有些欲言又止，最後才硬著頭皮說：「我認為……您今天不應該來議會。」

「喔？為什麼呢？」和侍女相反，公主從容地問。

而侍女猶豫了半天才說：「我總有種不祥的感覺……」

「不用擔心。」公主微笑著說道：「我知道妳很緊張，不過沒有問題的，一切都按照計畫進行，事實上我還有些意外，沒想到會那麼順利。」

「可是……」

「感覺像陷阱，對嗎？」公主猜出侍女想說什麼，便搶先一步，「不過除了我不小心失言以外，還會發生什麼危險呢？」

「是沒錯……」儘管侍女承認公主是對的，還是感到焦慮，「有過半數的議員都支持團長，您這樣做有什麼意義呢？」

「別擔心，都安排好了，有人已經為我打點好一切。」

公主這番話反倒讓侍女更擔心了，「那個人到底是……」

侍女的話還沒說完，外頭就突然傳來了聲音，「那麼，接下來我們就請帝位繼承者之一——王國的公主殿下前來演講。」

外頭立刻騷動了起來，鼓掌聲和叫罵聲皆有。

公主則是微笑著站起來，走了出去，「好了，接下來就是我表演的時候了。」

……希望一切平安無事，教授，拜託你了。侍女在內心這麼想著，跟在公主後頭一起走了出去。

外頭有許多議員坐在臺下議論著，有的議員聲援公主，但更多的是向她叫罵。而即便成為眾人目光的焦點，公主仍泰然自若地走上主席臺。

一站上主席臺，公主便用銳利的目光環視全場，就連最老練的議員也不由得被她的氣勢壓倒安靜了下來，現場變得一片鴉雀無聲。

「諸位可敬的議員們。」公主見狀拿出演講稿，並開始說：「我……」

然而就在這時，現場突然出現好幾十個魔法陣。魔法陣到處都是，布滿地上牆上甚至是天花板上，散發著不祥的紫光。

「這是怎麼回事？」

「這裡怎麼會有魔法陣？」

「不是有阻絕魔力的魔導具嗎？」

議員們大叫著亂成一團。

「公主殿下，小心！」侍女大喊著，直接衝上主席臺撲倒了公主。下一秒，一隻長著利爪的漆黑巨手突然從魔法陣伸出來，用力抓向公主剛才的位置。

「呃啊啊啊！」侍女被利爪抓傷發出慘叫，公主則露出震驚的表情。

同時一個長著翅膀，體型巨大的惡魔從魔法陣中爬了出來。

「是惡魔！」

「那是召喚惡魔的魔法陣？」

「快逃！」

議員這麼大喊，然而魔法陣中冒出更多的惡魔。它們將議會廳團團包圍，並把所有議員如家畜一般趕到角落。

「愚蠢的人類啊。」一個惡魔揚聲宣告，「放棄吧，這裡已經在我等的掌控之中了。」

「你們的目的是什麼？」一個議員發抖著問。

而惡魔臉上露出了邪佞的冷笑，「呵，問得好。我等的目的只有一個，那就是讓我等的王，也就是魔王大人復活！」

「……什麼？」

「可惡，偏偏這個時候騎士團不在……」

「你們來這裡做什麼？」

議員們這麼議論紛紛，而惡魔咧嘴一笑，「當然是要血祭你們，作為復活魔王大人的儀式！」

聽到惡魔這麼說，議員們立刻害怕地縮成一團，只有一人除外。公主看著倒在地上一動也不動，身上傷口汩汩流出鮮血的侍女。

「拜託……不要……求求你……」公主失去以往的從容，絲毫不顧身上奢華的禮服會弄髒，試圖用手壓住止血，「不要離開我……快點醒來……」

「那個人類就是啟動者嗎？真是愚蠢啊。」惡魔看到公主，嘲弄地說：「把她帶走！不過別弄傷她，還需要她維持魔法陣。」

其他惡魔走向公主，硬是將她給拉起。

「不要，放開我！」公主大叫並掙扎著，這種程度的抵抗當然對惡魔一點效果都沒有。

「煩死了！」抓著公主的惡魔將公主用力甩飛到一旁。

「看來這個半精靈對妳來說很重要啊。」另一個惡魔這麼說，臉上露出醜惡的笑容，「反正只要留啟動者的命，把半精靈吃掉也沒關係吧……」

「不要。」見到惡魔朝侍女一步步走去，公主不顧自己，伸出了手哭喊：「求求你，放過她……不要啊！」

就在這時一支箭突然嗖地一聲從外頭射了進來，阻止了惡魔。

「住手！」伴隨著攻擊，一個聲音這麼大喊：「義賊二人組，登場！」

惡魔們朝攻擊的來源看去，一個獸人少年站在該處，正是義賊少年。

「投降吧，惡魔！」他大聲喊道：「你們已經被包圍了！」

惡魔先是沉默一會，之後開懷大笑起來，「哈哈哈，被包圍？被你一個人包圍嗎？好吧，我等讚賞你的勇氣，不過……」

「誰說他只有一個人的？」同時間另一個聲音這麼說，一群騎士突然不知從哪衝了出來，擋在惡魔與議員們之間。

臉上帶著傷疤的男人和金髮帥哥從人群中走了出來，他們正是副團長和第二大隊長。

「什麼，是騎士團？」惡魔們見狀臉也憤怒地扭曲起來，「怎麼會在這裡？可惡，這和說好的不一樣啊！」

「第一要務是保護所有人，第二要務是打倒惡魔！」副團長拔出了劍大聲下令，「衝啊！」

「衝啊！」騎士們也這麼大喊並朝惡魔衝去。

惡魔也不甘示弱，張牙舞爪地反擊。一場大戰隨之爆發——

一輛囚車緩緩從皇家監獄駛出來到大門口。

「停下。」衛兵擋下馬車，「你們要去哪裡？裡頭關的是誰？」

「只是一般的轉移犯人，這是文件，上面有典獄長的簽名。」車夫拿出一張證明。

衛兵看了看，便點點頭，「辛苦了，把柵欄拉起來。」

三道鐵柵欄緩緩拉起，囚車平穩駛出，穿梭在帝都的街道中，最後來到城門口。

然而城門口卻沒有衛兵出來迎接。

「嗯？在偷懶嗎？」車夫這麼說：「喂，有人在嗎？」

就在這時，一群騎士突然從城門口衝了出來，他們全副武裝、訓練有素，一下子就把馬車團團圍住。教授和女騎士也走了出來。

「好了，你已經被包圍，現在無處可逃了。」教授朗聲這麼說：「出來吧，殺害預言家的凶手、魔法師殺手的雇主、偷襲議會的主謀，或著該叫你——智者嗎？」

囚車的車門緩緩打開，裡頭只有一名年約四十多歲，手拿拐杖的男子。然而即便被包圍，男子仍是一副從容不迫的樣子。

「真不愧是你啊，志工……不對，現在是教授了嗎？」智者拍拍手，「選擇在這裡攔截，一方面是遠離住宅，另一方面也趁我們最鬆懈的時候嗎？你是怎麼發現的？」

「你以為我們會陪你閒聊嗎？」女騎士將劍指向智者。

但智者卻若無其事地說：「喔，會的，畢竟……你們已經被包圍了。」

智者敲了一下拐杖，一瞬間展開無數的魔法陣，惡魔不斷從魔法陣中爬了出來。

「保持陣型！」女騎士見狀連忙大叫。

騎士們立刻拿起劍圍成一圈，然而惡魔的數量非常多，一下就包圍了他們。

「還不只這樣，接應我的人應該察覺到異常，馬上就要到了。」智者悠然地說：「不過我們還有時間可以好好聊聊，我是哪裡露出了破綻。」

現場氣氛頓時緊張了起來。

「教授……」女騎士與教授背靠著背，她握緊了劍低聲說：「假如要突圍，就趁現在。」

但教授卻搖了搖頭，「沒關係。

「一開始，我完全推理不出你的目的。」教授看向智者，「這麼多不相干的事件讓人毫無頭緒，我原本以為是某個國家策劃的，但是後來仔細分析卻又得知並非如此。

「這些事件雖然環環相扣，卻毫無目的，似乎就只是在搞破壞。這就讓我想到，會不會其實製造動亂本身就是你真正的目的。」教授繼續說：「儘管你散布要復活魔王的謠言號召惡魔，並以此脅迫吸血鬼王，但我想你的目的不是別的，就是要讓天下大亂。」

「很好，沒想到就連吸血鬼王的事你也知道了，畢竟他和魔王不合，這樣威脅比較有用。」智者點頭，「別擔心，這些惡魔是我的心腹，和議會那群不一樣，他們知道我沒有要復活魔王。你是怎麼知道我沒有真心要復活魔王的？」

「因為你沒有對唯一會使用復活魔法的聖女大人出手。你在法皇國的手下預言家只顧著煽動民眾，這讓我不禁起疑。」教授像是意圖被道破而皺起眉，但還是繼續說：「再加上你也沒對勇者一行人動手。就算復活了魔王，但能打倒魔王的勇者大人還在，這樣復活魔王又有什麼意義呢？同樣也是這個原因，讓我確信魔法師殺手並非真正幕後黑手。」

「喔？」智者露出感興趣的表情，「我還以為女人是你的弱點……不過也對，不然你就不會在這了，你是怎麼知道的？」

「……能策劃這麼多暴動和陰謀的人一定有縝密計畫，而非一時狂亂。」教授說：「但是你給魔法師殺手的指令卻完全相反，魔法師殺手說要毀掉世界，卻忽視魔王一復活就會被勇者討伐的事實，顯然不是真正策劃的人。」

「你就不會懷疑是那個女人說謊嗎？」智者問。

教授點點頭，「或許吧，不過如果是她，還有一點也說不通，那就是吸血鬼王。要命令吸血鬼王是很困難的，只有火系或神聖魔法才有用，魔法師殺手擅長的詛咒魔法是無效的。假如是她以復活魔王來要脅，那吸血鬼王只要殺掉她即可。

「另一方面也能推測，幕後黑手躲在一個吸血鬼王無從出手的地方。有什麼地方符合這個條件呢？那就是監獄。皇家監獄的戒備十分嚴密，即便能潛入王宮，也不見得能潛入該處。」教授繼續說：「另外這還有個好處，沒有人會想到要去調查監獄，這剛好成為你最好的掩護，製造了斷點。我猜身為魔王軍的間諜，你一定知道很多人的祕密吧。」

教授話鋒一轉，「而你就是用這些祕密脅迫他們，讓他們替你辦事，你只需要躲在監獄裡頭遙控一切。然而你沒想到的是，一件事情的發生使計畫全亂了套。」

情。

智者聽到這邊，臉上的表情也變了，從原本好整以暇的態度，變成嚴肅的表

教授見狀，更加肯定自己的推理沒錯，「那就是魔王的死。魔王一死你就失去了籌碼，原本利用的那些人反而會把矛頭轉向你。你也因此慌了起來，便出現破綻，其中之一就是魔法師殺手。

「會派魔法師殺手來對付我，代表對我有一定程度的認識，再加上能聯絡吸血鬼王，證明幕後黑手和魔王軍應該也有一定程度的關係。」教授最後結論，「符合這些條件的人並不多，人選只有一個，那就是你，智者！」

智者先是沉默了一會，接著鼓起掌來，「了不起的推理。沒錯，我原本是想要製造混亂來協助魔王陛下，但在魔王陛下死後改變方針，打算製造更多混亂趁機越獄。」

「當然只要我想，隨時都可以越獄。」智者淡淡地說：「但是我想要的是不留痕跡地失蹤，畢竟得罪那麼多人會很麻煩，所以我策劃了這一切。只有全世界都陷入混亂，才不會有人想到要找魔王的餘黨。」

「原來如此。」教授點點頭，又問：「那麼你為什麼要協助魔王呢？」

「這個嘛……雖然我想多說明，不過看來是沒時間了。」智者這麼說。

同時城門轟隆一聲緩緩開啟，城門後出現一群殺氣騰騰的人影。

「來得可真慢啊。」智者優雅地鞠了一躬，「好了，雖然現在要不留痕跡是不可能了，不過我還是能逃走，那麼就祝各位……」

「教授，我們來囉！」然而智者話還沒說完，對方就有個人舉起手大喊：「抱歉久等了，路上遇到了一點『小麻煩』。」

「什麼？妳是誰？」智者臉上第一次露出不知所措的表情。

「哼哼，既然都這麼問了，那我就回答你吧，我是義賊二人組的姐姐！」那個人影這麼說。

「辛苦各位了。」教授這麼說。同時城門也被完全打開，露出人影的真面目，正是冒險者們。

智者見到這一幕，才恍然大悟看向教授，「是你？」

「是的，我想以你的性格，絕不可能沒安排接應的人。」教授淡淡地說：「所以我請義賊二人組去調查並事先攔截，為了讓你卸下戒心，我故意安排冒險者進行而非騎士團。」

「你……」智者的話還沒說完，女義賊就打斷了他。

「好了，那邊那個陰險男。」女義賊指著智者，揚聲說道：「還不快點投降？

你已經被包圍了！」

「……看來我還真的是被瞧扁了。」智者冷冷地這麼說。他身上傳出一股令人窒息的魔力，他又展開更多魔法陣，而惡魔們也源源不絕從中出現。

「只不過是人數優勢罷了。惡魔真的很方便，只要有魔力與魔法陣，不論多遠都能召喚，這也是我從勇者計畫學到的。好了，閒聊的時間結束了。上吧，殺光他們！」

惡魔立刻衝向騎士與冒險者們，而他們也立即回擊，一場戰鬥就此爆發。

「不要硬拚！」女騎士這麼命令，同時躲過一個惡魔的攻擊，回手一劍砍殺了惡魔，「對方是惡魔，謹慎攻擊，在這裡我們比較有優勢！」

「是！」不只是騎士們，冒險者們也一同這麼回答。教授也召喚出水龍，朝智者攻去。

「拿我的發明來對付我？認真的嗎？」智者不屑地說，手中的拐杖一揮，一道火焰掃向水龍，頓時就把水龍變成了水蒸氣。

「對付你，當然不只如此。」教授拿出一顆骷髏頭，骷髏頭的眼睛發出光芒，吐出強烈的火焰。

「原來如此，這招還不錯，可惜還是沒用。」智者將拐杖往地上用力一敲，火焰就立刻熄滅，「還有招嗎？」

教授沒有回答，趁機衝到智者前面，拔出一把刻著符文的短劍。

「是阻絕魔力的魔導具嗎？」智者看到後立刻反應過來，拐杖一揮，一道風刃砍向教授的腿。

「唔……」教授悶哼一聲，在離智者三步遠的地方跪了下來。

「哼！這下你要怎麼逆轉呢？」智者得意洋洋地說：「以防萬一，再加個保險好了。」

他一揮拐杖，黑色的魔力立刻從中噴發而出擊中教授，「給你施加個詛咒，只要你違逆我的命令就會立刻死去！雖然用光了這個魔導具的魔力，不過挺值得的。」

「教授！」女騎士大叫，但是惡魔的攻勢讓她無暇救援。

教授跪在地上，但智者並沒有放鬆警戒，繼續保持著距離。

「那麼，現在我命令你。」智者大喊：「殺死騎士團的團長！」

女騎士瞪大了眼，而教授則是緩緩地站起身。

「呵呵，現在你要怎麼辦呢？」智者說：「為了自己的生命殺死所愛的人，或者為愛犧牲，你該怎麼選擇呢？」

女騎士驚恐地看著這一切。然而教授卻抬起頭，短劍揮向一旁的車夫，「拖歉，我不需要選擇。」

塵。

「哇啊啊啊！」車夫嚇得大叫。

短劍只是劃傷他的臉龐，魔法陣卻突然全部消失，惡魔也在發出慘叫後化為粉

「召喚惡魔需要啟動者，對吧？」教授說：「依你的個性，絕對不會把自己設為啟動者，那麼車夫就是唯一的答案。」

「你！」智者憤怒地瞪大眼。

教授冷靜地說：「你已經無路可退了。剛才的召喚耗盡你自身的魔力，手中的魔導具也沒有魔力了，乖乖投降吧！」

「我還有你！」智者說：「以詛咒魔法命令你，給我殺出一條路！」

他手持枴杖，指著教授下令。然而教授站得直挺挺，一點事都沒有。

「什麼？這怎麼可能？」智者臉上第一次出現了茫然的表情，「詛咒魔法怎麼沒效？」

「因為我已經先被詛咒了。」教授冷靜地說：「超過魔力上限，你的詛咒便無法再施加到我身上，你又犯了以前在勇者計畫時犯的錯。」

「什麼，誰會浪費那麼多魔力這樣做？難道是她……」

智者的話還沒說完，女騎士就一箭步上前，朝智者揮劍。

「不要！」智者嚇到舉起雙手癱坐在地。

但是女騎士只是用劍尖指著他，充滿威嚴地說：「以騎士團團長的名義，在此將你逮捕！」

智者全身發抖，最後低下頭放棄了抵抗。

「我在此代表全體議員，傳達議會的決議。」伯爵在皇宮裡，這麼大聲宣布，「我等推舉騎士團團長，繼任帝國第十六任皇帝！」

一旁的祭司拿著皇冠替女騎士加冕，之後在女騎士面前跪了下來。

「陛下。」他恭敬地說：「恭喜，願榮耀歸於您。」

「太好了！」

「帝國萬歲！」

「皇帝萬歲！」

貴族們高聲歡呼，而騎士們也高舉著劍，向坐在帝位上的女騎士致意。

女騎士雙手握著寶劍坐上帝位，表情看起來十分平靜，一雙炯炯有神的眼睛讓在場所有人都有種她在注視著自己的錯覺。一道陽光照射下來，灑落在她的身上，更增添了幾分神聖感。
「就像開國皇帝的畫像一樣啊。」
「有了新皇帝，帝國總算能夠安泰了。」
「嗚嗚，太好了，沒想到我竟然能親眼見證這天……」
底下的人們感動地議論著。
「那麼陛下，首先是各國使節的祝賀。」伯爵走向前，「另外宰相大人即將退休，必須要任命新的宰相……」
伯爵的話還沒說完，女騎士就舉起手示意要說話。頓時間，所有人都安靜了下來，看著女騎士。
女騎士深吸一口氣之後緩緩開口，下達登上帝位後的第一道命令——

「……那麼，今天的課就到這邊。」教授站在講臺上，「沒有問題的話，我們下禮拜再見。」
他這麼說完後，就頭也不回地轉身離開。
「為什麼教授今天看起來無精打采的樣子？」
「嗯？啊，你是剛轉學過來的吧。」

「其實是因為……」

教授一離開教室，學生們就聊起天來。

教授沒有聽到學生們的談話，徑直往學院大門走去，卻在路上遇到了主任。

「嗯？你要回去了？」

「是的。」教授點點頭。

「嗯……」主任沒說什麼。現在時間還很早，通常教授會回到辦公室再做一些研究，但他知道教授現在的心情。

「早點回去休息吧。」他拍了拍教授的肩，「辛苦了。」

儘管安慰的方式很笨拙，但主任的行動還是讓周圍的老師與學生們瞪大了眼。

「那個一向喜歡找人麻煩的主任竟然……」

「是吃錯藥了嗎？」

「該不會是被詛咒魔法控制了吧？」

「你們也太失禮了吧！」主任這麼大吼。

教授勉強微笑了一下，「謝謝。」

「哼，沒什麼。」主任有些不好意思，「好了好了，你不是要回家嗎？快點回去吧。」

「嗚哇……是傲嬌啊……」

「一個大叔在那邊耍傲嬌……」

「感覺超噁心的啊。」

周圍的老師和學生們又這麼說。還可以看到校長混入其中的身影，最後一句話也是他說的。主任衝向校長，校長則拔腿就跑。

教授看著這一幕又笑了一下，之後默默地轉身離開。他走出校門，沿著熟悉的街道回到自己的家。他站在家門前，突然想到家裡空無一人，從未覺得這有什麼不好的他，心中油然昇起一股孤寂感。

「沒有信嗎？」他想起女騎士帶著三明治來訪那一天，下意識喃喃自語著看了看信箱，隨後掏出鑰匙插入鎖孔。

然而就在這時，門卻自己打開了。

「教授，那麼早就回來了嗎？」女騎士這麼說：「不好意思，因為你先前給過我鑰匙，我就自己進來了。」

「咦？團、團長……不對，陛下？」看到女騎士，就連素來冷靜的教授也難得手足無措了起來，站在自己家門口卻不知道該怎麼辦。

女騎士見到這一幕，不由得露出一抹笑容，「不要叫我陛下，聽起來太嚴肅了。」

「這……」教授還是有些不知所措。

而女騎士輕鬆地說：「對了，這是教授你的信，我幫你先拿進來了。」

女騎士這麼熱情，讓教授一時不知道該如何反應，「呃……謝謝……那個……呃……你怎麼會出現在這裡？不待在王宮沒問題嗎？」

「這個嘛……」女騎士原本要回答，突然靈機一動反問：「教授要不要試著推理看看？我出現在這裡的原因。」

「唔……」教授被突如其來的難倒了，他手扶下巴陷入了沉思。

女騎士在一旁看著教授思考的樣子，臉上露出甜蜜的表情。

「……難不成，妳用什麼方式。」教授像是想到了什麼，「把政務暫時托付給了誰……」

「答對了。」女騎士有些驚訝又有些開心，「教授是怎麼猜到的？」

「剛登基一定很忙，假如妳親自處理政務的話，根本不可能過來。」教授說：「但也不可能是退位，退位的話應該會引起大騷動，排除這兩點就只剩一種可能。」

「真不愧是教授。」女騎士露出滿意的笑容，「沒錯，我和眾臣們做了個約定，給我三年的時間追查智者的餘黨。」

「智者的餘黨？」

「是的。」女騎士點頭，「智者不是說過嗎？他利用自己的間諜網，威脅各國高層或各領域菁英。能做到這一點，肯定有不少人幫助他，我想要將他們糾出來，不然帝國也無法獲得和平的未來。」

「原來如此，畢竟牽扯到各國，皇帝的身分就不合適了……」教授說。

女騎士點點頭，又說：「因此我決定這段時間待在教授這裡，至於政務我託付給了宰相。」

「聽說宰相已經退休了……」

「沒錯，所以我登基後，下的第一道命令就是任命新宰相。」女騎士接下來說出了一句連教授都感到意外的話，「我任命王國的公主擔任宰相。」

「什麼？」教授詫異地說。

女騎士笑著說：「很奇怪吧？不過我是仔細思考過才下決定的，畢竟她曾經獲得不少議員支持，任用她可以讓帝國更團結。」

「原來如此……不過妳不擔心嗎？」

「不會。」女騎士搖搖頭，「畢竟她不可能再回王國了，而且現在的議長是伯爵，這樣就能互相制衡。」

教授有些驚訝地看著女騎士，沒想到女騎士一道命令的背後竟然考慮了那麼多面向，「……妳一定是個好皇帝。」

「謝謝，能得到你的肯定我很開心。」女騎士這麼說。

兩人之間的氣氛一下子變得有些奇妙。為了掩飾尷尬，教授看了看手中的信，「嗯？這是魔法師殺手的信……」

「教授別碰！」一聽到教授這麼說，女騎士連忙搶下信封。

「別擔心，我已經達到詛咒魔法的魔力上限。」教授說：「現在不會再受到其他詛咒影響。」

「……但還是不能安心啊。」女騎士這麼嘀咕，打開信朗誦了起來。

「**哈囉教授～你發現我真正的想法啦，好開心喔～我們倆果然是心心相印呢。**」看到這邊，女騎士皺起眉頭，「**畢竟智者還有很多餘黨，我已經離開了帝國～希望有天能再相逢，我會繼續保持聯絡的。P.S.我只會親喜歡的人喔～**」

「那傢伙……」女騎士強壓下怒氣，「教授，一定要想辦法解除你身上的詛咒！」

「說到詛咒……找到了，聖女也有寄信過來。」教授翻了一下手中其餘的信件，同時拆開聖女的信，讀了起來。

「聖女大人怎麼說？」女騎士這麼問。即便是皇帝，也要對於聖女保持尊敬。

「她最近會來帝國一趟。」教授說：「當然是要向妳祝賀，順便和我吃頓飯。另外，她還說要進行一些傳教活動……」

「等一下，順便吃飯是怎麼回事？」女騎士耳朵很利，立刻追問。

「啊，先前在法皇國時和她有約定……」教授說明：「怎麼了？妳的臉色看起來不太好？」

「……沒事。」女騎士先是這麼回答，才小聲地說：「也太多強敵了吧……」

女騎士說得十分小聲，教授並沒有聽到，然而——

「敵人可不只是這樣而已喔。」一個聲音這麼說。

教授和女騎士立刻轉身，看到侍女悄無聲息地站在他們面前。

「教授你好。」侍女優雅地向教授行禮，「不好意思打擾了，我奉宰相的命令前來。」

「發生什麼事了？」

「義賊二人組寄出預告信，宣稱要在一個禮拜後偷走王宮寶物庫的寶物。」侍女說：「信中還指名希望挑戰教授，因此宰相希望教授幫忙。」

「原來如此，好的，請妳和宰相大人說我一定會去。」教授點點頭，又問：

「聽說妳在議會被惡魔攻擊受了很嚴重的傷，還好嗎？」

「托你的福，我沒有大礙。」侍女拿出了一個心型墜飾，「謝謝你送給我這個，多虧裡頭的魔力我才能撿回一命。」

「沒事就好。」教授接下吊飾，「不過這其實是聖女大人給我的。」

「是嗎？」侍女表情不變，「不過教授幫了我不少忙也是事實，還是要謝謝你。」

「咳咳。」被冷落在一旁的女騎士咳了咳，拉回兩人的注意，「好的謝謝，妳可以離開了……」

「……我明白了。」侍女直直地看著女騎士，「對了，宰相大人還要我轉告陛下，她說『雖然王座被妳搶走了，不過教授我可是不會讓的』。那麼，告辭。」

侍女轉身就走，留下氣得牙癢癢的女騎士。

「可惡，那女人……」女騎士嘀咕：「居然給我來這一手……侍女的樣子……難道她也……可惡，我不會輸的……」

僅管教授沒有聽清女騎士這些嘀咕，但看到她的表情還是關心地問：「還好嗎？」

「啊，還好，沒事沒事。」女騎士這麼說。

教授臉上露出猶豫的表情，欲言又止了一會才又開口，「沒事就好……那麼，我有一個問題。」

「什麼問題？」

「以後該怎麼稱呼妳呢？」教授問：「畢竟妳現在也不是團長了。」

女騎士沉默一會才緩緩回應：「教授想要怎麼稱呼我呢？」

「呃……」教授看著女騎士。這個問題比任何案件都難解答，看著女騎士那促狹又有些期待的目光，他苦思了很久。

「可以叫妳……」

「叫團長就好啦。」教授還沒說完，旁邊又傳來侍女的聲音，讓兩人嚇了一大跳。

「以前也有這樣的例子，第五任皇帝是騎士團團長。」她說：「在他登基後，戰友們依舊叫他團長而不是陛下。」

「妳怎麼又回來了？」女騎士嘴角抽搐地問。

而侍女只是從容地回答：「我掉了東西。」

她從地上撿起一條手帕收進懷中，再次轉身離開，「那麼，我先告辭了。」

「那傢伙一定是故意的……」女騎士氣呼呼地說。而教授在一旁，不知道該怎麼回應。

「算了，就先這樣吧。不過總有一天，我一定要讓你用別的稱呼叫我，不是陛下也不是助手，知道嗎？」女騎士對教授這麼說，像是宣誓一樣。

而被女騎士的氣勢影響，教授也不自覺地點了點頭。

女騎士見狀臉上又露出開心的笑容，拉起教授的手，「好了，那麼教授，讓我們開始行動吧。」

兩人牽著手，一起走進了家中。

——《魔導學教授的推理教科書．下》完

——《魔導學教授的推理教科書》全系列完

Afterword

後記

大家好，我是千筆，雖然我想不太可能，不過若是從後篇開始讀起的讀者，那麼初次見面，請多指教。

雖然有點突然，不過請容我在這裡稍微聊一下最近追的劇吧，我家裡同時有Disney+和網飛，所以兩邊我都常看。Disney+的《破案三人行》十分精彩，將紐約客那種獨特的氣氛營造地相當的好，三人的互相搭配組合也是非常有趣，雖然寫到這裡的當下我還沒追完（目前看到第一季第四集），不過前幾集的表現已經讓我非常驚豔，推薦大家去看看。

至於網飛，我則是比較常看電影，而且比起推理類的，我更喜歡懸疑驚悚類的電影，例如《冷戰遊戲》和《模仿遊戲》（雖然後者更偏向是戰爭劇情片），雖然前者是的時間點是在美蘇冷戰，後者則是第二次世界大戰，不過兩者將大戰時，那種風雨欲來山滿樓的壓抑氣氛渲染的很好。事實上，在開始寫這本書之前，我又將兩部電影給重溫了一遍，好抓住那種感覺。好了，話說寫到這邊，後記字數應該差不多了……（喂！）。

啊，差點忘了大家喜聞樂見的感謝環節。謝謝編輯和出版社如此大膽，讓我這個菜鳥能一出書就出了兩本，感覺像是賺到了一樣。謝謝唯莎老師，封面一如既往地維持著超高水準，十分感謝。

最後，也要謝謝拿起這本書的你，大部分時候輕小說都會被封膜包住，所以能看到這段文字應該就代表你已經買下本書。若是有什麼特殊情形，讓你在沒買書的情況下看到這邊，別擔心，結帳櫃檯就在你的後面，我會在角落「默默」看著你的（喂！不要威脅讀者）。

另外，我的新作《打贏魔王後，勇者的下一個任務是相親?!》目前也在積極籌備中，是一段描寫勇者打贏魔王後，要開始接著相親（廢話）的愛情喜劇，也將由三日月書版出版，還請各位多多關照。

那麼，我們下一本書見。

千筆

高寶書版集團
gobooks.com.tw

輕世代 FW386

魔導學教授的推理教科書・下

作　　者 千　筆
繪　　者 唯　莎
編　　輯 薛怡冠
美術設計 陳思羽
排　　版 彭立瑋
企　　畫 方慧娟

發 行 人 朱凱蕾
出　　版 三日月書版股份有限公司
Printed in Taiwan
地　　址 臺北市內湖區洲子街 88 號 3 樓
網　　址 www.gobooks.com.tw
電　　話 (02) 27992788
電　　郵 readers@gobooks.com.tw（讀者服務部）
傳　　真 出版部 (02) 27990909 行銷部 (02) 27993088
郵政劃撥 50404557
戶　　名 三日月書版股份有限公司
發　　行 英屬維京群島商高寶國際有限公司台灣分公司
Global Group Holdings, Ltd.
初版日期 2022 年 10 月

國家圖書館出版品預行編目 (CIP) 資料

魔導學教授的推理教科書 / 千筆著 .-- 初版 . -- 臺北市：三日月書版股份有限公司出版：英屬維京群島高寶國際有限公司臺灣分公司發行 , 2022.10-
面；　公分 . --

ISBN 978-626-7152-23-2(上冊：平裝). --
ISBN 978-626-7152-24-9(下冊：平裝)

863.57　　111009234

三日月書版

GOBOOKS
& SITAK
GROUP©

GOBOOKS & SITAK GROUP©